Luca Rohleder

Die Suche nach Gott

W0345056

Roman

LUCA ROHLEDER

DIE SUCHE NACH GOTT

Ein quantenphilosophisches Abenteuer
über den Sinn des Lebens, der Liebe und des Leids

dielus
dielus edition
Bücher für ein besseres Leben

Sollte dieses Buch Links auf Webseiten Dritter enthalten, so übernehmen wir für deren Inhalte keine Haftung, da wir uns diese nicht zu eigen machen, sondern lediglich auf deren Stand zum Zeitpunkt der Erstveröffentlichung verweisen.

Dieses Buch ist auch als E-Book und als gebundene Ausgabe erhältlich

www.dielus.com

www.twitter.com/dielus_edition

www.facebook.com/dielusedition

www.instagram.com/dielusedition

Die Suche nach Gott, Luca Rohleder

Taschenbuchausgabe © 2020 dielus edition Leipzig

Impressum siehe: www.dielus.com

Alle Rechte vorbehalten.

Dieses Buch wird von einem unabhängigen Buchverlag verlegt. Es wird versichert, dass keine Beteiligungen durch internationale Investorengruppen, Großverlage oder sonstige Konzerne bestehen. Der Inhalt dieses Ratgebers folgt ausschließlich unabhängigen und fachlich orientierten Gesichtspunkten.

Des Weiteren ist dieses Werk urheberrechtlich geschützt. Dadurch begründete Rechte, insbesondere der Übersetzung, des Nachdrucks, des Vortrags, der Entnahme von Abbildungen und Tabellen, der Funksendung, der Mikroverfilmung oder der Vervielfältigung auf anderen Wegen und der Speicherung in Datenverarbeitungsanlagen, bleiben, auch bei nur auszugsweiser Verwertung, vorbehalten. Vervielfältigungen des Werkes oder von Teilen des Werkes sind auch im Einzelfall nur in den Grenzen der gesetzlichen Bestimmungen des Urheberrechtsgesetzes in der jeweils geltenden Fassung zulässig. Sie sind grundsätzlich vergütungspflichtig.

Einbandgestaltung:	dielus edition
Elemente des Covers:	©iStock.com/Serhii Borodin und ©iStock.com/rusm
Buchsatz:	dielus edition
ISBN:	978-3-9820125-9-9

Made and printed in Germany

Bibliografische Information der Deutschen Bibliothek: Die Deutsche Bibliothek verzeichnet diese Publikation in der Deutschen Nationalbibliografie; detaillierte bibliografische Daten sind im Internet abrufbar über https://portal.d-nb.de.

Je mutiger wir unsere Ängste
vor dem Nichtwissen überwinden,
umso schneller werden wir wissen.

Luca Rohleder

Level 1 – Welt

Lucys große blaue Augen, umrahmt von ihren langen blonden Haaren, waren schon immer ihr Markenzeichen gewesen. Sie waren bekannt für ihr Blitzen und Leuchten. Doch nun hatte sich das Funkeln zu einem glanzlosen Etwas verwandelt. Von dem strahlend hellen Blau war nur noch ein trübes Leichengrau übriggeblieben. Seit Tagen gab sich Lucy der Trauer und Frustration hin. Solche Lebensphasen kannte sie zur Genüge, aber diesmal schien es ernst zu sein.

Gedanken an ihren Vater tauchten auf. Der Lungenkrebs hatte ihn damals erwischt. Lucy konnte sich nie des Eindrucks erwehren, dass er erleichtert war, die Erde verlassen zu dürfen. Er kämpfte nicht gegen den Tod, Metastasen hatten schnell in seinem Körper gestreut. Zum Ende hin war sein Gehirn ebenfalls vom Krebs befallen, sodass auch sein Bewusstsein zunehmend schwand. Seine Ehefrau hatte rechtzeitig vorgesorgt. Sie nahm ihn mit nach Hause, wo er friedlich und ungestört seine letzten Stunden verbringen konnte. Zuerst hörte der Vater auf zu essen, und schließlich verweigerte er die Flüssigkeitsaufnahme, sodass alles seinen natürlichen Gang nehmen konnte. Lucy erinnerte sich noch ziemlich genau, wie sie als Teenager am Sterbebett saß und darüber glücklich war, dass ihr Vater keine Schmerzen empfand. Erst viel später, als Lucy Biologie studierte, wurde ihr klar, dass die Mutter alles richtig gemacht hatte. Nahezu alle Lebewesen, deren Instinkte sagen, dass es Zeit sei, Abschied zu nehmen, verweigern die Nahrungsaufnahme. Sie fressen und trinken nicht mehr. Der Körper kann eigene schmerzstillende Substanzen produzieren, um so für erlösende und friedliche letzte Stunden zu sorgen.

Vor Lucys geistigem Auge tauchten weitere tragische Ereignisse aus ihrer Vergangenheit auf. Auch ihr Ehemann Migel musste früh gehen. Er hatte vor vielen Jahren einen schweren Autounfall. Laut den Ärzten wäre er sofort tot gewesen, als er mit seinem Wagen ungebremst in ein Stauende hineinraste. So nahm auch Lucys glückliche Ehe wie so vieles in ihrem beschwerlichen Leben ein jähes Ende.

Lucy lag nun regungslos auf ihrer Coach und ließ ihr Gehirn tun, was es beliebte. Das Zeitgefühl hatte sie längst verloren. Es schien, als würde sie sich schon seit Wochen in ihrer Wohnung verstecken. Mit ihren siebenundvierzig Jahren stellte sie mal wieder das Leben infrage. *Vielleicht stellt der Tod die Erlösung dar, und die Geburt die Strafe, und nicht umgekehrt*, dachte sich Lucy. Sie war wieder in eine schwere Sinnkrise geschlittert, und zur Gefangenen ihrer Selbstzweifel geworden. In solchen Momenten war sie froh, sich in ihre geschmackvoll eingerichtete Wohnung zurückziehen zu können, in der die Töne Weiß, Beige und Braun dominierten. Sie liebte nicht nur ihre Topfpflanzen, sondern auch Naturstoffe wie Holz, Leinen, Bast und Rattan.

Lucys riesengroße Couch, auf der sie gerade leblos wie ein Zombie dahinvegetierte, war ihr treuer Wegbegleiter, wenn es um das Durchleben deprimierender Lebensphasen ging. Umringt mit weichen und edel verzierten Leinenkissen starrte sie jetzt mit stumpfem Blick auf die gegenüberliegende Wand. Sie schaute auf ein überdimensioniertes Ölgemälde, worauf sie sich selbst sehen konnte. Ihre intimste Stelle war das künstlerische Zentrum des Schwarz-Weiß-Gemäldes. Das Kunstwerk stammte von Sam. Er hatte es ihr als Erinnerung an diejenige Nacht geschenkt, als sie das erste Mal einen Orgasmus hatte, den sie in der Form noch nie zuvor erlebt hatte. Sam wartete damals ab, bis sich ihr tränenreicher Gefühlsausbruch gelegt hatte, und hielt dann dieses historische Ereignis mit seinem Smartphone fest. Aus dem Foto entstand schließlich das, worauf sie gerade mit kaltem Blick starrte – ein zwei mal zwei Meter großes Bild in Öl auf Leinwand ohne Rahmen.

»Vielleicht sollte ich mich doch aufraffen und zu Sam hochgehen«, murmelte Lucy vor sich hin. Sam wohnte nicht nur im gleichen Haus, sondern war gleichzeitig Lucys Vermieter. Ganz oben im Haus lebte er in einer Penthouse-Wohnung, in der auf der ersten Ebene Wohnzimmer, Küche und Bad, und einen Stock darüber seine Schlafstätte und das Atelier untergebracht waren. Bei der Vorstellung zu Sam hochzugehen, stiegen einige wohltuende Gefühle in Lucy auf. Aber so schnell wie dieses Indiz für eine bestimmte Sehnsucht in ihr aufblitzte, so schnell verschwand es auch wieder.

Nach und nach wurden die Gedanken, die Lucys Geist eroberten, immer dunkler. *Dieses Drecksleben! Diese Welt ist doch verrückt geworden. Warum sind Menschen so? Warum lügen die alle? Dieser verblödete Mob, der sich gegenseitig zerfleischt, nur um ein kleines Stück Glück, Liebe und Erfolg abzukriegen. Da stimmt etwas nicht. Was ist mit diesem Gott? Gibt es den überhaupt oder sind die ganzen Religionen nur eine riesengroße Volksverdummung?*, ließ Lucy ihre inneren Dämonen weiter gewähren. *Und jetzt hat mich auch noch Luna verlassen. Was hat das zu bedeuten? Warum musstest du ausgerechnet jetzt sterben? So viele und wunderschöne Jahre hätten mir mit dir noch zugestanden.*

Lucys geliebte Hündin Luna ist gerade mal fünf Jahre alt geworden. Eine herzensgute Schäferhündin, ein heiliges Lebewesen, das Liebe, Kraft und Schutz im Überfluss spendete. *Selbstloser, genügsamer und edler, als jeder Mensch es je hätte sein können*, erinnerte sich Lucy wehmütig an ihre treue Wegbegleiterin.

Vor zwei Wochen musste sie Luna einer Hundesitterin überlassen, weil sie seit langer Zeit wieder einen Auftrag als

Wissenschaftsjournalistin angenommen hatte. Dazu musste sie drei Tage nach Barcelona reisen, um an einem Medizinerkongress teilnehmen zu können. Als sie zurückkam, war ihr erster Gedanke, ihre geliebte Hündin schnell abzuholen. Nachdem sie am Frankfurter Flughafen gelandet war, machte sie sich deshalb direkt auf den Weg.

Sie war gerade dabei einzuparken, als sie auf der gegenüberliegenden Straße bemerkte, wie ihre Hundesitterin mit Luna Gassi ging. Luna erkannte Lucys Auto sofort, und jaulte vor Freude auf. Die kräftige Schäferhündin riss sich los, und raste über die Straße, um Lucy begrüßen zu können. Dabei musste Lucy mitansehen, wie ihre Schäferhündin von einem Lkw erfasst und überrollt wurde. Luna – Lucys Liebe ihres Lebens – war sofort tot.

Ist das das Leben? Ist das die Natur? Ist das die viel gerühmte Gerechtigkeit? Ist das von Gott so gewollt?, fraßen sich wieder negative Gedanken durch Lucys Gehirnwindungen. Seit sie denken konnte, musste Lucy mit anschauen, wie liebenswerteste Menschen Leid erfuhren, zu früh starben oder von einem Unglück in das andere schlitterten.

Warum sollten wir eine Natur schützen, die kein Erbarmen und Mitleid kennt? Warum sollten wir überhaupt etwas schützen?, steigerte sich Lucy weiter in ihre Frustration hinein.

Ihr mädchenhaftes und positives Naturell hatte sich nun endgültig in Luft aufgelöst. Der Tod von Luna hatte das seelische Fass zum Überlaufen gebracht. Lucy fühlte sich von ihrem Schicksal endgültig betrogen. Gleichzeitig dachte sie an einen weiteren harten Rückschlag. Erst gestern wurde ihr Computer von osteuropäischen Kriminellen gehackt. Lucy hatte jetzt nicht nur keinen Zugriff mehr auf ihre Daten, sondern auch alle ihre Websites sowie sämtliche Social-Media-Kanäle waren gewaltsam stillgelegt worden. Und vor ein paar Stunden tauchte auch noch die zu erwartende E-Mail auf ihrem Smartphone auf: Lucy hätte einen fünfstelligen Geldbetrag in Bitcoins zu überweisen, wenn sie ihren Job als erfolgreiche Online-Bloggerin und Influencerin weiterführen wolle.

Es hatte einige Jahre harter Aufbauarbeit gebraucht, um im Netz eine sechsstellige Fangemeinde aufzubauen. Mittlerweile konnte sich Lucy damit finanziell einigermaßen über Wasser halten. Sie leistete sich eine Stadtwohnung im Zentrum von Frankfurt, besaß einen klapprigen Jaguar aus den 1970er Jahren, und für eine halbwegs gesunde Ernährung war meistens auch noch etwas übrig. Vor vielen Jahren begann sie ihr Onlinebusiness eigentlich mit dem Ziel, irgendwann einmal ortsungebunden ihr Geld verdienen zu können. Vielleicht in einem tropischen Klima, mit Blick auf das Meer. Sie hatte sich von ihrem Business Freiheit und Millionen versprochen, bis sie allerdings einsehen musste, dass sie mit ihrem Berufswunsch auf der Welt nicht alleine war. Ganz im Gegenteil – Millionen von jungen Leuten, die alle das Gleiche taten wie sie, sorgten für einen harten Wettbewerb. So entwickelte sich Lucys Onlinegeschäft zäher als im Vorfeld gedacht. Dennoch war sie sich sicher, dass es nur eine Frage der Zeit wäre, bis sich ihre beruflichen Träume erfüllen würden, schließlich gab es im Internet genug positive Beispiele.

Und jetzt? Vorbei mit dem Traum!, dachte sich Lucy. Solche derben Rückschläge kannte sie aus ihrer Vergangenheit zur Genüge. Immer dann, wenn sie dachte, sie hätte ihren Weg gefunden, wurde sie von irgendeinem Unglück heimgesucht, das alles wieder zunichtemachte. Online war sie jetzt erst einmal schachmatt gesetzt. Zudem kam das Risiko hinzu, dass die Hacker ihre Social-Media-Kanäle oder ihre Kontaktdaten dazu missbrauchten, in ihrem Namen kriminelle Internetaktivitäten abzuwickeln oder sich einen Spaß daraus machen könnten, ihre Fangemeinde im Netz zu vergraulen.

Business weg! Luna weg! Und was nun?, fraß sich Lucys tiefe Sinnkrise weiter durch ihren Körper. Zudem tauchten weitere tragische Vorfälle aus Lucys Vergangenheit auf, und quälten ihren

Geist. Es entstand nach und nach ein gefährlicher Cocktail aus Wut, Trauer und Lebensmüdigkeit. Selbst Gedanken über die Sinnlosigkeit des globalen Wirtschaftssystems und die Umweltzerstörung gesellten sich plötzlich zu Lucys ohnehin schon schlechter seelischer Verfassung. Erschwerend kam hinzu, dass sich ein ganz bestimmter Todestag jährte. Lucys Sohn Michael nahm sich vor fünf Jahren das Leben.

Jetzt schossen Lucy Tränen in die Augen. Sie dachte an den feinen Charakter ihres Sohnes, der gerade einmal zweiundzwanzig Jahre alt wurde. Alle mochten ihn wegen seiner Feinfühligkeit, Zurückhaltung und Bescheidenheit. Seinem kubanischen Vater Migel verdankte er seine drahtige Figur, sein kantiges und elegant geschnittenes Gesicht, und von Lucy hatte er die strahlend blauen Augen mitbekommen. Sein Aussehen stand im Widerspruch zu seiner Herkunft. Er erblickte, wie Lucy auch, in Ostdeutschland das Licht der Welt. Michaels Zwillingsschwester Monika war hingegen eine völlig andere Persönlichkeit. Im Gegensatz zu ihrem sensiblen Bruder wurde aus ihr eine taffe, standhafte junge Frau, die schon früh wusste, was sie wollte. Sie entschied bereits in jungen Jahren nach Neuseeland auszuwandern, um dort als Krankenschwester zu arbeiten. Sie fand in einer Klinik im Süden von Neuseeland schnell eine Ausbildungsstelle, und heiratete mit achtzehn Jahren einen einheimischen Farmer. Mittlerweile konnte sie eine wundervolle Familie mit drei Kindern ihr Eigen nennen und ein zufriedenes und glückliches Leben führen. Lucy konnte es manchmal nicht fassen, dass Monika ihre Tochter war. Sie selbst hatte es noch nie in ihrem Leben geschafft, ein vergleichbar problemloses, harmonisches und zielorientiertes Leben zu führen wie ihre Tochter.

Plötzlich fiel Lucy auf, wie sie geistesabwesend auf Sams Signatur auf dem gegenüber hängenden Ölgemälde starrte. Ihr war bewusst, dass sie mit Sam zwar nicht zusammen war, aber einen Menschen an ihrer Seite hatte, mit dem sie ihre tiefsten

Sehnsüchte und Gedanken teilen konnte. Niemals zuvor hatte sie jemanden so nahe an sich herangelassen. Mit keinem anderen Mann konnte sie sich derart verschmelzen wie mit Sam. Oft sagte sie zu sich selbst, dass sie im Leben nicht mehr bräuchte, als Luna, Sam und ihren Computer.

Jetzt ist nur noch Sam da, dachte sich Lucy, bevor sie sich entschloss, ein rabenschwarzes Fazit zu ziehen: *Mein Vater, mein Gatte, mein Sohn und Luna haben diese scheiß Welt nicht überlebt, und jetzt ist wahrscheinlich auch noch meine berufliche Existenz am Arsch. Wenn mir jetzt jemand über den Weg läuft, der mir erzählt, das Leben sei schön, bringe ich ihn auf der Stelle um!*

Lucys ohnehin schon dunkle Stimmung mutierte noch weiter ins Negative. Nackter Hass machte sich nun in ihrem Kopf breit. Dabei drehte sie ihren Kopf zufällig in Richtung ihres Fernsehers. Lucy hatte das Gerät schon seit Wochen eingeschaltet gelassen, um zumindest ein Minimum an Bewegung und Farbe um sich zu haben. Als ihr Blick den Bildschirm erfasste, erkannte sie, dass eine Natur-Reality-Reportage lief. Schockiert musste sie Zeuge einer Jagdszene zwischen einer Löwenherde und einer einzelnen jungen Gazelle werden. Die Raubkatzen zeigten kein Erbarmen mit dem verzweifelten Tier. Die Gazelle versuchte zu entkommen, aber vergebens. Sie wurde durch den erbarmungslosen Jagdinstinkt dreier Löwen schließlich eingeholt. Das zarte und zu Tode verängstigte Lebewesen wurde durch die scharfen Krallen einer der drei Katzen festgehalten und schließlich von den beiden anderen bei lebendigem Leibe auseinandergerissen. Lucy starrte fassungslos auf diese Szene. Entsetzt konnte sie ihren Blick nicht abwenden. Alles war in Großaufnahme zu sehen. Die Augen des jungen Tieres waren weit aufgerissen, während es bei lebendigem Leibe zerfetzt und aufgefressen wurde. Selbst als die beiden hinteren Gliedmaßen vom Körper abgetrennt waren, erkannte Lucy ein Blinzeln in den Augen der wunderschönen Gazelle. Es schien, als würde die Natur das Lebewesen zwingen, seine grauenvolle Zerstückelung bei vollem Bewusstsein miterleben zu müssen.

Lucy war kurz davor ihren Verstand zu verlieren. Schockiert von diesem schrecklichen Ausschnitt der Realität, sprang sie in ihrer Verzweiflung von ihrer Coach auf, und riss den Fernseher aus der Wand heraus. Sie donnerte das Gerät auf den Boden, wo es in tausend Stücke zersprang. Dann brach Lucy in Tränen aus, verlor den Halt und fiel auf ihre Knie. Zusammengekauert auf dem Boden wurde sie von einem furchtbaren Weinkrampf heimgesucht. Schließlich entlud sich ein Schrei der Verzweiflung, der die Wohnung erzittern ließ: »Ich hasse dich, du verfluchter Drecksgott. Was musst du für ein Superarschloch sein, so etwas zuzulassen. Ich hasse dich aus tiefstem Herzen. Du bist kein Gott. Du bist eine Bestie. Ich verachte dich, du schreckliches Ungeheuer!«

Lucy brach zusammen und verlor ihr Bewusstsein.

Lucy wachte von den schmerzenden Druckstellen auf, die der harte Parkettboden ihrem Körper zugefügt hatte. Scheinbar hatte sie sich in den Tiefschlaf geweint. Es war schon früher Abend, und glücklicherweise übernahmen nun wieder klarere Gedanken in ihrem Kopf die Führung. Noch etwas benommen sagte sie zu sich selbst: »So, jetzt ist Schluss mit dem Gejammere. Du gehst jetzt zu Sam hoch und holst dir eine Portion Liebe ab. Punkt!«

Dieser Entschluss tat Lucy augenblicklich gut. Ihre Stimmung verbesserte sich zusehends, und sie griff nach ihrem Smartphone. Sie schrieb: »Kann ich zu dir hochkommen? Ich brauche dich! Knutsch Lucy.«

Ungewöhnlicherweise kam umgehend die Antwort. Normalerweise antwortete Sam noch nicht einmal am gleichen Tag. »Klar, mein Schatz, ich habe noch ein paar Minuten zu tun, aber dann können wir uns gern einen schönen Abend machen. Bis dann …«

Lucy rappelte sich erleichtert auf, sammelte die Bruchstücke ihres Fernsehers ein und ging ins Bad. Der Gedanke, gleich Sam umarmen zu können, spendete ihrem Körper neue Lebensenergie. Sie duschte in einem atemberaubenden Tempo, verzichtete auf Kleidung und Schminke, schwang sich in ihren flauschigen Bademantel, und tippelte barfuß im Hausgang die Treppen hoch. Nach der Überwindung von drei Stockwerken erreichte sie die zuvor angepeilte Wohnungstür. Sie klopfte, die Tür öffnete sich und der gewünschte Mann kam zum Vorschein. Lucy fiel Sam in die Arme, und sagte kleinlaut: »Mein geliebter Sam, kannst du machen, dass es mir wieder gut geht?«

Sam befreite Lucy von ihrem Bademantel, und zog sie näher zu sich. Lucy stand auf ihren Zehenspitzen und genoss Sams Nähe. Es fühlte sich an, als ob sie in ein geschütztes Energiefeld eintauchen würde.

Während sie die wohltuende Nähe genoss, spürte Sam den schlechten emotionalen Zustand von Lucy. Mit sanfter Stimme fragte er: »Oje, Lucy, was ist mit dir los? Was hat dir dein Kopf nur angetan? Lass uns ihn schnell ausschalten.«

Lucy nickte stumm, und blickte Sam hilflos an. Sam hingegen wusste, was zu tun ist. Er nahm Lucys Kopf die Last der Kontrolle ab, und trug sie anschließend hoch in die obere Etage seines Penthouses. Er machte, dass es Lucy wieder gut ging.

Danach lagen sie etwas erschöpft, aber entspannt und eng umschlungen auf dem Bett. Nachdem Lucys Tränen getrocknet waren – Lucy musste grundsätzlich nach dem Orgasmus weinen – waren ihre ersten Worte: »Ich hab´ Hunger!«

Sam war sehr erleichtert, dies zu hören. Wenn Lucy nach Nahrung verlangte, war dies ein typisches Zeichen, dass es ihr gut ging. Er erwiderte scherzhaft: »Ich kann mich aber nicht bewegen, sonst müsste ich von diesem Traumkörper ablassen. Das bringe ich jetzt nicht über das Herz. Hab' bitte Erbarmen mit mir.«

Lucy lachte und tastete, ohne im Geringsten den innigen Körperkontakt zu unterbrechen, mit ihren Fingern die Bettkante ab. Sie fand Sams Telefon, wählte die Nummer ihres Lieblingsjapaners und bestellte eine große Familienplatte Sushi-Variationen. Danach erkundigte sie sich bei Sam: »Haben wir noch rotes Wasser mit Gefühlen da?«

Sam murmelte: »Ja, ein paar Flaschen italienische Gefühle müssten unten in der Küche noch zu finden sein.«

Lucy und Sam genossen noch eine Weile das wohltuende Gefühl seelischer und körperlicher Nähe, bis schließlich das Klingeln des Bringservices dem Ganzen ein Ende setzte. Sam zwang sich, von Lucy abzulassen, ging die Wendeltreppe hinunter, und kam kurz darauf mit japanischen Köstlichkeiten sowie einer Flasche Rotwein zurück. Lucy machte sich ohne Umschweife über die Leckereien her, und nachdem ihr erster Heißhunger gestillt war, stellte sie plötzlich eine bestimmte Frage: »Glaubst du an Gott?«

Oje, dachte sich Sam. Er war sich nicht sicher, ob das anstehende Gesprächsthema Lucy nicht wieder in eine erneute Verzweiflungsattacke zurückwerfen würde. Sam beschloss, eine Vorsichtsmaßnahme einzuleiten: »Bevor ich dir antworte, möchte ich, dass du dich auf diesen Moment konzentrierst und mir sagst, wie du dich hier und jetzt gerade fühlst.«

Lucy verstand sofort, zu was Sam sie motivieren wollte. Es war nicht das erste Mal, dass er sie ermahnte, mit ihrem Geist in der Gegenwart zu bleiben. Er hatte ihr wiederholt beigebracht, wie sie sich besser zentrieren und konzentrieren konnte. So war sie jetzt auch in der Lage innezuhalten, um ein bisschen Detektiv in eigener Sache zu spielen: »Ich fühle mich angstfrei. Ich spüre eine große Freiheit. Ich empfinde tiefe Liebe zu dir, und bin unendlich dankbar hier sein zu dürfen. Ich spüre sogar eine gewisse Euphorie, garniert mit einem kleinen Schuss Traurigkeit, warum das Leben nicht immer so leicht und schön sein kann, wie jetzt gerade.«

Lucy ließ jetzt kurz von einem Stück Sushi ab, beugte sich zu dem neben ihr liegenden nackten Mann hinüber, und gab ihm einen dicken Kuss.

Während Sam zusah, wie sich Lucy wieder über das Essen hermachte, fragte er listig: »Magst du dich gerade?«

»Mmmh, ja … irgendwie schon«, war spontan von Lucy zu hören, und je länger sie über die Frage nachdachte, umso klarer wurde es ihr: »Jetzt wo du es ansprichst: Stimmt! Tatsächlich! Das ist ja erstaunlich! Ich mag mich gerade sogar sehr.«

»Hat sich denn das Weltgeschehen in den letzten zwei Stunden verbessert?«, bohrte Sam weiter.

»Nöö«, antworte Lucy trocken.

»Und hat sich an deiner Vergangenheit oder an dem, was du vorhin in deiner Wohnung erlitten hast, etwas verändert?«

»Nöö«, kam wieder die gleiche Antwort.

Sam philosophierte weiter: »Empfindest du also die Zustände in dieser Welt jetzt nicht mehr als unerträglich?«

»Na ja, jetzt gerade – in diesem Augenblick – natürlich nicht, mein Schatz«, erklärte Lucy gelassen.

»Warum? Es hat sich doch nichts geändert?«, hakte Sam nach. »Dann wird doch dein eigentliches Wohlbefinden nicht von dem, was in der Welt passiert bestimmt, sondern von deiner augenblicklichen seelischen Verfassung. Oder liege ich da falsch?«

Lucy musste widerwillig zustimmen. Es waren noch keine zwei Stunden vergangen, als sie sich selbst, das Leben und vor allem Gott aus tiefstem Herzen hasste. Selbst der Freitod erschien ihr in greifbarer Nähe. Aber jetzt ging es ihr gut, obwohl noch alles beim Alten war. Noch immer waren Luna, ihr Ehemann, ihr Sohn und ihr Vater tot. Aber auch der Fakt, dass sie beruflich kaltgestellt worden war, blieb unverändert. Sachlich gesehen empfand sie alles weiterhin schlimm, aber ihre Stimmung wurde davon nicht negativ beeinflusst. Sie sagte zu Sam: »Im Prinzip verhält es sich genauso, wie du es immer predigst. Halte ich meine Konzentration für den Moment aufrecht, geht es meinem Kopf gut. Lasse ich ihn machen was er will, führt er mich zielsicher hinters Licht – im wortwörtlichen Sinne.«

Sam machte Lucy ein Angebot: »Wenn du mir versprichst, diesen jetzigen wunderbaren Moment in deinem Gehirn zu konservieren, und du mit deinem Kopf in der Gegenwart bleibst, können wir uns jetzt darüber unterhalten, was dir widerfahren ist.«

Lucy konzentrierte sich auf ihre aktuelle positive Gefühlslage, und legte los. Sie erzählte zunächst von Lunas Unfall, und dass sie gerade von Internethackern erpresst wurde.

Sam hörte wie üblich aufmerksam zu, um schließlich zu fragen: »Warst du bei der Polizei?«

»Ja, gestern«, erklärte Lucy. »Sie empfahlen mir zu bezahlen, wenn ich mein Business weiterführen wollte. Sie machten mir wahrlich keine Hoffnung. Die sind anscheinend völlig machtlos.«

»Ich kenne das«, nickte Sam, »wir sind mit dem Internet in eine grauenvolle Zeit gerasselt, in der wir gerade unsere Freiheit verlieren und den Kriminellen oder Großkonzernen zum Fraß vorgeworfen werden. Aber das Schlimmste daran ist, dass unsere Ü50-Politiker das Ganze überhaupt nicht fassen können, weil sie von modernen Medien keinen blassen Schimmer haben. Was willst du denn jetzt machen?«

»Ich habe das Geld einfach nicht«, antwortete Lucy.

Sam erwiderte: »Ich habe eine so große Summe leider auch nicht Verfügung, weil ich gerade mit zahlreichen Mietausfällen zu kämpfen habe. Kannst du dir etwas leihen?«

Lucy meinte daraufhin: »Vielleicht stellt sich diese Frage nicht. Ich bin mir derzeit nicht sicher, ob ich das überhaupt möchte. Ich hatte schon das ganze Jahr ein mulmiges Gefühl. Ursprünglich habe ich geplant, mit meinen Social-Media-Kanälen etwas in der Welt zu bewirken. Aber aus reiner Existenznot bin ich zu einer gewöhnlichen Influencer-Tante verkommen, die Kosmetika oder anderen Blödsinn in die Kamera halten muss. Zudem wird es jedes Jahr härter. Es ist ein einziges Hauen und Stechen um Abonnenten, Likes und Klickzahlen geworden. Ich müsste im Prinzip immer abgebrühter werden, um mithalten zu können.«

»Könntest du dir eine kreative Pause leisten?«

»Eigentlich nicht«, so Lucy, »ich könnte nur mein altes Business als Wirtschaftsjournalistin reaktivieren. Damit hatte ich ja schon vor zwei Wochen begonnen, schließlich zahlen Lobbyisten in der Regel ein sehr gutes Honorar. Es hätte zumindest den Vorteil, dass ich keine Privatpersonen, sondern nur noch Gewerbetreibende als Zielgruppe hätte. Die betrügen sich untereinander eh jeden Tag, und wenn ich nur Betrüger betrügen müsste, das würde mein Gewissen deutlich erleichtern.«

Lucy hielt plötzlich inne. Je länger sie überlegte, umso positiver erschien ihr die Idee, wieder zu hundert Prozent auf ihr altes Business der PR-Arbeit zu setzen. »Vielleicht ist dein Vorschlag, tatsächlich eine Onlinepause einzulegen, gar nicht so übel. Dann können mir diese ukrainischen Vollidioten einfach mal den Buckel runterrutschen. Aber was ist jetzt eigentlich mit meiner Eingangsfrage? Was ist jetzt mit diesem Gott? Glaubst du an ihn?«

Sam zog seine Augenbrauen hoch, und sagte völlig überzeugt: »Natürlich glaube ich an Gott, schließlich habe ich Physik studiert, und meine Affinität zur Wissenschaft habe ich auch nie verloren.«

»Wie bitte? Was hat Wissenschaft mit Religion zu tun?«, war Lucy über Sams Antwort erstaunt.

»Ich habe ja auch nicht von Religionslehren gesprochen, sondern von Gott. Diese Unterscheidung ist sehr wichtig. Aber unabhängig davon: Jeder, der sich ernsthaft mit der Grundlagenphysik beschäftigt, wird früher oder später mit Gott konfrontiert werden. Als ich noch als Physiklehrer meine Brötchen verdiente, leuchtete es mir schnell ein, dass eine höhere Intelligenz vorhanden sein muss. Werner Heisenberg, einer unserer großen deutschen Physiker aus den 1920er Jahren und Vater der Quantenmechanik, wurde einmal folgende Aussage zugeschrieben: *Der erste Trunk aus dem Becher der Naturwissenschaft macht atheistisch, aber auf dem Grunde des Bechers wartet Gott.*«

Lucy hielt plötzlich inne. Sie spürte, dass etwas in ihrem Inneren von diesem Zitat berührt wurde. Plötzlich stieg ihr Interesse, mehr zu erfahren, fast ins Unermessliche. Tief beeindruckt wiederholte sie das Zitat: »*Der erste Trunk aus dem Becher der Naturwissenschaft macht atheistisch, aber auf dem Grunde des Bechers wartet Gott.* Wow, Sam. Diese Aussage zu hören, ist so unglaublich faszinierend. Erzähle mir bitte mehr von dieser höheren Intelligenz!«

Sam wechselte nun seine Sitzposition an das Fußende des Bettes, damit er Lucy besser in ihre schönen blauen Augen sehen konnte. Sie hatten wieder ihr altes Strahlen zurückgewonnen und blitzten vor Neugierde förmlich auf. Sam wusste es zu schätzen, mit Lucy als promovierte Naturwissenschaftlerin eine ebenbürtige Gesprächspartnerin vor sich sitzen zu haben. Sam beschloss etwas auszuholen. Er beugte sich zu Lucy vor und legte seine Hand auf ihre blanke Brust. »Spürst du meine Berührung?«

Lucy sagte lässig: »Ich denke, sehr deutlich sogar – bitte weitermachen.«

Sam fuhr fort, ohne jedoch auch nur die geringsten Anstalten zu machen, die Position seiner Hand zu ändern: »Aus physikalischer Sicht berühre ich dich aber nicht. Niemand auf der Erde kann irgendetwas berühren. Wir alle bestehen aus Atomen, und Atome bestehen in der Hauptsache aus Nichts.«

»Aus Nichts? Ich dachte immer, Atome hätten feste Kerne,

um die wiederum Elektronen herumsausen«, erwiderte Lucy.

Sam fuhr fort: »Der Hund liegt in dem Größenverhältnis begraben. Stell dir vor, du würdest den Durchmesser eines Atomkerns auf die Ausmaße eines Stecknadelkopfes vergrößern, dann wäre der Umfang der Atomhülle so groß wie ein Fußballfeld. Der Raum zwischen Kern und Außenhülle wäre aber leer. Oder um ein zweites Beispiel zu nennen: Wäre der Durchmesser eines Atomkerns ein Zentimeter groß, dann würden sich die Elektronen in einem Abstand von circa einem Kilometer um ihn herumbewegen. Man kann also mit ruhigem Gewissen behaupten, dass wir nur aus leerem Raum bestehen. Den minimalen Prozentsatz des Materieanteils an einem Atom kannst du praktisch vernachlässigen. Ein einzelnes Atom besteht im Prinzip aus Nichts.«

Um fortzufahren, wechselte Sam seine Hand von der rechten zur linken Brust von Lucy, und sagte: »Wenn wir jedoch annehmen, dass Atome in der Hauptsache aus leerem Raum bestehen, drängt sich natürlich die Frage auf, warum ich deine wunderschönen Titten überhaupt anfassen kann, und nicht durch diesen leeren Raum hindurchgreife. Warum spüre ich deine Brust und du im Gegenzug meine Hand? Warum kann ich mich auf diesem Bett zu dir lehnen, ohne hindurchzufallen? Warum stürze ich nicht durch das ganze Haus, um schließlich in Richtung des Erdkerns zu fallen?«

Lucy sagte: »Na, da gibt es abstoßende Ladungen zu beachten, nicht wahr?«

»Exakt, das ist der Punkt. Es sind die elektromagnetischen Kräfte, die zwischen den einzelnen Atomen wirken. Das kannst du dir vorstellen wie zwei Magnete, die sich aufgrund der gleichen Polarität gegenseitig abstoßen und niemals berühren. Was wir bemerken, sind elektromagnetische Kräfte, die uns lediglich Festigkeit vorgaukeln. In Wahrheit besteht alles nur aus leerem Raum.«

Lucy strahlte Sam an, weil sie solche Unterhaltungen nach

dem Sex unendlich liebte. »Diese Kräfte müssen aber enorm stark sein, schließlich wiegst du fast hundert Kilo, und wirst von der Matratze dennoch ausreichend abgestoßen, damit du nicht durch sie hindurchfällst.«

»Durchaus, die elektromagnetische Kraft ist einer der stärksten Grundkräfte in der Physik.«

»Das spüre ich deutlich, denn wenn du jetzt nicht langsam deine Hände wieder zu dir nimmst, dann springe ich dich gleich an«, grinste Lucy Sam an.

Sam lachte, nahm schweren Herzens seine Hände beiseite und fuhr fort: »Neben den elektromagnetischen Kräften existieren natürlich noch einige andere physikalische Grundkräfte. Sie alle zusammen ermöglichen es, dass wir nicht ins Leere greifen müssen. Aber damit solche Kräfte überhaupt entstehen können, müssen Atome schwingen. Das tun sie auch. Eine Schwingung ist jedoch eine Bewegung, und eine Bewegung ist immer eine Strecke pro Zeit. Atome können daher nur deshalb schwingen und infolgedessen Kräfte entwickeln, weil es Zeit gibt. Gäbe es keine Zeit, gäbe es keine Schwingung, und damit auch keine Kräfte. Das heißt, das Vorhandensein von Zeit ist die alleinige Ursache, warum ich dich sehen und berühren kann. Verschwindet die Zeit, verschwinden auch deine Titten. Du, ich und die gesamte Welt würden sich augenblicklich in Nichts auflösen.«

Lucy hörte sehr interessiert zu, sie wurde jedoch auch langsam ungeduldig: »Sam! Mach´ hin! Was haben meine Titten mit Gott zu tun?«

Sam war Lucys Ungeduld wohlbekannt und versuchte deshalb zum Punkt zu kommen. »Sehr viel sogar, denn in letzter Konsequenz war er es, der deine zwei Hübschen zumindest indirekt erschaffen hat. Niemand in der Grundlagenphysik bestreitet mehr, dass es einen Urknall gab. Durch diesen sogenannten Big Bang entstand unser gesamtes Universum. Und jetzt kommt das Interessante dabei: In erster Linie war der Urknall nicht der

Beginn unseres Universums, sondern vor allem die Geburt von Zeit. Der Urknall hat die Zeit erschaffen. Und nur aus diesem Grunde kann eine splitternackte Blondine auf meinem Bett liegen und sich gewaltige Mengen von Sushi in den Rachen schieben.«

Lucy bekam eine kleine Gänsehaut. Diese bekam sie nur dann, wenn sie Informationen erhielt, die für ihr weiteres Leben einschneidend waren. Sie hakte nach: »Wenn der Urknall die Zeit hervorgebracht hat, dann wäre es völlig sinnlos zu fragen, was vor dem Urknall gewesen ist, nicht wahr?«

»Exactamente, mi amor«, rief Sam euphorisch in Richtung Lucy. »Du kennst doch die weltberühmte Formel von Einstein $e = mc^2$ – Energie ist gleich Materie mal Lichtgeschwindigkeit im Quadrat. Die Geschwindigkeit ist eine Funktion der Zeit. Wenn man in diese Gleichung für die Zeit Null einsetzt, führt dies im Ergebnis ebenso zu Null. Ist die Zeit Null, ist Materie Null und die Energie ist ebenso Null. Verschwindet die Zeit, verschwindet alles.«

Lucy war begeistert und stellte fest: »Das heißt, jegliche Überlegungen über den Urknall sind völlig absurd, weil durch den Urknall selbst erst Gedanken ermöglicht wurden. Ich kann mir keine Frage zu etwas stellen, das die Frage selbst erschaffen hat. Denn unser Gehirn kann nur in den Dimensionen von Raum und Zeit denken.«

Sam antwortete: »Das hast du präzise ausgedrückt, mein Schatz. Wenn Physiker vom Urknall sprechen, dann meinen sie eigentlich immer nur die Zeit wenige Millisekunden danach. Alle wissenschaftlichen Untersuchungen, Messungen und mathematische Berechnungen können infolgedessen nur Zeiträume nach dem Urknall beschreiben. Der Fortschritt liegt lediglich darin, mit den Berechnungen zeitlich immer näher an den eigentlichen Urknall heranzukommen. Die Untersuchung des Urknalls selbst bleibt für unser Neugierde auf immer und ewig tabu.«

Lucy runzelte die Stirn: »Warum sagt uns das keiner?«

»Erstens würde das niemand verstehen, und zweitens würden die Grenzen zwischen Wissenschaft und Religionslehren schwammiger werden. Das könnte die Menschheit ziemlich verunsichern, wenn Astrophysiker öffentlich formulieren würden, dass unsere Welt nicht entstanden ist, sondern vielmehr eingeschaltet wurde.«

Lucy reagierte mit einer gesunden Portion Misstrauen: »Aber alle Sterne, Galaxien, Planeten und vor allem das Leben selbst haben doch Milliarden von Jahren benötigt, um entstehen zu können?«

»Aber der dafür notwendige atomare Baukasten entstand praktisch sofort«, klärte Sam Lucy auf. »Bereits eine Sekunde nach dem Urknall entwickelten sich die ersten Elektronen. Während den folgenden drei Minuten stieg die Temperatur auf circa eine Milliarde Grad Celsius und die ersten Atome entstanden – überwiegend Wasserstoff, rund fünfundzwanzig Prozent Helium und wenig Lithium, Beryllium sowie Bor. Bereits nach fünfzehn Minuten waren tatsächlich alle Bausteine des atomaren Universums fix und fertig erschaffen.«

»Wow, nach fünfzehn Minuten? Das war mir so nicht bewusst.«

Sam ergänzte noch: »Danach bildeten sich zwar in den Sternen durch Kernfusion alle diejenigen Atome, die wir aus unserem heutigen Periodensystem der Elemente her kennen, aber im Prinzip war dies lediglich die Verschmelzung derjenigen Bausteine, die bereits nach den ersten fünfzehn Minuten vorhanden waren.«

Sam berührte nun Lucy mit beiden Händen und sagte: »Diese zwei Hübschen wurden tatsächlich durch den oder das erschaffen, was die Zeit eingeschaltet hatte. Deine beiden Brüste bestehen aus etwas, was bereits fünfzehn Minuten nach dem Urknall vorhanden war.«

»Wow, ich bestehe zumindest indirekt aus etwas, was

13,8 Milliarden Jahre alt ist?«

Sam nickte.

»Kenne ich den Typen, der die Zeit eingeschaltet hat, dann kenne ich doch Gott, oder nicht?«

»Dies könnte man umgangssprachlich durchaus so formulieren«, gab Sam Lucy recht.

In Lucys Kopf tauchten plötzlich Bilder von der jungen Gazelle auf. »Es existiert also etwas, was dieses irrsinnige Spiel der Evolution eingeschaltet und vielleicht sogar erfunden hat. Wenn sich nur die Stärksten, Schönsten und Schnellsten fortpflanzen können, und dabei alle Schwachen, Kranken und Langsamen auf der Strecke bleiben, wie es im Laufe der letzten Milliarden Jahre der Fall war, dann sehe ich darin nichts Gutes. Ist dieser Gott vielleicht völlig talentfrei in Sachen Empathie? Soll es denn wirklich sein, dass wir uns auch weiterhin daran gewöhnen müssen, dass sich Lebewesen gegenseitig bei lebendigem Leibe zerfetzen, zerreißen und auffressen? Müssen wir Menschen nicht heilfroh darüber sein, dass Apfelbäume kein Antlitz mit süßen Augen besitzen, in die wir hineinschauen müssten, wenn wir ihnen ihre Babys aus dem Leibe reißen? Könnten wir uns noch wohlfühlen, wenn Getreidekörner quälende Laute von sich geben würden, wenn wir sie zerquetschen und zermahlen, um sie anschließend in unsere Münder zu stopfen. Spielt Gott ein böses Spiel mit uns? Haben wir deshalb diesen niedlichen Begriff *Natur* erfunden, damit wir verdrängen können, dass Gott ein mitleidloses und brutales Dasein erschaffen hat?«

Sam zog die Notbremse. Ihm war klar, wenn die Unterhaltung in diese Richtung weiter verlaufen würde, dann wäre Lucys Gefühlslage wieder in Gefahr zu kippen. Er machte daher den Vorschlag: »Was hältst du davon, wenn wir langsam das Licht ausmachen und das Thema wechseln, meine Liebe?«

Lucy kapierte sofort. Obwohl sie Sam für sein Einfühlungsvermögen liebte, konnte sie sich dennoch eine kleine Spitze nicht verkneifen: »Keine Sorge, schöner Mann, ich behalte meine Konzentration für diesen schönen Moment aufrecht. Du musst nicht ständig für mich mitdenken. Ich habe längst beschlossen, dass ich das, was vorhin mit mir in meiner Wohnung passierte, nie wieder zulassen werde. Dennoch habe ich gerade das große Bedürfnis, diesem Typen im Himmel auf die Schliche zu kommen. Aber vielleicht hast du recht, es ist schon ziemlich spät geworden. Lass uns schlafen gehen.«

Lucy und Sam schoben alle Hinterlassenschaften ihrer Nahrungsaufnahme in Richtung Bettumrandung, löschten alle Kerzen aus, und Lucy schob ihren Rücken zu Sam hinüber. Während sie es sich in seinen Armen gemütlich machte, sagte sie: »Sam, ich bekomme diesen Gott nicht mehr aus dem Kopf. Zudem habe ich ein bisschen Angst, dass ich enttäuscht sein könnte, wenn ich ihn kennenlerne.«

Sam antwortete, während er sich noch etwas enger an Lucys Körper schmiegte: »Ich kann das gut verstehen, aber ich kann dir nur einen Rat geben: Wenn du annimmst, dass der Erfinder von Raum und Zeit gleichbedeutend ist mit einem Gott, musst du gleichzeitig im Hinterkopf behalten, dass für ihn selbst Raum und Zeit nicht existieren kann. Damit ist er, zumindest aus menschlicher Perspektive, zu jeder Zeit an jedem Ort. Er ist nirgendwo und überall. In seiner Welt kann es infolgedessen keine Vergangenheit, keine Gegenwart und keine Zukunft geben. Einen bestimmten Aufenthaltsort ebenso nicht. Kannst du dir das vorstellen?«

Lucy murmelte: »Schwierig – das liegt außerhalb meiner Vorstellungskraft. Du willst mir also sagen, dass ich mir von einem Gott selbst kein Bild machen darf, weil es sonst ein sinnloses Unterfangen wäre? Aber ich kann mir doch zumindest Gedanken machen, wie die Spielregeln sind, die er hinterlassen hat, oder nicht?«

Sam, der ebenfalls schon etwas schläfrig war, sagte leise: »Genau, wir sollten nicht nach Gott suchen, sondern nach dem, was er uns hinterlassen hat.«

»Aber wenn es nicht möglich ist, einen Gott zu verstehen, weil wir begrenzt sind, in Raum und Zeit denken zu müssen – er aber nicht – dann können wir doch auch nicht verstehen, was er erschaffen hat, oder?«

»Genau!«, antwortete Sam mit müder Stimme.

Lucy drehte sich kurz um, gab Sam einen dicken Gutenachtkuss, und sagte: »Ich wünsche dir süße Träume.«

Anstelle einer Antwort, hörte Lucy nur noch ein regelmäßiges Atmen. Sie lag noch eine Weile da, und ließ den schönen Abend vor ihrem geistigen Auge vorbeiziehen. Der letzte Gedanke, bevor Lucy in den Schlaf fiel, war:

VERSUCHE NICHT, DIE WELT ZU VERSTEHEN!

Als Lucy barfuß zu ihrer Wohnung hinunterlief, war es schon fast Mittag. Sie war gerade dabei, ihre Eingangstür aufzuschließen, als ihr die Ehefrau von Sam entgegenkam. »Hey, Lucy, das ging ja heute Nacht ziemlich hoch her bei euch«, wurde Lucy freundlich begrüßt.

»Oje, Bella, war ich denn sehr laut?«, fragte Lucy kleinlaut zurück – sich ihres gewaltigen Stimmvolumens sowie der Tatsache bewusst, dass Bella in diesem hellhörigen Haus direkt eine Etage unter Sam wohnte.

»Du weißt doch, ich höre dich gerne«, strahlte Bella Lucy an. »Und super siehst du aus. Das hat dir gutgetan. Ich hatte mir die letzten Wochen schon einige Sorgen gemacht. Es schien, als würde deine Stimmung von Tag zu Tag schlechter werden.«

»Magst du noch auf einen Kaffee reinkommen?«, fragte Lucy in der Hoffnung, dass Bella ihr ein bisschen Gesellschaft leisten könnte, da sie Angst hatte, alleine in ihrer Wohnung wieder die Fassung zu verlieren.

Bella schüttelte den Kopf: »Schade Lucy, gerne hätte ich mit dir noch einen Kaffee getrunken, allerdings muss ich dringend hoch, da ich gleich mit Clara einen Telefontermin habe.«

Lucys Enttäuschung über Bellas Antwort war augenscheinlich, deshalb reagierte Bella sofort: »Heute Abend ginge es aber, meine Liebe. Wäre das okay für dich?«

Lucy schaute Bella dankbar an und umarmte sie spontan: »Das wäre wirklich schön. Das würde mich freuen.«

»Ich komme gegen 20 Uhr zu dir runter.«

»Fein, dann koche ich was für uns«, erwiderte Lucy freudestrahlend. Schließlich befreite sich Bella sanft aus Lucys Umklammerung, und verschwand im Treppenaufgang in Richtung vierte Etage.

Lucy drehte sich daraufhin um, betrat ihre Wohnung, und ließ die Tür hinter sich zufallen. Sie stand nun etwas verloren in ihrem Flur, und sie wusste sofort, was nicht stimmte: Schon gestern konnte sie das Fehlen von Lunas freudiger Begrüßung kaum ertragen. *Diese selbstlose Liebe, die nie weniger wurde, die nie durch irgendwelche Launen beeinträchtigt war, die immer authentisch wirkte, wird nie mehr auf dich warten*, trauerte Lucy innerlich.

Lucy wollte gerade zu der Ladestation ihres Smartphones laufen, als sie plötzlich stoppte und sich dachte: *Mensch Lucy, auch das ist völliger Nonsens. Du bist online auf ganzer Linie lahmgelegt. Kapier´ das jetzt endlich mal und finde dich damit ab – keine Luna, keine Likes, keine freudigen Kommentare – nichts. Ich bin allein!*

Einsamkeit dominierte jetzt wieder Lucys Gefühlslage. *Gott sei Dank besucht mich Bella nachher*, fiel Lucy schließlich ein Stein vom Herzen.

Während sie sich überlegte, was sie für Bella kochen könnte, stiegen wieder Erinnerungen hoch. Lucy dachte daran, wie sie damals Bella kennenlernte. Sie war eine anerkannte Psychologin mit eigener Praxis, und kurz nach dem Selbstmord von Lucys Sohn machte sie eine Therapie bei ihr. Lucy brauchte eine professionelle Trauerbegleitung, um nicht wegen dem Verlust ihres Kindes den Verstand zu verlieren. Mithilfe von Bella schaffte sie es schließlich, zumindest den Tod ihres geliebten Kindes zu ertragen, und das, ohne von Selbstmordgedanken gequält zu werden. Nachdem die Therapie bei Bella vorbei war, brach der Kontakt zu ihr jedoch nie ab. Nach und nach entstand eine tiefe und sehr authentische Verbindung. Bella wurde zu einer wahren Freundin. Lucy war dankbar über ihre Authentizität. Alles, was von Bella zu hören und zu sehen war, kam grundsätzlich von Herzen und war echt. Die Freundschaft zu Bella wurde zunehmend intensiver, bis es dazu kam, was kommen musste.

Lucy landete regelmäßig an dem Ort, wo sie gerade heute Nacht atemberaubende Stunden erlebt hatte. Sie erinnerte sich noch ziemlich genau, wie sie gerade mit Bella im Ehebett zugange war, als plötzlich ein großgewachsener Mann sichtlich amüsiert am Türrahmen des Schlafzimmers lehnte. Er trug seine schneeweißen Haare zu einem Zopf gebunden, was sein markantes und gut geschnittenes Gesicht zum Hotspot seiner Erscheinung machte. Es war Sam, der Ehemann von Bella. Er wohnte noch mit ihr zusammen, obwohl das Ehepaar schon längst getrennte Wege gegangen war. Nachdem Lucy damals den grinsenden Herrn entdeckte, tippte sie Bella an, und sie kam unter der Bettdecke zum Vorschein. Sie drehte sich gelassen um, begrüßte ihren Noch-Ehemann freundlich, und stellte ihm Lucy vor. Gleichzeitig fragte sie Lucy, ob sie Sam etwas näher kennenlernen wolle. Sie stimmte zu, und schließlich verbrachten sie zu dritt einen wunderschönen Sonntagnachmittag im Bett.

Kurze Zeit danach lernte Bella ein zwanzig Jahre jüngeres ehemaliges Model kennen und zog mit ihr im gleichen Haus ein Stockwerk tiefer ein. Lucy blieb jedoch bei Sam, um ihn weiterhin regelmäßig zu besuchen. Sie wurde zu Bellas Nachfolgerin. Nachdem eine weitere Wohnung frei wurde, zog auch Lucy in das 10-Parteien-Haus um, und es entstand eine ungewöhnliche, aber harmonische Hausgemeinschaft.

Während Lucy in ihren Erinnerungen schwelgte, lief sie ziellos in ihrer Wohnung umher. Dabei wurde sie wieder von einer seltsamen Stimmung erfasst. Sie dachte an den gestrigen ungewöhnlichen Abend. Zuerst war sie zu Tode betrübt und nur wenig später wurde sie von purer Lebensfreude geküsst. Als emanzipierte und unabhängige Frau wollte sie den Gedanken auf keinen Fall zulassen, dass sie nur ordentlich hergenommen werden müsste, um sich gut fühlen zu können. »So einfach kann das nicht sein«, sprach Lucy zu sich selbst, während sie überlegte, wie sie ihre Zeit totschlagen könnte.

»Ich muss mich jetzt ablenken, sonst endet der Tag wieder in einer Katastrophe«, versuchte sie sich selbst zu therapieren. Sie nahm eine Visitenkarte in die Hand, die sie gestern erhalten hatte, als sie bei der Polizei Strafanzeige gegen Unbekannt erstattete. Sie erreichte telefonisch schnell den richtigen Beamten und erkundigte sich, ob es was Neues gäbe. Das Telefonat war nur kurz, und zum Schluss hörte sie am anderen Ende der Leitung die Worte: »Wenn wir mehr wissen, dann melden wir uns bei Ihnen, Frau Doktor Schmitt.«

Lucy wusste sofort, was diese Aussage für sie bedeutete. Kein Mensch würde ihr bei ihrem gewaltsam blockierten Onlinebusiness unter die Arme greifen.

Sollte sie die Idee mit der PR-Arbeit als Journalistin vielleicht doch vergessen, und sich stattdessen einen nagelneuen Onlineauftritt zulegen? Neue Social-Media-Kanäle könnte sie schnell und problemlos anlegen. Dazu wäre sie technisch ohne Weiteres in der Lage. Auch die derzeit blockierten Homepages durch nagelneue zu ersetzen, wäre für Lucy ebenso in nur wenigen Tagen problemlos machbar. *Nur wie bekomme ich in kurzer Zeit meine sechsstellige Fangemeinschaft zurück?*, schoss es durch Lucys Kopf. Sie konnte sich noch gut erinnern, wie sie über Jahre hinweg täglich am Rechner saß und stundenlang Storys, neue Abonnenten, Klicks, Follower und Likes generierte. Dazu gehörte natürlich auch das Ertragen von Dick Pics, Verrückten und Psychopathen. Nicht zu vergessen die Unmenge von naiven und weltfremden Männern, die glaubten, die Liebe ihres Lebens online finden zu können. Das alles kostete Lucy viel Kraft und anstrengende diplomatische Fähigkeiten. Niemals durfte man sich online Feinde machen, sonst drohte ein Shitstorm, der täglich wie ein Damoklesschwert über dem Business hing.

Lucy setzte sich schließlich an ihren Küchentisch und dachte:

Habe ich noch genug Kraft und Toleranzbandbreite, einen Neubeginn zu schaffen? Kann ich dieses Schauspiel noch abliefern?

Lucys Gedanken machten sich wieder selbstständig. Sie hüpften in ihrem Kopf wie von selbst von einem Thema zum anderen. *Oder sollte ich vielleicht Monika in Neuseeland anrufen? Sie würde mit ihrer Familie sicher gerade am Frühstückstisch sitzen. Nein, lieber doch nicht*, entschied sie sich gleich wieder um, *die haben sicher Besseres zu tun, als sich meine lächerlichen Alltagssorgen anzuhören. Vielleicht sollte ich mir eher meine dicke Kontaktliste von Verehrern zu Gemüte führen. Ein amüsanter Spofi würde mir jetzt sicher guttun.*

Als Spofi bezeichnete Lucy einen bestimmten Männertyp. Es war die Abkürzung für *Sportficker*. So titulierte Lucy leistungsorientierte Wichtigtuer, die mit ihrer wettbewerbsorientierten männlichen Lebensphilosophie die Welt nur zweidimensional erfassen konnten. Spofis sahen Lucys Meinung nach alles unter dem Aspekt *Gewinnen oder Verlieren*. Es ging nie um das weibliche Wesen selbst, sondern einzig und allein um den Akt der Eroberung. Lucy sprach nun ihre Gedanken laut aus: »Ihr Spofis reißt euch beim Sex wenigstens den Arsch auf, und ihr seid bereit, über eure natürliche Leistungsgrenze hinauszugehen. Wenn ich euch das Gefühl gebe, ein toller Hirsch zu sein, dann verwöhnt ihr mich rundum. Ich muss lediglich darauf achten, dass ich aus eurer Sicht als eroberungswürdige Trophäe gelte, dann kann ich mir erlauben, was ich will.«

Lucy begann nun gedanklich die Liste ihrer Verehrer durchzugehen. *Ein bisschen Prinzessin zu spielen, wäre wahrlich nicht schlecht. Und bezahlen tun die eh immer. So ein Trottel wäre für die nächsten Tage ideal, um mich ablenken zu können. Das wären dann zwar oberflächliche Stunden, aber Spofis sind schließlich auch Entertainer. Das kann durchaus amüsant sein, schließlich tun sie alles, um dich rumzukriegen*, dachte sich Lucy gerade, als sich plötzlich eine andere Seite ihrer Persönlichkeit zu Wort meldete: *Halt! Hör mit diesem asozialen Quatsch auf.*

Lucys versuchte ihr Gehirn zu bändigen. Jedoch war dies

von wenig Erfolg gekrönt. Schnell tauchte wieder ein Bild ihrer Hündin auf. *Wie sehr würde ich mir jetzt wünschen, wenn Luna da wäre*, jammerte Lucy gedanklich weiter. Zusätzlich begannen andere Bilder und Sehnsüchte Lucys Geist zu quälen, und zu guter Letzt verlor Lucy endgültig die Kontrolle über ihren Kopf. Er verselbstständigte sich, und er durfte wieder machen, was er wollte.

»Stopp!«, hallte es plötzlich laut durch Lucys Wohnung. Lucy erschrak, um im gleichen Atemzug die rauchige und markante Stimme von Bella zu erkennen. Sie hob ihren Kopf und sah Bella direkt vor sich stehen. Bella musterte Lucy mit strengem Blick. Dieser Gesichtsausdruck erinnerte Lucy an die Zeit, als sie noch bei ihr in Therapie war.

»Aufwachen, meine Liebe!«, rief Bella noch einmal. »Was ist los? Warst du mit deinem Kopf gerade in den unendlichen Weiten des Weltraums? Da deine Tür offenstand, war ich so frei, ungefragt einzutreten.«

»Wie? Es ist schon 20.00 Uhr?«, reagierte Lucy erschrocken – wohl wissend, dass sie noch immer in ihrem Bademantel dasaß. »Wie ist das möglich, eben war es doch noch Mittag? Scheinbar bin ich in ein Zeitloch gefallen«, lächelte Lucy etwas verlegen. »Wir wollten kochen, nicht wahr?«

»Ich hatte mir schon gedacht, dass das nicht klappt«, sagte Bella gelassen, und hob einen mit Stickereien reich verzierten Leinenbeutel hoch. »Ich habe köstliche Nüsse, französischen Käse, eingelegte Oliven, getrocknete Tomaten, Weißbrot und einen leckeren Bordeaux Grand Cru dabei. Lass uns doch mal wieder einen schönen französischen Abend machen.« Bellas musternder Blick verwandelte sich in einen fragenden und etwas verliebten Gesichtsausdruck.

Lucy wusste sofort, was dieser Blick zu bedeuten hatte. Sie war sich darüber klar, dass Bella noch immer an ihr hing. Obwohl Lucy ihre Bi-Zeit weit hinter sich gelassen hatte, fand sie den

Vorschlag dennoch nicht uninteressant. »Das würde mich vielleicht etwas entspannen«, gab Lucy zu. »Aber ich habe Sam noch in mir«, entgegnete sie, wohl wissend was sich gehörte.

»Das hat meine Nase bereits herausgefunden, aber mach dir keine Sorgen, ich habe Sam auch heute noch gerne.« Bella öffnete sanft Lucys Bademantel und kniete sich vor ihr nieder. Lucy lehnte sich entspannt in ihre Stuhllehne und ließ Bella gewähren. Nach wenigen Minuten war das Ziel erreicht.

Bella kam wieder zum Vorschein und nahm Lucy in ihre Arme. Lucy genoss diese körperliche Nähe und hauchte in Bellas Ohr: »Ich danke dir für deine Großzügigkeit, meine Liebe.« Lucy sah jetzt in schöne große, schwarze Augen einer lebenserfahrenen und selbstsicheren Frau. Lucy kam es manchmal so vor, als würde dieser fast sechzigjährige Engel mit seinen langen, henna-roten Haaren im Alter immer schöner werden.

Bella beendete sanft die Umarmung von Lucy, um auf den Punkt zu kommen: »Magst du mir jetzt erzählen, was los ist? Ich spüre deutlich tiefes Leid in dir.«

Während Lucy aufstand, zahlreiche Kerzen im Raum verteilte und Bellas mitgebrachte Leckereien auf ihrem Couchtisch liebevoll drapierte, erzählte sie alles. Bella unterbrach sie nicht und lauschte aufmerksam, um anschließend ein Fazit zu ziehen. »Könnte man zusammenfassend feststellen, dass du ohne deine Hündin und ohne dein verdammtes Internet nicht mehr leben kannst?« Lucy war sofort klar, dass Bella einen Volltreffer gelandet hatte. Bella fuhr hingegen unbeeindruckt fort: »Natürlich ist es furchtbar, ein geliebtes Lebewesen zu verlieren – keine Frage –, und dann noch auf diese tragische Art. Es ist jedoch in keiner Weise normal, dass dich das derart aus der Bahn wirft. Vielleicht leidest du aber auch eher an Existenz- und Zukunftsängsten? Welche Einnahmen fallen denn weg, wenn dein Onlinebusiness blockiert ist?«

»Na ja«, antwortet Lucy kleinlaut, »es ging in letzter Zeit etwas zurück.«

»Wie viel? Spuck es aus, Lucy!«, forderte Bella, ihr reinen Wein einzuschenken. Schließlich nannte Lucy ihre Zahlen aus den letzten Monaten.

»Nach allen Abzügen?«, fragte Bella verwundert nach.

»Nein, natürlich nicht. Davon gehen noch alle Kosten, Sozialversicherung und die Steuer ab.«

Bella war schockiert. »Und was ist mit der Altersvorsorge und der Liquiditätsreserve für Krankheit, Wirtschaftskrise, Corona-Pandemien, Urlaub oder für solche Fälle wie jetzt gerade?«

»Habe ich nicht«, antwortete Lucy immer kleinlauter werdend.

Bella, die als Bestsellerautorin und Praxisinhaberin sehr gut Bescheid wusste, was Selbstständige zu beachten haben, schaute Lucy mit hochgezogenen Augenbrauen fragend an. »Du hättest doch das Dreifache, wenn du deinem eigentlichen Beruf nachgehen würdest.«

»Ich habe dir doch erzählt, woher ich kam, bevor Luna ihr Leben verlor. Da hatte ich seit langer Zeit mal wieder einen Auftrag angenommen, und schon ging das Ganze schief. Außerdem erschien mir die Perspektive für mein Onlinebusiness bedeutend lukrativer. Mein Ziel war immer durch die Welt zu reisen, und irgendwo am Strand bei Sonne, blauem Himmel und Meer mein Geld zu verdienen.«

»Und? War dieses Ziel jemals in greifbarer Nähe?«, provozierte Bella weiter.

»Ich weiß«, gab Lucy zu, »natürlich nicht.«

Bella wollte nicht lockerlassen. »Ich kenne deine zahlreichen Accounts ziemlich gut. Da habe ich bisher nur eine Lucy gesehen, die eigentlich nur ihren sexy Körper ins rechte Licht rückte und irgendwelche Kosmetika in die Kamera hielt.«

»Jaaa, schooon«, fühlte Lucy sich ertappt, »das gehört halt zum Geschäft. Aber ich war immer darauf bedacht, dass intime Körperstellen tunlichst bedeckt waren. Aber im Prinzip hast du schon recht. Es ist natürlich unbestritten, dass, wenn man zumindest subtil zeigt, was man zu bieten hat, die Fangemeinde schneller anwächst. So ist das eben – Sex sells.«

Bellas Mimik verriet Lucy, dass sie ihr nichts vormachen konnte. »Okay Bella, ist ja schon gut. Ich gebe es zu. Wenn ich täglich höre, wie toll ich aussehe, dann ist dies schon etwas, was ich durchaus genieße. Das hebt meine Stimmung, schließlich bin ich nicht mehr die Jüngste. Kannst du dich nicht mehr daran erinnern, unter welchen großen Selbstzweifeln und Minderwertigkeitskomplexen ich litt? Seit ich mein Onlinebusiness am Laufen habe, ist das viel, viel besser geworden.«

Bella wechselte scheinbar das Thema. »Mit wie vielen Männern warst du denn seit unserer Therapie im Bett?«

»Was soll denn diese Frage jetzt?«, zeigte sich Lucy etwas verlegen. Sie entschloss sich aber Bella einzuweihen: »Ich weiß nicht mehr so genau. Ich denke ungefähr zwanzig.«

»Wie bitte? In vier Jahren zwanzig verschiedene Männer? Also im Schnitt jeden zweiten Monat ein nagelneuer Mann?«, wunderte sich Bella weiter, »und niemals ist daraus eine Beziehung entstanden?«

»Na ja, ich hatte es immer nur mit Spofis zu tun«, verteidigte sich Lucy halbherzig. »Der einzige Mann, zu dem ich mich in den letzten Jahren richtig hingezogen fühlte, war und ist dein Sam.«

»Und den hast du durch mich kennengelernt! Was sind eigentlich Spofis?«

»Ich bezeichne so Männer, die mich einseitig verwöhnen, alles für mich tun und sich ausreichend anstrengen. Spofi ist die Abkürzung für Sportficker«, entgegnete Lucy trotzig.

»Also, meine Liebe, berichtige mich bitte, wenn ich etwas falsch verstanden habe«, versuchte Bella ein Resümee zu ziehen. »Du hast seit unseren damaligen Sitzungen deinen Alltag damit verbracht, eine Liebesbeziehung mit einem Hund zu führen, in deiner Wohnung Herzchen und Blümchen am Computer einzusammeln und abends hast du dich regelmäßig zum Essen einladen und dich danach durchficken lassen. Findest du nicht, dass du damit hundert Jahre Feminismus mit Füßen trittst?«

»Ich habe halt nur solche Typen angezogen«, klagte Lucy, während sie ihre Tränen versuchte zu unterdrücken.

»Was heißt denn angezogen?«, fragte Bella sichtlich genervt.

»Na ja, ich bin nur von solchen Männern angesprochen worden«, antwortet Lucy.

»Und wie viel hast du angesprochen?«

»Keine«, gab Lucy zu.

Bella verdrehte die Augen. Dennoch beschloss sie jetzt keine feministische Standpauke zu halten. Stattdessen sagte sie: »Und jetzt ist dein Hund als Liebeslieferant ausgefallen. Du bekommst keine Aufmerksamkeit mehr im Netz, und jetzt müssten eigentlich deine Sportficker wieder einspringen, was aber nicht klappt, weil in deinem Kopf nur Sam herumspukt, der aber an einem konservativen Partnerschaftsmodell nicht interessiert ist. Könnte man das Ganze so auf den Punkt bringen?«

Lucy sank in sich zusammen und fing an zu weinen. Bella rutsche zu Lucy rüber, nahm sie bedächtig in ihre Arme und strich über ihr blondes Haar. »Entschuldige bitte, vielleicht war es ein bisschen zu hart formuliert.« Bella beschloss, erst einmal nichts mehr zu sagen, stattdessen streichelte sie Lucys Rücken.

Lucy verlor aber nicht ihre Fassung, schließlich konnte sie sich noch an die vorherige Nacht erinnern, in der ihr bei Sam ein kleines Licht aufgegangen war. Nach wenigen Minuten hob sie ihren Kopf, schaute direkt in Bellas mitfühlende Augen, und sagte: »Ach, Bella, ich wollte dies alles nie wahrhaben. Ich habe mich schon länger gefragt, warum ich täglich viele Stunden meiner Zeit vor der Kiste verbringe. Aber verstehe bitte meine Situation: Das erste Mal in meinem Leben hatte ich das Gefühl, ein wenig prominent zu sein. So viele Menschen haben sich auf einmal für mich interessiert, und irgendwann kommst du in die Situation, dass dir positive Onlinefeedbacks wichtiger und wichtiger werden. Dabei vergaß ich meine Sorgen um meine finanzielle Existenz. Und jetzt hat das alles ein jähes Ende genommen. Und die scheiß Polizei schert sich einen Dreck darum.«

Bella ließ nicht locker. »Ich weiß aber auch, dass du mit deiner PR-Arbeit als Journalisten nicht unerfolgreich warst.«

»Das stimmt, da hatte ich zumindest eine bessere Einnahmensituation, aber es konnte mich nie zufriedenstellen. Ich wollte mich selbst verwirklichen. Ich suchte etwas für mein Herz«, gab Lucy zu bedenken.

»Und davor? Da warst du doch beim ZOD beschäftigt und auf dem besten Weg eine Beamtenkarriere hinzulegen. Das wäre doch eine super Perspektive gewesen. Sam hat sich mit seiner Beamtenlaufbahn sogar dieses Haus, in dem wir beide gerade wohnen, leisten können und als Pensionär wird er heute mit Geld förmlich überschwemmt.«

»Der Job beim ZOD berührte mein Herz nicht. Ich empfand ihn als unerträglich. Diese perfide mediale Volkserziehung hatte mich einfach zu sehr an unser Staatsfernsehen erinnert, als es noch die DDR gab. Wenn du als Journalistin nichts bringen kannst, was wichtig ist oder wenn du alles in Halbwahrheiten verpacken musst, dann macht dich das früher oder später kaputt.«

»Damals hattest du mir deine Situation aber etwas anders dargestellt. War nicht der Hauptgrund deiner Unzufriedenheit, dass du nicht genug Wertschätzung von deinen Vorgesetzten erhalten hattest?«

Lucy erinnerte sich. »Das habe ich dir während unseren Sitzungen erzählt, nicht wahr? Dieser Müller und dieser Meier waren einfach nur lächerliche Figuren. Ich konnte nicht ertragen, dass solche schmierigen Affen mir jeden Tag vorschreiben konnten, was ich zu tun oder zu lassen hätte.«

Bella widersprach weiterhin: »Ich denke, dass es dir damals besser ging als heute.«

»Da gab es ja auch noch meinen Gatten Migel. Bis zu seinem

schweren Autounfall hatten wir eine so schöne Zeit, das kannst du dir überhaupt nicht vorstellen«, sagte Lucy in einem wehmütigen Tonfall.

»Und du hattest deine Zwillinge«, ergänzte Bella, obwohl sie sich des Risikos bewusst war, Lucy damit an ihren toten Sohn zu erinnern.

»Ja, meine Kinder waren noch da«, war leise von Lucy zu hören.

»Das heißt, du hattest es beim schlimmen ZOD ganz gut aushalten können, weil du ein wunderschönes Privatleben führen konntest? Was war denn aus heutiger Sicht das Schönste für dich?«, fragte Bella, die bereits in ihrem Therapeutenmodus angelangt war.

Bei Lucy tauchten plötzlich bestimmte Einsichten auf. Sie richtete sich auf ihrer Coach auf und sagte: »Migel hat mich unendlich geliebt, und mit meinem Sohn Michael hatte ich ein überaus vertrautes und liebevolles Verhältnis. Selbst als er schon ein junger Mann war, riss diese enge und wundervolle Verbindung nie ab.«

Bella sagte daraufhin: »Und mit seiner Schwester hattest du darüber hinaus noch eine gute Freundin.«

Lucy wurde jetzt immer konzentrierter: »Ich weiß, ich war nie eine typische Mutter. Insbesondere nach Monikas Pubertät sind wir oft zusammen, wie zwei Freundinnen, einkaufen gegangen. Und später, als Monika etwas älter war, haben wir sogar das Nachtleben zusammen aufgemischt. Diese Zeit war so schön, aber jetzt, liebe Bella, dämmert es mir langsam.«

»Und?«, fragte Bella gespannt auf die Antwort.

»Migel, Michael und Monika waren damals nur meine Liebeslieferanten!«, kam plötzlich über Lucys Lippen.

»Und was fällt dir darüber hinaus noch auf, wenn du deine letzten fünfundzwanzig Jahre Revue passieren lässt?«

Lucy senkte den Kopf und sagte zögerlich: »Ich renne schon mein halbes Leben lang herum, um Wertschätzung, Beachtung und Aufmerksamkeit zu bekommen. Zuerst von Migel, dann von meinen Zwillingen. Und als diese nicht mehr zu Verfügung standen, habe ich mir einen Hund gekauft, mir im Internet ein applaudierendes Publikum zugelegt und mir von einer Horde von Männern täglich bestätigen lassen, was für eine tolle Frau ich bin.«

»Super, ich habe nichts hinzuzufügen«, freute sich Bella über Lucys einsichtige Worte.

Lucy war dankbar, dass sie mal wieder an ihr eigentliches Lebensproblem erinnert wurde, und sagte: »Ich bin darauf angewiesen, geliebt zu werden, weil es mir an Selbstliebe mangelt. Ich brauche für das eigene Überleben die Liebe anderer. Wie konnte ich so bescheuert sein, wieder in dieses alte Fahrwasser zu geraten?«

»Das frage ich mich gerade auch«, stimmte Bella zu. »Wir sind schon damals zu diesem Schluss gekommen. Deine tiefen Selbstzweifel sind das Problem, obwohl du objektiv betrachtet fast ein perfekter Mensch bist. Ich habe in meiner langen Laufbahn selten jemanden kennengelernt, der mehr emotionale, intellektuelle und körperliche Fähigkeiten vorweisen kann als du, aber dennoch nicht fähig ist, sich selbst dahingehend zu reflektieren.«

Lucy strahlte jetzt wie ein Honigkuchenpferd. Sie war gerührt, ein solches Kompliment zu hören, und dies aus dem Munde einer Frau, die sie von Anfang an bewundert und verehrt hatte. Sie fiel in Bellas Arme. »Oooh, du wunderbarer Mensch, ich danke dir von Herzen für diese magischen Worte. Das tut so unendlich gut. So sehr wünsche ich mir, dass ich mich selbst ähnlich positiv einschätzen könnte.«

Lucy gestand sich jetzt ein, einmal mehr ihr Hauptproblem verdrängt zu haben. »Bella, wie du weißt, habe ich nach dir noch andere Therapeuten und Coachs konsultiert. Ich habe damals auch zig einschlägige Bücher gelesen und nächtelang in Online-Chats diskutiert, aber niemand konnte mir den Schlüssel zu mehr Selbstliebe geben. Ich befürchte zudem, dass sich Michael nur deshalb umbrachte, weil er das gleiche Problem hatte wie ich selbst. Obwohl ich alles – und glaube mir bitte – wirklich alles getan habe, um aus unseren Zwillingen starke, authentische und empathische Persönlichkeiten zu machen, hat dies zwar bei Monika zu hundert Prozent funktioniert, aber bei Michael habe ich versagt.«

Bella rutschte nun etwas näher zu Lucy. »Okay, Lucy, wenn du mir versprichst, dass das, was ich dir gleich offenbaren werde, niemals in die Öffentlichkeit gelangt, erkläre ich dir meine ureigene Sicht der Dinge.« Bella holte tief Luft, nahm einen großen Schluck Rotwein, und begann ihre Rede: »Ich möchte jetzt gegen die aktuelle akademische Lehrmeinung verstoßen. Wenn sich das herumspricht, verliere ich für meine Praxis die Kassenzulassung. Also muss das, was ich jetzt von mir gebe, wirklich unter uns bleiben.«

Lucy nickte und sagte: »Selbstverständlich Bella. Du kannst dich auf mich verlassen.«

Bella sprach weiter: »Als du bei mir in Therapie warst, bin ich zu der Überzeugung gelangt, dass du bei der Erziehung deiner Zwillinge alles richtig gemacht hast, schließlich bist du eine Perfektionistin. Wenn du etwas machst, dann machst du es nicht nur gut, sondern in der Regel perfekt. Es gibt jedoch einen kleinen Haken: Deine Erziehungsphilosophie baute auf einer ganz bestimmten Idee der Entwicklungspsychologie auf, an der du dich offenbar orientiert hast. Sie besagt, dass bereits in den ersten Lebensjahren die Weichen dafür gestellt werden, ob wir Urvertrauen entwickeln oder nicht. Dieses Konzept stammt im Übrigen aus den 1950er Jahren. Der Freudschüler und Kinderpsychologe Erik H. Erikson entwickelte damals das Konzept *Basic Trust* und schrieb darüber ein Buch. 1957 kam die deutsche Übersetzung heraus und dort tauchte der Begriff Urvertrauen als Übersetzung von Basic Trust das erste Mal auf. Demnach erwirbt der Säugling im ersten Lebensjahr –

das nannte Freud im Übrigen die orale Phase –, ein Grundgefühl, welchen Situationen und Menschen er vertrauen kann. Das Baby entwickelt eine bestimmte Gefühlsqualität im selbstvertrauenden Umgang mit der Welt. Weiterhin behauptete Erikson in seinem Stufenmodell, dass auch die weiteren Jahre maßgeblich sind, ob das Kind ein solides Urvertrauen aufbauen kann. Eine zu geringe Ausbildung des Urvertrauens würde zu späteren spezifischen Verhaltensauffälligkeiten führen, wie zum Beispiel die mangelnde Selbstliebe.«

Bella holte nochmals tief Luft: »Um es nach Erikson profan zusammenzufassen: Erhält ein Mensch bereits im Kindesalter von seinen Eltern das Gefühl von Liebe und Geborgenheit in einem ausreichenden Maße, dann würde ausreichendes Urvertrauen die Folge sein. Dabei wäre Urvertrauen die Grundvoraussetzung zur Entwicklung von Selbstliebe, und würde in der Folge zur Fähigkeit führen, auch andere lieben zu können. Diese Philosophie der Entwicklungspsychologie nach Erikson leiern wir in der akademischen Psychologie schon seit über sechzig Jahren herunter. Wir bekommen das bereits während unseres Studiums und in allen anderen Fortbildungen eingebläut. Zudem beziehen sich nahezu alle einschlägigen Publikationen auf dieses Standardmodell nach Erikson. Wir Therapeuten plappern also schon seit Jahrzehnten etwas nach, und niemand interessiert sich mehr dafür, ob dies alles nicht längst überholt ist. Auch die Krankenversicherungen zwingen uns, nach diesem Modell zur Entwicklung für Urvertrauen vorzugehen. Die Entwicklungspsychologie nach Erikson wurde einfach zum weltweiten Standard erklärt.

Mittlerweile können wir aber in der Rückschau recht einfach überprüfen, ob das, was wir jahrzehntelang in Sachen Kindererziehung gepredigt haben, auch tatsächlich funktioniert hat. Schließlich lebt mittlerweile schon die zweite Generation, die gemäß dem Erikson-Konzept erzogen und aufgewachsen ist. Und siehe da: Es gab noch nie so viele Jugendliche, aber auch

Erwachsene, die über erhebliche Defizite in Sachen Selbstliebe klagen. Es sind heute sogar suchtartige Symptome nach mehr Anerkennung, Beachtung und Aufmerksamkeit zu beobachten, weil das Urvertrauen beziehungsweise die innere Selbstliebe vollkommen fehlen. Diese Tatsache hört jedoch die akademische Psychologie und Pädagogik nicht gerne, weil dies bedeuten würde, dass wir seit über sechzig Jahren falsch liegen. Wir bohren weiterhin in den Vergangenheiten unserer Klienten und Patienten herum, und reden ihnen ein, dass es dort irgendein Problem gegeben haben musste. In letzter Konsequenz machen wir nichts anderes, als die Eltern unserer Patienten zu diffamieren, und vor allem setzen wir dadurch die aktuelle Elterngeneration massiv unter Druck. Wir machen ihnen tagtäglich Angst, dass, wenn sie ihre Kinder nicht ausreichend lieben und fördern, wären ihre Kinder verloren und sie würden alle zu kleinen Versagern mutieren. Und genau diese Problematik betrifft auch dich, liebe Lucy. Du hast mit deinen Zwillingen den klaren Beweis erbracht, dass mit der allgemeinen Annahme, wie Urvertrauen in der Kindheit entsteht, etwas nicht stimmen kann. Zusätzlich ist mir auch aus unseren Therapiesitzungen noch ziemlich gut in Erinnerung, dass deine Angaben über deine Eltern und den Verlauf deiner Kindheit absolut stimmig waren. Mir wurde bereits damals klar, dass du eine perfekte Kindheit hattest. Du hast im Übermaß Geborgenheit und Liebe von deinen Eltern erfahren, und dennoch hast du massive Defizite in Sachen Urvertrauen entwickelt. Ich erinnere mich noch gut, wie ich damals fast verzweifelt bin, weil ich in deiner Vergangenheit einfach nichts Auffälliges entdecken konnte. Dies war im Übrigen auch der Anlass, dir schließlich den Vorschlag zu unterbreiten, die Therapie zu beenden.«

»Ja, daran kann ich mich gut erinnern. Ich hatte mich damals ein bisschen gewundert, weil dein Vorschlag für mich wie aus heiterem Himmel kam.«

Bella fuhr mit einem sichtlich schlechten Gewissen fort: »Ich möchte mich hier und jetzt bei dir offiziell entschuldigen, liebe Lucy. Ich habe dir bis heute keinen reinen Wein eingeschenkt. Ich hätte dir schon damals beichten müssen, dass zumindest für dich die Philosophie der Entwicklungspsychologie nach Erikson nicht zutrifft. Weder im Verhältnis zwischen dir und deinen Zwillingen, noch im Verhältnis zwischen deinen Eltern und dir. Du musst mir glauben, du darfst dir keine Vorwürfe mehr machen. Du und dein Mann haben Michael und Monika nahezu optimal erzogen, gefördert und geliebt. Obwohl beide in ihrer Kindheit mit dem gleichen Elternpaar konfrontiert waren, konnte Monika ausreichend Urvertrauen und Selbstliebe entwickelt, und Michael eben nicht. Deine Zwillinge sind der Beweis dafür, dass psychische Defizite nicht immer etwas mit der Vergangenheit der Betroffenen oder mit dem Elternhaus zu tun haben müssen. Und soll ich dir etwas sagen, Lucy?«

Lucy ahnte bereits die Antwort, und sagte: »Und bei dir hat Erikson auch nicht funktioniert, stimmt‘s?«

»Treffer, genauso ist es. Ich bereue aus heutiger Sicht, dass ich dem einen oder anderen Patienten fälschlicherweise eingeredet habe, für seine seelische Situation wären bestimmte Umstände in seiner Kindheit verantwortlich gewesen.«

»Und nun, Bella?«, stellte Lucy trocken fest. »Was machen wir jetzt? Jetzt stehen wir als Wissenschaftlerinnen doch ziemlich dumm da, ohne ein evidenzbasiertes Erklärungsmodell für die Entwicklung von Urvertrauen beziehungsweise Selbstliebe.« Lucy schaute ihre Gesprächspartnerin fragend an. »Was ist denn dein persönliches Geheimnis für Selbstliebe? Ich kenne niemanden, der so unabhängig ist und so wenig Anerkennung und Liebe braucht wie du. Ich habe bei dir noch nicht einmal einen Hauch von Selbstzweifel oder Minderwertigkeitskomplexen gespürt. Wie hast du ein solches Urvertrauen entwickeln können? Wie hast du das bloß geschafft?«

»Okay Lucy, ich verrate dir, wie es läuft. Ich zeige dir jetzt, wie Selbstliebe geht«, sagte Bella mit einer vielsagenden Mimik.

»Oh ja, das wäre wunderbar. Dazu bist du in der Lage? Das wäre ja der Oberhammer. Aber es ist schon spät geworden. Wirst du denn nicht von deiner Partnerin vermisst?«

Bella wiegelte ab: »Clara ist auf Geschäftsreise, und wir haben vorhin telefoniert, bevor ich zu dir runtergegangen bin. Sie weiß nicht nur, dass ich jetzt gerade bei dir bin, sondern ist zudem eine sehr tolerante und weise Frau. Sie leidet unter wenig Eitelkeiten, und wir vertrauen einander. Egal was kommt – wir bleiben zusammen.«

Lucy wirkte verwundert und sagte: »Und was war mit deinem Kopf zwischen meinen Beinen? Geht das auch aus ihrer Sicht in Ordnung?«

»Ich hatte sie am Telefon bereits gefragt, ob ich es tun darf. Ich fing mir zwar ein striktes Verbot ein, dich zu küssen, aber sie gab mir die Erlaubnis, ein einziges Mal einen Stock tiefer zu gehen. Clara weiß davon, dass ich in deine Lippen vernarrt bin.«

»Donnerwetter, ihr habt aber eine ziemlich hochwertige Beziehung. Das gönne ich euch von Herzen. Aber jetzt zur Selbstliebe: Wie geht das?«, drängelt Lucy aufgeregt.

»Okay, mein Schatz, bevor wir dazu kommen, müssen wir uns aber erst ein bisschen locker machen. Hast du ein Lieblingsstück, auf das du gerne tanzt?«

»Oh ja, natürlich!«, rief Lucy begeistert.

»Dann schmeiß die Kiste an, wir tanzen jetzt eine Runde.«

Dies ließ sich Lucy nicht zweimal sagen. Sie startete ihren Musikstreaming-Dienst und drehte ihre Aktivboxen ein bisschen lauter auf als üblich. Lucy zog Bella lachend von der Coach hoch und die beiden ließen ihren Körpern freien Lauf. Als *Happy* von Pharell Williams zu Ende war, rief Bella begeistert: »Noch ein Stück Lucy, noch eines …« Und so vergingen einige Minuten fröhlicher Ausgelassenheit. Lucy und Bella vergaßen alles um sich herum und genossen die Bewegung und ihre ausgelassene Freiheit. Schließlich stoppte Bella die Musik, ergriff Lucys Hand und sagte: »Und jetzt konzentriere dich schnell, Lucy. Okay? Bist du zentriert? Bist du bereit? Spürst du dich? Kannst du die Freiheit und die Lebenslust, die jetzt deinen Körper durchströmt, fühlen?«

»Oh ja, ich könnte gerade Bäume ausreißen und die ganze Welt umarmen!«

Bella fuhr fort: »Kannst du dir diese Stimmung merken? Präge dir intensiv ein, wie es dir jetzt geht.«

»Ja, ich hab's. Ich fühle es genau. Das vergesse ich bestimmt nicht«, befolgte Lucy die Anweisung.

»So, mein Schatz, und jetzt machen wir das Ganze noch einmal. Mit den gleichen drei Musikstücken, aber jetzt tanzen wir nackt. Zieh dich aus, Lucy! Los, runter mit deinem Bademantel«, befahl Bella fröhlich.

Lucy konnte ihre Überraschung nicht verbergen. Dennoch flog bald darauf ihr Bademantel durch das Wohnzimmer, weil sie dachte: *Schließlich hat Bella meinen nackten Körper schon oft genug gesehen.*

Während bereits *Happy* anlief, flogen auch Bellas Kleidungsstücke in hohem Bogen durch die Luft, und zwei beschwingte und splitternackte Frauen fielen wieder in den Rhythmus der ausgelassenen Lebensfreude. Nachdem drei Lieder abgespielt waren, wiederholte Bella die Prozedur. Sie nahm Lucy wieder an die Hand, forderte sie auf innezuhalten, und sich ihrer aktuellen Gefühlslage sehr genau bewusst zu werden.

»So Lucy«, sagte Bella danach, »und jetzt noch ein drittes Mal. Hast du Lust?«

»Aber ja doch!«, antwortete Lucy. »Selbstverständlich. Ich bin dabei! Ich könnte auf meine Lieblingsmusik die ganze Nacht durchtanzen.« Lucy hüpfte wieder an ihren Laptop, um die Repeat-Taste zu betätigen. Währenddessen bemerkte Lucy verwundert, wie Bella an ihre Wohnungstür ging und sie weit öffnete. Danach zog eine fröhliche Bella auch noch alle Vorhänge vor Lucys riesiger Fensterfront auf. Es kamen nun die gegenüberliegenden Häuserfronten mit ihren hell erleuchteten Wohnungen zum Vorschein. Gegenüber hinter den Fenstern und den Balkonen waren Menschen zu sehen, die ebenso die lauwarme Sommernacht genossen. Und zu guter Letzt schaltete Bella noch alle Lampen ein, sodass Lucys Wohnzimmer taghell erleuchtet war.

»Sollen wir uns nicht lieber etwas anziehen, Bella?«, fragte Lucy etwas ängstlich.

»Ach was, vergiss die Kerle von gegenüber. Und vergiss auch deine offene Tür. Um die Zeit besucht dich kein Mensch mehr. Los, Lucy, lass uns tanzen. Auf geht´s!«, forderte Bella Lucy hartnäckig auf und zog sie sanft, aber bestimmt in die Mitte des Wohnzimmers. Sie musste Lucy ein wenig anschubsen, bis die nackte blonde Frau im hell erleuchteten Raum wieder in Fahrt kam. Schließlich waren sie wieder im Rhythmus. Nach zwanzig Minuten war schließlich alles zu Ende und die beiden ließen sich erschöpft, aber auch zufrieden wieder auf die Coach fallen. Lucy fiel entspannt in die offenen Arme von Bella und sagte: »Das war nicht nur ein Lockermachen, nicht wahr?«

»Genau, Lucy«, sagte Bella grinsend, »du hast jetzt dreimal verschiedene emotionale Zustände gespürt. Versuche doch einmal dein Körpergefühl nach unserer ersten Tanzrunde zu beschreiben.«

»Da war unendlich viel Lebensfreude«, schwärmte Lucy. »Ich fühlte mich total sorgenfrei. Und ja, da war auch eine große Harmonie in mir – keine Selbstzweifel – einfach nur tiefer Frieden. Ein schönes und zauberhaftes Gefühl, dass alles gut ist.«

»Und wie war das bei der zweiten Tanzrunde?«, hakte Bella nach.

»Es war ähnlich, aber etwas weniger intensiv«, gab Lucy an.

»Könntest du das in Prozenten ausdrücken?«

»Ich würde sagen, es waren circa achtzig Prozent der Lebensfreude, die ich bei der ersten Runde gespürt hatte«, schätzte

Lucy. »Du weißt doch um meine Problemzonen, die ich nicht gerne zeige. Und die Gedanken daran blitzten in mir während des Tanzens immer mal wieder auf.«

Bella lachte laut auf: »Wie bitte? Im Ernst? Wie wunderschön du aussahst, während du nackt tanztest. Wie froh wäre ich in meinem Leben gewesen, wenn ich jemals einen vergleichbaren Körper gehabt hätte. Aber Schwamm drüber – das ist jetzt nicht wichtig. Alleine deine Einschätzung ist maßgeblich. Kommen wir zur dritten Runde. Wie war da der Grad deiner Lebensfreude?«

Lucy dachte kurz nach, und schätzte: »Nach einigen Anlaufproblemen habe ich mich zwar in meiner Stimmung wieder hochgearbeitet, aber ich denke, es waren nur noch fünfzig Prozent der Lebensfreude aus der ersten Tanzrunde.«

»Hast du einen Verdacht warum?«, hakte Bella nach.

»Keinen Verdacht – ganz im Gegenteil, ich weiß es sogar ziemlich genau!«, erklärte Lucy wissend. »Ich konnte die offene Tür nicht vergessen. Wäre diese seltsame Frau Schulze von nebenan hereingekommen, hätte mir dies überhaupt nicht gefallen. Aber unabhängig davon, weiß ich jetzt, was du mir zeigen wolltest.« Lucy sah nun direkt in Bellas große schwarze Augen und sagte: »Diese unendlich schöne Lebenslust – das ist die Liebe selbst, nicht wahr?«

Bella hüpfte innerlich vor Freude und klatschte in die Hände. »Wunderbar, dass du das so schnell erkannt hast. Wenn du angstfrei bist, produziert dein Körper Liebe. Dann lieben wir uns selbst. Dann lieben wir die Menschen. Dann lieben wir das ganze Leben. Ist das nicht faszinierend, wie einfach das geht?«

Lucy ging ein Licht auf. »Es hat sich tatsächlich genauso angefühlt, als wenn ich glücklich verliebt gewesen wäre, und das ganz ohne Männer – nur mit Musik und Bewegung. Phantastisch! Da muss man erst einmal dahinterkommen.«

Bella machte eine Kunstpause, um die Bedeutung ihrer folgenden Worte zu unterstreichen. »Lucy, und jetzt pass bitte gut auf, was ich dir zu sagen haben: Exakt um dieses Lebensgefühl geht es. Danach sehnen sich alle Menschen. Alles, was der Homo sapiens tut oder unterlässt, sämtliche Lebenspläne die er hat, aber auch jeder Lug und Trug dient einzig allein der Sehnsucht, Liebe in sich spüren zu wollen. Und wir alle haben die Wahl: Entweder wir produzieren Liebe selbst in unseren Körpern oder wir müssen sie uns von anderen holen. Die meisten Menschen stehen Tag für Tag auf, und rennen wie wild durchs Leben, ohne sich darüber bewusst zu sein, worum es ihnen tatsächlich geht – wonach sie eigentlich suchen. Du jedoch, liebe Lucy, weißt jetzt sehr genau, um was es im Leben geht. Du bist dir jetzt über dieses wunderbare Lebensgefühl bewusst geworden. Du kennst nun die geheimnisvolle Essenz, für die Menschen alles tun, um von ihr kosten zu können.«

»In der Tat, Bella, das hat sich jetzt tief in meinem Schädel eingeprägt«, antwortete Lucy zunächst euphorisch, um kurz danach wieder nachdenklich zu werden. »Aber das würde doch bedeuten, dass das für uns von der Natur vorgesehene Körpergefühl die Liebe selbst wäre. Ich müsste nur sicherstellen, angstfrei durch das Leben zu wandeln.«

»Theoretisch schon«, stimmte Bella zu, »jedoch bin ich zur Überzeugung gelangt, dass es in unserer Wohlstandsgesellschaft geradezu umgekehrt ist. Es ist ein Paradoxon, dass genau diejenigen Menschen, die am sichersten ihr Leben fristen können, unter den meisten Ängsten leiden, und dies ohne Hungersnot, ohne Kriege oder sonstigen lebensgefährlichen Umständen. Wir denken, dass unsere pathologische Daueranspannung normal sei, weil wir verlernt haben, uns nicht nur unserer Ängste bewusst zu werden, sondern sie auch überwinden zu können.«

Lucy schlussfolgerte: »Man müsste im Prinzip nur einen Weg finden, unbegründete Ängste auf ein Minimum zu reduzieren. Das ist im Vergleich zu dem, was wir uns täglich antun, um mehr Anerkennung und Beachtung zu ergattern, geradezu ein lächerlich kleines Opfer.«

Bella antwortete daraufhin: »Ja, genau – die Betonung liegt auf dem Wort *unbegründet*, denn Ängste sind natürlich auch ein wichtiger Selbstschutzmechanismus unseres Körpers. Wenn Lebensgefahr im Verzug ist, ist es meinem Körper so ziemlich scheißegal, ob ich mich selbst liebe. Da hat das nackte Überleben oberste Priorität. Wenn wir zum Beispiel vorhin so weitergemacht hätten, dann wären wir noch auf der Straße gelandet, und nackt durch das Bahnhofsviertel von Frankfurt getanzt. Allerdings hätte es dort für uns ziemlich gefährlich werden können, schließlich leben wir in einer Stadt mit einer der höchsten Mordraten. Die Evolution hat alle Lebewesen mit Ängsten ausgestattet, um besser ihr Überleben sichern zu können. Aber wenn Frau Schulze hereingekommen wäre, dann wäre dein Leben sicher nicht in Gefahr gewesen. Und als sich die drei Spanner auf dem gegenüberliegenden Balkon die Augen ausgeguckt haben, da war dein Leben ebenfalls niemals in Gefahr.«

»Du hast recht, die Leute haben sich mit der Zeit Ängste zugelegt, die aus evolutionärer Sicht überhaupt keinen Sinn mehr ergeben«, erkannte Lucy.

»Auch das hast du absolut richtig erkannt«, sagte Bella. »Je schwerer ich mich damit tue, Ängste zu überwinden, die völlig absurd sind, umso schlechter wird es mir gehen, umso mehr stelle ich mich und das Leben infrage, umso mehr quäle ich mich mit der Frage der Sinnhaftigkeit des Lebens. Denn eines steht außer Frage: Wer keine Liebe in sich spürt, wird kein Leben in sich spüren, und je weniger Leben wir in uns tragen, umso näher sind wir dem Tod. Das heißt, je weniger ich liebe, umso mehr sterbe ich – tagtäglich!«

Lucy folgerte daraufhin: »Dann wäre der Motor des Lebens tatsächlich die Liebe selbst, so wie es die Religionen seit Jahrtausenden propagieren, nicht wahr?«

»Unbedingt, wer nicht genug Liebe in sich spürt, wird sofort mit seinem inneren Sterbeprozess konfrontiert, umso mehr wird er von einer inneren Leere übermannt werden. Dann musst du entweder wie wild durch die Welt rennen und viel Gutes tun oder dich so verhalten, dass andere dich mit Liebe versorgen, um dich überhaupt noch ertragen zu können.«

Lucy stellte weiter fest: »Wenn es mir also nicht gut geht, obwohl ich körperlich gesund bin, dann leide ich unter zu vielen unbegründeten Ängsten. Daraus ergibt sich zu wenig Lebensenergie, und in der Folge brauche ich einen Vermieter, zu dem ich schnell hochrennen kann, der mir dann mein Gehirn aus dem Leibe fickt.«

Bella lachte auf und stellte amüsiert fest: »Im wortwörtlichen Sinne sogar: Denn ohne ein Gehirn kann es auch keine Ängste geben. Schließlich sind Ängste die Erwartungshaltung von körperlichen oder emotionalen Schmerzen. Damit sind Ängste in erster Linie kein emotionales, sondern vor allem ein Kopfproblem. Du musst dir eine potenzielle Gefahr zunächst einmal intellektuell vorstellen, um überhaupt Ängste entwickeln zu können. Das heißt, absurde Ängste sind Auswirkungen von absurden Gedankengängen in unseren Gehirnen.«

Lucy wurde immer aufgeregter. »Und wenn ich losgelöst tanze, dann tue ich im Prinzip das Richtige, ohne mir darüber bewusst zu sein. Ich zwinge praktisch meinen Kopf in die Gegenwart, und halte ihn davon ab, zu sehr in die Zukunft abzudriften, schließlich sind Erwartungshaltungen nichts anderes als Gedanken an das Nachher.«

»Ganz genau, mein Schatz!«, lobte Bella Lucys intelligente Schlussfolgerung. »Angstfrei zu leben heißt, die Fähigkeit zu entwickeln, sich zu konzentrieren. Das Gros aller Angststörungen ist bei näherer Betrachtung auf eine Konzentrationsstörung zurückzuführen.«

Lucy nickte. »Wunderbar Bella, jetzt ist mir alles sonnenklar. Ich habe also nicht nur ausgelassen durch mein Wohnzimmer getanzt, sondern vor allem damit begonnen, das Leben zu leben. Durch die Zentrierung auf die Gegenwart taucht das Leben selbst vor meinen Augen auf. Wobei ich zugeben muss, dass mir das Glückslevel der dritten Tanzrunde völlig ausreichend erscheint.«

»Absolut Lucy, da stimme ich dir vollumfänglich zu. Es wäre naiv zu glauben, wir könnten permanent euphorisch durchs Leben rennen. Manchmal freuen wir uns nur, und ein anderes Mal erleben wir nur ein Gefühl des inneren Friedens. Wichtig ist nur eines: Wenn du noch nicht einmal ein Minimum an Lebensfreude in dir spürst, dann müssen bei dir alle Alarmglocken angehen, denn in diesen Augenblicken macht sich dein Gehirn gerade selbstständig und belästigt dich mit konfusen Ängsten. Dann muss es bei dir sofort Klick machen ...«

Lucy unterbrach Bella, um den Satz fortzuführen: »… und mir muss sofort auffallen, dass mein Kopf gerade dabei ist, Gefahren zu erwarten, die bei näherer Betrachtung Nonsens sind. Ich bräuchte infolgedessen immer eine kleine Bella an meiner Seite, die meinen Kopf beruhigt, wenn er geöffneten Vorhängen und Wohnungstüren unterstellt, mein Leben wäre in Gefahr. Damit sind wir wieder zu unserem Ausgangsthema zurückgekehrt: Was mache ich, wenn ich keine Bella griffbereit habe?«

Bella holte wieder etwas aus. »Bei mir verhält es sich wie bei dir. Auch ich durfte eine wundervolle Kindheit erleben. Ich wurde unendlich gefördert, ausreichend geliebt und meine Eltern zollten mir großes Vertrauen. Alles in allem wurden jegliche Parameter der Entwicklungspsychologie nach Erikson optimal erfüllt, damit ich ausreichend Urvertrauen auch in meinem Erwachsenenleben hätte entwickeln können. Leider war dem nie so. Ich habe mich schon als Teenager mit tiefen Selbstzweifeln und mangelnder Selbstliebe herumgeplagt. Wurde ich von den richtigen Menschen geliebt, ging es mir gut. Fielen hingegen die Liebeslieferanten aus, ging es mir schlecht. Das ist mir als Psychologin natürlich auch selbst aufgefallen.

Ich dachte, ich müsse mich mehr selbst verwirklichen, um mich besser fühlen zu können. Ich versuchte, meinem Leben mehr Sinn zu geben, aber auch damit konnte ich nur ein kleines Strohfeuer des inneren Friedens entfachen. Egal was ich getan und gedacht habe, in letzter Konsequenz habe ich mein ursprüngliches Problem nie lösen können. Und irgendwann ist mir ein Begriff aufgefallen, den man früher anstelle des Wortes Urvertrauen verwendete. Und da war mir sofort klar, wie ich mein Problem lösen konnte.«

Bella machte eine kleine Pause. Lucy hingegen konnte ihre Neugierde kaum mehr im Zaum halten. »Jetzt mach hin! Sag' schon! Welchen Begriff meinst du?«

Bella schaute nun in Lucys hellblau strahlende Augen, und sagte in einem liebevollen Tonfall: »Es war das Wort *Gottvertrauen*!«

Lucy war fassungslos, und dachte sofort an den gestrigen Abend mit Sam. »Wie bitte? Schon wieder Gott?«.

Bella erwiderte: »Was meinst du mit *schon wieder Gott*? Die mit Abstand glücklichsten Menschen, die ich je in meinem Leben kennengelernt habe, waren immer solche – und zwar ohne Ausnahme –, die einen tiefen Glauben in sich trugen. Ich bin mittlerweile zu der festen Überzeugung gelangt, dass der Glaube an einen Gott der Schlüssel für ein glückliches Leben ist. Obwohl ich keiner Konfession angehöre, weiß ich mittlerweile, dass ich mich auf eine höhere Instanz verlassen kann.«

Lucy klärte Bella auf: »Erst gestern habe ich mit Sam die halbe Nacht über Gott philosophiert, und jetzt kommst du auch noch mit diesem Thema. Das heißt, anstelle einer Bella bräuchte ich einen Gott, dem ich vertrauen kann. Diesen Typen im Himmel habe ich aber die letzten Tage ziemlich oft verflucht. Darüber hinaus kennst du meine Vorbehalte. Ich tue mich unendlich schwer, wenn etwas nicht wissenschaftlich fundiert ist«.

»Ja, ich weiß, du brauchst immer Beweise – etwas schwarz auf weiß oder irgendwelche Quellen von anerkannten Koryphäen. Aber da müsste dir doch die Quantenphilosophie ziemlich entgegenkommen, schließlich beschäftigt sie sich mit dem Spannungsbogen zwischen Wissenschaft und Gott. Hat dir Sam davon nichts erzählt?«

Lucy ließ die gestrigen Ausführungen von Sam innerlich Revue passieren. »Nicht direkt – aber Sams Ausführungen über den Urknall haben mich zum Nachdenken gebracht, um nicht zu sagen sehr irritiert. Seither schwirrt dieses Thema Gott ständig in meinem Kopf herum.«

»Na, dann los – vielleicht gibt es einen wissenschaftlichen Zugang zu Gott«, versuchte Bella sie zu motivieren.

Lucy spürte jetzt einen starken Motivationsschub. »Ja, wenn ich ehrlich bin, habe ich mich innerlich schon entschieden. Vielleicht hilft mir die Physik tatsächlich weiter, damit auch ich Gottvertrauen als Grundlage für mehr Selbstliebe entwickeln kann.«

Bella überlegte kurz. »Wir haben doch in zwei Wochen diese berühmte Tagung hier in Frankfurt, bei der die weltweite Elite der Astro- und Quantenphysik zusammenkommt. Vielleicht hockt Gott irgendwo im Weltall. Wer weiß?«

Lucy lachte und stimmte amüsiert zu: »Na, das ist doch ein Wink mit dem Zaunpfahl. Da besorge ich mir morgen gleich eine Akkreditierung als Wissenschaftsjournalistin. Und irgendeinen Lobbyisten werde ich eh finden, der mir ein bisschen Geld überweist.«

»Lucy, das ist doch eine wundervolle Fügung. Du machst dich auf die Suche nach Gott, und gleichzeitig reaktivierst du deinen alten Job«, war Bella von Lucys Idee begeistert.

Die Stimmung erreichte jetzt ihren Höhepunkt. Je länger Lucy darüber nachdachte, umso sympathischer erschien ihr dieser neue Lebensplan. Sie hob ihr Weinglas in die Höhe, prostete Bella zu und sprach euphorisch einen Trinkspruch aus: »Was interessiert mich ein alter Psychologengreis aus den 1950er Jahren. Das Urvertrauen ist tot. Es lebe das *Gottvertrauen*!«

Nachdem Lucy mit Bella angestoßen hatte, hob sie ihr Glas auch noch in die Richtung der Zimmerdecke. »Hey Gott, lass uns ein Geschäft machen: Ich rechne mit der Wahrscheinlichkeit, dass es dich geben könnte, und du greifst mir im Gegenzug ein bisschen unter die Arme. Okay?« Lucy lachte ausgelassen auf, während sie sich wieder Bella zuwandte. »Ach Bella, wir haben einen so zauberhaften Abend zusammen. Das habe ich nur dir zu verdanken, mein Herzchen. Sollten wir nicht noch einmal ein bisschen Liebe produzieren, und eine weitere Tanzrunde einlegen?« Lucy sprang jetzt auf, zog Bella schwungvoll hoch, und schmiss die Musik wieder an.

Der Abend entwickelte sich zu einem weiteren Wunder der Selbstliebe …

—

Am nächsten Morgen unterbrach ein Klopfen Lucys tiefen Schlaf. Nach ein paar Sekunden wurde ihr bewusst, dass es ihre Wohnungstür war, die Geräusche von sich gab. Lucy schlug schlaftrunken die Augen auf, schleppte sich an die Tür und öffnete sie. Sie stand nun vor einer fröhlich grinsenden Bella und hörte: »Hey Lucy, du Schlafmütze, du rennst ja noch immer mit deinem Bademantel herum!« Bella spazierte an Lucy vorbei und legte eine mit Croissants prall gefüllte Tüte auf den Küchentisch. »Hör mal, was hältst du davon, wieder einmal nach einer frisch geduschten Lucy zu duften?« Bella schob die noch etwas müde wirkende Lucy inklusive ihrer verwuschelten blonden Haare sanft in Richtung Bad. Danach machte sie sich daran, Kaffee zu machen und den Terrassentisch auf Lucys großem Balkon herzurichten. Die Sonne hatte ihren Zenit bereits erreicht und der Himmel strahlte in einem herrlichen Blau. *Ein idealer Tag, um unter dem Sonnenschirm ein verspätetes Frühstück zu genießen*, dachte sich Bella, während sie auf Lucys Rückkehr aus dem Badezimmer wartete.

Schließlich tauchte eine hellwache und frisch duftende Lucy

auf. Ihre ersten Worte waren: »Ich war gestern Nacht noch lange wach. Das mit dem Physiker-Kongress ging mir nicht mehr aus dem Kopf. Und soll ich dir was sagen? Ich habe gleich alles klargemacht. Die Presse-Akkreditierung für die Tagung konnte ich online erledigen und zusätzlich habe ich eine Sammel-Mail per BCC an alle meine alten Kontakte rausgejagt. Und siehe da, der Institutsleiter einer Genfer Forschungseinrichtung meldete sich sofort – obwohl es schon weit nach Mitternacht war. Er würde gerade verzweifelt Forschungsgelder beziehungsweise Drittmittel suchen. Er bräuchte dringend ein paar redaktionelle Beiträge über die Tagung, in denen sein Institut wohlwollend dargestellt werden würde.«

Bella freute sich sichtlich über Lucys Geschäftssinn. »Da war wohl eine Forschungseinrichtung ziemlich in Geldnot.«

»Ich kannte diesen Professor noch aus meiner Zeit beim ZOD. Scheinbar steckt er tatsächlich in großen Liquiditätsengpässen. Wir haben sofort alles dingfest gemacht, und eben habe ich auf meinem Smartphone gesehen, dass die Auftragsbestätigung auch schon eingetrudelt ist.«

»Und?«, reagierte Bella gespannt, »wie viel gibt´s?« Lucy nannte Bella eine großzügige vierstelligen Summe, und tauchte dabei grinsend ein Croissant in ihren Kaffee.

»Wie bitte? Und das für drei Texte und ein paar Fotos? Von solchen Honoraren träumt doch deine ganze Branche.«

Lucy lachte. »Ja, das stimmt. Für echten Journalismus gibt es solche Honorare natürlich nicht. Entweder du arbeitest für öffentlich-rechtliche Rundfunkanstalten, die bekanntermaßen in Geld schwimmen oder du musst halt Lobbyarbeit machen. Für unabhängigen oder investigativen Journalismus werden schon lange keine richtigen Honorare mehr bezahlt.«

»Das ist doch jetzt um Längen besser, als deinen Hintern ins Internet zu halten«, erwiderte Bella.

»Diese Gedankengänge hatte ich heute Nacht auch, dass es tatsächlich ein Hinweis meines Schicksals sein könnte. Nachdem

Luna im Hundehimmel ist, verfüge ich jetzt auch über die notwendige Mobilität, um mich mehr als Wissenschaftsjournalistin zu betätigen. Die dafür notwendigen Kontakte sind mir alle noch wohlgesonnen, schließlich war ich mit dem Gros der Typen auch im Bett«, grinste Lucy Bella verschmitzt an.

»Aha, darüber bin ich mittlerweile nicht mehr verwundert.«

»Bella, vielleicht sollte ich dir etwas beichten«, erklärte Lucy. »Ich habe gestern schon deinen Unmut gespürt, als ich dir über die Vielzahl meiner intimen Zusammenkünfte erzählte.«

»Nur zu, meine Liebe, ich bin ganz Ohr«, forderte Bella Lucy auf.

»Ich denke, ich habe eine sapiosexuelle Orientierung. Dieser Begriff müsste dir als Psychologin sicher etwas sagen, nicht wahr?«

»Selbstverständlich! Das ist die erotische Hingezogenheit zum Intellekt einer anderen Person. Oder anders ausgedrückt: Du fühlst dich sexuell zu solchen Männern hingezogen, die du als besonders intelligent, gebildet oder intellektuell empfindest.«

»Ja, so ungefähr«, antwortete Lucy kleinlaut. »Wenn mir jemand rhetorisch überlegen ist, er mit seinem Wissen glänzt oder er ganz einfach eine anerkannte Koryphäe auf seinem Gebiet ist, werde ich einfach schwach. Wenn sich dann solche Typen noch um mich bemühen, dann schmelze ich nur so dahin. Dann fühle ich mich genauso, wie ich mich gestern nach dem Tanzen gefühlt habe. Aber sage jetzt bitte nichts. Ich habe es nun endgültig geschnallt, was mit mir los ist.«

»Da fällt mir ein Stein vom Herzen, Lucy. Erlaubst du mir dennoch einen Kommentar abzugeben?«, fragte Bella zaghaft nach.

»Nur zu – nicht so förmlich!«

»Zuvor müsste ich jedoch eine ziemlich persönliche Frage stellen. Wäre das in Ordnung für dich?«

Lucy nahm sich lachend ein zweites Croissant und sagte gelassen: »Schieß endlich los.«

Bella war nun entschlossen, endgültig auf den Punkt zu kommen. »Glaubst du, dass du ein bisschen doof bist?«

Lucy traf Bellas Frage mitten ins Herz, und es schossen ihr sofort die Tränen in die Augen. Bella stand auf, nahm Lucy in ihre Arme und strich ihr zärtlich über das Haar. Nachdem sich Lucy wieder gefangen hatte, beschloss sie, Bella reinen Wein einzuschenken: »Bella, ich habe jeden Tag Angst davor aufzufliegen. Ich habe Sorge, jemand könnte bemerken, dass ich nur eine Show abziehe. Du musst wissen, dass ich erst im zweiten Bildungsweg mein Abitur machen konnte, bevor ich Biologie studierte. Zur anschließenden Promotion hatte ich mich nur deshalb entschlossen, um mit meinen Kommilitonen mithalten zu können. Im Gegensatz zu ihnen kam ich nicht aus einer gebildeten Akademikerfamilie. Vordergründig gesehen war ich zwar integriert, aber dennoch ließ man mich regelmäßig spüren, dass ich nicht dazugehörte. Zudem war ich einer der Wenigen, die in ihrer Freizeit in der Kneipe arbeiten musste, um das Studium finanzieren zu können. Alles in allem wurde ich regelmäßig daran erinnert, aus einer Familie zu stammen, in der der Vater ein Schichtarbeiter war und die Mutter in einem Lebensmitteldiscounter an der Kasse saß. Aber was mir bis heute unendlich leidtut, ist, dass ich blöde Kuh es tatsächlich über das Herz gebracht habe, meine Eltern vor meinem Umfeld zu verstecken – vor allem vor gebildeten Männern. Meine liebevollen Eltern hatten auf so vieles verzichtet, damit ich meinen Weg machen konnte, das kannst du dir überhaupt nicht vorstellen. Ich werde mir das niemals verzeihen, dass ich zu feige war, zu meiner Herkunft zu stehen.«

Lucy erlitt nun einen Weinkrampf. Sie wurde weiterhin von Bella in ihren Armen gehalten, und nach einer gewissen Zeit fand sie auch ihre Stimme wieder: »Bella? Wie hast du das nur so schnell herausbekommen? Damals in der Therapie hatten wir das Thema doch überhaupt nicht auf dem Tisch, oder?«

»Damals gab es ja auch noch keine unzähligen Männergeschichten«, erklärte Bella mit gedämpfter Stimme. »Gestern Abend aber schon. Ich musste dir nur zuhören. Ist dir nicht aufgefallen, dass du bei deinen Kerlen grundsätzlich erst einmal den Bildungsabschluss genannt hast, wie viel Fremdsprachen sie fließend sprechen konnten, und welche berufliche Position sie innehatten? Scheinbar mussten es immer Professoren, Ärzte, Intendanten, Bestsellerautoren, Theaterregisseure, Galeristen, Filmschauspieler oder sonstige Promis sein. Diese Zielgruppe eignet sich natürlich hervorragend, um sich geschmeichelt zu fühlen beziehungsweise tiefe Selbstzweifel vergessen zu lassen. Es bleibt also bei deinem Problem der mangelnden Selbstliebe, mmmh? Aber was ist eigentlich mit Sam? Ein alter weißhaariger Mann mit Zopf. Ein pensionierter Physiklehrer, dem nicht nur jegliches gesellschaftliches Leben zuwider ist, sondern dazu als Künstler nicht gerade erfolgreich ist. Wie passt das zusammen?«

Lucy holte tief Luft. »Bella, ich weiß es nicht. Ich kann dir nicht sagen, was das mit Sam ist. Er entspricht tatsächlich nur in wenigen Punkten meinen Vorstellungen, und dennoch komme ich nicht von ihm los.«

Bella äußerste nun eine Vermutung: »Wie du weißt, schätzt Sam die Gleichberechtigung der Geschlechter über alles. Damit ist er nicht bereit, einseitig nur als Schwanz-, Liebes- und Geldlieferant missbraucht zu werden. Er erwartet von Frauen, dass sie sich mit ihm auf Augenhöhe bewegen und etwas zu bieten habe, außer nur geboren zu sein. Oder um es etwas derber auszudrücken: Könnte es sein, dass es dich fasziniert, dass sich Sam von dir nicht zum Trottel machen lässt?«

»Natürlich, auch das ist vorstellbar«, gab Lucy zu. »Immer, wenn ich mein so geliebtes Krönchen nicht absetzen wollte, hat er mich kurzerhand aus seiner Wohnung geschmissen. Zack – so einfach war das für ihn. Das war nicht nur neu für mich, sondern das hat mich auch ziemlich beeindruckt. Wie oft habe ich mir geschworen, nie mehr die Treppen hochzulaufen. Aber es hatte nie lange gedauert, da war ich wieder mit meinem

Bademantel im Hausgang unterwegs. Dieses Hin und Her zog sich ja über zwei Jahre hinweg. Und irgendwann hatte ich keine Kraft mehr. Eines Tages bin ich dann hoch zu ihm und habe ihm mitgeteilt, dass mir jetzt alles scheißegal sei, und er mit mir jetzt machen könne, was er wolle.«

Lucy machte eine kleine Pause, und ihre blauen Augen nahmen wieder ihr gewohntes Strahlen an. »Und soll ich dir was sagen, nur eine halbe Stunde später war das Bettlaken klatschnass. Und zwar nicht nur von Sam, sondern auch von mir. Da ging mir schnell ein Licht auf, dass ich bis dato über Orgasmen keine Ahnung hatte. Im Prinzip ist das Gleiche passiert wie gestern bei unserem Tanzen. Ich hatte meinen Kopf ausgeschaltet, mich einfach meinem Schicksal ergeben, und dann ist mir etwas passiert, was mich aus allen Wolken fallen ließ. Je länger ich mir über alles Gedanken mache, umso schlüssiger wird dein Erklärungsmodell. Scheinbar geht es tatsächlich in allen Lebensbereichen nur um das eine: Unbegründete Ängste zum Teufel zu jagen!«

Bella nickte wissend. »Dann weißt du jetzt, was zu tun ist.«

»Ja, Gottvertrauen ist mein Thema. Dazu muss ich diesem Gott auf die Schliche kommen. Und solange ich ihn nicht gefunden habe, muss ich mich einfach überwinden, auch dann, wenn keine Bella anwesend ist. Ich bin mir sicher, dass ich dazu in der Lage bin. Ich werde das, was du mir gestern beigebracht hast, konsequent umsetzen. Und zwar ab heute. Ich werde mich selbst beobachten, und wenn es mir nicht gut geht, wird mir das auffallen. Dann weiß ich, dass mein Kopf gerade Blödsinn denkt und diffuse Ängste produziert. Dann werde ich mich überwinden und alles tun, um ihn in seine Schranken zu weisen. Punkt!«

Bella war begeistert von Lucys Dynamik. Sie stand auf, holte aus Lucys Wohnung einen Textmarker, und schrieb etwas in großen Lettern auf die Glasscheibe der Balkontür:

ÜBERWINDE DICH, UND ÜBE DICH IN MUT!

Lucy nutzte die Zeit bis zum Kongress, um sich online einen Überblick über den aktuellen Stand der Grundlagenphysik zu verschaffen. Nach einer gewissen Zeit fiel ihr etwas ganz Bestimmtes auf. Sie dachte sich: *Diese Jungs von der Quantenphysik sind wahrscheinlich am ehesten auf der Spur von Gott.* Lucy ließ sich immer wieder fassungslos in ihren Schreibtischstuhl zurückfallen, wenn sie bestimmte Forschungsergebnisse entdeckte. Gegenüber dem aktuellen Stand der Quantenmechanik erschienen ihr Religionsbücher, esoterische Spinnereien oder Science-Fiction-Filme manchmal wie langweilige Soße. Nach und nach wurde ihr bewusst, um was es in ihrem Leben in nächster Zeit gehen könnte. Bis dahin wollte Lucy aber nicht auf das unbeschreiblich schöne Gefühl der Selbstliebe verzichten. Sie machte daher täglich ein paar Experimente, um bewusst Selbstliebe herbeiführen zu können. Dies ging jedoch in keiner Weise einfach von der Hand. Wiederholt kam Lucy über kleinste Entscheidungsprozesse des Alltags ins Grübeln. Irgendwann gewöhnte sie sich das Wort *Scheißegal* an, wenn sie diffuse Anspannungen an sich bemerkte. Manchmal dachte sie: *Vielleicht ist das der wahre Grund, warum Religionen erfunden wurden – sozusagen als spirituelles Fabelbuch. Wir tun uns bestimmt leichter, einer höheren Intelligenz zu vertrauen als uns selbst.*

Dennoch konnte sich Lucy mit dem Gedanken, irgendwelchen Religionen hinterherzurennen, nicht anfreunden. Zu zahlreich erschienen ihr die Widersprüche. Zudem gab es genug Belege, dass viele religiöse Behauptungen einer wissenschaftlichen Beweisführung nicht standhalten konnten. In der Summe blieb Lucy nichts anderes übrig, als einen physikalisch-wissenschaftlichen Weg einzuschlagen.

Einmal hob Lucy sogar den Kopf, um scheinbar durch die Zimmerdecke in Richtung Sams Wohnung zu blicken, um zu rufen: »Sam, mein Schatz, ich danke dir dafür. Je mehr ich mich in deine Physik einarbeite, umso mehr finde ich Gefallen daran. Damit kann ich was anfangen.«

Die Tage vergingen wie im Fluge, und schneller als gedacht, stand am nächsten Morgen der Kongress an. Lucy ging zeitig zu Bett, denn sie hatte sich vorgenommen, schon bei der ersten Podiumsdiskussion des Tages teilzunehmen.

—

Lucy saß nun mit hochgestecktem Haar sowie in einem schlichten grauen Hosenanzug in der ersten Reihe des Zuschauerraums. Nachdem sie sich ihre schwarze Nerd-Brille aufgesetzt hatte, folgte sie gespannt einer Podiumsdiskussion mit dem Titel *Weltformel – Quo vadis?*. Obwohl sie sich durch ihre mehrtägige Recherchearbeit einen guten fachlichen Überblick verschaffen konnte, und sie durchaus verstand, dass einige wissenschaftlichen Konflikte zwischen der Relativitätstheorie, der Quantenmechanik und der Stringtheorie existierten, spürte sie doch recht schnell ihre Ohnmacht gegenüber dem Fachchinesisch. *Ich brauche dringend einen Übersetzer*, dachte sich Lucy nach einer Weile. Dennoch hielt sie tapfer durch.

Im Anschluss entdeckte sie zufällig eine alternative Veranstaltung. Scheinbar handelte es sich um ein Zusammentreffen von Metaphysikern. Als Lucy eintrat und den letzten Platz ergatterte, hatte ein Professor Dr. Dr. Hannes Phil mit seinem Vortrag schon begonnen. Als erstes schaute sie in ihre Presseunterlagen, die sie am Eingang überreicht bekommen hatte. Als Lucy ihre Veranstaltung dort schließlich entdeckte, traf sie fast der Schlag. Es handelte sich um eine Art philosophisch interessierten Kreis hochkarätiger Physiker, Mathematiker, Theologen und Philosophen, und der Titel des Vortrags, den sie gerade hörte, lautete *Gott und die Physik*. Lucy wurde es ganz heiß. *Kann das jetzt wirklich wahr sein?*, schoss es ihr durch ihren Kopf. *Ich sitze hier, um mich auf die Lauer zu legen, um Gott zu finden, und jetzt spricht dieser Typ da vorne tatsächlich genau darüber. Unglaublich*! Lucy war vor Neugierde wie erstarrt. Zudem war sie heilfroh, dass der Redner die Güte besaß, weitestgehend auf Fachchinesisch zu verzichten.

Nach einer Weile zitierte er Passagen aus dem Buch *Das 1x1 des Universums* von John D. Barrow. Es ging um die sogenannten 37 Naturkonstanten. Diese Konstanten würden im Zentrum der Physik stehen und sämtliche Naturgesetze repräsentieren. Dr. Phil sprach jetzt von der sogenannten *Starken Kraft*, die alle Atomkerne zusammenhalten würde. Danach ging er beispielhaft auf die *Elektromagnetische Kraft* ein, die unseren elektrischen Strom fließen lässt. Im Anschluss nannte er noch ein drittes Beispiel, die *Gravitationskraft*, die dafür sorgt, dass Materie eine Anziehungskraft ausübt. Dadurch würden zum Beispiel Menschen von der Masse der Erde angezogen werden, damit sie nicht ins Weltall fliegen. Zum Schluss erwähnte er weitere 34 Naturkonstanten, durch die unsere gesamte Welt eindeutig definiert sei. *Aha*, schlussfolgerte Lucy gedanklich, *scheinbar hat jemand nicht nur Raum und Zeit eingeschaltet, sondern dabei noch bestimmte Naturgesetze festgelegt. Da wurde wohl ganze Arbeit geleistet.*

Plötzlich hörte sie von dem Physiker am Rednerpult folgende Aussage: »Wir existieren einzig und allein nur deshalb, weil alle 37 Naturkonstanten unglaublich fein aufeinander abgestimmt sind. Würde nur eine einzige Konstante geringfügig anders beschaffen sein, hätte unsere Welt, so wie wir sie kennen, niemals entstehen können. Wäre zum Beispiel die *Starke Kraft* nur um wenige Prozent stärker, hätte niemals Wasserstoff entstehen können, und alles wäre in kurzer Zeit zu Helium verschmolzen. Bei einem geringeren Wert hingegen hätten sich aber auch keine Atome bilden können. Ob minimal größer oder kleiner, in beiden Fällen wäre es niemals zur Entstehung von Sternen gekommen. Dadurch wäre auch die Kernfusion innerhalb von Sternen nicht möglich gewesen, kein Kohlenstoff hätte entstehen können, und in der Folge hätte der Grundstoff zur Entwicklung von Leben nicht zur Verfügung gestanden – es hätte nie Leben entstehen können.«

Dr. Phil machte eine kleine Kunstpause, um danach weiter zu sinnieren: »Es scheint eine Idee hinter den Werten dieser 37 Naturkonstanten zu stecken: Es kann sich nur um einen göttlichen Bauplan handeln, dessen Ziel es gewesen sein muss, uns Menschen entstehen zu lassen. Damit ist es der Urknall selbst gewesen, der das Leben ermöglicht hat.«

Wie bitte?, wunderte sich Lucy. *Das kommt doch einem wissenschaftlichen Beweis für eine übergeordnete Intelligenz gleich.* Sie hörte jedoch erst einmal weiter fasziniert zu, um keine voreiligen Schlüsse zu ziehen. Irgendwann war es schließlich soweit: Lucy hörte plötzlich eine Schlussfolgerung, die sie so schnell nicht mehr vergessen würde.

Professor Dr. Dr. Hannes Phil erklärte: »Selbstverständlich kann ich gut verstehen, wenn das Gros der Wissenschaft die Entstehung dieser einzigartigen Konstellation der 37 Naturkonstanten nur einem Zufall zuschreiben möchte, schließlich geht es ja auch – wie wir alle wissen – immer um Karrieren, Budgets und öffentliche Forschungsgelder. Und natürlich habe ich auch größtes Verständnis, dass daher niemand das No-Go-Wort *Gott* aussprechen möchte. Aber wir sind hier unter uns, liebe Kolleginnen und Kollegen, daher möchte ich an dieser Stelle gern auf den britischen Physiker Roger Penrose verweisen. Er errechnete für die Wahrscheinlichkeit, dass wir nur Ergebnis eines Zufalls sind, die unglaubliche Zahl von 1:10 hoch 10 hoch 123. Da dies eine ungeheuer große Zahl darstellt, möchte ich diesen Wert etwas fassbarer beschreiben, schließlich sind auch unsere Kollegen aus der geschätzten Theologie und Philosophie anwesend, zu deren Tagesgeschäft sicher nicht die Bewertung von Zahlenkolonnen zählt.«

Er sah kurz ins Publikum, ehe er fortfuhr. »Stellen Sie sich Folgendes vor: Wenn wir einen solchen Zufall zum Beispiel mit einem Würfelspiel erzeugen wollten, müssten wir 10 hoch 10 hoch 123 Mal würfeln, bis sich schließlich rein zufällig diese spezielle Konstellation der 37 Naturkonstanten ergeben hätte. Würden wir alle Nullen dieser gigantischen Zahl der erforderlichen Würfelversuche nur in der Größe eines Atoms ausschreiben, würde diese Zahlenkolonne von Nullen den Durchmesser des gesamten Universums übertreffen. Die Wahrscheinlichkeit, dass es sich hier also nur um einen Zufall handeln könnte, ist infolgedessen mathematisch Null. In der Folge muss man hier von einer mathematisch einwandfreien Beweisführung sprechen. Das heißt, hinter der Entstehung der Welt verbirgt sich eine höhere beziehungsweise intelligente Idee, meine Damen und Herren, und wir haben dafür einen eindeutigen wissenschaftlichen Beweis in Händen. Ich bedanke mich für Ihre Aufmerksamkeit und verabschiede ich mich mit den weltberühmten Worten *Gott würfelt nicht.*«

Lucy war so begeistert, dass sie vergaß, in einem Zuschauerraum zu sitzen. Spontan begann sie zu klatschten, um in der Folge alle anderen Zuhörer dazu zu animieren, das Gleiche zu tun. Der zurückhaltend wirkende, grau melierte Herr hinter dem Rednerpult erkannte, dass Lucy alle anderen mit ihrem Klatschen mitriss. Daher richtete er seinen Blick kurz in ihre Richtung und bedankte sich mit einem dezenten Zunicken.

Lucy hingegen war erst einmal perplex. Sie war tief beeindruckt. Sie konnte mit der Wahrscheinlichkeitsrechnung durchaus etwas anfangen. *Das ist in der Tat der wissenschaftliche Beweis für Gott*, sprach sie innerlich zu sich selbst. *Seit so vielen Jahren habe ich mit der Wissenschaft unterschiedlichster Disziplinen zu tun, und erst jetzt höre ich davon. Das kann doch alles nicht wahr sein.*

Lucy blieb auf ihrem Platz sitzen und klappte zunächst einmal ihren Laptop auf. Als geübter Medienprofi hatte sie in zwanzig Minuten das bisher Gehörte online nachrecherchiert, weitere Quellen aufgetan und alles schlussendlich überprüft. Sie fand mehrere seriöse Spitzenwissenschaftler, die exakt das Gleiche behaupteten. Sogar dieser prominente Fernsehprofessor, den sie noch aus ihren Zeiten beim ZOD kannte, und der immer ein paar intelligent wirkende Zitate, Fremdwörter und lateinische Redewendungen in seinen Präsentationen einstreute, um noch schlauer zu wirken, bestätigte die Aussagen von Dr. Phil.

Hochmotiviert von dieser einschneidenden Erkenntnis machte sich Lucy nun auf, noch weitere Veranstaltungen im Rahmen dieser Tagung zu besuchen. Obwohl sie sich oft vom dem mathematisch-physikalischen Fachjargon erschlagen fühlte, konnte sie dennoch zielsicher erahnen, wann es interessant wurde und welche Themengebiete sie sich zur Weiterbearbeitung zu notieren hatte. Auf dem Notizblock ihres Smartphones waren bereits einige Schlagworte zusammengekommen, wie zum Beispiel die *Heisenbergsche Unschärferelation*, das *Doppelspaltexperiment* sowie das *Leonard-Mandel-Experiment mit Photonenzwillingen.*

Irgendwann am späten Nachmittag war sie schließlich von dieser gewaltigen Informationsflut erschöpft. Sie ließ sich deshalb in einer kleinen Cafébar nieder, die sich auf dem Kongressgelände befand. Während sie gierig ihren tiefschwarzen Kaffee genoss und sich dazu drei Schoko-Muffins gönnte, wollte ein bestimmter Gedankenkreisel kein Ende nehmen: *Die Existenz von Gott ist wissenschaftlich bewiesen – ich kann es noch immer nicht fassen.*

Plötzlich fiel ihr fünf Meter entfernt eine Person auf, die ebenfalls ihren Kaffee genoss.

Es war Dr. Phil!

Während Lucy überwältigt von diesem Zufall gebannt auf den Physiker starrte, drehte sich sein Kopf plötzlich auch in ihre Richtung, und ihre Blicke trafen sich. Lucy erschrak erst einmal. Es war ihr peinlich, erwischt worden zu sein, wie sie den Mann förmlich fixiert hatte. Gleichzeitig lächelte Dr. Phil Lucy zu, um sich sofort wieder seinem Getränk zuzuwenden. Es schien, als hätte sich der Physiker an Lucy erinnert.

Das ist doch kein Zufall, schoss es wieder durch Lucys Kopf. *So gerne würde ich mich jetzt mit ihm unterhalten wollen. Soll ich das erste Mal in meinem Leben einen völlig fremden Mann ansprechen?*, grübelte Lucy, während sie sich an ihren Vorsatz erinnerte, jeden Tag eine kleine Angst-Überwindungs-Einheit absolvieren zu wollen – ganz im Sinne des Satzes *Do one thing every day that scares you!*, der ursprünglich von Eleanor Rooesevelt stammte.

Lucy nahm also ihren ganzen Mut zusammen, stand tapfer auf und lief festen Schrittes hinüber. »Entschuldigen Sie bitte, Herr Doktor. Phil, dass ich Sie so einfach anspreche, aber Ihr Vortrag hat mich tief beeindruckt«, kam recht unsicher über Lucys Lippen.

»Wenn ich mich recht erinnere, saßen Sie in der ersten Reihe, rechts außen«, erwiderte der Spitzenphysiker mit freundlicher Stimme.

»Ja richtig«, freute sich Lucy, »darf ich mich vorstellen? Mein Name ist Lucy Schmitt und ich nehme an dieser Tagung im Rahmen meiner Tätigkeit als Journalistin teil.«

»Oh, sehr interessant. Was kann ich für Sie tun, Frau Schmitt? Möchten Sie kurz Platz nehmen?«, bot Dr. Phil höflich an.

Lucy war sehr erleichtert über diese Offerte, da sie mit weichen Knien und etwas unbeholfen vor dem Physiker stand. Sie setzte sich und begann zu reden: »Ich bin zwar als Journalistin akkreditiert, aber wenn ich ehrlich sein darf, bin ich eher auf der wissenschaftlichen Suche nach Gott, und da haben Sie mir heute Vormittag einen sehr wichtigen Punkt geliefert. Wäre es sehr unverschämt von mir, Sie zu bitten, noch einmal kurz auf diese ominösen Naturkonstanten einzugehen?«

»Keineswegs, Frau Schmitt«, antwortete Dr. Phil in einer

sympathischen Art, »ich habe eh noch dreißig Minuten Zeit, bis mein nächster Vortrag beginnt. Fangen wir doch gleich an: Sie kennen doch sicher noch aus dem Mathematikunterricht Ihrer Schulzeit die Kreiszahl Pi. Sie beschreibt das Verhältnis vom Umfang zum Durchmesser eines Kreises. Das ist jetzt zwar keine physikalische, sondern nur eine mathematische Konstante, dennoch beschreibt sie das Grundprinzip von Konstanten sehr ansprechend. Die Zahl 3,14159 und so weiter ist eine feste Größe und verändert sich niemals. Will man den Umfang eines Kreises berechnen, benötigt man infolgedessen nur einen einzigen weiteren Wert – den des Radius. Und die feste Konstante Pi sorgt dann dafür, dass man den Umfang des Kreises immer exakt berechnen kann. Solche Konstanten bestimmen das Ergebnis zahlreicher mathematischer Grundgleichungen maßgeblich und kommen recht häufig vor, und dies gilt auch für die Physik. Sie brauchen zur Berechnung fast aller Naturgesetze bestimmte Konstanten. Dazu zählt zum Beispiel die Lichtgeschwindigkeit, die sicher die bekannteste Naturkonstante von allen ist. Sie ist Bestandteil der berühmten Gleichung $e=mc^2$ aus der speziellen Relativitätstheorie von Einstein. Sie sagt aus, dass Energie gleich die Masse multipliziert mit der Lichtgeschwindigkeit im Quadrat ist. Nur deshalb, und ausschließlich nur aus diesem einzigen Grunde, weil diese Lichtgeschwindigkeit eine unverrückbar feste Konstante ist, funktioniert überhaupt die gesamte Relativitätstheorie von Einstein, und genauso verhält es sich mit allen anderen Naturgesetzen. Alles, was wir kennen, basiert nicht nur darauf, weil es unverrückbar feste Naturkonstanten gibt, sondern vor allem, weil sie zueinander in einem ganz bestimmten Verhältnis stehen.«

Lucy warf schnell ein: »Und die Wahrscheinlichkeit, dass dies alles einem Zufall geschuldet sein könnte, ist 1:10 hoch 10 hoch 123, was in der Mathematik faktisch Null bedeutet.«

»Kompliment, liebe Frau Schmitt, das haben Sie sich präzise

gemerkt. Scheinbar haben Sie eine gewisse Affinität zur Wissenschaft. Darf ich Sie nach Ihrer Vorbildung fragen?«

»Ich bin promovierte Biologin. Dadurch bin ich es gewohnt, naturwissenschaftliche Denkmuster nachvollziehen zu können. Meine Liebe zur Metaphysik habe ich allerdings erst letzte Woche entdeckt«, lächelte Lucy Dr. Phil dezent an. »Ich sauge derzeit alle einschlägigen Informationen förmlich auf. Und ich muss gestehen, je tiefer ich in die Materie einsteige, umso faszinierter bin ich. Ich könnte mich ewig mit Ihnen unterhalten.«

Dr. Phil machte einen geschmeichelten Eindruck. »Wenn ich offen sein darf, Frau Doktor Schmitt, ich empfinde unseren kurzen Smalltalk ebenso sehr erfrischend. Leider muss ich aber los. Mein nächster Auftritt wartet.«

Lucy ärgerte sich innerlich und dachte für sich: *Warum schlägst du mir dann nicht ein Treffen vor, schließlich habe ich dir doch eben gerade mein Interesse an mehr deutlich signalisiert?* Lucy wurde jetzt bewusst, dass sie es nicht gewohnt war, die Initiative zu ergreifen. Wieder in Erinnerung an Bellas Ratschläge bezüglich der weiblichen Emanzipation, fasste sich Lucy daher ein Herz, und fiel etwas ungeübt gleich mit der Tür ins Haus: »Darf ich Ihnen einen kleinen Deal vorschlagen, Herr Doktor Phil?«

»Selbstverständlich! Jetzt machen Sie mich aber neugierig.«

»Was halten Sie davon, dass ich Sie nachher zum Essen einlade und im Gegenzug darf ich Sie ein bisschen ausfragen über die *Heisenbergsche Unschärferelation*, das *Doppelspaltexperiment* sowie über das *Leonard-Mandel-Experiment mit den Photonenzwillingen*.«

Dr. Phil war sichtlich beeindruckt über die ausgewählten Themengebiete. »Liebe Frau Doktor Schmitt, ich hatte für heute Abend bereits befürchtet, alleine essen gehen zu müssen. Es wäre mir daher eine große Ehre, wenn Sie mir Gesellschaft leisten. Ich bin im Grandhotel untergebracht und das Hotelrestaurant auf dem Dach bietet japanische Küche. Wäre dies in Ihrem Sinne?«

Lucy jubelte jetzt innerlich. »Oh wie schön – das ist eines meiner Lieblingsrestaurants. Ich liebe es von ganzem Herzen, japanisch essen zu gehen.«

»Fein, das freut mich sehr, dass es Ihren Geschmack trifft. Ich schlage ich vor, dass wir uns um 20.00 Uhr unten an der Rezeption treffen. Ich werde Sie dann abholen.« Dr. Phil stand auf, verabschiedete sich höflich und ließ Lucy himmelhochjauchzend zurück.

Mensch, Lucy, das hast du suuuuper gemacht, klopfte sich Lucy gedanklich auf die Schulter. *Ich spreche nachher mit einem der bekanntesten Quantenphysiker Europas, und ich kann dabei noch japanische Köstlichkeiten in einem meiner Lieblingsrestaurants genießen.*

Lucys freudige Überlegungen waren jedoch noch nicht ganz zu Ende gedacht, als ihr plötzlich etwas Unangenehmes bewusst wurde: *Das wird mich ein kleines Vermögen kosten, schließlich ist es das teuerste japanische Restaurant, das ich kenne.* Lucy erinnerte sich aber blitzschnell an ihr lieb gewordenes Wort. *Scheißegal, ich kassiere schließlich ein Spitzenhonorar. Das leiste ich mir jetzt einfach. Zudem wird Bella stolz auf mich sein. Vielleicht sollte ich ihr zuliebe, auch künftig die feministischen Fahnen etwas höherhalten.*

Lucy war jetzt mit dem Ergebnis des heutigen Tages mehr als zufrieden und beschloss daher, auf den Besuch weiterer Vorträge zu verzichten. Stattdessen fuhr sie nach Hause, um sich für den Abend vorzubereiten. Sie recherchierte online noch einige physikalische Grundlagen nach, um fachlich für das anstehende Gespräch vorbereitet zu sein. Anschließend richtete sie sich in nahezu Lichtgeschwindigkeit optisch etwas her, und kurze Zeit später flog schon ihre Haustür hinter ihr zu. Mit viel Vorfreude und beschwingten Schrittes machte sie sich auf den Weg.

Lucy saß nun abendgerecht gekleidet mit Dr. Phil zusammen. Sie hatten auf der Dachterrasse des Restaurants einen Platz an einem mit Intarsien edel verzierten Tisch mit Blick auf den

Messeturm zugewiesen bekommen. Nachdem einige höfliche Floskeln ausgetauscht wurden und während sie sich über die japanische Vorspeise Gyoza hermachten, lenkte Lucy das Gesprächsthema schnell auf das, was sie interessierte. »Wenn ich Sie mit den 37 Naturkonstanten richtig verstanden habe, könnte ich mich doch hier in Frankfurt auf den Römerplatz stellen und selbstbewusst verkünden, dass es einen wissenschaftlichen Beweis für Gott gibt, oder nicht?«

»Aus meiner Sicht ja, liebe Frau Doktor Schmitt«, antwortete Dr. Phil zögerlich, »jedoch gibt es in der Wissenschaft derzeit ein intensives Bestreben, dies infrage zu stellen. Einige anerkannte Physiker versuchen sogar umständlich eine gegenteilige Beweisführungskette auf die Beine zu stellen. Das ist meiner Ansicht nach jedoch völlig an den Haaren herbeigezogen. Dennoch müssen Sie sich bewusst machen, dass uns Wissenschaftlern der Begriff Gott ziemlich schnell um die Ohren fliegen kann. Das Wort Gott ist nicht nur sehr unpopulär geworden, sondern man assoziiert damit auch Religionslehren. Daher nutze ich diesen Begriff nur gelegentlich, wie zum Beispiel heute Morgen, wenn ich sicher sein kann, vor einem ausgewählten Kreis von Wissenden zu sprechen. Wenn wir uns für unser kleines Tischgespräch darauf einigen könnten, dass wir mit dem Begriff Gott keine Religionslehren verbinden, sondern lediglich eine höhere Intelligenz, dann können wir gerne weiterhin diesen etwas sentimentalen, aber auch wunderschönen Begriff verwenden.«

»Gerne, Herr Doktor Phil, obwohl ich mir vorgenommen habe, mir über einen Gott keine Vorstellungen zu machen«, entgegnete Lucy.

Dr. Phil war verblüfft: »Frau Doktor Schmitt, dieser Vorsatz spricht für Ihr Verständnis für dieses Thema. Aus physikalischer Sicht gibt es für einen möglichen Gott tatsächlich keinen Ort und keine Zeit.«

»Auch dies ist mir erst vor wenigen Tagen klar geworden.

Da wir Menschen nur in der Lage sind, in Raum und Zeit zu denken, ist es tatsächlich ein sinnloses Unterfangen, uns etwas vorstellen zu wollen, was von Raum und Zeit unabhängig existiert. Aber ich kann mich durchaus für das Schöpfungsergebnis interessieren, nicht wahr?«

Dr. Phil war sichtlich erfreut darüber, vor einer scheinbar kompetenten Gesprächspartnerin zu sitzen. »Damit wären wir bereits bei unserem ersten Thema – das Doppelspaltexperiment.«

»Oh ja! Bei meiner Recherchearbeit wurde es wiederholt als Meilenstein in der Quantenmechanik bezeichnet.«

»Dann schlage ich vor, dass wir ganz von vorne anfangen«, bot Dr. Phil an. »Grundsätzlich ging es vor circa zweihundert Jahren um die Frage, ob Licht aus Teilchen besteht oder ob es eine Welle ist. Daher führte der englische Physiker Thomas Young im Jahr 1802 das sogenannte Doppelspaltexperiment durch. Damit wollte er der Beantwortung dieser entscheidenden Frage in der Physik näherkommen. Besteht Licht aus Materie oder ist es eine Welle? Später dann, im Jahr 1961, wurde dieses Experiment nicht nur mit Licht, sondern auch mit Elektronen durchgeführt. Dem deutschen Physiker Claus Jönsson gelang es sogar zu beweisen, dass die Ergebnisse des Doppelspaltexperiments zusätzlich auch für ganze Atome und Moleküle gelten. Grundsätzlich geht es also nicht nur um die Fragestellung, wie sich Licht verhält, sondern wie sich Elementarteilchen grundsätzlich verhalten.«

Lucy unterbrach Dr. Phil: »Entschuldigung, dass ich Sie unterbreche – nur zum Verständnis: Moleküle bestehen aus Atomen, und Atome wieder aus Protonen, Neutronen und Elektronen. Und diese Protonen, Elektronen oder Neutronen sind wieder aus kleineren Teilchen zusammengesetzt – den Quanten. Stimmt das?«

»Vom Prinzip her ist diese Definition nicht falsch. Für das Verständnis für die atomare Grundstruktur unserer Welt ist diese vereinfachte Darstellung durchaus ausreichend. Kommen wir aber zurück zum Doppelspaltexperiment: Stellen Sie sich eine flache Platte vor, in der zwei schmale Schlitze eingebracht sind. Nun hat man Lichtteilchen auf diesen Versuchsaufbau geschossen. Als Laie können Sie sich das so vorstellen, als würden Sie eine Taschenlampe auf eine Pappschablone mit zwei Öffnungen halten. Das Licht dringt durch diese beiden schmalen Schlitze hindurch und dahinter, auf dem Beobachtungsschirm, zeigt sich dann ein Interferenzmuster aus hellen und dunklen Streifen. Ein solches Lichtmuster kann sich jedoch nur unter einer ganz bestimmten Bedingung ergeben – wenn jedes einzelne Lichtteilchen nicht nur durch den linken oder rechten, sondern durch beide Schlitze gegangen ist, also zwei verschiedenen Wege zur gleichen Zeit genommen hat. Das Licht überlagert sich praktisch mit sich selbst.«

»Wie bitte?« Lucy saß mit hochgezogenen Augenbrauen am Tisch. »Die Grundbausteine unserer Welt legten zwei verschiedene Wege gleichzeitig zurück?«

Dr. Phil nickte. »Richtig, aber ich bitte noch um etwas Geduld, liebe Frau Doktor Schmitt, es wird gleich noch etwas interessanter: Sobald man in den Weg des Lichts eine Messeinrichtung integriert, legt das Licht nicht mehr beide Wege gleichzeitig zurück, sondern geht entweder durch den rechten oder den linken Schlitz, und das Interferenzmuster, das durch die Überlagerung von zwei gleichzeitig zurückgelegten Wegen des Lichts entstanden ist, verschwindet. Das Licht hat sich nun nicht mehr wie eine Welle, sondern wie Teilchen – also wie Materie – verhalten. Oder anders ausgedrückt: Wenn wir Licht messen, agiert es wie Teilchen, und wenn wir unseren Blick nicht mehr darauf richten, verhält es sich wie eine Welle. Aber es wird noch etwas interessanter: Wenn wir das Licht am rechten Spalt messen, dann nimmt es auch den Weg durch diesen rechten Spalt. Entscheiden wir uns hingegen, den linken Spalt zu beobachten, dann nehmen die Teilchen auch diesen linken Weg. Der Beobachter bestimmt nicht nur, ob sich Licht wie eine Welle oder wie ein Teilchen verhält, sondern auch welchen Weg es nimmt.«

Lucy bemerkte nicht, wie sie mit offenem Mund dasaß. Erst als ihr auffiel, wie ihr Gegenüber sie amüsiert anschaute, übernahm sie wieder die Kontrolle über ihre Mimik und fragte: »Das heißt, der Beobachter erschafft Materie allein mit seiner Beobachtung?«

»Über diese entscheidende Frage zerbrachen sich schon zig Tausende von Grundlagenphysikern den Kopf. Deshalb hat mich heute Nachmittag beeindruckt, dass Sie nicht nur nach dem Doppelspaltexperiment gefragt hatten, sondern sich im gleichen Atemzug nach dem *Leonard-Mandel-Experiment mit den Photonenzwillingen* erkundigt haben. Denn genau dieses Experiment trägt zur weiteren Klärung Ihrer Frage entscheidend bei«, sagte Dr. Phil.

Während sie den dritten Vorspeisengang genossen, erläuterte Dr. Phil nun das nächste grundlegende physikalische Experiment. »Leonard Mandel war ein britisch-US-amerikanischer Physiker und einer der Pioniere der Quantenoptik. Es wäre Ihnen gegenüber jetzt ziemlich unhöflich, genau zu erläutern, wie der Versuchsaufbau dieses berühmten Experiments im Detail war. Das wäre ein Zuviel des Guten. Daher werde ich, vorausgesetzt Ihr Einverständnis, mich nur auf's Wesentliche beschränken: Es ging bei diesem Experiment wieder darum, welchen Weg das Licht wohl nehmen würde, wenn es gemessen wird. Mandel wählte einen komplizierteren Versuchsaufbau als beim Doppelspaltexperiment. Er verwendete mehrere halbdurchlässige Spiegel, sodass das Licht wieder die Wahl hatte, entweder als Teilchen den Weg 1 oder den Weg 2 einzuschlagen oder aber als Welle beide Wege gleichzeitig zurückzulegen. Im ersten Schritt hatte der Versuchsaufbau keine Detektoren, das heißt keine Messgeräte. Das Licht wurde also nicht beobachtet und durchlief, wie Mandel erwartet hatte, als Welle alle Spiegel gleichzeitig. Es entstand das übliche Interferenzmuster, das wir schon aus dem Doppelspaltexperiment kennen. Danach integrierte man wieder Detektoren in den Versuchsaufbau, und auch da ergab sich das bereits bekannte Resultat. Das Licht änderte seinen Charakter und durchlief nun als Teilchen die Versuchsanordnung – entweder über den Weg 1 oder den Weg 2, je nachdem welcher Weg mithilfe von Detektoren untersucht wurde. So weit, so gut. Diese Ergebnisse waren bereits aus dem Doppelspaltexperiment bekannt.

Jetzt wird es aber höchstinteressant: Mandel integrierte in die zwei Wege der Spiegelanordnung jeweils einen doppelbrechenden Kristall, und zwar derart intelligent angeordnet, dass man das Licht zwar noch messen konnte, aber der Beobachter nicht mehr wusste, ob das Licht letztendlich den Weg 1 oder den Weg 2 eingeschlagen hatte. Obwohl eine grundsätzliche Beobachtung stattfand, und man deshalb erwartete, dass das Licht sich wie Teilchen verhalten würde, war das Ergebnis verblüffend: Auf dem Beobachtungsbildschirm erschien ein Interferenzmuster! Das Licht hatte sich nicht wie erwartet wie Teilchen aufgrund der Beobachtung verhalten, sondern ist einfach eine Welle geblieben. Es entstand der Hong-Ou-Mandel-Effekt. Und jetzt kommen Sie! Wenn Sie daraus jetzt die richtige Schlussfolgerung ziehen, dann geht die Rechnung des Abends auf mich«, lächelte Dr. Phil sie gut gelaunt an.

Lucy war den Ausführungen hoch konzentriert gefolgt. Sie war sich sicher, den entscheidenden Punkt entdeckt zu haben und stellte fest: »Das Licht ließ sich nicht täuschen von den Detektoren, denn es wusste von der tatsächlichen Unwissenheit des Beobachters. In letzter Konsequenz hat das Licht den gesamten Versuchsaufbau durchschaut, richtig?«

Dr. Phil sah fast erschrocken in Lucys große Pupillen, in denen sich mittlerweile das Kerzenlicht spiegelte. »Absolut richtig! Ich bin fassungslos, Frau Doktor Schmitt, das ist wahrlich ein Volltreffer. Auf diese Schlussfolgerung kommen Laien in der Regel nicht, wenn sie die Beschreibung dieses Experiments zum ersten Mal hören. Kompliment!«

»Vielen Dank für die Blumen. Unterschätzen Sie niemals Biologen«, scherzte Lucy.

»Ich denke eher, dass Sie über eine brillante Auffassungsgabe verfügen«, lachte Dr. Phil, während er sich weiterhin bemühte, schwierige Sachverhalte auf eine seriöse, aber auch auf eine unterhaltsame Weise zu präsentieren. Er fuhr fort: »Dieses Leonard-Mandel-Experiment war der erste wissenschaftliche Beweis, dass unsere Elementarteilchen nicht nur wissen, ob Sie beobachtet werden oder nicht, sondern sie verfügen auch über Wissen bezüglich ihrer Umgebung. Das heißt, alles ist mit allem verbunden, und tauscht Wissen aus.«

Lucy fühlte ihre innere Aufregung jetzt mehr als deutlich. »Es existiert tatsächlich ein wissenschaftlich fundierter Beweis, dass es eine Quantenwelt gibt, die über uns Bescheid weiß, wir können diese aber niemals wahrnehmen, weil nur das vor unseren Augen auftaucht, was wir durch unsere eigene Beobachtung selbst erschaffen haben? Das würde doch bedeuten, dass alles, was ich um mich herum wahrnehme, ein Produkt meiner selbst ist, oder?«

»Wir Physiker verwenden lieber den Begriff Hologramm. Das ist eine im Raum schwebende Illusion«, ergänzte Dr. Phil Lucys Schlussfolgerung.

Lucy konnte es kaum glauben, was sie da hörte. »Korrigieren Sie mich bitte, wenn ich falschliege: Die Quantenmechanik hat bewiesen, dass wir alle in einem subjektiven individuellen Hologramm leben? Alles wäre infolgedessen eine einzige Massenillusion. Dann wären wir doch alle nur ein Bestandteil eines globalen Videospiels, das von einer höheren Intelligenz nicht nur eingeschaltet, sondern auch programmiert wurde?«

Dr. Phil stimmte nur zögerlich zu. »Ich denke, das ist ein wenig drastisch formuliert, obwohl Ihre Metapher einen gewissen Charme besitzt. Allerdings gebe ich gerne zu, dass in der Physik heute mehr Indizien für Ihre These als dagegen existieren. Ich möchte Ihnen auch nicht verschweigen, dass es derzeit in den USA Mathematiker gibt, die in der Stringtheorie mathematische Algorithmen entdeckt haben, die den Fehlerkorrekturverfahren aus Computerprogrammen durchaus ähnlich sind.«

Lucy war weiterhin perplex. »Wenn ich infolgedessen selbst der Schöpfer meiner Realität bin, dann könnte ich doch alles Mögliche erschaffen – ich bräuchte mich nur gedanklich darauf fokussieren?«

Dr. Phil schritt jetzt etwas vehementer ein: »Darf ich Sie an das Mandel-Experiment erinnern? Dort wurde bewiesen, dass die Quanten den Versuchsaufbau durchschaut hatten und von der Unwissenheit des Beobachters schon im Vorfeld wussten. Dies sagt doch nichts anderes aus, als dass die Quantenwelt aus ihrer übergeordneten, also aus einer physikalischen Vogelperspektive agieren können. Daraus resultieren entscheidende philosophische Fragen, wie zum Beispiel, ob die Entscheidung zu messen beziehungsweise diesen Versuchsaufbau zu wählen, tatsächlich durch die verantwortliche Person getroffen wurde. Oder ob es nicht umgekehrt war. Es wäre auch denkbar, dass der gesamte Versuchsaufbau in der Quantenwelt schon im Vorfeld feststand, und der Beobachter nur vermeintlich dachte, dass es seine eigene Idee gewesen wäre, dieses Experiment durchzuführen. Gemäß der Fragestellung: Wollen wir, was wir tun oder tun wir, was wir wollen?«

Lucy entgegnete: »Oder anders ausgedrückt: Wünschen wir uns, was wir wollen oder wollen wir, was wir uns wünschen? Ich habe selten eine Fragestellung gehört, die mir mehr Sorge bereitet. Was wäre, wenn unsere Idee vom freien Willen eine einzige Farce wäre? Haben Sie darauf eine zufriedenstellende Antwort, Herr Doktor Phil?«

»Ich habe keinen blassen Schimmer«, platzte der Physiker lachend heraus. Wenn wir das hier und jetzt an diesem Tisch herausfinden würden, könnten wir uns wohl morgen den

Nobelpreis abholen. Aber als kleine Herausforderung können wir diese interessante Fragestellung noch etwas weiter modifizieren: Wer darf sich überhaupt etwas wünschen, und wer nicht?«

Lucy verstand die Frage nicht: »Dürfen? Wie meinen Sie das?«

»Es ist wissenschaftlich unbestritten, dass wir durch Beobachtung unsere eigene Realität erschaffen. Jetzt stellen Sie sich aber nur einmal vor, wenn nur die Hälfte der acht Milliarden Menschen auf der Erde sich einen Pkw wünschen würden, und diesen Wunsch nur durch Fokussierung realisieren könnten. Dies würde den Tod der Erde bedeuten. Das heißt, wer hat die Wahl? Wer darf sich einen Pkw wünschen respektive durch Beobachtung erschaffen, und wer nicht? Denn es gibt scheinbar ein unsichtbares, übergeordnetes Auswahlverfahren.«

Lucy verstand jetzt: »Diese Tatsache hat aber die Esoterikszene ihren Anhängern unterschlagen, nicht wahr«?

Dr. Phil nickte. »Oh ja. Da sprechen Sie ein schwerwiegendes Problem der heutigen Zeit an. Die Ergebnisse des Doppelspaltexperiments werden oft von Scharlatanen missbraucht. Es gibt eine Szene, die den Begriff *Manifestieren* etabliert hat. Man redet Leuten heute ein, sie müssten nur richtig denken, dann könnten sie sich jede gewünschte Realität manifestieren. Was glauben Sie, wie viele Menschen jeden Tag meditieren und sonst wie versuchen, ihre Träume allein durch Gedankenkraft zu verwirklichen. Im besten Fall werden solche Leute nur mit simplen Zufällen konfrontiert, im schlechtesten werden sie schwer krank.«

»Schwer krank?«, fragte Lucy nach.

Dr. Phils Gesicht nahm eine ernste Miene an. »Denken Sie nur an diesen berühmten Bestseller, in dem Millionen Menschen eingeredet wurde, man könne seine Wünsche einfach beim Universum bestellen. Die Autorin, die selbst dieses Lebenskonzept gelebt hatte, verstarb schon in jungen Jahren. Diese Liste können Sie beliebig vorsetzen. Denken

Sie zum Beispiel auch an Osho, den berühmten Bhagwan aus den 1970er und 1980er Jahren. Er ist alles andere als schmerzfrei oder friedlich gestorben, und dies ebenso schon mit Mitte Fünfzig. Und dennoch gibt es auch heute noch unendlich viele Beispiele von gefährlichen Leuten – besonders im Internet –, die den Menschen einreden, man könne alles im Leben erreichen, man müsse nur das Richtige tun, denken und fühlen. Mit dem Begriff *Manifestieren* wurden schon genug Menschen ins Unglück getrieben. Denken Sie wieder an das Mandelexperiment. Die Quantenebene lässt sich durch den Menschen nicht manipulieren. Warum konnten die Quanten den Versuchsaufbau bzw. die Unwissenheit des Beobachters durchschauen?«

Lucy sagte: »Sie meinen, wir können die Welt der Quanten nicht betrügen?«

»Ich vermute ja«, bestätigte Dr. Phil, »schließlich war das Mandelexperiment nichts anderes als ein solcher Versuch, die Quantenwelt hinter das Licht zu führen – im wortwörtlichen Sinne. Es bleibt also bei der spannenden Frage, bei wem welche Wünsche erlaubt sind, und bei wem nicht. Bevor Sie Ihre Energie dafür vergeuden, eine Frage beantworten zu wollen, auf die es wahrscheinlich niemals eine Antwort geben wird, sollten Sie in dieser Zeit lieber eine Runde joggen gehen oder mit Ihrem Liebsten einen schönen Ausflug ins Grüne machen, da haben Sie mehr für Ihre Zukunft getan.«

Lucy war weiterhin begeistert. Sie liebte solche Gespräche. Sie stellte weiter eine Frage nach der anderen und es entwickelte sich einer der spannendsten Unterhaltungen, die sie je in ihrem Leben geführt hatte.

Irgendwann jedoch kam der Moment, der sie innehalten ließ. Sie spürte eine stetig anwachsende innere Anspannung. Sie hatte zunehmend Mühe gelassen zu bleiben. Während sie noch grübelte, warum ihr immer weniger einfiel, was sie zur Unterhaltung Sinnvolles beitragen könnte, wurde sie plötzlich aus ihren Gedanken gerissen. Sie hörte von ihrem Gegenüber: »Ist das nicht ein wundervoller warmen Sommerabend, und sehen Sie mal diesen wunderschönen Vollmond über dem Westend. Aber mal etwas ganz anderes: Was machen Sie denn so, wenn Sie nicht auf der Suche nach Gott sind?«, wechselte Dr. Phil das Thema. Scheinbar hatte er Lucys Anspannung bemerkt. Lucy nahm diesen Schwenk ins Private dankbar an, und begann, etwas mehr über sich preiszugeben. Dennoch konnte sie ihr Unwohlsein nicht maßgeblich reduzieren. Vergeblich suchte sie die Ursache, warum sie ihre innere Gelassenheit verloren hatte, obwohl vor ihr ein hochempathischer und integrer Mensch saß, der zudem für eine erfrischende und amüsante Plauderei sorgte.

Plötzlich fielen Lucy die Worte von Bella ein: *Wenn du dich nicht gut fühlst, dann hast du gerade Angst.* Bei Lucy machte es Klick. Augenblicklich wurde ihr eine ganz bestimmte Sehnsucht bewusst. Sie dachte sich: »Mensch, Lucy, du bist spitz auf ihn. Du willst mit diesem Physiker ins Bett. Das ist es. Du willst es dir nur nicht anmerken lassen. Deshalb hast du deine Authentizität verloren, und genau das kostet dich zu viel mentale Kraft. Du bist angespannt!«

Lucy wurde von ihrer alten Schwäche für Männer, die sie intellektuell beeindruckten, eingeholt. Um ihre Anspannung überwinden zu können, begann sie sich gedanklich zu motivieren: *Scheißegal – hab‘ keine Angst, Lucy. Fragen kostet nichts. Du musst nicht auf ewig einen superseriösen Eindruck hinterlassen. Auch dann, wenn du einen Korb bekommen solltest, ist dein Leben noch lange nicht in Gefahr. Also los – mach deine Überwindungsübung. Nimm das Heft in die Hand!*

Lucy war nun fest entschlossen, ihre diffusen Ängste zu überwinden. Sie begann nach einem günstigen Augenblick Ausschau zu halten, um ihre Sehnsucht aussprechen zu können. Allerdings tauchte ein neuer nervenaufreibender Gedankenkreisel auf. Sie hatte zwar in den letzten Jahren genug Erfahrungen gesammelt, mit Männern ins Hotelzimmer zu gehen, aber nur mit Spofis. Die nahmen in der Regel alles in die Hand. Das eigene Engagement bestand lediglich darin, etwas Abzunicken oder auch nicht. Jetzt hingegen saß Lucy vor einem feinfühligen und zurückhaltenden Mann, und sie wusste nicht, wie sie sich verhalten sollte. *Wie reagieren solche sensiblen Typen? Verscheucht man sie, wenn man sie aus heiterem Himmel damit konfrontiert, dass man spitz auf sie ist? Oder mache ich mich vielleicht doch zum Affen, und er lacht sich nur kaputt über mich?*, überlegte Lucy weiter angestrengt. Schließlich dachte sie sich erst einmal einen neuen Spitznamen für ihre neu entdeckte Männergattung aus. *Ich nenne euch jetzt alle Feinis*, wählte Lucy ein Begriff in Anlehnung an das Wort Feinfühligkeit. *Aber wie kriege ich euch rum?*, quälte sich Lucy gedanklich weiter. *Dieser wohlerzogene, gebildete und zurückhaltende Doktor Phil würde niemals auf die Idee kommen, mich anzumachen*, wurde Lucy schnell klar. Gleichzeitig blieb ihre tiefe Sehnsucht jedoch bestehen, ihm körperlich näherzukommen, um mit ihm danach im Bett weiter philosophieren zu können. Dieser Kombination aus Erotik und Geist konnte Lucy noch nie widerstehen.

Plötzlich schreckte Lucy auf, denn sie hörte: »Werden Sie gerade etwas müde?« Scheinbar machte sich Dr. Phil weiterhin Gedanken um Lucys geistige Abwesenheit.

»Nein, um Gottes Willen, ganz im Gegenteil«, antwortete Lucy mit einem aufgesetzten Lächeln. Gleichzeitig hielt sie kurz inne, und beschloss plötzlich – ganz im Sinne von Bella –, volles Risiko zu gehen: »Lieber Herr Doktor Phil, würden Sie mir die Erlaubnis geben, Ihnen eine vielleicht etwas taktlose Frage zu stellen?«

»Ja, warum nicht«, antwortet Dr. Phil, der plötzlich etwas verunsichert wirkte.

Lucy wartete einige Sekunden ab, um ihren ganzen Mut zu sammeln. »Der Kellner war jetzt schon das dritte Mal am Tisch, um zu fragen, ob alles in Ordnung ist. Zudem sind wir die letzten Gäste hier, und ich denke, die wollen hier langsam Feierabend machen. Was halten Sie davon, dass wir jetzt in Ihr Hotelzimmer hochgehen, um uns im ersten Schritt körperlich näherzukommen und im zweiten Schritt uns noch ein bisschen über Heisenberg zu unterhalten?«

Dr. Phils Überraschung über Lucys Vorschlag war nicht zu übersehen. Er benötigte eine gefühlte Ewigkeit, um die ersten Worte zu finden: »Liebe Frau Doktor Schmitt, Sie sind eine intelligente und gebildete Dame, ganz zu schweigen von Ihrem bezaubernden Erscheinungsbild. Sie haben sicher zahlreiche Verehrer und grundsätzlich die freie Wahl. Es ist mehr als unwahrscheinlich, dass ausgerechnet eine solch begehrenswerte Persönlichkeit sich zu mir hingezogen fühlt. Was haben Sie denn vor? Wären Sie bitte so freundlich, mich über Ihre eigentlichen Absichten aufzuklären?«

Lucy war bestürzt über diese Reaktion. Damit hatte sie überhaupt nicht gerechnet. *Was haben wir nur aus unseren Männern gemacht?*, blitzte es in ihrem Geist auf. Gleichzeitig offenbarte sich in Lucys Innerem eine Erkenntnis, die neu für sie war. Ihr wurde etwas ganz Bestimmtes klar – und zwar sonnenklar. Ihr wurde plötzlich bewusst, was der eigentliche Grund war. Es war nicht ihre sapiosexuelle Orientierung, die sie sich zu Dr. Phil hingezogen fühlen ließ. Es war etwas ganz anderes. Sie sprach ihre neue Erkenntnisse schließlich aus: »Ich sehe deine innere Schönheit. Solche Menschen gibt es nicht oft.«

Dr. Phils Kopf senkte sich und Lucy konnte sehen, wie ein gestandener, gesellschaftlich hoch anerkannter Mann um Fassung rang. Sie beschloss weiterhin die Führung zu behalten und stand auf, um über Dr. Phils Haare streichen zu können. Gleichzeitig gab sie ihm einen Kuss auf die Stirn. »Ich habe keine bösen Absichten – ehrlich. Ich möchte dich nicht reinlegen. Versprochen!«

Dr. Phil nahm das subtile Angebot, zum Du zu wechseln an, und sagte: »Du heißt Lucy, richtig? Darf ich dir eine Geschichte erzählen?«

Lucy küsste Dr. Phil noch einmal sanft auf seine Schläfen und kehrte wieder zurück auf ihren Stuhl. »Lieber Hannes, ich bitte darum!«

Hannes sammelte sich und fing an zu erzählen: »Vor dreißig Jahren galt ich in Deutschland als einer der vielversprechendsten Talente in Sachen Quantenmechanik. Ich erhielt schnell eine Professur an einer englischen Eliteuniversität und zusätzlich eine Anstellung beim Karl-Werner-Institut für Astrophysik. Es war eine anspruchsvolle Forschungstätigkeit, bei der ich auch zahlreiche Mitarbeiter unter mir hatte. Darunter war auch eine hübsche Studentin, die bei uns gerade ihre Masterarbeit absolvierte. Eines Tages waren wir beide die Letzten im Büro, und ich bot ihr an, sie nach Hause zu fahren, weil es schon dunkel geworden war. Während der Fahrt plauderte ich mit ihr ein wenig, setzte sie bei sich zu Hause ab, und machte mich dann selbst auf den Heimweg. Am nächsten Arbeitstag erschien sie in meinem Büro und eröffnete mir, dass sie Probleme mit der Fertigstellung ihrer Masterarbeit hätte. Sie fragte mich durch die Blume, ob ich mich nicht darum kümmern könne. Nach langem Hin und Her warf ich sie schließlich aus meinem Büro mit dem Hinweis, sie solle sich selbst etwas einfallen lassen. Ich weiß, dass es von mir vielleicht ein Fehler war, ihr keine Hilfestellung zu geben. Aber unabhängig davon, saß genau diese Studentin am nächsten Morgen beim Institutsleiter und unterstellte mir sexuelle Belästigung. Ich hätte gewaltsam versucht, ihr zwischen die Beine zu greifen, während ich sie zwei Tage zuvor nach Hause gefahren habe. Nach vielen anstrengenden Diskussionen konnte ich schließlich eine Strafanzeige abwenden, jedoch verlor ich meinen Posten am Institut. Das Ganze machte schnell die Runde, sodass ich auch die Professur an der Uni verlor. Meine vielversprechende Karriere war in wenigen Wochen zerstört. Ich musste danach sicher zehn Jahre lang sehr, sehr hart arbeiten, um meinen Ruf als Spitzenwissenschaftler wiederherzustellen.«

Lucy rief jetzt den Kellner, und sagte zu ihm: »Bringen Sie mir bitte ein Blatt Papier und einen Stift.«

Hannes beobachtete verwundert, wie Lucy ihren Personalausweis zückte und begann, ein paar Zeilen zu schreiben. Schließlich schob sie das Geschriebene über den Tisch, und Hannes begann das kleine Schriftstück vorzulesen: »Ich, Lucy Schmitt, bestätige hiermit, dass ich Herrn Professor Dr. Dr. Hannes Phil aufgefordert habe, mich in sein Hotelzimmer mitzunehmen. Meine Absichten sind eindeutig sexueller Natur. Falls es zu sexuellen Handlungen kommen sollte, versichere ich hiermit, dass dies nicht nur in meinem uneingeschränkten Einverständnis geschieht, sondern von mir explizit gewünscht worden ist. Ich erteile hiermit Herrn Professor Dr. Dr. Hannes Phil ausdrücklich die Genehmigung, mit mir sexuell zu verkehren.«

Am Ende des Blattes konnte Hannes noch Ort, Hotelname, Datum, Unterschrift und Lucys Personalausweisnummer sehen. Er schaute mit hochgezogenen Augenbrauen zu Lucy hoch, und wusste augenscheinlich nicht, was er sagen sollte. Lucy hingegen freute sich, denn sie sah bei ihrem Gegenüber wieder etwas mehr Männlichkeit aufblitzen. Lucy stand jetzt auf, und sagte fordernd: »Könnten wir jetzt bitte gehen?«

Hannes' Ausstrahlung änderte sich weiterhin zu seinem Vorteil. Er sah Lucy liebevoll an und bestellte eine Flasche Champagner zum Mitnehmen. Dann nahm er Lucy an die Hand, um gemeinsam das Restaurant zu verlassen. Schnell landete Lucy in Hannes' Hotelzimmer, um weiterhin mutig das Heft in der Hand zu halten.

Lucy ließ nun selbstbewusst Hannes in der Mitte des Hotelzimmers stehen, und ging wortlos ins Bad. Nach wenigen Minuten kam sie splitternackt wieder heraus, und zeigte weiterhin keine Angst, etwas falsch machen zu können. Zielsicher ging sie deshalb auf Hannes zu, der noch etwas verloren in der Mitte des Hotelzimmers stand, und küsste ihn leidenschaftlich. Nachdem Lucy dafür gesorgt hatte, dass bei Hannes an den richtigen Körperstellen Bewegung einsetzte, ließ sie ihn wieder stehen und begab sich in die Mitte des Raumes. Sie nahm die Innenseite ihre Kniegelenke hinter ihre Ellenbogen, umfasste ihre beiden Fußknöchel mit ihren Händen, und sagte mit weicher Stimme und eindeutigem Blick: »Schöner Mann, ich würde mich jetzt sehr geehrt fühlen, wenn du so freundlich wärst, mich nach Strich und Faden durchzuficken!« Begeistert von Lucys Vorarbeit und vor allem von ihrer Gelenkigkeit folgte Hannes den Anweisungen, und die Dinge nahmen ihren Lauf.

Nachdem Lucy und Hannes wieder als zwei einzelne Körper zu erkennen waren, fühlte sich Lucy bestätigt, dass – mit Ausnahme von Sam – der erste *Feini* ihres Lebens neben ihr auf dem weichen Teppichboden lag. *Solche Männer brauchen kein Gespräch danach, ob der Sex gut war. Die spüren einfach, ob du Spaß hattest oder nicht*, dachte sich Lucy. *Solche Feinis machen wahrscheinlich auch immer das Richtige, weil sie das nötige Einfühlungsvermögen besitzen. Und dieses Exemplar habe ich mir nicht nur selbst ausgesucht, sondern vor allem auch angesprochen*, lobte sich Lucy innerlich. *Das erste Mal, dass ich mich nicht habe aufreißen lassen, sondern selbst aufgerissen habe – das habe ich gut gemacht!*

Lucy hörte jetzt neben sich das Korkenknallen einer Champagnerflasche, und es wurde ihr ein kühles, prickelndes Getränk gereicht. Sie stieß mit Hannes an, und sie beschlossen schnell, den riesengroßen Whirlpool der exklusiven Hotelsuite zu testen. Es dauerte nicht lange, da begann im heißen, blubbernden Wasser auch wieder eine angenehme Plauderei. Irgendwann unterbrach Hannes den Smalltalk, um auf ein Thema zu kommen, was ihn die ganze Zeit beschäftigt hatte: »Darf ich dir mal eine technische Frage stellen? Wie hast du das gemacht, alles von mir verschwinden zu lassen, ohne dass ich nur ein einziges Indiz eines Würgereizes bei dir bemerkt habe?«

»Das ist schlicht Übung«, klärte Lucy Hannes gelassen auf. »Ich liebe unendlich dieses Gefühl in meinem Mund und ich kriege davon einfach den Hals nicht voll«, lachte Lucy über die nicht beabsichtigte Komik ihrer Wortwahl. »Ich hatte einmal von einer Freundin den Tipp erhalten, ein Spray zu nutzen, was das Gaumenzäpfchen ein wenig betäubt. Und nach einer gewissen Zeit gewöhnt sich dein Rachenraum an alles und du brauchst dann das Spray nicht mehr.« Lucy wechselte jetzt ihre Sitzposition, und begab sich zu Hannes auf der gegenüberliegenden Seite des Whirlpools. Sie schmiegte sich an seinen Körper und fragte: »Sag mal Hannes, wäre es jetzt von mir sehr unsensibel, wenn wir uns noch ein bisschen über Heisenberg unterhalten könnten?«

Hannes grinste entspannt und antwortete: »Aber nein, meine Liebe, ich bin wach, glücklich und zufrieden, das sind doch optimale Rahmenbedingungen, wieder ein bisschen über das Leben zu philosophieren. Bedenke immer, dass die Quantenphilosophie eine Herzensangelegenheit von mir ist. Ich könnte Stunden damit verbringen, darüber zu sprechen. Sollen wir mit der Heisenbergschen Unschärferelation beginnen?«

»Ja, gerne. Schieß los!«, freute sich Lucy über die gelassene Reaktion des Physikers.

Hannes begann wieder etwas auszuholen: »Die Heisenbergsche Unschärferelation wurde 1927 vom deutschen Physiker Werner Karl Heisenberg im Rahmen der Quantenmechanik formuliert und stellt den heiligen Gral der Quantenphysik dar. Er war der Begründer der Quantenmechanik und wurde dafür im Jahr 1932 mit dem Nobelpreis für Physik ausgezeichnet. Wie der Name bereits vermuten lässt, sagt die Unschärferelation aus, dass, je näher wir der Welt der Quanten kommen, umso unschärfer wird sie für uns. Die Welt der kleinsten Teilchen schützt sich praktisch selbst vor Beobachtung. Aber was heißt das jetzt für uns Physiker?

Wir haben alle in der Schule das Bohrsche Atommodell beigebracht bekommen. Demnach existiert ein positiv geladener Atomkern mit seinen Protonen und Neutronen, und um diesen Atomkern kreisen negativ geladene Elektronen. Diesen

Aufbau kann man sich wie unser Sonnensystem vorstellen, in dem Planeten um eine Sonne kreisen. Für den Schulunterricht ist dieses Bohrsche Atommodell durchaus akzeptabel, es hat jedoch mit der Realität herzlich wenig zu tun. In Wahrheit wissen wir nicht, was die Elektronen um den Atomkern machen und vor allem wo sie sind. Nehmen wir als Beispiel wieder den Lichtstrahl unserer Taschenlampe. Er besteht aus Photonen, also den Lichtquanten. Diese Teilchen verlassen aber nicht zielgerichtet die Taschenlampe, sondern diffundieren ungerichtet in den Raum. Warum dies so ist, wissen wir nicht. In diesem speziellen Fall ist unser bisheriges wissenschaftliches Grundprinzip der Kausalität außer Kraft gesetzt. In der Quantenwelt gibt es keine Ursache und Wirkung. Das heißt für unseren Fall, die Lichtteilchen machen nicht nur was sie wollen, sondern wir wissen auch nicht, wo sie sind. Wir nennen diesen sonderbaren Quanteneffekt die sogenannte Nichtörtlichkeit von Quanten. Aber du wirst nun sicher fragen: Was hat das jetzt mit der Unschärferelation von Heisenberg zu tun?

»Genau!«, stimmte Lucy interessiert zu.

»Heisenberg hat herausgefunden, dass wir uns entscheiden müssen, was wir messen möchten. Entweder wir beobachten den Aufenthaltsort der Teilchen oder wir interessieren uns für deren Impuls – aber niemals können wir beides zugleich untersuchen. Um es mit anderen Worten zu beschreiben: Wir können entweder feststellen, wo sich ein Teilchen befindet, aber nicht was es macht oder wir interessieren uns dafür, was es macht, aber nicht wo es ist. Der britische Wissenschaftler Peter Atkins hat dieses Paradoxon einmal so formuliert: *Entweder weiß man, wo man ist, aber nicht, wohin man geht, oder man weiß, wohin man geht, aber nicht, wo man ist.*«

Lucy schaute gerade hinunter zu ihren etwas zu groß geratenen Brüsten, die schon seit einiger Zeit auf Kriegsfuß mit der Schwerkraft standen. Sie übergoss sie mit wohltuend wärmenden Wasser und meldete sich währenddessen zu Wort:

»Jetzt hatte ich mich schon damit abgefunden, dass wir alle in einer subjektiven Scheinwelt gefangen sind, und nun sagst du, dass selbst dort sich die Teilchen vor uns verbergen. Das wird doch immer seltsamer, oder nicht?«

»Ja irgendwie schon«, stimmte Hannes zu, »wenn wir den Impuls eines Teilchens gemessen haben, kann es sich gleichzeitig irgendwo auf der Welt befinden – oder umgekehrt. Und genau deshalb ist diese Unschärferelation von Heisenberg so enorm wichtig für die Physik. Es ist eine mathematische Formel, mit deren Hilfe wir zumindest Wahrscheinlichkeiten berechnen können, wo ein Teilchen sein oder was es gerade machen könnte.«

Lucy hakte nach: »Das heißt, der Erfinder unserer Welt – ich meine jetzt den Typ, der die Zeit einschaltete – hat schon wieder eine Sichtschutzmauer hochgezogen. Er verwehrt uns praktisch den Einblick, noch tiefer in die Welt der kleinsten Teilchen einzutauchen. Je näher wir hinschauen, umso mehr müssen wir uns mit Wahrscheinlichkeitsangaben abspeisen lassen. Das würde doch heißen, dass das, was wir als Lichtstrahl sehen, nur die Summe aller Wahrscheinlichkeiten für jedes Teilchen darstellt. Wie soll das einer wirklich verstehen?«

Hannes nickte verständnisvoll. »Der US-amerikanische Physiker und Nobelpreisträger Richard Feynman hat es einmal so formuliert: *Wer glaubt, die Quantentheorie verstanden zu haben, hat sie nicht verstanden.* Und ich stimme ihm zu. Es trifft den Nagel auf den Kopf. Je näher wir der objektiven Wahrheit kommen möchten, umso klarer wird uns, dass sich alles außerhalb unseres Denkvermögens bewegt …«

Lucy vervollständigte den Satz: »… zudem müssten wir uns außerhalb der Welt aufhalten, um sie objektiv vermessen zu können, was bekanntlich nur derjenige kann, der die Welt erschaffen hat.«

»Genau, Lucy«, nickte Hannes, »wir können eigentlich nur eines wissenschaftlich fundiert festhalten: Die Wirklichkeit, von der wir sprechen können, ist nie die Wirklichkeit an sich, sondern eine gewusste Wirklichkeit oder sogar in vielen Fällen eine von uns selbst gestaltete Wirklichkeit, wie es Heisenberg einmal ausdrückte.«

Lucy gönnte sich noch einen Schluck aus ihrem Champagnerglas, schaute durch die verglaste Decke des Badezimmers und entdeckte den Vollmond, der jetzt am klaren Sternenhimmel intensiv leuchtete. »Ich habe im Internet gelesen, dass es zwischen Einstein und den Quantenphysikern immer großen Streit gab. Einstein widersprach wohl vehement den Quantenphysikern. Er hätte spöttisch gefragt, ob der Mond jetzt nicht mehr da wäre, wenn wir nicht mehr hinschauen würden. Diese Frage stelle ich mir im Übrigen auch gerade. Wenn meine Realität das Ergebnis meiner eigenen Wahrnehmung ist, dann müsstest du dich doch augenblicklich in Luft auflösen, wenn ich mich auf den Mond da draußen fokussiere.«

Hannes war mal wieder beeindruckt über diese scharfsinnige Rückfrage. »Stimmt, Lucy! Einstein war lange Zeit ein großer Gegner der Quantenphysik. Jedoch musste auch er später eingestehen, dass die Quantenmechanik richtig ist und tatsächlich die Wirklichkeit beschreibt. Aber um auf deine Frage zurückzukommen: Natürlich bin ich noch auf der Welt, wenn du mit deinen hübschen Augen aus dem Fenster blickst. Ebenso ist der Mond noch vorhanden, wenn du deinen Blick abwendest und zu mir herüberschaust. Denn der Mond ist nicht nur Ergebnis deiner, sondern auch von meiner Wahrnehmung. Und vor allem auch die aller anderen Menschen dieser Welt. Aber dies ist nicht der Hauptgrund: Alle Gesetze der Quantenmechanik gelten nicht nur für die Quanten, sondern auch für Elektronen, Atome und ganze Moleküle. Und dies ist auch die Erklärung, warum alles noch da ist, auch wenn wir nicht hinschauen: Materieteilchen, Strahlung oder sonstige Energien unterliegen gegenseitigen Wechselwirkungen. Das heißt jedes einzelne Elektron, jedes Atom und jedes Molekül stellen im Prinzip einen Messvorgang dar. Das bedeutet, die für uns sichtbare Materie vermisst und beobachtet sich gegenseitig, und deshalb erschafft sie sich auch gegenseitig selbst. Das heißt, deine eigene Wirklichkeit wird nicht nur von den Wirklichkeiten anderer Menschen, sondern auch von der Materie und Strahlung beeinflusst, die dich permanent umgibt. Langer Rede, kurzer Sinn: Sekunde um Sekunde wird sichtbare Materie erschaffen: Von dir selbst, von anderen und durch die Welt insgesamt.«

Lucy fiel sofort ihre Tanzeinlage mit Bella ein. »Wenn ich also alleine zu Hause bin, ausgelassen tanze, und ich dabei mich, andere oder einfach die ganze Welt liebe, dann tue ich mehr für die Erde als jeder Klimaaktivist oder Sozialarbeiter!«

»Das ist aus quantenphilosophischer Sicht exakt richtig. Das ist eine elementar wichtige Feststellung, liebe Lucy«, stimmte Hannes zu. »Jeder buddhistische Mönch, der einsam und allein auf einem Berg in Tibet sitzt und sich dem liebevollen Gebet hingibt, tut sogar in einem erheblichen Maße mehr für die Erde als ein Umweltschützer, der frustriert ist oder sogar von ängstlichen Gedanken getragen wird. Würden wir es schaffen, dass eine bestimmte kritische Masse der Weltbevölkerung sich selbst oder ihr Leben mehr lieben würde, dann hätten wir tatsächlich das Paradies auf Erden geschaffen. Das heißt, der Mensch tut am meisten für andere, wenn er sich selbst glücklich macht.«

»Das bedeutet doch im Umkehrschluss, dass sich jeder darüber im Klaren sein muss, dass er mit seinem eigenen Unglück nicht nur sich selbst, sondern auch der ganzen Erde schadet«, stellte Lucy fest.

»Auch diese Aussage ist perfekt auf den Punkt gebracht«, erwiderte Hannes. »Unsere eigene Realität besteht aus den Einflüssen der Realitäten anderer Menschen. Führt ein Mensch ein unglückliches Leben, muss er sich darüber bewusst sein, dass er mit seinem Leid auch Unglück über andere bringt. Denke immer an das Mondbeispiel. Die Realität Mond ist das

Zusammentreffen unendlich vieler anderen Realitäten. Man könnte auch sagen: Jeder sozial denkende Mensch ist förmlich verpflichtet, sich selbst glücklich zu machen, wenn er seinem eigenen Anspruch gerecht werden möchte.«

Bei Lucy tauchten plötzlich dunkle Bilder aus ihrer Vergangenheit auf. Sie wusste sofort, um wen und was es ging. Sie stellte dahingehend eine Frage: »Und wenn ein Mensch stirbt, der mir sehr nahesteht, und für dessen Leben ich im Vorfeld verantwortlich war, dann ist dieses tragische Unglück nicht nur das Ergebnis meiner eigenen Wirklichkeit, sondern vor allem ein Zusammentreffen unendlich vieler Wirklichkeiten anderer Menschen, nicht wahr?«

»Auch dies hast du präzise formuliert, meine Liebe«, antwortete Hannes. »Darüber hinaus erinnere dich bitte daran, dass das Prinzip der Kausalität in der Quantenwelt nicht gilt. Es gibt Auswirkungen, für die keine Ursachen existieren. Wer in Kausalitäten denkt, denkt noch in wissenschaftlichen Dimensionen vergangener Zeiten. Religiöse Menschen nutzen für diese Tatsache einen wunderschönen Begriff …«

»Gottes Wille!«, kam blitzschnell über Lucys Lippen.

»Stimmt! Ich denke, diese beiden Worte verdeutlichen am besten das Grundprinzip der Quantenphilosophie. Es sind nicht nur zu viele quantenmechanische Einflüsse, sondern vor allem solche, für die es keine Ursache gibt, mit denen jedes einzelne Leben täglich konfrontiert wird. Daher kann ein Mensch allein niemals verantwortlich sein für einen bestimmten Umstand in seiner Umwelt. Wir haben uns schlicht mit dem Zufall per se abzufinden.«

Wow, dachte sich Lucy, *Michaels Realität war von Anfang an von so unendlich vielen Realitäten anderer Menschen beeinflusst, dass es mir jetzt nahezu unmöglich erscheint, mir ganz allein die Schuld zu geben.*

Lucy sprach nun aus, was sie fühlte: »Hannes, ich spüre jetzt gerade sehr deutlich, dass sich die Redewendung *Gottes Wille* richtig für mich anfühlt …«

Plötzlich stockte Lucys Stimme und sie brach in Tränen aus. Nie zuvor hatte sie nur ansatzweise mit der Möglichkeit gerechnet, nicht die alleinige Schuldige für den Tod ihres Sohnes gewesen zu sein. In Lucy tauchte eine Erkenntnis auf, die sich in ihrem ganzen Körper nach und nach ausbreitete. Sie spürte sofort, dass dies etwas mit ihrer Erlösung zu tun haben könnte. Eine furchtbare innere Überzeugung begann sich aufzulösen. Mit tränenerfüllten Augen sah sie Hannes an und sagte mit zitternder Stimme: »Es gibt eine höhere Macht, die eine Welt erschaffen hat, in der Zufälle entstehen, gegen die niemand etwas machen kann. Es ist, wie es ist!«

Mittlerweile war Hannes näher an Lucys Seite gerutscht, um sie in seinen Armen zu halten. Er spürte deutlich, dass bei ihr etwas vonstattenging, das ihn nichts anging. Lucy hingegen fühlte jetzt ein inneres Verlangen, ihre Geschichte erzählen zu müssen. Sie wusste, dass dieser zärtliche und tiefgründige Mann neben ihr der Richtige dafür war. »Hannes, ich würde dir gerne etwas erzählen. Es könnte sich jedoch für dich unendlich traurig anhören. Aber keine Sorge, ich finde gerade meinen inneren Abschluss damit. Ich möchte es aber ein letztes Mal jemandem anvertrauen, um mich danach dem Leben ohne jegliche Schuldgefühle stellen zu können. Würdest du mir diese Ehre erweisen, auch wenn es vielleicht die Stimmung dieser wunderschönen Vollmondnacht kaputtmachen könnte?«

Hannes nickte verständnisvoll, und rutschte noch enger an sie heran. Er sagte mit gedämpfter Stimme: »Schieß los, Lucy!«

Lucy begann zu erzählen: »Ich bin Mutter von Zwillingen – Monika und Michael. Beide entwickelten sich zu wunderbaren jungen Erwachsenen. Sie waren immer gesund, hatten im Laufe ihres Heranwachsens viel Empathie entwickelt und schlossen erfolgreich ihre Berufsausbildungen ab. Monikas Leben ist bis heute zauberhaft. Sie hat mittlerweile eine Familie gegründet, und erfreut sich in Neuseeland eines glücklichen und harmonischen Daseins. Während Monika eher ein unabhängiger, selbstbewusster junger Mensch geworden ist, war dies bei Michael nie der Fall. Nach seiner Pubertät ergaben sich immer wieder Phasen, in denen er sehr unglücklich war. Stunden und Tage habe ich mit meinem Sohn verbracht, um mit ihm über sich und seine Probleme zu sprechen. Und wenn ich ehrlich bin, ich habe es nie richtig geschafft, ihm handfeste Lösungen zu präsentieren. Vielleicht hatte Michael auch den Nachteil, dass er ein bildhübscher junger Mann war. Von mir hatte er die blauen Augen abbekommen und von seinem kubanischen Vater das südländische Aussehen. Er war groß und hatte immer eine sportliche Figur. Daher standen bei uns zu Hause die Mädels regelmäßig Schlange. Aber immer hat er sich zu extrem selbstbewussten und manchmal auch ziemlich dominanten Mädchen hingezogen gefühlt, die scheinbar seine Probleme mit sich selbst nur noch weiter verstärkten.

Ich kürze jetzt ein bisschen ab, lieber Hannes: Eines Tages war er mit seiner damaligen Freundin auf Ibiza in Urlaub. Es muss zum Streit gekommen sein, und sie haben sich wohl spontan getrennt. Es muss ziemlich hoch hergegangen sein, und mein Sohn irrte den Erzählungen nach noch in der gleichen Nacht auf der Straße herum, um seine Freundin zu suchen. Leider entdeckte er sie in einem Auto mit einem anderen. Er musste beobachten, wie seine Freundin Sex mit einem spanischen Barkeeper hatte. Michael lief daraufhin hoch in sein Hotelzimmer, öffnete die Balkontür und stürzte sich in die Tiefe.«

Lucy musste eine Pause machen. Stille breitete sich im Badezimmer aus. Hannes war tief erschüttert.

Nach ein paar Sekunden hatte sich Lucy wieder gefangen, und fuhr fort: »Michael überlebte! Unten auf der Straße stand ein Cabrio, und das weiche Stoffdach dämpfte seinen Aufprall. Davon konnte jedoch nur sein Oberkörper profitieren. Seine Hüften und seine beiden Beine schlugen auf der Windschutzscheibe beziehungsweise der Motorhaube auf. Michael verlor daraufhin beide Beine und war anschließend querschnittsgelähmt. Es folgte eine furchtbare Leidenszeit – unterbrochen durch zahlreiche Operationen. Nach circa zwei Jahren war dann alles so weit verheilt. Es kam der Tag, als er das erste Mal in einem Rollstuhl Platz nehmen konnte. Mein Mann Migel und ich waren damals dabei. Ich weiß noch genau, wie wir alle zusammen in der Rehaklinik waren, unendlich glücklich über diese neue Mobilität von Michael. Auch er schien es sehr zu genießen. Schließlich sagte er: ‚Lasst mich mal ein paar Runden mit meinem neuen Fahrzeug drehen'. Aus mir bis heute unbegreiflichen Gründen fand er mit seinem Rollstuhl direkt den Weg hoch bis auf die Dachterrasse, wo sich ein kleines Café befand. Laut Erzählungen von anwesenden Gästen nahm er mit seinem Rollstuhl gehörig Anlauf, überwand das Außengeländer und stürzte sich erneut in die Tiefe. Aber diesmal war er sofort tot!«

Eine Stimmung tiefster Betroffenheit durchströmte Hannes. Es verschlug ihm förmlich die Sprache. Lucy begann, Hannes über das Haar zu streichen: »War es zu schlimm für dich?«, fragte sie besorgt.

»Ich denke eher, dass es viel schlimmer für dich war. Dies war einer der grausamsten Geschichten, die ich je gehört habe.«

»Du hast recht, noch vor wenigen Tagen hätte ich das nicht erzählen können. Jetzt hingegen spüre ich zwar noch eine tiefe Trauer, aber ich merke gleichzeitig, dass eine schwere Last von mir abgefallen ist. Aus irgendeinem Grund fühle ich mich stabil – ja sogar befreit. Etwas in meinem Inneren hat sich gerade für immer aufgelöst. Es war *Gottes Wille*, und das habe ich jetzt dank der Quantenphysik kapiert. Fünf Jahre lang habe ich mich nahezu täglich selbst zerfleischt, um hinter das Warum zu kommen – ohne jegliches Ergebnis. Jetzt hingegen spüre ich, dass es vorbei ist. Ich hätte es nie verhindern können. Ich möchte dir aus tiefstem Herzen danken, dass ich mit deiner

Hilfe einen Abschluss finden konnte.«

Lucy hob ihren Kopf, schaute Hannes liebevoll an und küsste ihn. »Hannes, glaube mir: Das ist ein wichtiger Moment in meinem Leben. Ich bin jetzt frei. Mir geht es so gut wie nie. Ich hätte es nicht für möglich gehalten, dass sich etwas in Sekunden auflösen kann. Ein Stein ist für immer von meinem Herzen gefallen. Komm, lass uns das feiern. Lass uns Liebe machen. Ich zeige dir auch wieder mein kleines Kunststück.«

Hannes war etwas zögerlich. Er hatte noch Lucys traurige Geschichte im Kopf. Jedoch spürte er schnell, dass in Lucy tatsächlich eine Art innere Erlösung stattgefunden haben musste. Er beschloss sich hinzugeben, und ließ alles Weitere geschehen.

Eine halbe Stunde später sahen sich Lucy und Hannes kniend auf dem Boden des Bads. Sie versuchten mit vereinten Kräften Herr über das übergelaufene Wasser zu werden. Mit zahlreichen Handtüchern wischten sie hektisch die Wassermassen auf. »Schau mal ob im Schrank noch mehr Handtücher sind«, rief Hannes sichtlich nervös. »Hoffentlich ist da nichts ins darunterliegende Stockwerk gelaufen. Wir hätten ins Bett wechseln sollen.«

Lucy hingegen konnte sich ein Lachen über die peinliche Situation nicht verkneifen. Nach wenigen Minuten hatten sie es aber geschafft. Der Whirlpool war nun randvoll mit einem Berg tropfnasser, weißer Hand- und Badetücher. Sie setzen sogar die hoteleigenen Bademäntel ein, um für mehr Trockenheit auf den Fliesen zu sorgen.

Nach getaner Arbeit schauten sich Lucy und Hannes an, und es platzte plötzlich aus ihnen heraus. Sie krümmten sich vor Lachen, während es draußen bereits dämmerte. Lucy stellte fest, dass es jetzt wenig Sinn machen würde, schlafen zu gehen, zumal der Flug von Hannes nur wenige Stunden später ging. »Komm Hannes, lass uns schnell packen und uns fertig machen.

Wir können zum Bahnhof hinüberlaufen, da sind schon die ersten Kaffeebuden offen«, schlug Lucy vor. Gesagt, getan, und eine knappe Stunde später standen sie an einem Stehtisch, um köstlichen und wachmachenden Kaffee zu genießen.

»Du machst einen traurigen Eindruck, Hannes«, stellte Lucy irgendwann einmal besorgt fest. Was ist mit dir?«

»Der Flug in ein paar Stunden geht nach San Francisco!«, war von Hannes leise zu hören. »Ich habe an der Stanford University eine zweijährige Professur angenommen und die startet übermorgen.«

Lucy war im ersten Augenblick schockiert. Sie fing sich jedoch schnell wieder, weil es gerade wenige Stunden her war, als sie etwas Wichtiges über das Leben verstanden hatte. Sie sagte: »Hat das was mit dem Mond von Einstein zu tun?«

Hannes musste lachen. »Ja, so kann man das auch ausdrücken. Es gibt nun mal Dinge im Leben, die sich nicht ändern lassen. Scheinbar sehen unsere beiden Illusionen der Realität keine Schnittmenge vor.«

»Gottes Wille?«, lachte Lucy Hannes an.

»Leider ist es so«, antwortete er, dessen Stimmung sich aber deutlich aufhellte.

»Du, ich sage dir jetzt mal was, liebster Hannes. Noch nie habe ich einen Mann in meinem Leben kennengelernt, mit dem ich in einer derart kurzen Zeit ein so vertrautes Verhältnis aufbauen konnte.« Lucy dachte kurz an Sam, bei dem es fast zwei Jahre dauerte, bis sie sich öffnen konnte. »Und vor allem, unterstelle nicht mehr jeder Frau, dass sie es mit dir nicht ehrlich meinen könnte. Hast du den Freifahrtsschein noch, den ich dir gestern ausgestellt habe?«

Hannes zog den besagten Handzettel aus der Innentasche seines Jacketts hervor und hielt ihn amüsiert hoch. »Darf ich den behalten – sozusagen als Andenken an diese zauberhafte Nacht mit dir?«

Lucy nickte und umarmte Hannes. Sie hielten sich noch eine

ganze Weile fest, um danach endgültig Lebewohl zu sagen. Während Lucy sich schweren Herzens umdrehte, begutachtete sie ihre Gemütslage. *Noch vor wenigen Tagen hätte es mein Herz zerrissen, einen solchen wunderbaren Mann gehen lassen zu müssen. Ich hätte über Wochen gegrübelt, warum ausgerechnet mir so etwas passiert ist. Doch es ist einfach so! Das ist die Nichtkausalität der Quantenwelt. Das ist Gottes Wille! Es ist ein bisschen traurig – keine Frage – aber ich werde an solchen Erlebnissen nicht mehr zugrunde gehen können*, dachte sich Lucy weiter. Kurz darauf fiel ihr ein Satz ein, den sie sich spontan in ihr Smartphone schrieb:

AKZEPTIERE, WAS DU NICHT ÄNDERN KANNST!

Level 4 – Kopf

Lucy wachte gegen Mittag in ihrem Bett auf, und war von der durchgemachten Nacht ziemlich gerädert. Sie ließ die letzten 24 Stunden Revue passieren, und dachte sich: *So viele Lichter wie gestern sind dir noch nie in deinem Leben aufgegangen. Jetzt ist es aber Zeit, auch etwas ans Geldverdienen zu denken. Das Essen hat mich ein kleines Vermögen gekostet.* Lucy war stolz darauf, sich gestern doch noch durchgesetzt zu haben, obwohl Hannes ihr angeboten hatte, alles auf seine Hotelrechnung laufen zu lassen. Sie setzte sich nun mit ihrem Laptop unter den Sonnenschirm ihres Balkons und sichtete alle Aufzeichnungen der letzten Tage. Schnell waren drei redaktionelle Beiträge geschrieben, in denen mehrmals das Institut, von dem sie ihren Auftrag erhalten hatte, positiv erwähnt wurde. Im Anschluss ließ sie alles stehen und liegen, um sich ein Bad zu gönnen. Mit leichter Jazzmusik im Hintergrund und einem großen Pott Kaffee lag sie schließlich in der wohltuenden Wärme und ließ wieder ihren Gedanken freien Lauf. In ihrem Geiste gaben sich Bilder von Sam und von Hannes abwechselnd die Hand. *Interessant, lieber Hannes, dass du einen so tiefen Eindruck bei mir hinterlassen hast*, dachte sich Lucy, während sie einen Kongressplan für das laufende Jahr durchblättere, den sie von Hannes überreicht bekommen hatte. Ihr fiel eine Tagung für Neurologen in München auf, die von einem ihr wohlbekannten Pharmakonzern ausgerichtet wurde. Es ging um den aktuellen Stand der Gehirnforschung. Lucy dachte für sich: *Die müssten mich doch noch von früher her kennen. Das wäre sicher leicht verdientes Geld. Da schreibe ich nachher gleich eine E-Mail.*

Es folgte eine produktive Woche. Lucy lieferte ihre Artikel sowie das mit ihrem Smartphone erstellte Bildmaterial bei ihrem Auftraggeber ab, und ein neuer Deal war schnell akquiriert. Der Ansprechpartner bei dem Pharmariesen, der den Kongress in München ausrichtete, war hocherfreut von Lucy zu hören. *Das ist das höchste Honorar, was ich je ausgehandelt habe*, dachte sich Lucy, als sie in ihrem Postfach die Auftragsbestätigung entdeckte. *Also wenn das weiterhin so läuft, dann zeige ich diesen Internetkriminellen einfach nur den Vogel. Dann sollen sie mit meinem Onlinebusiness einfach machen was sie wollen.*

Die übrige Zeit nutzte sie, um sich mehr in die Quantenphysik einzuarbeiten. Sie konnte nicht mehr aufhören, sich damit zu beschäftigen. Dass es eine Art Gott gegeben haben musste, der Zeit und Raum eingeschaltet und praktisch in wenigen Minuten alle Voraussetzungen für die heutigen Naturgesetze erschaffen hat, daran gab es aus ihrer Sicht keine Zweifel mehr. Die Wahrscheinlichkeit von 1:10 hoch 10 hoch 123 war ihr ausreichend, um von einem wissenschaftlichen Beweis für Gott sprechen zu können. Auch die Tatsache, dass alle Menschen innerhalb eines Hologramms leben, erwies sich aus wissenschaftlicher Sicht als unbestritten. *Jetzt geht es nur noch darum herauszufinden, welche Spielregeln dieser Gott hinterlassen hat*, dachte sie sich. Zugleich spürte Lucy den Drang, sich über dieses Thema mit jemandem austauschen zu wollen. Lucy wusste sofort, mit wem sie gerne sprechen würde. Sie beschloss eine SMS zu schreiben. »Hi, mein Schatz, hast du nachher ein bisschen Zeit für mich?«.

Es dauerte diesmal etwas länger bis eine Antwort kam, dafür war sie umso erfreulicher: »Um 19.00 Uhr inklusive Erdung? Knutsch S.«

Lucy schrieb schnell zurück: »Sehr gerne erde ich mich für dich. Dann bis dann. Auch dicker Knutsch!«

Lucy nutzte die noch verbliebene Zeit für ein bisschen Hausarbeit, um sich schließlich die Treppe hochlaufen zu sehen.

Oben stand die Tür bereits offen, sie trat ein, und Sam eilte schnell zu ihr, um sie herzlich zu begrüßen. »Ich habe mich für einen ziemlich großen mit einem wunderschönen Endstück entschieden. Den kennst du noch nicht. Magst du ihn mal sehen?«, fragte Lucy mit einem spitzbübischen Lächeln im Gesicht. Gleichzeitig befreite sie sich sanft aus Sams Umarmung, ging weiter zu dem Jugendstilschreibtisch, der ein paar Meter weiter Sams Wohnraum schmückte, zog ihren weißen Bademantel hoch und legte ihre Unterarme parallel auf die Tischplatte. Sam sah nun auf ein mit Strass besetztes rotes Herz. »Oh, der ist aber wunderschön«, stimmte Sam, sichtlich erfreut über den edlen Schmuck, zu.

Daraufhin fragte Lucy schmunzelnd: »Hättest du Lust, dich um meinen Hintern ein bisschen zu kümmern?«

»Gerne, mein Schatz«, antwortete Sam grinsend, und machte sich an die Arbeit. Danach wechselten sie den Ort des Geschehens und landeten schließlich eine Etage höher in Sams großem Bett.

Nachdem eine gute Stunde vergangen war, lag Lucy in Sams Armen. Nachdem ihre üblichen Glückstränen getrocknet waren, kam – wie immer – die Lust auf Nahrung.

Sam, der natürlich über Lucys übliche Gelüste nach dem Verkehr Bescheid wusste, hatte diesmal vorgesorgt. »Komm Lucy, lass uns runtergehen und es uns unten gemütlich machen.«

Lucy schaute Sam an, und wusste sofort, was dieser Gesichtsausdruck bei ihm bedeutete. »Mensch Sam, du warst beim Japaner, stimmt's?«, rief Lucy begeistert in den Raum. Schnell hüpften sie fröhlich eine Etage tiefer, um schließlich vor dem offenen Kühlschrank zum Stehen zu kommen. Lucy begann förmlich zu quietschen: »Wow, das ist ja das komplette Programm. Ich liebe dich, du supertoller Mann.« Sie fiel Sam um den Hals, um ihm einen dicken, deutlich hörbaren Kuss zu geben. Schnell waren alle Leckereien liebevoll auf dem kleinen Wohnzimmertisch verteilt, die beiden nackten Körper in weiche Decken eingewickelt, und die besten Plätze auf Sams riesigem Sofa gefunden.

Nachdem Lucys erste Gier gestillt war, begann sie vom Kongress und den letzten Tagen mit Dr. Phil zu berichten. Sam hörte aufmerksam zu, um irgendwann festzustellen: »Lucy, eines muss ich dir jetzt einmal sagen: Du hast Dich verändert! Und zwar extrem zum Positiven. Deine Ausstrahlung ist mit der, als wir uns das letzte Mal sahen, überhaupt nicht mehr zu vergleichen. Das ist mir vorhin schon im Bett aufgefallen. Scheinbar ist es dir gut bekommen, einen wissenschaftlichen Beweis für die Existenz einer höheren Macht gefunden zu haben. Oder sind es die aufgelösten Gewissensbisse bezüglich deines Sohnes, die dich so erstrahlen lassen? Vielleicht hat dir aber auch nur der Sex mit einem Spitzenphysiker gutgetan.«

»Nein Sam, alles ganz falsch«, klärte Lucy ihn auf, »ich denke in letzter Konsequenz waren es eher die Tipps von Bella und vor allem meine täglichen Überwindungsübungen, die mich aufleben ließen. Ich merke dies auch an mir selbst, dass ich mich nahezu täglich verändere. Es tut mir gut, mutig das Leben anzugreifen.«

Sam antwortete: »Wenn ich mir überlege, in welchem besorgniserregenden seelischen Zustand du noch vor einigen Wochen warst, dann gleicht das schon einem kleinen Wunder.«

Lucy ergänzte: »Bella hat mir gezeigt, wie sich Selbstliebe anfühlt, und ab diesem Zeitpunkt habe ich alles begriffen. Das eine ergab dann das andere. Wie von Geisterhand bin ich auf alles gestoßen, was ich brauchte. Und ich gebe dir recht: Es ist noch nicht lange her, als ich mir überlegte, ob ich meinem Leben ein Ende setzen soll. Und jetzt behandelt mich das gleiche Leben in einer Weise, wie ich es mir nie gewagt hätte zu erträumen. Ich kann überhaupt nicht richtig glauben, wie einfach alles geworden ist. Darüber hinaus haben mich natürlich auch einige Einsichten noch schneller nach vorne gebracht.«

»Welche denn?«

»Erstens die Welt nicht verstehen zu wollen, zweitens mutig zu sein und drittens sich mit allem abzufinden, was man eh nicht mehr ändern kann. Besonders der Quantenphysik habe ich die Erkenntnis zu verdanken, dass jeder Mensch zwar in seinem eigenen Kokon lebt, diese Illusion jedoch von unendlich vielen Parametern im Außen beeinflusst wird.«

Sam wusste sofort, auf was Lucy hinauswollte: »Du meinst den Mond, der noch da ist, auch wenn wir nicht mehr hinschauen?«

Lucy glitt vor Erstaunen ein Sashimi aus der Hand. »Du kennst dieses Mondzitat?«

»Ja klar, es wird Einstein zugeschrieben«, antwortete Sam, »wobei ich mir nicht sicher bin, ob er dies auch tatsächlich gesagt hat. Aber dennoch ist diese Aussage existenziell wichtig, denn sie erinnert alle Quantenphilosophen daran, dass wir nicht nur tagtäglich mit unserer ureigenen Realitätsblase konfrontiert sind, sondern diese zusätzlich durch viele Fremdeinflüsse überlagert ist. Da hast du echt ein riesengroßes Glück gehabt, dir genau diesen Doktor Phil ins Bett zu holen. Er ist bekannt dafür, den Hobbyphilosophen regelmäßig auf die Finger zu klopfen. Auch wenn wir uns mit unseren quantenphilosophischen Manifestierungsträumereien auf den Kopf stellen, einiges werden wir in unserem Leben niemals ändern können.«

Lucy nickte und sagte: »Ja, darüber haben wir auch gesprochen. Es scheint tatsächlich ein Widerspruch zu sein, dass sich alle das Gleiche wünschen können. Scheinbar gibt es etwas Schicksalhaftes zu beachten, das für jeden Menschen unterschiedliche Wünsche vorsieht. Für mich persönlich kann ich nur feststellen, dass ich gerade das Gefühl habe, mir wünschen zu können, was ich will, und es wird zu meiner Realität. Ob dies jetzt für mich vorgesehen ist oder nicht, dazu kann ich noch nicht viel sagen, da stehe ich noch am Anfang meiner Recherchen.«

Sam lächelte sie an. »Nichtsdestotrotz ist es aus quantenmechanischer Sicht Fakt, dass wir permanent neue Realitäten erschaffen. Wenn man sich das einmal näher vor Augen führt, dann bedeutet dies, dass alle Menschen dieser Erde jede Sekunde, jeden Tag, jedes Jahr, und dies seit Jahrtausenden immer wieder sichtbare Materie produzieren. Wenn die Religionen von Unsterblichkeit sprechen, dann meinen sie wahrscheinlich genau diesen Vorgang. Wenn wir sterben, bleibt alles, was wir in unserem Leben materialisiert haben, bestehen.«

Lucy hatte einen Geistesblitz und wechselte das Gesprächsthema. »Aber mal etwas ganz anderes, Sam: Bei meinen Gesprächspartnern, aber auch bei meinen Onlinerecherchen taucht permanent eine sogenannte Stringtheorie auf. Bist du in diesem Thema drin, das Ganze habe ich nämlich überhaupt nicht verstanden.«

Sam musste lachen. »Zu deiner Beruhigung: Niemand hat bisher die Stringtheorie verstanden. Denn da gibt es auch nichts zu verstehen. Wie du selbst mittlerweile auch festgestellt hast, taucht in der Grundlagenphysik wiederholt das gleiche Problem auf: Wir Menschen können nur in Raum und Zeit denken. Wenn wir dem Leben auf die Schliche kommen wollen, dürfen wir deshalb ab einem bestimmten Punkt nicht mehr den Anspruch haben, etwas verstehen zu wollen.«

»Schön«, meldete sich Lucy zu Wort, »damit habe ich bereits meinen Frieden gemacht. Aber was ist jetzt mit dieser Stringtheorie?«

»Die Stringtheorie ist Teil der theoretischen Physik, und ganz besonders ein Ergebnis der besagten Erkenntnis, dass wir unsere Vorstellungskraft nicht mehr zu Rate ziehen dürfen, wenn wir dem Leben mehr auf die Spur kommen wollen. Man wählte daher einen Weg, der ausschließlich auf den Gesetzen der Mathematik beruht. Die Stringtheorie ist damit keine echte physikalische, sondern eher eine mathematische These. Sie setzt voraus, dass Quanten nicht die kleinste Einheit unserer Welt darstellen, sondern aus noch etwas Kleinerem bestehen, und zwar aus eindimensionalen Teilchen. Wobei der Begriff Teilchen bereits irreführend ist, weil unser Gehirn nicht nachzuvollziehen kann, was das ist. Wir denken grundsätzlich in drei Dimensionen – in Höhe, Breite und die Tiefe. Eventuell könnten wir uns noch zweidimensionale Dinge vorstellen, wie zum Beispiel ein superdünnes Blatt Papier, das nur aus einer Breite und Höhe besteht. Aber eindimensionale Objekte entziehen sich endgültig unserer Vorstellungskraft. Der Mitbegründer der Stringtheorie, der US-amerikanische Physiker Leonard Susskind, hat dieses eindimensionale Etwas String genannt – also eine Saite –, da er zusätzlich in seiner These vorausgesetzt hat, dass dieses eindimensionale Etwas schwingen kann.« Sam machte jetzt eine kleine Kunstpause.

»Super interessant«, feuerte Lucy Sam an, »bitte weitermachen.«

»Man hat also diese eindimensional schwingenden Strings in geometrisch-mathematische Gleichungen eingesetzt und stoisch – also ohne etwas verstehen zu wollen – ausgerechnet. Und siehe da: Die Ergebnisse ergaben zahlreiche Dimensionen, also mehrere Universen gleichzeitig. Die Strings selbst sind für unser Auge erst einmal unsichtbar, aber alles was ist, besteht aus ihnen. Erst wenn die Strings in einer bestimmten Frequenz angeregt werden, tauchen sie als sichtbare Materie vor unseren Augen auf – je nachdem, in welcher Art und Weise sie zum Schwingen gebracht wurden. Alle anderen Strings, die nicht entsprechend schwingen, bleiben für uns weiterhin nicht wahrnehmbar. Um es etwas philosophischer auszudrücken: Wenn jemand an einem String zupft, dann taucht es in unserer Realität auf. Damit wäre unser sichtbares Leben nichts anderes als eine Sinfonie von gezupften Saiten.«

»Das ist aber ein schönes Bild«, unterbrach Lucy. »Hat denn die Wissenschaft einen Verdacht, wer es ist, der die Saiten in der richtigen Weise zupft?«

»Natürlich nicht«, betonte Sam, »dazu sind wir zu nahe an

Gott dran. Viele Fachleute glauben jedoch – und ich möchte betonen, dass es in diesem Bereich sehr unterschiedliche Auffassungen gibt –, dass es wieder unsere eigene Beobachtung ist. Infolgedessen würde die Stringtheorie auf wunderbare Weise die Quantenmechanik ergänzen. Das heißt, es bleibt dabei, wir erschaffen selbst unsere Realität. Der einzige Unterschied zur Quantenmechanik wäre, dass wir nicht nur in einem einzigen Universum leben würden, sondern gleichzeitig in unzähligen weiteren.«

»Das heißt, uns stehen frei formbare Saiten oder besser gesagt, eine Art Basisenergie als Grundmaterial zur Verfügung, die wir durch unsere Sinne anregen beziehungsweise formen können – praktisch wie Knetmasse, aus der ich zum Beispiel ein kleines Häuschen baue. Fokussiere ich mich auf etwas, beginnen bestimmte Strings zu schwingen, und tauchen als Objekt vor meinen Augen auf, und alles andere bleibt als potenziell formbare Knetmasse erst einmal unsichtbar. Oder um es noch besser auf den Punkt zu bringen: Wenn ich mich jetzt zum Beispiel geistig darauf fokussieren würde, wie du den wohlgeformten Edelstahl aus meinem Körper entfernst, und du dich stattdessen in den frei gewordenen Raum begibst, müsste ich nur darauf warten, bis es geschieht, stimmt's?« Lucy grinste jetzt Sam mit einem tollkühnen Blick an.

»Das ist die entscheidende Frage, denn eigentlich beginnt das Problem bereits viel früher, da du nie weißt, woher dein Gedanke kommt. Übrigens habe ich eben genau das Gleiche gedacht!«, antwortete Sam trocken.

Lucy erschrak und es lief ihr ein Schauer über den Rücken: »Nein, das kann doch nicht wahr sein. Wie lange hast du diese Idee bereits in deinem Kopf?«

»Ich weiß es nicht genau. Auf jeden Fall ist deine Sitzposition mit angewinkelten Knien und hochgezogener Decke nicht gerade dafür geeignet, um dein süßes rotes Herzchen vor meinen Blicken zu verbergen«, sagte Sam grinsend.

Lucy sprang auf, ging ins Bad, entledigte sich selbst ihrer Erdung, und kam wieder zügig zurück. Sie setzte sich etwas verwirrt wieder hin, und war sich der Tragweite des Augenblicks durchaus bewusst. »Mensch Sam, das heißt doch nichts anderes, als dass schon wieder dieses verdammte Thema auftaucht: Ist meine Realität das Ergebnis meiner eigenen Gedanken, oder die eines anderen? Sind meine Sehnsüchte meine ureigenen, oder kommen die irgendwo anders her?«

Lucy fühlte sich gerade nicht wohl bei der Vorstellung, dass ihre vielen geheimen Sehnsüchte nie ihre eigenen gewesen sein könnten. Gleichzeitig dachte sie an Hannes' Worte, dass es mehr als fraglich wäre, ob wir überhaupt die Wahl haben, bestimmte Sehnsüchte durch unser Bewusstsein in unsere Realität ziehen zu können.

Sam nahm Lucy in den Arm und sagte mit ernstem Tonfall: »Lucy, du hast den Nagel auf den Kopf getroffen. Das ist die entscheidende Frage, die sich alle Menschen stellen sollten: Denke ich oder lasse ich denken? Sind meine Gedanken, tatsächlich die meinen, oder die von anderen? Gehören meine Wünsche zu mir, oder folge ich nur Wünschen, die ich irgendwo aufgeschnappt habe?«

Lucys Stimmung verschlechterte sich zunehmend: »Dies wäre auch eine Erklärung, warum sich manche unserer Wünsche erfüllen, und manche einfach nicht. Verfolge ich meine ureigenen Lebensziele, läuft alles wie geschmiert, folge ich hingegen Zielen, die nie meine eigenen waren, laufe ich an die Wand, weil ich nicht mein eigenes Leben lebe.«

Sam erwiderte: »Dies könnte durchaus stimmen.«

In Lucy stieg ein ungutes Gefühl auf. »Könnte es wirklich der Fall sein, dass ich nicht Herr meines eigenen Kopfes bin? Liegt darin vielleicht der entscheidende Unterschied zwischen glücklichen und unglücklichen Menschen? Die einen sind eigenbestimmt, und die anderen fremdbestimmt? Die Vorstellung, dass ich von außen manipuliert sein könnte, gefällt mir ganz und gar nicht. Muss ich mit der Möglichkeit rechnen, im Außen Meinungen und Ideen übernommen zu haben, ohne es je bemerkt zu haben? Das macht mir Angst, Sam.«

Sam nahm die schlechter werdende Stimmung von Lucy deutlich wahr. »Lucy, darf ich dich etwas Provokantes fragen?«

»Klar, mein Schatz«, nickte Lucy, gespannt auf die Frage.

»Kann es vielleicht sein, dass du überhaupt nicht auf der Suche nach Gott bist, sondern du lediglich nach Instrumenten suchst, um dein Leben besser kontrollieren zu können?«

Lucy antwortete schnippisch: »Natürlich will ich wissen, wie das alles funktioniert. Ist das nicht menschlich?«

»Genau das ist es ja. Das ist sogar zutiefst menschlich. Sucht der Homo sapiens nicht nur deshalb nach Erkenntnis, weil er sich dadurch Vorteile verspricht? Und ist es nicht so, dass er vorgibt neugierig zu sein, aber insgeheim in Wahrheit opportunistische Absichten verfolgt? Du bist doch gerade dabei, unzählige Spitzenwissenschaftler kennenzulernen. Beobachte sie doch einmal näher. Stehen bei ihnen vielleicht doch nur die eigene Karriere und der Ruhm an erster Stelle? Konnte sich ein hochintelligenter Alfred Nobel nicht dessen bewusst sein, als er das Dynamit erfunden hatte, dass er damit nur den Krieg perfektionieren und den Tod von Millionen von Menschen in Kauf nehmen würde? Konnte das deutsche Physikgenie Otto Hahn, der für die Entdeckung der Kernspaltung im Jahr 1944 den Nobelpreis erhielt, nicht absehen, dass die logische Folge seiner Arbeit die beiden Atombomben auf Hiroshima und Nagasaki sein würde? Hätten die USA tatsächlich auf dem Mond landen können, wenn sie nicht einem Team deutscher Nationalsozialisten die komplette Führung der NASA übertragen hätten, wie zum Beispiel diesem Ungeheuer Wernher von Braun? Und war die dafür notwendige Saturn-5-Rakete nicht bloß eine Weiterentwicklung von Hitlers V2-Rakete? Und war die eigentliche Motivation hinter der Mondlandung nicht in erster Linie die Entwicklung von Interkontinentalraketen für einen möglichen Atomkrieg gegen die Russen? Nahezu alle Nobelpreisträger haben in letzter Konsequenz mehr oder weniger zum Unglück der Menschheit beigetragen, weil ihnen ihr Ruhm wichtiger war als die Gefahr, dass ihre Forschungsergebnisse von Machthabern und Großkonzernen missbraucht werden könnten. Die Geschichte der Menschheit hat gezeigt, dass es noch nie um wissenschaftliche Neugier oder um die Faszination am Fortschritt ging, sondern lediglich um Ruhm, Macht, Geld und vor allem um das erfolgreiche Führen von Kriegen«, beendete Sam etwas ärgerlich seine kleine Rede, um danach noch etwas draufzusetzen: »Also Lucy, komm mir nicht mit dem Thema Neugierde oder damit, dass im Homo sapiens ein scheinbar natürliches Streben nach Wissen angelegt ist. Dir geht es einzig allein darum, mithilfe göttlicher Instrumente deine Zukunft in deinem Sinne manipulieren zu wollen. Und jetzt dämmert es dir plötzlich, dass bereits deine Sehnsüchte das eigentliche Problem darstellen könnten. Das heißt, dir wird nach und nach bewusst, dass es vielleicht niemals in deinem Leben möglich sein wird, überhaupt irgendetwas kontrollieren zu können. Das ist es doch, was in dir gerade großen Unmut erzeugt, hab‘ ich recht?«

Lucys Augen blitzten zornig auf. Sie stand wortlos auf, ging die Stufen hoch, um ihren Bademantel zu holen, und verließ verärgert Sams Wohnung. Sie stapfte wütend die Treppen hinunter, um unten ihre schwere Wohnungstür mit einem lauten Krachen hinter sich zuzuwerfen. Sie warf sich trotzig auf ihr Sofa, um ihren dunklen Gedanken wieder freien Lauf zu lassen: *Was bildet sich dieser Scheißkerl ein? Ich und opportunistisch? Eine, die nur das Leben kontrollieren will? Der spinnt wohl!*, fluchte Lucy innerlich, und machte sich einen dreifachen Jack Daniels.

Es verging jedoch nur eine kurze Zeit, als klarere Überlegungen Lucys innere Schimpftiraden ablösten. Sie wurde nach und nach einsichtig und dachte: *Warum hat dieser Klugscheißer immer recht? Natürlich will ich wissen, wie ich mein Leben glücklicher machen kann.* Lucy stockte plötzlich der Atem, und sie hielt kurz inne. Sie fragte sich nun: *Aber warum will ich das wissen? Ich muss zugeben, diese Frage ist nicht uninteressant.*

Lucy wurde ruhiger und ruhiger, und schließlich offenbarte sich eine Antwort: *Menschen wollen nur deshalb wissen, wie sie glücklicher werden können, weil sie unglücklich sind. Wäre ich vor Wochen nicht zu Tode betrübt gewesen, wäre mir dieser Gott scheißegal gewesen.*

Lucy nahm jetzt eine aufrechte Sitzposition ein. Dabei entdeckte sie zufällig einen Zettel, der halb unter der Tischdecke hervorschien. Sie nahm ihn an sich und las die Zeilen laut vor: »Vielen Dank für diese wunderschönen Stunden mit Dir – Kuss Bella.« Lucy ließ sich in die Rückenlehne ihrer Coach zurückfallen. *Warum entdecke ich diesen Zettel erst jetzt? Er muss doch schon über Wochen hier gelegen haben*, grübelte Lucy über diese zauberhafte Botschaft von Bella. Während sie noch tief berührt war von den schönen Zeilen, fiel ihr etwas Wichtiges ein: *Mensch, das ist es. Wie konntest du Bellas Worte schon wieder vergessen: Wenn es dir nicht gut geht, dann hast du gerade vor etwas Angst.*

Lucy wusste genau, was es war: *Ich will mein Leben nicht einem Schicksal überlassen, weil ich Angst vor einer Zukunft habe, die ich nicht kenne. In mir wohnt die tiefe Überzeugung, dass mein Schicksal es nicht gut mit mir meinen könnte.*

Sichtlich erleichtert über diesen Anflug an Selbsterkenntnis, schenkte sich Lucy einen weiteren dreifachen Whiskey ein. Sie beschloss spontan, etwas für ihre Selbstliebe zu tun. Sie startete an ihrem Laptop *Happy*, und drehte den Volumenknopf ihrer Aktivboxen voll auf. Gleichzeitig feuerte sie ihren Bademantel im hohen Bogen in die Ecke, tauchte ihr Wohnzimmer in Festbeleuchtung, zog alle Vorhänge bis zum Anschlag auf und begann zu tanzen.

Nach wenigen Minuten spürte sie wieder diese wundervolle Körperessenz der Lebenslust. Das Gefühl, geliebt zu werden, das Gefühl zu lieben und vor allem das Gefühl zu leben. In dieser befreiten Stimmung öffnete Lucy plötzlich ihre Wohnungstür und tanzte im Hausgang drei Etagen höher. Oben angekommen, öffnete Sam die Tür, und Lucy fiel ihm in die Arme. »Es tut mir leid!«, flüsterte Lucy kleinlaut in Sams Ohr. Sam küsste Lucy und sagte leise: »Irgendwann wirst du erkennen, dass dein Schicksal immer auf deiner Seite sein wird.« Lucy wurde liebevoll eine Etage höher getragen.

—

Am nächsten Morgen wachte Lucy neben Sam auf, und beschloss den Tag mit einer Mutprobe zu beginnen. Sie ließ Sam weiterschlafen, und entschied, splitternackt zu ihrer Wohnung hinunterzulaufen. *Wenn du das schaffst, dann schaffst du alles in deinem Leben*, motivierte sich Lucy selbst. Sie begann mit Herzrasen und in einem Höllentempo die Treppen hinunter zu spurten. Während sie sich noch darauf konzentrierte, zwei Stufen auf einmal zu nehmen, öffnete sich plötzlich eine Wohnungstür, und ein sichtlich verdutzter älterer Herr kam zum Vorschein. »Guten Morgen, Herr Maier. Ich wünsche Ihnen einen wunderschönen Tag«, kam es spontan über Lucys Lippen, während sie sich unbeirrt mit Höchstgeschwindigkeit die Treppen hinunterarbeitete. Nachdem Lucy in ihrer Wohnung angekommen war und ihre Wohnungstür hinter sich im Rücken spürte, lachte sie ausgelassen auf. Sie freute sich des Lebens, und war stolz darauf, diese Mutprobe erfolgreich gemeistert zu haben. »Ich bin die tollste Powerfrau der Welt«, rief sie euphorisch der ganzen Welt zu.

Im Lauf der sich anschließenden Woche widmete sich Lucy den Vorbereitungen für den nächsten Kongress. Irgendwann trudelten auch die Flugtickets und der Voucher für die Unterkunft ein. Lucy kannte das Hotel, und dachte sich: *Wow! Sehr spendabel diese Jungs der Pharmaindustrie. Es hat sich also nichts geändert. Die werfen noch immer mit Geld um sich, als gäbe es kein Morgen.*

Zudem schaffte es Lucy die ganze Woche über, achtsam gegenüber ihrer Stimmungslage zu sein. Sie hatte sich geschworen, sich nie mehr einen Rückfall zu leisten. Vermisste sie das Gefühl der Lebensfreude, spürte sie die dafür verantwortliche Anspannung zielsicher auf, um sie anschließend zu eliminieren. Entweder durch Überwindungsübungen oder durch ihre neue Technik, mit allem ihren Frieden zu machen, was sie eh nicht ändern konnte. Und wenn alles nichts half, nutzte sie als Joker ihr neues Zauberwort *Scheißegal. Scheinbar ist das alles tatsächlich nur eine Frage des Trainings*, dachte sich Lucy immer wieder.

Auch ihre große Trauer über den Verlust von Luna schien sie endgültig überwunden zu haben. Was sie jedoch noch nicht vollständig verstanden hatte, war die Aussage von Sam, dass ihr Schicksal immer auf ihrer Seite stehen würde. Aber auch die These von Hannes, dass Menschen nicht die freie Wahl hätten, sich vom Leben zu wünschen, was sie wollten, ließ sie nicht mehr los. *Renne auch ich Lebenskonzepten hinterher, die ich überhaupt nicht habe? Sind meine Gedanken in meinem Kopf tatsächlich meine ureigenen?*

Je länger Lucy darüber sinnierte, umso kritischer wurde sie gegenüber ihren bisherigen Plänen und Sehnsüchten. *Könnte es tatsächlich sein, dass mein Schicksal Lebenskonzepte für mich bereithält, die mich glücklicher machen würden, als diejenigen, die in meinem Kopf herumgeistern? Das muss ich unbedingt herausfinden. Bis dahin misstraue ich meinem Kopf. Mal sehen was passiert!*

Lucy spürte plötzlich eine große innere Entschlossenheit, alles ab sofort geschehen zu lassen. Gleichzeitig fiel ihr Blick auf ihre Balkontür. Dort waren noch die Zeilen von Bella zu lesen: *Überwinde Dich, und übe Dich in Mut.* Lucy nahm den noch daliegenden Permanent-Textmarker fest in ihre Hand, und schrieb direkt darunter:

MISSTRAUE DEINEN LEBENSKONZEPTEN!

Level 5 – Herz

Die Tage bis zum Kongress vergingen schnell, und bevor sich Lucy versah, saß sie im Flieger nach München. Sie reiste bereits einen Tag früher an, um dort abends in Ruhe den Tag ausklingen lassen zu können. Sie plante den Spa Bereich des renommierten Münchner Hotels zu nutzen, der sich überregional großer Beliebtheit erfreute. Das wollte sich Lucy nicht entgehen lassen.

Angekommen im Hotel, ließ sie deshalb nicht viel Zeit verstreichen, um es sich im Massagebereich sowie der harmonisch gestalteten Saunalandschaft gemütlich zu machen. Zunächst bewegte sie sich ein wenig auf dem Laufband, dann ließ sie sich auf Kosten ihres Auftraggebers vom Fachpersonal massieren, und schließlich landete sie in der Sauna. Zum Schluss stand Lucy vor einem dunkelblau scheinenden Kaltwasserbecken, umgeben von indirekt beleuchteten Wänden, die mit echtem Steinsalz ausgekleidet waren. Lucy wusste natürlich, dass der gesündeste Aspekt am Saunieren im anschließenden Abschrecken mit kaltem Wasser bestand. Davor hatte sie sich in der Vergangenheit immer gedrückt. Diesmal war es aber anders. Sie beschloss sich zu überwinden, und dachte sich: *Vielleicht ist der Prozess des sich Überwindens tatsächlich nur eine Frage der Konzentrationskraft, und Mut aufzubringen nur eine Form der Willensstärke.*

Während Lucy über diese Fragestellungen nachdachte, stand sie erst einmal bewegungslos vor dem eiskalten Wasser. Nach einer gewissen Zeit beschloss sie, es zu wagen. Hochkonzentriert betrat sie langsam die Stufen des Beckens, die sie immer bedrohlicher in die Tiefen der feindlich wirkenden Kälte führten. Lucy fühlte mehr als deutlich, wie das Wasser begann ihren Körper massiv zu belästigen. Wie ein Muskel, der nach einer Zeit hoher Anspannung seine Leistungsfähigkeit einbüßt, spürte sie, wie auch ihre Konzentrationsfähigkeit langsam abnahm. Lucy tauchte nun vollständig in das schrecklich kalte Nass ein. Einige Sekunden konnte sie ihre Willensstärke aufrechterhalten, um ganz bewusst zu beobachten, wie sie lernte, die Eiseskälte zu ertragen. Dennoch hielt sie nicht lange durch. Ihre Willensstärke brach plötzlich wie ein Kartenhaus zusammen. Lucys Körper begann, sich selbstständig zu machen. Er fing an, unkontrolliert zu zappeln, und die Stimmbänder machten was sie wollten. Es waren nun seltsame, quietschende Laute von einer Frau zu hören, die fast panikartig aus dem Wasserbecken flüchtete.

Draußen am rettenden Beckenrand wieder angekommen, begann Lucy über sich selbst zu lachen. *Das muss von außen jetzt ziemlich komisch ausgesehen haben*, dachte sie sich. Und tatsächlich bemerkte sie im gegenüberliegenden Ruhebereich eine lächelnde Frau mit langen schwarzen Haaren. Scheinbar hatte sie auf ihrer Liege Lucys Mutprobe amüsiert beobachtet. Lucy erwiderte das Lächeln und ging in ihre Richtung. Sie schätzte die Frau auf Anfang Vierzig, und je näher sie kam, umso deutlicher wurde ihre atemberaubende Schönheit.

»Das haben Sie sehr gut gemacht«, wurde Lucy gelobt. »Dazu habe ich mich noch nie überwinden können. Sie hingegen haben es trotz offensichtlicher Bedenken geschafft. Klasse!«

»Dankeschön für das Kompliment«, antwortete Lucy, die zugleich auf ihren gut durchbluteten rotschimmernden Körper hinabschaute. »Ist die Liege neben Ihnen noch frei?«, fragte Lucy die grazile und scheinbar recht große gewachsene Frau.

»Aber ja, nehmen Sie sich aber zuvor noch ein paar Tücher mit. Die liegen dort drüben in der Ecke, damit sie sich schön warm einpacken können. Die duften himmlisch.«

Lucy nahm die freie Liege in Beschlag, kuschelte sich von Kopf bis Fuß in zahlreiche weiße Hoteltücher ein und entspannte sich. Dabei lauschte sie einer meditativen Hintergrundmusik, die sich ein wenig wie Engelsgesänge anhörte. Nach und nach verschwanden die übrigen Gäste und die zwei Frauen lagen nun allein in tiefer Entspannung auf ihren bequemen Liegen. Irgendwann ergriff die Schönheit neben Lucy das Wort und sagte: »Nehmen Sie morgen auch am Kongress teil?«

Lucy war über die Frage nicht verwundert. Ihr war durchaus bekannt, dass bei solchen Kongressen die Pharmakonzerne ganze Hotels buchten, um an einem Ort nicht nur großzügig die Reise- und Übernachtungskosten von teilnehmenden Ärzten zu übernehmen, sondern sie auch diskret von ihren Produkten zu überzeugen. »Ich nehme als Wissenschaftsjournalistin teil. Sie hingegen sind sicher eine Ärztin, nicht wahr?«, antwortete Lucy.

»Ja, im Prinzip schon«, erklärte die Frau, »jedoch bin ich nicht am Kongress selbst interessiert, sondern auf der Suche nach Drittmitteln. Mir liegt gerade ein Forschungsprojekt sehr am Herzen, für das ich noch Investoren suche. Im Übrigen heiße ich Mara. Wir können uns gerne duzen.«

»Sehr gerne Mara, mein Name ist Lucy. Du machst mich gerade neugierig. Was für ein Forschungsprojekt ist es denn, wenn ich ein wenig naseweis sein darf?«

»Kein Problem, das ist kein Geheimnis«, antworte Mara mit einer sympathisch klingenden Stimme. »Ich bin Magnetokardiologin und plane eine groß angelegte Studie, um evidenzbasierte Daten über die Auswirkungen magnetischer Strahlung auf den Menschen zu generieren.«

Als Biologin waren Lucy medizinische Fachbegriffe und Gepflogenheiten durchaus vertraut. Sie wusste daher, mit welcher Unterdisziplin der Medizin sich Mara beruflich beschäftigte. Sie sagte begeistert: »Das ist ja sehr interessant. Du erstellst also Magnetokardiogramme, um menschliche Herzen zu untersuchen.«

Mara erkannte, dass neben ihr wohl jemand lag, mit dem sie fachlich auf Augenhöhe kommunizieren konnte. »Scheinbar bist du sehr interessiert. Hast du mit diesem seltenen Fachbereich beruflich zu tun?«, fragte Mara nach.

Lucy entschloss sich mutig, etwas von ihrer persönlichen Geschichte sowie ihrer Suche nach Gott auszuplaudern. Es entwickelte sich ein vertrautes und tiefgründiges Gespräch und schließlich gelangte Lucy an den entscheidenden Punkt: »... und aktuell mache ich mir große Sorgen, dass meine Gedanken und Gefühle, aber auch meine Sehnsüchte und Lebenskonzepte nicht meine eigenen sind, sondern von anderen Menschen stammen oder ich diese sonst wo aufgeschnappt habe. Ich befürchte, dass wir vielleicht mehr fremdbestimmt sind, als wir wahrhaben möchten.«

Plötzlich richtete sich Mara auf und sah Lucy mit großen Augen an. »Du bist der erste Mensch seit Langem, den die gleiche Fragestellung quält wie mich. Ich schlage mich an meinem Institut schon seit Jahren mit spezifischen Messreihen herum, die weit über den Bereich der Magnetokardiologie hinausgehen. Ich habe nachweisen können, dass das Magnetfeld des Herzens in den Köpfen anderer Menschen Gehirnströme induziert. Und Gehirnströme erleben wir bekanntermaßen als Gedanken oder Gefühle.«

Lucy war begeistert. »Das ist ja erstaunlich. Das habe ich ja noch nie gehört.«

Mara fuhr fort: »Diese Erkenntnisse sind nicht sonderlich neu. Schon der Neurowissenschaftler Michael Persinger an der kanadischen Laurentian University in Ontario konnte mit Magnetstimulationen sogenannte emotionale Erlebnisse nachweislich von außen induzieren. Mehr als tausend Versuchspersonen hat er im Verlauf von zwanzig Jahren mithilfe eines umgebauten Motorradhelms Magnetfeldern ausgesetzt. Er konnte mithilfe von EEG-Messungen wissenschaftlich nachweisen, dass komplexe Denkmuster tatsächlich von außen her erzeugt werden können. Die Versuchspersonen waren den Magnetfeldern dreißig Minuten und länger ausgesetzt. Zudem berichteten rund achtzig Prozent von einer Art spirituellen Empfindung.

Bei den Probanden kamen lebhafte Erinnerungen hoch, und sie glaubten sogar innere Stimmen oder Instruktionen zu vernehmen. Manche gaben außerdem an, eine andere Person leibhaftig zu spüren, was sie oft als einen Kontakt zu Gott oder zu Schutzengeln deuteten. Je nach Magnetfeldmuster konnten auch andere Empfindungen ausgelöst werden, etwa Entspannungs-, aber auch Angstzustände.«

Lucy war hin- und hergerissen. Auf der einen Seite war sie völlig begeistert von der Tatsache, wieder einmal wie zufällig auf die richtige Person getroffen zu sein, auf der anderen Seite sah es gerade so aus, als würden sich ihre schlimmsten Befürchtungen bewahrheiten. Sie beschloss aber keine voreiligen Schlüsse zu ziehen, und hörte erst einmal Maras Ausführungen weiter zu.

»Es gibt jedoch ein erhebliches technisches Problem: Ich kann diesen messtechnischen Nachweis, dass bestimmte Denkmuster bei Personen von außen initiiert werden können, nur auf die Entfernung weniger Meter erbringen. Das bedeutet, wenn Personen mehr als zwei Meter voneinander entfernt stehen, sind keine induzierten Gehirnströme beim Gegenüber mehr nachweisbar. Dies ist auch der Hintergrund, warum ich hier auf dem Kongress Investoren suche. Ich vermute, dass ich für mein Labor höherwertigere Messeinrichtungen benötige, um zu beweisen, dass auch über größere Distanzen Gehirnströme von außen induziert werden können.«

Lucy kamen ihre mittlerweile erworbenen quantenmechanischen Grundkenntnisse zugute. Sie beschloss, die attraktive Frau vor einem endlosen Irrweg zu bewahren. »Vergiss das mit den feineren Messaufbauten. Die Größenordnungen, die dich interessieren, sind derart klein, dass du das niemals messen werden kannst. Je tiefer wir messtechnisch in die Realität eintauchen wollen, umso unschärfer wird alles vor unseren forschenden Augen«, sprach Lucy, während sie an die Heisenbergsche Unschärferelation dachte.

Mara wirkte tief beeindruckt von Lucys Bemerkung. »Solche Aussagen höre ich schon seit Jahren. Mein Mann forderte mich wiederholt auf, mich nicht in immer genaueren Messungen zu verstricken. Es wäre nicht möglich, auf herkömmliche Art und Weise zu messen, was ich suche. Es würde bereits ausreichend sein, qualitativ festgestellt zu haben, dass das natürliche Magnetfeld des Homo sapiens die Gehirne anderer Menschen maßgeblich beeinflussen kann. Alles Weitere würde sich dann quantitativ auf der Quantenebene abspielen.«

Durch Lucys Körper ging ein Ruck: »Sag bloß, dein Mann ist Quantenphysiker?«

»Ja, ein ziemlich erfolgreicher sogar. Zudem ist er ein philosophisch interessierter Mensch. Obwohl unsere Ehe ziemlich kaputt ist, habe ich viel von ihm gelernt. Er beschwor mich förmlich, dass der reale Abstand zwischen zwei Personen keine Rolle spielen würde, da in der Quantenwelt alles mit allem verbunden ist. Dabei wäre es völlig unerheblich, wie weit diese Menschen voneinander entfernt wären.«

»Das habe ich ebenso von Quantenmechanikern lernen müssen«, stimmte Lucy zu.

Mara fragte nach: »Du würdest nach deinen eigenen wissenschaftlichen Recherchen ebenso meinen, dass es egal ist, wie weit die jeweiligen Personen voneinander entfernt sind? Ihre Herzmagnetfelder würden auch noch am anderen Ende der Welt ihren Einfluss auf Gehirne ausüben? Damit würde sich meine Investorensuche ziemlich erübrigen.«

Lucy relativierte ihre gemachte Aussage: »Aus Sicht der Quantenmechanik schon, aus Sicht der Medizin jedoch auf keinen Fall. Wir haben es hier mit zwei völlig unterschiedlichen wissenschaftlichen Weltbildern zu tun. Die Medizin, die Biologie, aber auch die Psychologie beschäftigen sich ausschließlich mit der Messung einer subjektiv erlebten Realität. Im Prinzip untersuchen dort die Wissenschaftler nur eine Illusion unserer Sinneswahrnehmungen. Die Quantenphysik hingegen geht auf die tatsächlich objektiv existierende Welt ein, unabhängig davon, ob es unsere Sinne erfassen oder wir es verstehen können. Man könnte auch salopp sagen: Die Physik möchte die Welt und das Leben verstehen, die Medizin hingegen nur die menschlichen Sinnesorgane. Und da sich beide Fachbereiche untereinander nur selten austauschen, werden sich Ärzte, Biologen und Psychologen auch weiterhin nicht mit dem Sein, sondern lediglich mit dem Schein auseinandersetzen. Kurzum: Deine Zielgruppe akzeptiert nur altertümliche Weltbilder. Alles andere wird als esoterische Spinnerei abgetan, was für deine Karriere das schnelle Aus bedeuten könnte. Du kannst denen nicht erzählen, dass ihre Forschungsarbeiten nur die subjektive Realität der Forschenden selbst sind, und zudem keine objektiven validen Fakten hervorbringen können. Wenn du dich da auf einen wissenschaftlichen Diskurs einlassen würdest, wäre es nicht nur vorbei mit der Einladung in schöne Wellness-Hotels, sondern auch mit deiner Investorensuche.«

»Ich weiß, was du meinst. Über diese subjektive Scheinwelt habe ich viele unzählige Stunden mit meinem Mann diskutiert. Aber keine Sorge, ich bin mir wohl bewusst, dass sich die medizinische Wissenschaft nicht dafür interessiert. Ich muss mal sehen, wie ich es mache. Vielleicht schnappe ich mir doch in den nächsten Tagen ein paar Investoren, schließlich wissen die oft nicht wohin mit ihrem ganzen Geld – trotz Krise. Und wenn ich dann die Summen aufgetrieben habe, kann ich mir ja noch später überlegen, was ich damit anfangen möchte.«

Lucy vergaß ihren Interessenschwerpunkt nicht, und hakte noch einmal nach: »Könntest du dennoch ein paar Worte darüber verlieren, wie das mit den Herzmagnetfeldern im Detail funktioniert?«

»Gerne Lucy. Es liegt in der Natur des Elektromagnetismus, dass die stärkeren Magnetfelder die schwächeren dominieren. Das bedeutet für dich: Falls dein Herzmagnetfeld stärker als das deines Gegenübers ist, dann bist du es, der Gedanken oder Gefühle beim anderen induziert. Verhält es sich jedoch umgekehrt, dann bist du der Empfänger, und der andere der Sender. Oder anders ausgedrückt: Je stärker dein Herz ist, umso weniger bist du von anderen beeinflussbar – umso mehr kannst du dir sicher sein, zu denen zu gehören, die selbst denken und fühlen.«

»Schön, das ist nachvollziehbar, aber was ist mit unserer Gedankenkraft?«, wunderte sich Lucy.

Mara erwiderte: »Das Magnetfeld deines Kopfes ist völlig unerheblich – im Vergleich zum menschlichen Herzen ist das elektromagnetische Feld unseres Gehirns viel zu schwach, als dass es eine größere Rolle spielen könnte. Das Herz hat ein über 5.000 Mal stärkeres Magnetfeld als dein Kopfgehirn.«

Wow, das hat gesessen!, dachte sich Lucy. »Mara, dann erkläre mir doch bitte, wie es sein kann, dass ein Wunsch in meinem Kopf aufgetaucht, aber mein Liebster mir zur gleichen Zeit offenbart, dass er gerade das Gleiche gedacht hatte. Wie geht das, wenn die Gehirne untereinander keinen direkten Einfluss ausüben können?«

Mara wusste, was Lucy meinte und sorgte für Aufklärung: »Na, das ist recht einfach zu erklären, du hast die Gedanken seines Herzens empfangen.«

Lucy Verwirrung stieg weiter an. »Gedanken des Herzens?«

»Ja klar, Lucy. Dein Herz ist ein kleines Gehirn. Wir nennen es Herzgehirn. Es besteht aus einem vom Kopfgehirn unabhängigen, also einem eigenständigen neuronalen System mit etwa 40.000 Nervenzellen. Dies wird mittlerweile auch in höchsten wissenschaftlichen Fachkreisen nicht mehr bestritten. Daher darf man unser Herz heute auch als Sinnesorgan betiteln. Was die Wissenschaft jedoch noch nicht richtig verstanden hat, ist, wie der Übertragungsweg der Herzgedanken über das Herzmagnetfeld vonstattengeht. Man vermutet, dass es sich so verhält wie bei einem Radiosender. Zur Übertragung einer Radiosendung wird zunächst eine elektromagnetische Welle als Trägerwelle eingesetzt, um diese dann mit einer zweiten Welle, die die eigentlichen Informationen enthält, zu überlagern. Dieses Wellen- und Informationspaket ist dann fähig, gesendet und empfangen zu werden. Und so stellen wir uns das derzeit auch vor, dass das Herzmagnetfeld mit den Gedanken des Herzgehirns überlagert ist, und zusammen ein elektromagnetisches Informationspaket bildet, was beim Gegenüber im Kopf empfangen werden kann.«

»Wir haben tatsächlich ein Herzgehirn, das selbstständig agieren kann?« Lucy war sich sofort darüber klar, dass sie genau diejenige Spezialistin vor sich hatte, die die Antwort für ihre aktuelle Hauptfrage in Händen hielt. Sie bohrte deshalb weiter nach: »Das würde doch bedeuten, dass, wenn ich in meinem Kopfgehirn irgendwelche Sehnsüchte habe, die zufällig mit den Sehnsüchten meines Herzgehirns zusammenpassen, dann würden diese auch in den Köpfen anderer Menschen auftauchen. Habe ich hingegen Wünsche in meinem Kopf, die nicht mit meinem Herzgehirn korrelieren, dann wäre eine Übertragung der Sehnsüchte meines Kopfes schon allein aus physikalischer Sicht nicht möglich.«

Mara runzelte die Stirn: »Im Prinzip ist diese Aussage richtig. Man nennt diesen Effekt der Gleichschaltung auch die Gehirn-Herz-Kohärenz. Allerdings birgt diese These eine große Gefahr. Denn meiner Meinung nach stellt sich diese Frage überhaupt nicht, ob Kopf und Herz die gleichen Wünsche haben. Das Hauptproblem ist ein ganz anderes – es stellt sich nur eine einzige Frage: Ist dein Herz gesund? Vielleicht hast du schon einmal ein Bild gesehen, auf dem das Magnetfeld um unsere Erde grafisch dargestellt ist. Darauf erkennst du, wie unser Planet mit einem magnetischen Schutzschirm umhüllt ist.

Es hätte sich auf der Erde niemals Leben entwickeln können, wenn es dieses Erdmagnetfeld nicht gegeben hätte. Es schützt uns vor gefährlicher Weltraumstrahlung. Ohne diesen magnetischen Schutzschild würde jedes Leben sofort vernichtet werden. Nicht zu Unrecht ist das Geschlecht des Wortes *Erde* weiblich. Es ist *die Mutter Erde*, die uns vor gefährlichen Einflüssen von außen schützt. Und genauso musst du dir das Magnetfeld des Herzens vorstellen. Es schützt dich vor gefährlichen Einflüssen – in unserem Fall vor der Fremdbestimmung durch Herzmagnetfelder anderer Menschen.«

Lucy wurde jetzt ein wenig nervös, weil sie sich an Sams Worte erinnerte, sie würde nicht nach Gott suchen, sondern lediglich nach Kontrolltechniken. *Recht hast du gehabt, mein Lieber*, dachte sie kurz, *ich spüre in mir wieder eine Enttäuschung, weil sich meine Hoffnung, nur richtig denken zu müssen, um alles im Griff zu haben, gerade wieder mal in Luft aufgelöst hat.*

Schließlich wandte sich Lucy wieder Mara zu, um die entscheidende Frage zu stellen: »Aber wann ist mein Herz gesund genug, damit es mich vor Fremdbeeinflussung anderer schützen kann?«

Mara wirkte plötzlich etwas nachdenklich: »Wir haben uns in meinem Institut lange Zeit den Kopf zerbrochen, warum manche Probanden praktisch immun gegenüber dem Einfluss anderer sind, andere Probanden hingegen hilflos ausgeliefert wirken. Wir sind erst dann auf die Lösung gekommen, als wir Herzen mit einem sogenannten Broken-Heart-Syndrom – auch Tako-Tsubo-Kardiomyopathie genannt – untersucht haben. Es ist eine Funktionsstörung des Herzmuskels. Bei einem leichten Verlauf ist diese Herzerkrankung leider nur mit teuren und komplizierten Messverfahren zu diagnostizieren. Das heißt, die Dunkelziffer könnte exorbitant hoch sein. Auf jeden Fall sterben etwa drei Prozent aller erkannten Fälle mit einem Broken-Heart-Syndrom. Von außen sieht es aus, als wäre jemand an einem Herzinfarkt gestorben. Daher vermute ich persönlich, dass so mancher Herzstillstand eher durch großen Kummer oder tiefes Leid ausgelöst wurde. Insbesondere, wenn Menschen von ihrem Leben tief enttäuscht sind, brauchst du kein Magnetokardiogramm anfertigen, da weißt du schon im Vorfeld, dass es schlecht bestellt ist um das Herzmagnetfeld.«

Lucy erschrak. »Es gibt tatsächlich Menschen, deren Herzen aufhören zu schlagen, weil sie Kummer oder Stress haben?«

»Definitiv, aber soweit muss es überhaupt nicht kommen. Das Problem beginnt schon viel früher. Besonders immerwährende Erlebnisse von emotionalen Enttäuschungen belasten den Herzmuskel massiv. Als wir das herausgefunden hatten, war uns allen klar, warum manche ein starkes, also ein gesundes Herzmagnetfeld ihr Eigen nennen konnten, und manche nicht.«

Lucy bekam wieder ihre wohlbekannte Gänsehaut. »Na klar! Das Wort *Ent-Täuschung* erklärt ja auch schon alles. Nur dann, wenn ich mich im Vorfeld *täuschen* lassen habe, kann ich im Nachhinein *ent-täuscht* sein. Wenn ich mich in meinen Vorstellungen über mein Leben täusche, und ich infolgedessen Sehnsüchten hinterherrenne, die niemals zu meinem Naturell gehörten, werde ich notgedrungen schwere *Ent-Täuschungen* erleben müssen.«

»Und?«, fragte Mara mit einem vielsagenden Blick.

»Ich verstehe, was du mir sagen willst, Mara. Wenn ich Wünschen, die noch nie zu meinem wahren Leben gehörten, hinterherrenne, und dadurch Enttäuschungen erlebe, reduziert sich meine Herzgesundheit maßgeblich. Ein in der Folge schwächeres Herz ist noch anfälliger für Fremdbestimmungen, was zu einer weiteren Schwächung des Herzmagnetfeldes führt. Es entsteht ein Teufelskreis von Beeinflussung und Enttäuschung, was mich nach und nach immer tiefer ins Unglück stürzen lässt.«

»Das hast du wunderbar zusammengefasst, liebe Lucy!«, freute sich Mara. »Und soll ich dir etwas sagen? Ich erkenne mittlerweile schon drei Meter gegen den Wind, wenn jemand ein gesundes und starkes Herz besitzt. Solche Leute fallen durch Authentizität und Zentriertheit auf. Es sind solche Persönlichkeiten, wie du zum Beispiel eine bist. Was würde ich darum geben, deine Ausstrahlung respektive Herzgesundheit zu besitzen. Das ist einfach beneidenswert.«

Lucy war gerührt. Sie bekam glasige Augen, senkte den Kopf und dachte sofort an Bella. *Mensch, Bella, wie unendlich dankbar bin ich dir. Jetzt bemerken es schon Fremde, dass ich eine andere geworden bin. Scheinbar waren deine Tanzrunden die wichtigsten Lektionen meines Lebens.*

Lucy blickte wieder zu Mara hoch und ließ sie an ihren Gedanken teilhaben. »Ich habe vor einiger Zeit gelernt, dass Angstfreiheit unsere Körper Selbstliebe produzieren lässt. Zudem habe ich viele meiner Sorgen zum Teufel gejagt, indem ich alles akzeptiere, was ich eh nicht ändern kann. Vielleicht habe ich dadurch mein Herz maßgeblich gestärkt. Ich bemerke selbst diese Veränderung an mir. Ich fühle mich deutlich gesünder und mein Körpergefühl ist ein anderes als noch vor Wochen. Insbesondere vor dem Hintergrund deiner Aussagen denke ich, dass Angstfreiheit unser Herzmagnetfeld maßgeblich kräftigt, nicht wahr?«

Mara klatschte begeistert in die Hände. »Genau. Schon in der Mythologie stand das Herz immer für den Ort des Mutes und der Liebe. Und jetzt können wir genau diese Tatsache sogar wissenschaftlich nachweisen. Ist das nicht wunderbar? Wusstest du eigentlich, dass zum Beispiel in vielen Regionen von Südamerika oder Afrika der Herzinfarkt gänzlich unbekannt ist? Ich habe in den Favelas von Rio de Janeiro oder in anderen verarmten Regionen der Dritten Welt mehr glückliche Menschen gesehen, als du dir vorstellen kannst. Selbst in Kriegsgebieten gibt es mehr Liebe in den Herzen als bei uns. Herzprobleme sind typische Symptome einer westlichen Wohlstandsgesellschaft geworden. Wahrscheinlich sind wir alle im Übermaß verängstigt. Und ich muss dir gestehen, ich bin da keine Ausnahme. Ich habe jeden Tag kranke Herzen vor meiner Nase, aber ich selbst habe es noch nie geschafft, mein Herz mit Liebe und Mut zu füllen. Seit ich denken kann, bin ich enttäuscht und unglücklich. Ich muss schon seit Jahren meinen Ehemann betrügen, weil ich ohne meine zahlreichen Liebhaber verwelken würde, wie eine Glashausblume, der die Pflege des Gärtners fehlt.«

Die Unterhaltung nahm plötzlich eine tragische Wendung. Lucy stand schnell auf, schob ihre Liege an die Liege von Mara heran, und nahm sie in ihre Arme. Lucy war entschlossen, diese anmutige und grazile Schönheit nicht allein ihrer Traurigkeit zu überlassen. »Mara, soll ich dir was sagen? Es ist noch nicht lange her, da war mir das Gefühl des Lebensglücks genauso fremd. Aber kannst du dich erinnern, als du mich beobachtest hast, als ich vor dem Kaltwasserbecken stand? Das war einer meiner kleinen täglichen Tricks, um Liebe zu produzieren.«

Maras trauriger Gesichtsausdruck verschwand augenblicklich. Neugierde und Überraschung waren stattdessen sichtbar geworden. »Wie bitte? Was hat das denn mit Liebe zu tun?«

Lucy erklärte: »Das war ein Beispiel einer meiner vielen kleinen Selbstüberwindungsübungen. Wenn du noch kein Gottvertrauen hast, musst du dich deiner Ängste durch Überwindung entledigen, und dies geht nur durch eine ausgeprägte Konzentrationsfähigkeit. Denn nur durch Konzentration kannst du deine Gedanken zwingen, in der Gegenwart zu bleiben. Denn Ängste sind schließlich nur eine Erwartungshaltung deines Gehirns, was Schmerzen befürchtet – also im Prinzip intellektuelle Prozesse, die die Zukunft betreffen. Und dies steht im Widerspruch zur Liebe, denn Liebe kann dein Körper nur in einem angstfreien Zustand produzieren. Und so verbringe ich meine Tage mit meinen vielen kleinen Mut-Trainingseinheiten, die meine Konzentrationsfähigkeit kräftigen, und damit auch die Liebesfähigkeit meines Körpers.«

Mara war fasziniert von Lucys Aussagen. »Das heißt, du

bist nicht der Auffassung, dass mangelndes Urvertrauen von unserer Kindheit herrührt?«

»Ich kann da nur für mich sprechen: Ich habe für mich erkannt, dass die Thesen der Entwicklungspsychologie nach Erikson für mich nicht gelten. Ich habe daher aufgehört, meine Verantwortung an meine Vergangenheit zu delegieren, und lerne gerade, dass die Entwicklung von Urvertrauen und Selbstliebe kein Thema meiner Kindheit oder meiner Erziehung durch meine Eltern ist, sondern einzig allein von mir abhängt, wie ich die Gegenwart bewältige. Und dank dir weiß ich jetzt auch, dass es mein Herz ist, was in mir diese Liebe für das Leben beziehungsweise dieses wunderbare Gefühl der Selbstliebe auslöst. Das war mir im Vorfeld so nicht klar.«

Lucy beschloss jetzt schnell das Thema zu wechseln, um Maras besser gewordene Stimmung nicht zu gefährden. »Und jetzt würde ich gerne erfahren, woher du diesen bezaubernden Körper herhast?«

Mara reagierte mit einem zaghaften Lächeln. »Meine Urgroßmutter war eine Massai, die sich in Kenia im vorletzten Jahrhundert in einen österreichischen Entwicklungshelfer verliebt hatte.«

Lucy hatte dies bereits vermutet. Sie sagte: »Jetzt kann ich auch nachvollziehen, woher deine unendlich langen Beine und deine beneidenswerte Haut kommen. Zudem scheint es, dass kenianische Gene keine Cellulite oder Konfektionsgrößen über sechsunddreißig kennen, mmmh?«

Mara lachte geschmeichelt und es schien, dass sie den kurzen Moment ihrer Traurigkeit vergessen konnte. Lucy nahm dies zum Anlass, ihr einen Vorschlag zu machen: »Mara, ich denke, wir müssen langsam verschwinden, da es hier mittlerweile ziemlich verlassen aussieht. Da vorne sind auch schon die Lichter aus. Was hältst du davon, wenn wir gemeinsam eine kleine Mini-Mut-Übung absolvieren? Wir gehen jetzt schnell in unsere Zimmer hoch, machen uns aber nicht großartig fertig, und gehen völlig ungestylt an die Schickimicki-Hotelbar. Wir werfen uns nur etwas Bequemes über und lassen Schminke Schminke sein.«

Mara freute sich über den ungewöhnlichen Vorschlag und sie machten sich sofort auf, um in ihre Hotelzimmer hochzugehen.

Schon eine halbe Stunde später saßen sie an der Theke der elegant eingerichteten Hotelbar. Sie bestellten unorthodox zwei Bier und futterten sich mit Nüssen, Oliven und Käsestückchen durch, die sie an der Bar ergattern konnten. Obwohl Lucy und Mara aufgrund ihrer eher legeren Outfits schon allein optisch nicht in die Gesellschaft hineinpassten, stieg in ihnen kein Unbehagen auf. Auch der Verzicht auf eine künstliche Verschönerung ihrer Antlitze belastete sie recht wenig. Sie hatten durch ihre kurzweiligen und tiefgründigen Gespräche einfach zu viel Spaß miteinander. Das Geschehen um sie herum juckte sie daher nur am Rande.

Schließlich knüpfte Lucy an das kurz zuvor geführte Gespräch an: »Sag mal Mara, ich habe da noch eine wichtige Frage. Wir waren uns doch vorhin einig, dass ich mir nie sicher sein kann, ob meine Gedanken, Gefühle oder Lebenskonzepte tatsächlich meine ureigenen sind. Dann muss ich mich doch mehr mit meinem Herzen und weniger mit meinem Kopf beschäftigen, oder nicht?«

Mara machte wieder einen etwas besorgteren Gesichtsausdruck. Sie formulierte eine Bitte, die Lucy regelmäßig zu hören bekam, wenn sie mit renommierten Wissenschaftlern sprach: »Bevor ich dir antworte, musst du mir versprechen, dass du dich mit mir als Freundin unterhältst und nicht als Journalistin. Es wäre für meine berufliche Karriere nicht vorteilhaft, wenn ich dir aus dem wissenschaftlichen Nähkästchen erzähle und du würdest mich online oder in der Presse zitieren.«

Lucy streckte die Hand mit der Innenseite in Richtung Mara hoch, und sprach mit einer gekünstelt tiefen Stimme: »Großes

Indianerehrenwort mit Spucke, Frau Doktor Frigand.« Sie leckte ihre Handfläche mit ihrer Zunge betont langsam ab und hob sie Mara hin. Mara tat das Gleiche und sie klatschten sich ab, um danach in albernes Gelächter auszubrechen. Der leicht steif wirkende Barkeeper hinter der Theke reagierte mit hochgezogenen Augenbrauen. Er schien die etwas kindisch anmutende Ausgelassenheit der beiden Frauen mit Argwohn zu beobachten. Lucy konnte ihre Albernheit jedoch nicht zügeln, legte sich schnell einen ironisch finsteren Gesichtsausdruck zu und sagte zu Mara: »Uuuh, wir müssen höllisch aufpassen, sonst machen wir uns bei der gehobenen Münchner Schickeria unbeliebt.«

Mara fand großen Gefallen an Lucys Sarkasmus, und konnte sich vor Lachen nicht mehr einrenken. »Ja, Lucy, wir müssen uns mehr benehmen, sonst fliegen wir hier noch raus«, sprach Mara ebenso mit einem ironischen Tonfall. Gleichzeitig schenkte sie dem Barkeeper, der gerade einige Gläser auf Hochglanz polierte, einen aufgesetzt unschuldigen Blick. Der Mann hinter der Bar zwang sich zu einem verkrampften Lächeln, wohl wissend um den Umstand, dass heute das ganze Hotel mit hochkarätigen Gästen vollgestopft war, die zudem von einem wichtigen Großkunden als eingeladen galten.

Schließlich bekam Mara ihr Kichern in den Griff, und beantwortete Lucys ursprüngliche Frage: »Ja, du liegst richtig! Wir müssten uns tatsächlich mehr mit unseren Herzmagnetfeldern beschäftigen. Aber wie willst du das im Alltag bewerkstelligen? Allein das Nachdenken ist doch bereits ein intellektueller Vorgang deines Kopfes. Du kannst dir über dein Herzgehirn keine Gedanken machen, weil dies ein Widerspruch in sich ist. Alternativ könntest du dich auf das Erfühlen deines Herzens konzentrieren, aber auch da erinnere ich an die Experimente des Neurowissenschaftlers Michael Persinger, der bei Probanden Gefühle eindeutig durch externe Magnetfelder initiieren konnte. Das heißt, wir haben zwar den wissenschaftlichen Beweis, dass unser Herzmagnetfeld in unserem Leben der Chef im Ring ist, aber ich kann dir nicht sagen, wie wir herausbekommen sollen, ob das, was wir von uns selbst bewusst wahrnehmen, etwas mit unserem eigenen Herzen zu tun hat. Selbst ich kann dahingehend für mein eigenes Leben nichts konkretisieren. Immer wenn ich dachte, jetzt wüsste ich, was mein Herz will oder wer ich bin, ergaben sich Umstände, die wieder alles infrage stellten. Ich befürchte mittlerweile, dass wir unseren Herzen – zumindest bewusst – niemals eindeutig auf die Schliche kommen können. Sicher spielt dabei eine große Rolle, dass die Neurologie noch nicht versteht, wie aus Gehirnströmen letztendlich dasjenige resultiert, was wir als Gedanken und Gefühle bezeichnen. Es existiert derzeit noch nicht einmal eine einheitliche wissenschaftliche Definition, was Gedanken oder Gefühle sind. Wir können zwar unsere Gehirne, Körper oder Herzen präzise vermessen und untersuchen, aber immer nur quantitativ, niemals qualitativ.«

Lucy spann den Faden weiter: »Ich weiß, was du meinst. Das ist vergleichbar mit der Problematik in der Schlafforschung. Dort kann man zwar durch ein EEG beurteilen, dass der Proband gerade träumt, aber mehr auch nicht. Wenn man wissen will, was konkret geträumt wurde, sind die Mediziner gezwungen, den Probanden aufzuwecken, um ihn zu befragen.«

»Genau darin liegt der Knackpunkt«, antwortete Mara, »wir können durch ein EEG oder ein MRT das Gehirn nahezu perfekt untersuchen und bis auf das Kleinste erforschen, wenn wir jedoch wissen wollen, welche unserer Messdaten welchen konkreten Gedanken oder Emotionen entsprechen, dann sind wir leider auf die Beobachtung oder die Befragung der Testpersonen angewiesen. Und genau an dieser Stelle schleicht sich der Fehlerteufel ein, weil objektive Messdaten auf die subjektive Selbsteinschätzung von Menschen treffen. Hinzu kommt die Problematik, dass auch diejenigen, die die Studienbedingungen festlegen, natürlich ebenso von vorgefassten Meinungen oder

Zielsetzungen beeinflusst sind. Ganz zu schweigen davon, dass allein schon die Art und Weise von Fragestellungen großen Einfluss auf das Antwortverhalten hat. Führst du zehn Studien durch, die auf Befragung und Beobachtung basieren, wirst du wahrscheinlich zehn unterschiedliche Ergebnisse bekommen. Dies ist auch der Grund, warum es besonders in der Medizin und Psychologie so viele sich widersprechende Studienergebnisse gibt. In keiner Wissenschaftsdisziplin gibt es daher so viel Streit unter den Experten wie in der Medizin und Psychologie.«

Lucy hatte plötzlich einen Einfall: »Wenn uns einerseits die Psychologen und Gehirnforscher nicht weiterhelfen, und andererseits wir unseren eigenen Köpfen nicht trauen können, dann bleibt doch nur noch das Außen übrig, um objektive Messergebnisse über uns erhalten zu können, oder?«

Mara verstand diese These von Lucy nicht, und sagte verwundert: »Wie kommst du denn jetzt auf diese Idee?«

»Ganz einfach«, holte Lucy aus, »wenn wir tatsächlich annehmen, dass wir quantenmechanisch selbst unsere subjektive Realität erschaffen, und dabei das Herzmagnetfeld von allen anderen Körpermagnetfeldern den Löwenanteil ausmacht, wenn es um die Beeinflussung unserer Umwelt geht, dann muss doch alles um uns herum eine direkte Auswirkung unserer Herztätigkeit sein. Damit bräuchten wir doch nur entspannt unsere Umwelt anzuschauen, um auf unsere Herzenswünsche rückschließen zu können.«

Mara wirkte aufgeregt, denn sie begann zu verstehen. »Natürlich Lucy, das stimmt! Warum bin ich da nicht schon früher draufgekommen?«

Lucy philosophierte weiter: »Alles, was um uns herum ist, wäre damit ein objektiver Spiegel der Schaffenskraft unserer Herzmagnetfelder. Ich müsste nur erlernen zu unterscheiden, was von meinem eigenen Herzen erschaffen wurde, und was von den Herzen anderer Leute kommt.«

Mara hatte eine Idee: »Dies müsste einfach sein: Alles, was

mich berührt, gehört zu mir, und alles, was mich kalt lässt, hat mit mir nichts zu tun.«

Lucy verzog nachdenklich ihr Gesicht: »Ich denke, das könnte man berücksichtigen, aber was ist damit, wenn ich etwas sehe, und es erinnert mich an ein emotionales Erlebnis aus meiner Vergangenheit? Dann bin ich zwar berührt von etwas, allerdings geschieht dies durch eine Gedächtnisleistung meines Kopfs, und hat mit meinem Herzgehirn selbst überhaupt nichts zu tun. Du hast doch selbst gesagt, dass du dich oft hast täuschen lassen, was im Übrigen auch meiner eigenen Erfahrung entspricht. Die Wahrscheinlichkeit, dass ich beginne, mich wieder im Kreis zu drehen, wenn ich meine diffusen Gefühle erforschen will, ist mehr als hoch. Nimm doch einfach das simple Beispiel eines Musikstücks, das dich berührt. Es ist ein Stück Realität, was von dem Künstler und nicht von dir kreiert wurde. Dich hingegen kann es zu Tränen rühren, obwohl es nicht durch dein Herz erschaffen wurde. Wir benötigen infolgedessen ein objektiveres Kriterium, als nur berührt zu sein.«

Mara brachte einen weiteren Vorschlag ein: »Dann gehe ich von deinen Gefühlen weg, und ersetze den Begriff Berührung durch Auffälligkeit. Was mir auffällt, egal ob es mich berührt oder nicht, muss mit mir zusammenhängen.«

Lucy hob plötzlich den Kopf, und sagte mit aufgeregter Stimme: »Mensch Mara, das ist es doch: Aber nicht, wenn es dir auffällt, sondern vor allem, wenn es mit dir *zusammenhängt.* Wenn du mit etwas *verbunden* bist!«

Plötzlich wurden Mara und Lucy unterbrochen: »Meine Damen, schön, dass ich Sie hier antreffe«, sprach eine männliche Stimme, dessen Besitzer jetzt direkt neben Lucy stand. Lucy drehte ihren Kopf, und traute ihren Augen nicht. *Eine deutsche Version von Tom Cruise – nur in groß*, schoss es durch ihren Kopf. *Gibt es Menschen, die doppelt so viele Zähne besitzen als üblich? Muss ich jetzt meine Sonnenbrille aus meiner Handtasche zücken, um nicht von so viel Weiß zu erblinden?*, begann Lucy innerlich zu lachen.

»Darf ich dir Frau Doktor Schmitt vorstellen«, ergriff Mara als Erste das Wort. »Sie nimmt morgen als Journalistin ebenfalls am Kongress teil.«

»Es freut mich, eine solch bezaubernde Schönheit kennenzulernen«, erwiderte der braun gebrannte Sonnyboy aufgesetzt charmant, ohne jedoch sein breites Strahlemann-Lächeln nur einen Millimeter zu reduzieren. Lucy wusste bereits aus Maras Erzählungen, dass vor ihr jetzt ein Chefarzt einer renommierten Münchner Schönheitsklinik stand – Maras Freund.

Ohne eine Reaktion von Lucy abzuwarten, redete der Schönling einfach weiter: »Als Chirurg nehme ich an einem solchen Kongress natürlich nicht teil, aber als waschechter Münchner nutze ich solche Anlässe gern, um Kollegen zu treffen.« Der Mann, der einen grauen Anzug inklusive passender Weste und ein schneeweißes Markenhemd trug, richtete seinen Blick endlich auch auf Mara. »Mara, entschuldigst du mich bitte kurz, ich sehe da drüben am Tisch einen Bekannten, den ich schnell begrüßen möchte.«

Während Mara noch am Nicken war, blickte der Schickeria-Arzt noch einmal besonders tief in die Augen von Lucy und verschwand. Lucy kannte solche eindeutigen Blicke. Sie empfand diese peinliche Geste in Anwesenheit von Mara als eine Unverschämtheit. Erschüttert wandte sich Lucy Mara zu. »Was war denn das?«

»Das ist doch der Mann, von dem ich dir vorhin erzählt hatte. Wir werden ihn aber so schnell nicht mehr sehen, weil er jetzt seine vielen kleinen Schwätzchen halten muss. Alle kennen und mögen ihn.«

Lucy war etwas schockiert, und dachte sich: *Fällt Mara tatsächlich nicht auf, dass sie auf einen klassischen Spofi reingefallen ist? Was mach ich denn jetzt? Soll ich ihr meine ehrliche Meinung sagen?* Lucy saß da, und wusste nicht, wie sie sich verhalten sollte.

Mara verlor jetzt ihre gute Stimmung, weil sie die Reaktion

von Lucy wahrnahm. Sie sagte: »Ich weiß Lucy, du denkst jetzt an die vielen privaten Aufenthaltsräume in Klinikeinrichtungen, wo sich die Krankenschwestern die Klinken in die Hand geben. Du hast wahrscheinlich auch recht, ich bin nur eine unter vielen, aber ich komme von ihm nicht los. Ich habe mich damit abgefunden: Wenn er ruft, stehe ich bereit, und wenn er sich mit einer anderen trifft, warte ich eben, bis er wieder Zeit hat.«

Lucys Augen begannen zornig zu funkeln. Sie waren jetzt Spiegelbild ihres Kampfgeistes geworden. Lucy flehte Mara förmlich an: »Mara! Das geht nicht! Daaaas geeeeht nicht, Mara! Hörst du? Das hat ein so wunderbarer Mensch, wie du es bist, nicht verdient!« Lucy sah Mara nun tief in die Augen. »Was hältst du davon, wenn wir unsere bisher gewonnenen Erkenntnisse anwenden – und zwar sofort, hier und jetzt? Warum ist dieser Schönling Teil deiner Realität? Warum hat sich dein Herz diesen Mann gewünscht?«

Mara schüttelte vehement den Kopf und sagte: »Verstehe doch Lucy, es ist nicht der Wunsch *meines* Herzens, sondern ich bin der Hampelmann *seines* Herzens.«

Lucy rang nun um die richtigen Worte. Mara kam ihr jedoch zuvor und sagte: »Das ist doch genau das, was ich versucht hatte, dir zu erklären. Wenn zu viel Kummer auf deinem Herzen lastet, dann geht's dir nicht gut. Dann ist dein Herz nicht gesund. Dann hast du kein starkes Herzmagnetfeld. Da kannst du noch so viel über die Quantenwelt philosophieren, du bleibst nur ein lächerlicher Spielball. Du wirst ruckzuck abhängig von den Herzmagnetfeldern anderer. Ich bin ein Produkt seiner Realität. Ich selbst kann keine Realitäten erschaffen, weil mein Herz zu schwach ist. Damit bin ich der Sklave starker Herzen anderer Leute.«

Lucy widersprach Mara: »Das ist im Prinzip richtig. Wenn unsere Herzen zu sehr mit Ängsten belastet sind, dann fühlen wir außerdem keine Liebe in uns, und brauchen infolgedessen die Liebe anderer. Wir holen uns dann von außen Streicheleinheiten für unser Ego, um uns überhaupt ertragen zu können. Aber dabei sollten wir doch eines nicht vergessen: Wir haben doch gerade eben gemeinsam festgestellt, dass alles, was mit dir *zusammenhängt,* ein Produkt deines Herzens sein muss.«

Mara zuckte mit ihren Schultern. »Das verstehe ich nicht, Lucy. Wenn ich nur ein Bestandteil einer Realität bin, die von ihm und eben nicht von mir erschaffen wurde, was hat das dann mit meinem eigenen Herzen zu tun?«

»Mara, es ist doch völlig unerheblich, um welches eurer beiden Herzen es geht. Ob deine Verbundenheit durch dich oder durch ihn initiiert wurde, spielt doch speziell für unsere Fragestellung überhaupt keine Rolle. Dann bist du eben der Spiegel *seines* Herzens. Aber diese Tatsache bedeutet doch gleichzeitig auch, dass du ein Stück Persönlichkeit von *ihm* in dir tragen musst, damit du ihn überhaupt spiegeln kannst. Verstehst du?«

Mara überlegte eine gewisse Zeit, bevor sie antwortete: »Du meinst, weil ich eine miese Fremdgängerin bin, bin ich mit einem miesen Fremdgänger in Resonanz geraten?«

»Das hast du jetzt gesagt. Es steht mir nicht zu, über deine Persönlichkeit zu urteilen. Er muss auf jeden Fall etwas an sich haben, was du bist oder gerne an dir selbst hättest.«

Mara verstand plötzlich. »Lucy, du hast recht. Natürlich muss es sich so verhalten. Und Liebesbeziehungen sind nahezu eine Idealkonstellation, da sie am eindeutigsten die Tatsache der *Verbundenheit* repräsentieren. Habe ich dich da richtig verstanden?«

»Absolut Mara! Theoretisch könnten wir auch dieses Hotel oder diesen Kongress als Untersuchungsobjekte verwenden, aber da wäre es sicher etwas schwieriger zu durchschauen, was mit uns tatsächlich zusammenhängt oder nicht. So eine Liebesbeziehung eignet sich tatsächlich hervorragend, um sich selbst objektiv auf die Schliche zu kommen. Es stellt sich infolgedessen die Frage, welcher Anteil der Persönlichkeit deines Münchner Tom Cruise auch bei dir zu finden ist. Fangen wir doch bei unserer Detektivarbeit mit deiner ersten Vermutung an: Weiß dein Ehemann, dass es bei dir einen anderen gibt?

Mara entgegnete gelassen: »Ja, wir haben ein sehr offenes Verhältnis. Er weiß alles.«

Lucy erklärte: »Dann ist das aber kein Fremdgehen im Sinne von Betrug. Es hätte mich jetzt auch sehr gewundert, wenn du eine notorische Lügnerin gewesen wärst. Das heißt, die Betrügerin kann nicht der Bestandteil sein, den du ihm spiegelst. Das können wir schon einmal ausschließen. Trägst du vielleicht insgeheim den Wunsch in dir, intelligenter oder erfolgreicher sein zu wollen? Das ist zum Beispiel bei mir der Fall. Ich habe jahrelang nur mit solchen Typen etwas angefangen, die in ihrem Fachgebiet erfolgreiche Koryphäen waren. Bis mir aufgefallen ist, dass ich selbst diejenige bin, die gerne eine Koryphäe oder erfolgreich sein möchte. Könnte dies bei dir auch der Fall sein?«

»Nein, definitiv nicht. Das passt überhaupt nicht: Wenn ich mich in irgendeinem Lebensbereich überlegen fühle – auch gegenüber Thomas – dann ist es mein Intellekt, meine Bildung und mein Erfolg als Medizinerin. Da kann ich einen Schönheitschirurgen, der sich nur um die Titten der Münchner Bussi-Gesellschaft kümmert, nur müde belächeln.«

Lucy musste sich ein bisschen zusammenreißen. *Jetzt heißt dieser Kerl auch noch Thomas – ich lach' mich kaputt*, schmunzelte sie innerlich. Sie versuchte jedoch, sich nichts anmerken zu lassen, und setzte ihr Ratespiel fort: »Willst du mehr Geld haben?«

»Interessiert mich nicht. Ich komme glücklicherweise aus einem wohlhabenden Elternhaus. Da würde nur ein Anruf genügen, und ich würde in Geld schwimmen«, antwortete Mara ziemlich überzeugend.

Lucy fragte weiter: »Schönheit und Attraktivität? Macht dich das an? Bist du eine Trophäensammlerin, die ihren Thomas überall herumzeigen möchte, schließlich ist er ein bildhübsches Schnittchen. Aber warte – ich denke nicht, dass das auf dich zutreffen könnte. Wenn du mit deinem Aussehen noch schöner sein willst, dann fresse ich einen Besen.«

Mara reagierte etwas verlegen: »Ja, da habe ich tatsächlich Glück gehabt. Ich schaue mich sehr gerne an und bin meinen afrikanischen Vorfahren auch sehr dankbar. Die reine Optik bei Männern interessiert mich nicht.«

»Sex?«, tippte Lucy weiter.

»Sex klappt gut. Ich bin sehr dankbar, dass Thomas ohne Ausnahme eine Erektion bekommt. Dies war bei meinem Ehemann nie der Fall. Das war ja auch der Grund, warum ich damals früh begonnen habe fremdzugehen.«

Lucy sah in Maras Mimik eine kurze Reaktion aufblitzen. Zudem klang ihre Antwort für Lucys Geschmack etwas zu sehr aufgesetzt. Lucy startete noch einmal einen Versuch: »Mara, sag mir bitte was wirklich los ist!«

Mara senkte ihren Kopf. Sie schien innerlich mit etwas zu ringen. Schließlich beichtete sie mit trauriger Stimme: »Lucy, ich glaube, ich hatte noch nie einen Orgasmus.«

»Oje, Mara. Glaubst du oder bist du dir sicher?«

»Wenn du nicht genau weißt, was ein Orgasmus ist, dann kannst du auch nicht absolut sicher sein, ob du jemals einen gehabt hast«, sprach Mara, die immer trauriger zu werden schien.

Lucy spürte sofort, dass sie einen schmerzhaften Punkt getroffen hatte. Sie wusste natürlich auch, dass ein richtiger Orgasmus mehr als eindeutig ist, um ihn übersehen zu können. »Mara, bist du denn gesund?«

»Ja, ich habe alles schon x-mal abklären lassen. Mein gesamter Unterleib ist laut Aussage der Ärzte kerngesund.«

Lucy war sich nicht sicher, ob es sinnvoll war, jetzt weiterzumachen. Zu hoch schien ihr das Risiko, etwas anzustoßen, was unnötig Leid in Mara auslösen könnte.

Mara bemerkte jedoch die plötzliche Zurückhaltung von Lucy, und sagte: »Lucy, hab‘ keine Angst, frag nur weiter. Ich habe das Gefühl, dass du die Richtige bist, mit der ich über dieses furchtbare Problem sprechen kann.«

»Okay Mara, auf deine Verantwortung. Ich werde mich nicht zurückhalten, und sehr direkt zu dir sein. Darf ich das?«

»Los, Lucy. Keine Sorge. Ich schaffe das schon«, versuchte Mara Lucy zu beruhigen.

»Sollen wir einen kleinen Exkurs einschieben, bevor wir wegen deinem Herzen weiter Detektiv spielen? Dein Problem werden wir hier an der Theke zwar nicht lösen können, aber wir können uns schnell ein paar Grundlagen erarbeiten. Ist das ein guter Vorschlag?«

»Gern, das ist eine gute Idee«, antwortete Mara sichtlich neugierig.

»Wirst du feucht, wenn du es dir selbst machst?«

»Ja, da habe ich keine Probleme«, verriet Mara.

»Du bekommst also problemlos eine Erektion, es darf nur kein Mann in der Nähe sein. Könnte man dies so formulieren?«, fragte Lucy.

»Erektion? Was meinst du damit?«

Lucy fühlte sich mit ihrer Vermutung bestätigt, dass selbst Mara als Ärztin über keine ausreichenden anatomischen und physiologischen Grundkenntnisse über ihre eigenen Sexualorgane verfügte. »Mara, du hast doch dein Smartphone dabei, oder? Google mal den Begriff *Große Klitoris*. Dann haben wir schon einmal ein Bild.«

Mara folgte Lucys Anweisung und schließlich schauten sie gemeinsam auf die Suchergebnisse. Lucy tippte auf ein passendes Bild, und hob es Mara dicht vor die Augen: »Wie sieht dieses Ding aus? An was erinnert dich das?«

Maras Gesichtsausdruck sprach Bände: »Eigentlich wie ein kleiner Penis. Zumindest erinnert es an die männliche Eichel.«

»Mara, deine Klitoris ist auch eine Art Penis, zumindest hat es einen ziemlich ähnlichen anatomischen Aufbau wie ein männliches Glied, und funktioniert im Prinzip auch so. Der einzige Unterschied liegt darin, dass bei uns Frauen neunzig Prozent im Verborgenen liegt. Der männliche Penis besteht ja grundsätzlich aus der Eichel und seinen zwei Schwellkörpern. Deine Klitoris ist genauso aufgebaut, nur eben spiegelverkehrt. Sie besteht aus der Eichel, die du gerade auf deinem Smartphone siehst, und deine zwei Schwellkörper, die jedoch innerhalb deines Körpers liegen. Sie umschließen deine Vagina wie ein Hufeisen. Wenn du erregt bist, schießt Blut in deine Klitoris, ihre Spitze hebt sich an, wie bei einem erigierten Penis auch, und deine Schwellkörper bilden jetzt einen inneren vorgewölbten erigierten Ring um deine Vagina. Bei der Penetration werden die hufeisenförmigen Schwellkörper der Frau rhythmisch nach außen gedrückt, und ziehen gleichzeitig die verbundene Eichel deiner Klitoris entsprechend rein und raus. Es entsteht exakt das gleiche Auf- und Ab-Muster wie beim männlichen Gegenstück, nur eben umgekehrt. Das heißt, hat nicht nur der Mann eine Erektion, sondern auch du, sind zumindest die anatomischen Grundvoraussetzungen für einen Orgasmus erfüllt. Allein dieses Auf und Ab der Eichel deiner Klitoris reicht meist schon aus, einen Orgasmus zu bekommen. Ähnlich wie beim Mann, bei dem nur durch die simple Hoch- und Runterbewegung zumindest ein Standardorgasmus ausgelöst werden kann. Langer Rede, kurzer Sinn: Was heißt das für dich? Bevor du dich überhaupt mit richtigem Sex beschäftigen kannst, musst du im allerersten Schritt zunächst sicherstellen, dass dein Geschlechtsorgan überhaupt funktionsfähig ist. Das Tragische dabei ist, dass es bei Frauen keinen sonderlichen Handlungsdruck gibt, sich darum zu kümmern, weil der Akt selbst – zumindest rein mechanisch gesehen – auch dann möglich ist, wenn einseitig nur der Mann eine Erektion bekommt. Und genau darin liegt der Hund begraben: Frauen sind in der Lage, Sex zu haben, obwohl ihr Geschlechtsorgan währenddessen inaktiv ist.«

Mara saß völlig verblüfft an der Theke. »Wie bekomme ich denn diese Erektion?«

»Na, da musst du im Prinzip Männer fragen. Die kapieren

schnell, dass ihr Ding nicht auf Kommando funktioniert. Dass sie von ihrem Penis im Stich gelassen werden, wenn sie nicht in der Lage sind, ihren Kopf abzuschalten. Die Frage an dich wäre also: Warum lässt du nicht los? Warum hast du Angst die Kontrolle abzugeben? Oder bist du währenddessen damit beschäftigt, den Akt zu beobachten, um selbst einen guten Eindruck zu hinterlassen? Warum willst du einem Mann deine Seele nicht zeigen?«

Mara schien, trotz der vielen neuen Infos, sehr erleichtert, mit einer scheinbar kompetenten Frau ihr leidiges Thema besprechen zu können. »Aber wie gehe ich dieses Problem an? Es wäre sehr wichtig für mich, eine Lösung zu finden.«

Lucy wusste sehr genau, dass diese Frage aus dem Handgelenk nicht so leicht zu beantworten war. Sie sagte: »Liebe Mara, wir werden das hier an dieser Stelle sicher nicht lösen können. Grundsätzlich kannst du einen Orgasmus willentlich nicht einfach herbeizaubern. Lass einfach los, schließlich gibt es wichtigere Themen im Leben, als sich über einen Orgasmus den Kopf zu zerbrechen. Du wirst irgendwann einmal einen Mann kennenlernen, bei du dem bereit bist, deine Maske beim Sex fallenzulassen.«

Nachdem Mara einen Moment innehielt, um das Gehörte verdauen zu können, entschloss sie sich zu einer Frage, die sie schon lange beschäftigte: »Lucy, sag mal. Ist es wahr, dass Frauen beim Orgasmus ejakulieren?«

Lucy befürchtete nun, sie könne Mara zu sehr unter Erfolgsdruck setzen. Dennoch gab sie ihr eine ehrliche Antwort: »Ja, meine Liebe. Wie gesagt, das weibliche Sexualorgan funktioniert nach dem identischen Grundprinzip, wie das männliche auch. An der Stelle, wo beim Mann die Prostata-Drüse sitzt, gibt es bei uns die sogenannte Skene-Drüse. Wenn du einen richtigen Orgasmus hast, dann ejakulierst du natürlich – so wie es Männer auch tun.«

»Schade, vielleicht muss ich doch noch Geduld haben. Aber

ich harre schon fast fünfzehn Jahre aus. Das muss doch irgendwann einmal ein Ende nehmen.«

»Vielleicht habe ich doch einen ganz kleinen Tipp«, gab Lucy nach. »Was mir selbst ganz zu Anfang geholfen hatte, war ein Mann, der mich förmlich dazu zwang, meine Augen offen zu halten und währenddessen ihm in die Augen zu schauen. Ich fand dies am Anfang viel zu intim, aber mit der Zeit war ich so fasziniert davon, was ich da zu sehen bekam, dass ich mich mehr und mehr selbst vergessen konnte. Und darauf kommt es schließlich beim Sex an.«

Mara war fasziniert. »Ich habe beim Sex noch nie einem Mann großartig in die Augen geschaut. Das probiere ich nachher sofort aus.«

»Ja, teste es mal aus. Wenn es um Liebe geht, ist es oft etwas leichter, sich beim Sex gegenseitig in die Augen zu schauen«, ergänzte Lucy.

»Und wenn ich keine Augen sehen will, aber stattdessen insgeheim böse Sachen mag?«, fragte Mara mit zaghafter Stimme.

Lucy musste laut lachen: »Na, da kann ich selbst ein Lied von singen. Ich mag Dinge, von denen unsere Großmütter immer behaupteten, es gäbe sie nicht. Wenn du einen erfahrenen Mann an der Hand hast, der wirklich weiß was er tut, dann kannst du ihn auch mal bitten, mit dir die bösen Sachen zu machen. Das ist alles kein Problem. Alle Sexualpraktiken sind in Ordnung, sofern sie von beiden Seiten gewünscht und nicht gesundheitsgefährdend sind. Aber unabhängig davon denke ich nicht, dass du mit deinem Thomas aus sexuellen Gründen zusammen bist. Oder täusche ich mich da?«

»Nein Lucy, da täuschst du dich nicht. Dennoch ist der Sex mit ihm für mich sehr entspannend, weil es mir keine Sorgen bereitet. Wie oft habe ich mir Selbstvorwürfe gemacht, weil Männer bei mir keine Erektion bekamen. Zig Jahre habe ich mich förmlich selbst zerfleischt, ob es vielleicht doch an mir liegt, und ich im Bett eine Niete bin. Bis heute habe ich keine

Antworten gefunden. Bei Thomas hingegen werde ich zumindest nicht daran erinnert, weil er immer kann, und ich dahingehend anscheinend keine Rolle spiele. Es tut mir zwar meistens etwas weh, aber das ist für mich noch lange nicht so tragisch, als wenn ich mich ständig selbst infrage stellen muss.«

Lucy schüttelte innerlich den Kopf. Sie entschied jedoch, nicht mehr darauf einzugehen. Stattdessen wollte sie mit ihrer Detektivarbeit fortfahren, aus welchem Grund Mara ein Spiegel von Thomas war. Als Lucy gerade losschießen wollte, fiel ihr auf, wie Maras Freund mittlerweile schon am fünften Tisch Platz genommen hatte, um alte Bekannte zu begrüßen. »Kennt dein Thomas eigentlich alle Hotelgäste hier?«, fragte Lucy süffisant.

Mara antwortete in einem verständnisvollen Tonfall: »Alle mögen ihn. Egal wo wir hinkommen, überall hat er Freunde, die ihn auf das Herzlichste begrüßen. Ist das nicht beneidenswert?« Maras Gesichtsausdruck zeigte jetzt deutlich ihre Verliebtheit. Mit weichem und sehnsüchtigem Blick sah sie ihrem Freund schmachtend zu, wie er gerade am Plaudern war.

Lucy hingegen fiel auf, dass die jeweiligen Tischnachbarn nur gute Miene zum bösen Spiel machten. Sie dachte sich: *Du bist so einfühlsam wie eine Betonbrücke, mein Lieber. Du bekommst doch überhaupt nicht mit, dass alle froh sind, wenn du wieder weg bist. Wahrscheinlich kriegst du auch nur deshalb einen hoch, weil du nicht spürst, dass dein Mädchen überhaupt nicht mitmacht.* Lucy sprach ihre Gedanken gegenüber Mara sicherheitshalber nicht aus. Stattdessen fragte sie: »Sag mal Mara, wenn ich jetzt nicht hier bei dir sitzen würde, was wäre dann?«

»Ich würde hier alleine sitzen, alle Vorsprecher abwehren, und einen Korb nach dem anderen vergeben«, gab Mara gelassen zu. »Aber Thomas hat so viel Freude, mit anderen Menschen zu sprechen. Das gönne ich ihm!«

»Ich weiß nicht«, machte sich Lucy über Maras Antwort Sorgen. »Findest du nicht, dass dies dir gegenüber ziemlich unverfroren ist – um nicht zu sagen furchtbar rücksichtslos?«

»Ach Lucy, ich weiß nicht. Natürlich ist das manchmal nervig, aber was soll ich denn machen?«

»Wie viele Freundinnen hast du denn?«, forschte Lucy weiter.

»Eigentlich keine«, gestand Mara kleinlaut. »Wenn ich nicht arbeite, bin ich mit Thomas zusammen.«

Lucy ergänzte Maras Worte: »... inklusive *seiner* Freunde, stimmt's?«

»Ja, warum nicht?«, entgegnete Mara.

»Weil ich vermute, dass dein Herz mehr gesellschaftliche Integration wünscht. Was meinst du?«

Mara begann zu überlegen. Nach einer kleinen Weile nickte sie. »Ich muss gestehen, dass ich diesen authentischen und tiefgründigen Kontakt zu dir unendlich genieße. Noch nie konnte ich mich mit einer Frau derart austauschen. Ich hatte schon als junges Mädchen große Probleme, Freundinnen zu finden. Sie mieden oder bekämpften mich, weil sie mich wahrscheinlich als gefährliche Konkurrenz einstuften. Und männliche Freunde waren auch nicht möglich, weil sie sich grundsätzlich in mich verliebten oder nur mit mir ins Bett wollten. Ich hatte daher noch nie einen Freundeskreis.«

Lucy sagte jetzt: »Und genau deshalb kommst du von diesem Selbstdarsteller nicht weg. Merkst du nicht, wie du deinen Thomas förmlich dafür anhimmelst, dass er so viele Leute kennt und aus deiner Sicht sehr beliebt ist?«

Bei Mara war nun ein Aha-Effekt zu beobachten: »Lucy! Ich glaube, das ist es. Je länger ich darüber nachdenke, umso klarer wird es mir. Ich habe Thomas schon immer um seine vielen Freunde beneidet. Egal wo wir hinkommen, wir sind immer schnell umringt von Menschen, mit denen ich mich unterhalten kann.« Mara war nun augenscheinlich begeistert über diese spontan auftauchende Selbsterkenntnis, und sie hob mit einem breiten Lächeln ihre Hand in die Höhe. Lucy verstand Maras Geste sofort, und gab ihr die gewünschten High five.

Nachdem zwei Hände in der Luft geräuschvoll aufeinander klatschten, bekamen Lucy und Mara natürlich umgehend einen Anpfiff vom Barkeeper: »Meine Damen, ich darf Sie doch bitten, wir sind hier nicht auf dem Fußballplatz.« Dabei schaute der Mann hinter der Theke mit strengem Blick auf das Smartphone von Mara, auf dem noch das Bild der Klitoris zu sehen war. Als sie die Peinlichkeit entdeckten, konnten die beide Frauen ihre kichernde Ausgelassenheit erst recht nicht mehr bändigen. Um den Barkeeper nicht weiter zu verärgern, sagte Lucy: »Entschuldigen Sie bitte mein Herr, aber wir haben heute einen so schönen Abend, das müssen Sie einfach verstehen. Wir versprechen Ihnen aber, uns ab jetzt wie zwei wohlerzogene Damen zu benehmen. Und unartige Bilder suchen wir ab jetzt auch nicht mehr im Internet.«

Der Barkeeper zwang sich wieder zu dem gewohnt verkrampften Lächeln. Dabei bemerkte er einen Gast, der direkt neben Lucy stand. Scheinbar wollte er etwas bestellen. Es war Thomas. Er hatte seine fast einstündige Begrüßungsrunde beendet, und sprach nun zuerst Lucy an: »Darf ich Sie zu einem Glas Champagner einladen?«

Lucy war wieder etwas irritiert, warum er nicht Mara zuerst ansprach. Sie wischte ihre Bedenken jedoch beiseite, nahm die Einladung an, und sagte zu Mara: »Mara, du auch? Trinkst du ein Glas mit?« Mara nickte und der Barkeeper machte seinen Job. Als die Flasche geöffnet und die Gläser gefüllt waren, stieß Maras Freund wieder zuerst mit Lucy an, und warf ihr den gleichen eindeutigen Blick zu, wie schon beim ersten Aufeinandertreffen.

Während des sich anschließenden Smalltalks wurde für Lucy etwas glasklar: Sie wurde gerade massiv angemacht, und das direkt vor den Augen Maras. Ihr Freund machte selbst vor Körperkontakt nicht halt. Zuerst spürte Lucy ab und an seine Hand auf ihrem Rücken, danach – wie zufällig – an ihrer Taille, und schließlich lag die Hand von Maras Freund auf Lucys Knie.

Lucy schob seine Hand unauffällig beiseite, während ihre Stimmung begann zu kippen. Sie wusste nicht, wie sie mit dieser peinlichen Situation umgehen sollte. Sie suchte hilfesuchend den Augenkontakt zu Mara, die jedoch Lucys Blicken auswich. Mara wusste offenbar selbst nicht, wie sie sich verhalten sollte.

Lucy dachte sich: *Der Typ redet auf mich ein, lässt seine schmierigen Hände nicht bei sich, ich werde immer abweisender, aber seine Laune wird dagegen minütlich immer besser. Tom Cruise war sicher krankgemeldet, als Gott die Empathie an die Menschen verteilte.* Lucys Blicke trafen schließlich auch den Barkeeper, der die brenzlige Situation zu beobachten schien. Er gab Lucy wortlos zu verstehen, dass er durchaus wusste, was gerade läuft.

Nachdem er mitansehen musste, wie wieder eine Hand an Lucys Knie auftauchte, schritt der Barkeeper beherzt ein. »Entschuldigen Sie bitte, mein Herr«, sprach er Thomas an, »ich glaube Ihre Anwesenheit wird gewünscht.« Gleichzeitig zeigte der Barkeeper mit seinem Zeigefinger diffus in denjenigen Bereich, wo in der Hotelbar die Tische standen. Thomas suchte sofort den Gästebereich ab, und zufällig drehte sich tatsächlich gerade jemand um, den er kannte. Nichts ahnend über den charmanten Trick des Barkeepers, stand er sofort auf und ging in Richtung des von ihm entdeckten Tisches. Lucy beobachtete erleichtert, dass er dort in ein Gespräch verwickelte wurde und er schließlich Platz nahm. Nachdem sie sich beim Barkeeper mit einem vielsagenden Blick bedankt hatte, sagte sie zu Mara: »Was soll ich mit dir nur machen? Du bist so fasziniert von diesem Typen, dass du bereit bist, dich auf ganzer Linie aufzugeben.«

Mara hob ihren Kopf und sah Lucy traurig an: »Ich weiß Lucy, das ist nicht schön, dass er dich in aller Öffentlichkeit berührt. Es tut mir leid.«

»Mara, jetzt mal ganz ehrlich. Willst du dich wirklich mit Gewalt unglücklich machen? Denkst du nicht, dass du in einer furchtbaren Sackgasse steckst?«

Mara entgegnete daraufhin: »Mach dir bitte keine Sorgen. Ich habe verstanden, was mit mir los ist. Ich glaube, ich benötige eine ganze Mannschaft von Freundinnen. Insbesondere möchte ich einen Menschen wie dich in meinem Umfeld haben. Wie konnte ich so viele Jahre auf Gespräche von Frau zu Frau verzichten? Das ist mir jetzt klar geworden. Wie du so treffend gesagt hast: Was Thomas in seinem Leben schon hat, möchte ich bei mir auch haben. Genau das ist der Punkt. Dennoch bin ich ein wenig traurig darüber, dass ich nur eine Marionette von Realitäten anderer bin. Wie gerne hätte ich ein so starkes Herz wie du. Dann wäre alles ein Spiegel *meines* Herzens, und nicht ich der Spiegel *anderer* Herzen.«

Lucys gute Stimmung stellte sich plötzlich wieder ein, denn ihr ging gerade wieder ein Licht auf: »Mensch Mara, kapierst du es nicht? Wir haben gerade alle Antworten gefunden. Du musst nicht traurig sein. Auch du hältst jetzt einen wichtigen Schlüssel für dein weiteres Leben in Händen.«

Mara vermutete zu wissen, was Lucy aussagen wollte: »Willst du mir jetzt sagen, dass es egal ist, ob ich etwas positiv oder negativ erlebe? Solange es mit mir zusammenhängt, zeigt es immer einen Teil meiner Herzenswünsche auf – entweder direkt oder indirekt?«

»Na klar!«, lächelte Lucy Mara an. »Dein Thomas ist aus deiner Sicht etwas Heiliges. Durch ihn hast du etwas über dich herausgefunden, über das du dir bis dato noch nicht bewusst warst. Dein Herz hat sich von diesem Typen nur deshalb beeinflussen lassen, weil es dir vorführen möchte, was du selbst in deinem Leben wünschst, aber noch nicht hast. Dein Thomas ist damit eine Art *Heiliges Arschloch*. Vielleicht brauchen wir manchmal solche dunklen Engel. Du weißt doch selbst, dass Thomas eine Sackgasse für dein weiteres Leben darstellt, aber er war dennoch wichtig für dich. Damit kann auch jedem leidvollen Kontakt etwas Positives abgewonnen werden. Merkst du nicht, was für ein Wahnsinn das ist? Egal wie schwach dein

Herz ist, es lässt deine Nase immer auf etwas stoßen, woran du erkennst, wer du bist. Endlich können wir unbekümmert denken und fühlen was wir wollen, denn im Außen steht uns zur Not immer ein objektives Feedback zur Verfügung. Endlich kann das Zweifeln aufhören. Wir denken und fühlen, wie es uns beliebt, und schauen uns danach seelenruhig unsere Umwelt an. Läuft es gut, dann sind wir auf dem richtigen Weg, läuft es schlecht, erhalten wir zumindest *heiliges Wissen* über etwas, was uns bis dahin noch nicht bewusst war.«

Mara sagte: »Und weil es bei dir gerade supergut läuft, bedeutet dies, dass dein Kopf zufällig die gleichen Wünsche hat wie dein Herz. Du gehst deinen Herzensweg!«

»Genau Mara. Ich war im Vorfeld auf der Suche nach Gott, und jetzt sitze ich direkt vor einer Frau, die mir eindeutig hilft, dabei mit Riesenschritten voranzukommen. Das ist der eindeutige Beweis, dass meine Suche nach Gott keine fixe oder fremdübernommene Idee meines Kopfes, sondern tatsächlich ein Teil von mir ist. Ich bin im Fluss mit demjenigen Leben, was sich mein eigenes Herz wünscht. Das alles wird noch viel schlüssiger, wenn ich es in der Rückschau betrachte: Ich hatte zuerst eine Wahnsinnsnacht mit einem tollen Mann. Der wiederum hatte mir ganz beiläufig einen Folder mit allen Kongressen für das ganze Jahr gegeben. Dieser Veranstaltungsplan ist mir dann in der Badewanne zufällig in die Hände gefallen. Dann habe ich mir genau diesen heutigen Kongress ausgesucht, und zugleich hat sich mir ein Sponsor aufgetan, der mich mit Geld förmlich überschüttete. Danach bin ich Hunderte von Kilometern geflogen, und die erste Person, mit der ich ins Gespräch gekommen bin, war genau diejenige, die mir die Antwort lieferte, nach der ich im Vorfeld suchte. Das ist doch Irrsinn.«

Lucy stand jetzt überglücklich auf, umarmte Mara, und gab ihr einen dicken Kuss auf die Wange: »Oh Mara, ich bin sooooo glücklich, endlich die Lösung in Händen halten zu dürfen. Das Außen ist damit grundsätzlich der Spiegel von uns selbst.«

Mara konnte die Begeisterung von Lucy noch nicht uneingeschränkt teilen. »Und was ist jetzt mit mir? Thomas ist klar. Er ist für mich eine geschlossene Tür. Da er aber ein heiliges Arschloch ist, muss ich auf dem Türschild nur ablesen, dass sich mein eigenes Herz Freunde oder mehr gesellschaftliche Integration wünscht. Verstanden! Aber für was stehst jetzt du? Du scheinst eine eindeutig offene Tür für mich zu sein. Du bist keine Sackgasse, und natürlich auch kein heiliges Arschloch. Damit musst du ein solcher Bestandteil eines meiner Herzenswünsche sein, der mir schon jetzt bewusst ist, und zu meinem weiteren Lebensweg maßgeblich beitragen wird. Was ist das? Warum habe ich dich in der Sauna angesprochen?«

»Ich weiß es nicht, Mara. Ich kenne dein Schicksal nicht. Vielleicht stellt es sich erst im Nachhinein heraus, für was ich gut bin. Wichtig ist jetzt nur eines Mara: Läufst du durch offene Türen, dann ist das ein wichtiger Wink deines Herzens, auf dem richtigen Lebensweg zu sein. Wenn du hingegen an eine Wand donnerst oder in einer Sackgasse landest, ist dies zwar tragisch, aber du bekommst zumindest den Hinweis, über welchen Lebensweg du dir aktuell noch nicht bewusst geworden bist. Egal was ist, dein Herz lenkt dich immer in die richtige Richtung. Entweder du kommst in den Fluss, dann ist alles gut oder du gerätst in eine Sackgasse, dann musst du etwas ändern. Du musst nur ein bisschen die Augen offenhalten. Unser Herzmagnetfeld kann uns damit von allen intellektuellen Fehleinschätzungen befreien. Ist das nicht geradezu göttlich?«

Lucy war mit ihrer euphorischen Rede gerade fertig, als sie bemerkte, dass wieder das Grauen auf sie zukam. Sie sah Mara liebevoll an, und sagte: »Sei mir bitte, bitte nicht böse, da kommt dein Thomas wieder auf mich zu. Ich kann nicht die ganze Zeit blöd lächeln und gute Miene zum bösen Spiel machen. Der langt mir noch an die Titten, wenn das so weitergeht. Ich breche ab und gehe schlafen.« Lucy nahm Mara in die Arme und flüsterte ihr ins Ohr: »Mara, denke jetzt bitte daran: Die Liebe ist ein liebevoller Trick deines Herzens, dich im Spiegel betrachten zu müssen. Unabhängig davon war es ein so wunderschöner Abend mit dir. Ich danke dir von Herzen. Ich bin noch zwei Tage da. Hier ist meine Zimmernummer. Ich glaube, das ist auch gleichzeitig die Telefonnummer. Bitte melde dich, du wunderschönes Massai-Mädchen.«

Mara nickte etwas enttäuscht, aber verständnisvoll. Sie drückte Lucy lange und herzlich, um sie aber rechtzeitig loszulassen, bevor ihr Freund die Theke erreichte. Thomas keines Blickes würdigend, verschwand Lucy schnell in Richtung der Fahrstühle. Oben in ihrem Zimmer angekommen, sah sie den Schreibblock auf ihrem Nachtisch. Sie spürte einen intensiven Drang, sich etwas zu notieren:

ERKENNE DEINE UMWELT ALS EINEN SPIEGEL DEINER SELBST!

Level 6 – Bauch

Lucy war am nächsten Morgen früh auf den Beinen. Sie wollte vom Kongress so viel wie möglich mitnehmen. Auf der To-do-Liste standen ausgewählte Vorträge, Interviews mit Neurologen und die Teilnahme an Diskussionsforen. Diesmal fühlte sie sich wie auf einem Heimspiel. Die Medizinerszene war ihr geläufig, schließlich hatte sie in früheren Zeiten ausschließlich auf medizinischen und pharmazeutischen Kongressen ihren Job gemacht.

Im Laufe des Tages wuchs jedoch ihre Enttäuschung. Sie kam nicht weiter bei der Recherche. Sie musste oft an Maras Vorhersage denken, dass die neurologische Forschung sich mehr als uneins ist, wenn es um die Entstehung von Gefühlen und Gedanken geht.

Zudem fühlte sie deutlicher denn je, dass ein Pharmakonzern der Veranstalter war. Der Großteil der Kongressteilnehmer beschäftigte sich mit der Anpreisung von Medikamenten und medizinischen Hilfsmitteln. Gegen Mittag stand Lucy schließlich frustriert an einem Stehtisch innerhalb der Kongresshalle. *Ich will wieder zu meinen Physikern zurück*, jammerte Lucy innerlich. *Die geben wenigsten zu, wenn sie etwas nicht wissen oder verstehen. Oder geben mir nachvollziehbare Thesen und Modelle an die Hand. Hier interessiert sich scheinbar niemand für die Grundlagenforschung. Die messen Gehirnströme, Durchblutungskonzentrationen, elektrische Felder oder fummeln endlos mit MRT-Bildern herum, ohne einen blassen Schimmer zu haben, welche konkreten Gedanken oder Emotionen sich dahinter verbergen. Der eine Redner vermutet, dass dieser Teil des Gehirns für jenes zuständig sei, und der andere behauptet wiederum das Gegenteil.*

Lucy grübelte lange, ohne jedoch ein Ende zu finden: *Was bringt mir das, wenn ich weiß, dass für meine moralischen Werte der präfrontale Cortex zuständig ist? Aber keiner davon spricht, wie es zu diesen Moralvorstellungen per se überhaupt kommt, und warum sie bei allen Menschen völlig unterschiedlich ausfallen können. Wie unterscheidet sich mein Gehirn von anderen, wenn ich zum Beispiel Moralvorstellungen in mir trage, die sich von denen anderer Frauen in meinem Alter deutlich unterscheiden?*

Lucy holte sich lustlos einen Kaffee und drei Muffins, um sich weiter ihrem Frust hinzugeben. *Und wenn sie nicht weiterwissen, dann kommen sie immer mit dem Joker des Unbewussten. Wenn wir eh nur circa fünf Prozent der Abläufe in unseren Gehirnen bewusst wahrnehmen können, warum beschäftigen wir uns dann überhaupt mit unserem Kopf? Dann könnte ich auch würfeln gehen. Vielleicht hat Mara tatsächlich recht – die wissen hier nichts! Ich will hier einfach nur weg!*, jammerte Lucy innerlich weiter.

Schließlich brach Lucy ihren Aufenthalt auf dem Kongress ab. Die für ihren PR-Auftrag notwendigen Fotos, Interviews und sonstigen Informationen hatte sie bereits in der Tasche, und so fuhr sie beruhigt mit dem Taxi zurück ins Hotel. Dort angekommen, hielt sie ihr geliebtes Mittagsschläfchen ab. *Sollen die ruhig weiter ihre süßen MRT-Bildchen machen und so tun als hätten sie das Leben kapiert. Ich werde mich wieder der Physik zuwenden*, ging es ein letztes Mal durch Lucys Kopf, bevor ihr die Augen zufielen.

Nach knapp drei Stunden wachte Lucy auf und war sofort überrascht über die verstrichene Zeit. »Scheinbar hat mein Körper noch Schlaf nachzuholen gehabt«, murmelte sie vor sich hin, während in ihr ein wohlbekanntes Gefühl aufstieg. *Hunger! Es ist zwar erst später Nachmittag, aber früh essen zu gehen, soll ja gut für die Figur sein*, ging es Lucy durch den Kopf. Motiviert von der Aussicht ihren Kohldampf stillen zu können, sprang sie ins Bad und machte sich schnell frisch. Sie entschied sich für ein schwarzes, elegantes Kostüm, steckte ihre blonden Haar hoch und in Windeseile stand sie am Pult des Restauranteingangs im Erdgeschoss des Hotels.

Nachdem sie ihre Zimmernummer angegeben hatte, hörte sie schlechte Nachrichten vom Platzanweiser: »Es tut mir leid, Frau Doktor Schmitt, aber aufgrund des Kongresses haben wir auch zu dieser frühen Uhrzeit schon keinen Platz mehr frei. Möchten Sie solange an der Hotelbar – natürlich auf Kosten des Hauses – einen Aperitif zu sich nehmen und ein wenig abwarten? Wir würden Ihnen dann Bescheid geben, wenn ein Platz frei wird.«

Lucy passte diese schlechte Nachricht überhaupt nicht. Dennoch war sie einsichtig, weil ihr jetzt gerade etwas auffiel. *Aha, eine geschlossene Tür! Scheinbar möchte mein Herz hier nicht essen*, setze Lucy die Erkenntnisse des gestrigen Abends sofort in die Tat um, während sie ziellos in den überfüllten Gästeraum starrte. Plötzlich traf ihr Blick auf eine Frau, die scheinbar bemerkt hatte, dass Lucy keinen Platz fand. Eine charismatische Frau mit ultrakurzen schwarzen Haaren nickte ihr von Weitem freundlich zu und gab ihr zu verstehen, dass an ihrem Tisch noch ein Platz frei sei. Das war Lucy gerade recht. Sie klärte den Mann neben dem Pult auf, dass sich das Platzproblem gerade von selbst gelöst hätte und sie steuerte direkt auf den Tisch der etwas gefährlich wirkenden Dame zu. Die tiefschwarz gekleidete Frau stand auf, begrüßte Lucy zuvorkommend und erklärte: »Guten Tag, Sie haben eben etwas hilflos und ungehalten gewirkt. Nachher ist hier im Hotel ein Festakt, deshalb essen alle ziemlich früh zu Abend. Darf ich mich vorstellen? Mein Name ist Andrea. Ich würde mich freuen, wenn Sie an unserem Tisch Platz nehmen würden. Mein Begleiter wird auch gleich zu uns stoßen.«

»Vielen Dank für Ihr Angebot, mich zu Ihnen gesellen zu dürfen«, freute sich Lucy aufrichtig, »das ist äußerst aufmerksam von Ihnen. Mein Name ist im Übrigen Lucy Schmitt.«

Lucy nahm erleichtert Platz und schätzte ihre neue Tischnachbarin etwa zehn Jahre jünger ein als sie selbst. Zudem erfüllte die junge Dame alle Klischees eines Vollblutweibes. Der Lippenstift, ihre High Heels, ihre Ohrringe, ihre gefährlich langen Fingernägel sowie ihre Handtasche wirkten, als hätten sie alle das identische Knallrot. Ihre Augen, ihr kurzen Haare sowie ihre Kleidung fielen hingegen durch ein tiefes Schwarz auf.

Scheinbar bemerkte ihre neue Gesprächspartnerin, dass Lucy von ihrer etwas gefährlich wirkenden Ausstrahlung mehr als beeindruckt war. »Lassen Sie sich von meinem Äußeren nicht beeindrucken, die meisten haben im ersten Moment etwas Angst vor mir. Das ist aber nur mein Schutzstyle. Wenn ich mich in einen Stall von selbstverliebten Narzissten begebe, dann wähle ich ein dominantes Outfit.«

Lucy musste amüsiert lachen. »Das ist eine gute Idee. Das muss ich mir merken, denn ich kann sehr gut nachvollziehen, was Sie meinen. Die Medizinerszene stellt sicherlich ein eigenes Völkchen dar. An dem Bild der Götter in Weiß ist sicher etwas dran, nicht wahr?«

Bei Lucys neuer Gesprächspartnerin kam jetzt ein warmes und herzerfrischendes Lächeln zum Vorschein. »Entspannen Sie sich erst einmal. Darf ich für Sie einen Aperitif bestellen, sicher waren Sie heute auch auf dem Kongress unterwegs?«, erkundigte sich die charismatische Frau.

»Oje«, offenbarte Lucy, »ich hatte einen furchtbaren Tag. Ich nehme hier teil als Journalisten. Aber es war alles sehr enttäuschend für mich. Den Vogel abgeschossen hatte ein Redner, der über das Thema Depressionen sprach. Er behauptete, dass neben dem Schlafentzug Elektroschocks die höchsten Heilungsaussichten versprechen würden. Das war dann doch zu viel für mich.«

»Verstehe«, sagte Lucys Tischnachbarin.

Lucy fragte: »Sie sind sicher auch Neurologin, nicht wahr«?

»Nein, aber mein Begleiter ist ein führender Wissenschaftler in einem verwandten Fachbereich. Es wäre mir im Übrigen eine Ehre, wenn Sie mich Andrea nennen.«

Lucy begrüßte den Vorschlag, und es entwickelte sich schnell ein von Etiketten befreites Gespräch. Die beiden Frauen fanden Vertrauen zueinander, und schnell tauschten sie einige Anekdoten aus ihrem Privatleben aus. Plötzlich stand ein Mann mit auffällig eingefallen Wangen in einem schwarzen Armani-Anzug vor ihrem Tisch. Lucy sah auf einen kahlköpfigen Herrn hoch, dessen markantes Gesicht von einem langen und intensiven Leben gezeichnet wirkte. Tiefe Furchen zerteilten sein Antlitz. Dennoch strahlte es eine gewisse Attraktivität aus. *Obwohl der Altersunterschied zwischen den beiden mehr als auffällig ist, passen diese zwei charismatischen Persönlichkeiten irgendwie zusammen*, dachte sich Lucy sofort.

»Hi Enzo, darf ich dir Frau Schmitt vorstellen? Sie nimmt als Journalistin am Kongress teil.«

Ein Gentleman alter Schule schaute freundlich zur sitzenden Lucy hinunter, ergriff ihre Hand zur Begrüßung, und sagte: »Ich freue mich zutiefst, Sie an unserem Tisch begrüßen zu dürfen. Darf ich mich vorstellen? Mein Name ist Enzo Mancini aus Südtirol.«

Nachdem sich der Herr zunächst seiner Begleiterin zuwandte, um sie zur Begrüßung liebevoll in den Arm zu nehmen, bot auch er Lucy das Du an. Ein persönliches und kurzweiliges Tischgespräch zu dritt war die Folge. Lucy war manchmal förmlich erschrocken, wie selbstverständlich dieses interessante Paar Privates offenbarte. *Die beiden haben scheinbar keinerlei Bedenken, einer wildfremden Frau selbst intime Geheimnisse anzuvertrauen*, dachte sich Lucy wiederholt. Sie fühlte sich dadurch bestärkt, einen Versuch zu wagen, ihrer Neugierde etwas mehr Luft zu verschaffen: »Seid ihr schon lange zusammen?«, fragte sie vorsichtig, um dem auffälligen Altersunterschied des Paares auf den Grund gehen zu können.

Enzo schien hellseherische Fähigkeiten zu haben: »Ich vermute, liebe Lucy, dass du dich für unser Alter interessierst – da würde ich lieber das Wort an Andrea weitergeben.«

Andrea nickte Enzo zu, und sie klärte Lucy auf: »Enzo ist seit über zehn Jahren ein Stammkunde von mir. Ich begleite ihn, wenn es um gesellschaftliche Verpflichtungen geht. Ich bin infolgedessen nicht Enzos Frau, sondern eine selbstständige Unternehmerin im Bereich Begleitservice. Mittlerweile haben wir uns beide aber schon so lieb gewonnen, dass ich diese Geschäftsbeziehung als durchaus wertvoll und inspirierend für mich empfinde. Nicht nur für meinen Geldbeutel – keine Frage – sondern vor allem auch für meine Seele. Ich habe Enzo bezüglich meiner Persönlichkeitsentwicklung viel zu verdanken. Er tut mir gut und ich genieße diese Zeit mit ihm sehr. Trotz meiner anderen beruflichen Verpflichtungen, fühle ich mich zu Enzo sehr hingezogen. Zudem schätze ich grundsätzlich die Lebenserfahrung alter weiser Männer …«, Andrea warf Enzo schnell einen charmanten, entschuldigenden Blick zu, um danach ihren Satz beenden zu können, »… sie sind für mich so wertvoll wie Bücher. Man erreicht schnell einen Vorsprung in Sachen Lebensweisheit. So kann man sich manchen Irrweg in seinem Leben ersparen. Und Enzo ist eine deutliche Abkürzung – das ist wunderbar«, beendete Andrea ihre Rede, um danach dem gepflegten und nach einem teuren Parfum riechenden Gentleman einen liebevollen Kuss auf die Wange zu geben. Es erschien Lucy so, als würde sich diese etwas dominant wirkende Rassefrau tatsächlich zu dem alten Mann stark hingezogen fühlen.

»Und ich alter Greis«, schaltete sich Enzo ironisch ein, »darf mit Mitte siebzig für ein paar Stunden eine schöne Frau anschauen und mich mit ihr schmücken. Ich weiß, dass das fast niemand versteht, aber ich hatte schon immer große Freude, weibliche Schönheit anzuschauen. Ich habe mein ganzes Leben viele bezaubernde Frauen geliebt. Ich liebte sie für ihre

Eleganz, für ihren weiblichen Stolz, für ihren Scharfsinn, für ihre feminine Kraft, für ihre zarten Bewegungen und natürlich auch für ihre atemberaubenden Körper. Ich habe sie verwöhnt, für sie gesorgt und alles getan, dass es ihnen gut ging. Das war ein wichtiger Part in meinem gesamten Leben. Ich war so fasziniert von der Weiblichkeit, dass ich nie eine Partnerschaft eingegangen bin. Atemberaubende Frauen waren mir immer zu schade, um sie durch einen trivialen und banalen Beziehungsalltag zu belästigen. Unabhängig davon habe ich mich aber auch nie als Teil der Gesellschaft gefühlt. Schon in der Mitte meines Lebens spürte ich sehr deutlich meine Passion, den menschlichen Geist erforschen zu wollen. Und vor allem habe ich irgendwann einmal entdeckt, dass sich meine glücklichsten Momente im Alleinsein verbargen. So schwankte mein Alltag zwischen meiner Passion für wunderschöne weibliche Wesen und der Zeit meiner lieb gewonnenen Einsamkeit. Aber schon ab Mitte Fünfzig beschloss ich, Frauen nicht mehr mit meiner schlaffen Haut, meinem unförmigen Körper und meiner schwindenden Potenz zu belästigen. So fasste ich den Entschluss, keine Frauen mehr anzusprechen oder Liebesbeziehungen einzugehen. Und das Schöne daran war, es fehlte mir nichts. Ich hatte in meinem Leben das Thema Frauen mehr als ausgereizt. So stiegen in mir niemals Zweifel auf, dahingehend etwas in meinem Leben verpasst zu haben. Eine Lebensphase ging sozusagen zu Ende. Jedoch tauchte ein Problem auf, das ich im Vorfeld nicht im Visier hatte: Ich vergaß, dass wir in einer paarfixierten Gesellschaft leben. Schon bei meinen Urlaubsbuchungen wurde ich durch die Preisgestaltung und den Angebotskonzepten unangenehm an meinen Singlestatus erinnert. Das Hauptproblem war allerdings, dass die Gesellschaft von einem erfolgreichen Wissenschaftler eine Ehefrau, ein großzügiges Haus, die üblichen Alltagsprobleme und natürlich auch all die dazugehörigen Statussymbole erwartete. Mir wurde schnell bewusst, dass ich zumindest zum Schein gesellschaftliche Normen zu erfüllen hätte, sonst hätte meine Karriere als Neurogastroenterologe auf dem Spiel gestanden. Man hätte mich als einsamen Spinner abgestempelt. Da hilft es wenig, wenn du regelmäßig erklärst, dass du an einer Mainstreamexistenz nicht interessiert bist. Die Schafsherde lebt nach dem Motto: *Lieber eine schlechte Partnerschaft als keine.* Es stellte sich für mich also die Frage, wie ich dieses kleine optische Anpassungsproblem geschickt lösen konnte. Und da bin ich irgendwann einmal auf Andrea gestoßen. Seitdem ist sie meine Pseudo-Ehefrau, wenn ich gesellschaftlichen Verpflichtungen nachkommen und so tun muss, als wäre ich ebenso Bestandteil dieser elitären Schafsherde.«

Wieder verblüfft über die gnadenlose Ehrlichkeit ihres Gesprächspartners, sagte Lucy zu Enzo: »Vielen herzlichen Dank für die offenen Worte. Ich kann das alles sehr gut nachvollziehen. Ich selbst führe schon seit circa fünf Jahren ein polyamores Liebesleben, und werde ebenso mit den Gegebenheiten einer paarversessenen Gesellschaft nahezu täglich konfrontiert. Aber jetzt einmal etwas ganz anderes: Du erwähntest, dass du Neurogastroenterologe bist? Das ist ja höchst interessant«, freute sich Lucy wohl wissend, dass es bei dieser wissenschaftlichen Disziplin um die Nervenzellen des Magen-/Darmtrakts ging.

Andrea schaltete sich ein: »Sogar ein sehr erfolgreicher. Schau mal auf das Programm.«

Lucy schlug einen der Folder auf, die auf allen Tischen verteilt herumlagen, und tatsächlich, das Hauptevent des ganzen Kongresses schien ein Festakt zu sein, indem ein Dr. Enzo Mancini aus Südtirol für sein wissenschaftliches Lebenswerk geehrt werden würde. »Oh, du scheinst hier der Hauptdarsteller zu sein. Deine Rede beginnt ja schon in drei Stunden?«, wunderte sich Lucy

»Ja, da werde ich der Crème de la Crème der weltweiten Gehirnforschung mal gehörig den Kopf waschen.«

»Na, da wirst du aber das nächste Mal nicht mehr in dieses

schöne Hotel eingeladen«, entgegnete Lucy lachend.

»Ich sehe«, erwiderte Enzo, »du weißt, wie der Hase läuft. Aber soll ich dir etwas sagen, sie werden heute Abend alle brav zuhören und anschließend klatschen, so wie es sich gehört. Keiner wird einen Festakt infrage stellen, der von einem Konzern ausgerichtet wird, von dem die eigene finanzielle Situation maßgeblich beeinflusst wird.«

Enzo grinste jetzt Lucy etwas spitzbübisch an. Lucy wusste sofort, was dieser Gesichtsausdruck zu bedeuten hatte: »Du hast dich eingekauft, nicht wahr?«

Enzo gab fröhlich zu: »Während viele der Leute, die gerade in diesem Restaurant um uns herumsitzen, sich kaufen ließen, habe ich mir erlaubt, den umgekehrten Weg einzuschlagen. Die Ehrung hat mich eine sechsstellige Summe gekostet!«

Lucy war nicht überrascht. Sie hatte schon früh gelernt, dass bei vielen Preisverleihungen und Ehrungen viel Geld im Spiel war. Sie erwiderte: »Ich muss zugeben, ich kann mir diese angenehme Unterbringung auch nur deshalb leisten, weil ich mich ebenso kaufen ließ. Ich mache unter dem Deckmäntelchen Journalismus in letzter Konsequenz PR für den Veranstalter.«

Enzo versuchte Lucys offensichtlich schlechtes Gewissen zu relativieren. »Mach dir keine Sorgen, Lucy. Ich spüre, dass du damit noch keinen Frieden gemacht hast. Aber einen Tod muss man immer sterben. Alles hat seinen Preis. Wenn du etwas bewirken willst, kannst du aus dem System nicht komplett aussteigen. Nur wer noch Teil des Systems ist, kann etwas daran ändern. Wenn du erst einmal komplett draußen bist, hört dir kein Mensch mehr zu. Ich selbst hatte das große Glück, mein Vermögen in einer Zeit erwirtschaften zu können, wo der Vermögensaufbau als erfolgreicher Akademiker aus dem Handgelenk zu meistern war. In dieser komfortablen Situation sind meine jungen Kollegen heute leider nicht mehr.«

Lucy fühlte sich pudelwohl. Es gefiel ihr, einen Idealisten vor sich zu haben, der zudem noch liquide genug war, seinen Idealismus bezahlen zu können, daher sagte sie: »Enzo, ich gönne dir von Herzen, dass du in dieser wunderbaren Lebenskonstellation bist. Wahrheiten verbreiten zu können, ohne seine gesamte Existenz gefährden zu müssen, ist heute vielleicht das größte Luxusgut, was man sich vorstellen kann. Ich wünsche mir inständig, ich komme auch einmal in eine solche schöne Lebenslage.«

»Darf ein alter weiser Italiener dir ungefragt einen Ratschlag geben?«, fragte ein Enzo, der etwas besorgt schien über Lucys Wunsch.

»Ich bitte darum«, strahlte Lucy Enzo an.

»Hüte dich vor Wünschen, denn es könnten nicht deine eigenen sein«, hörte Lucy von einem Mann, der jetzt einen väterlichen Eindruck machte. Gleichzeitig lief Lucy ein Schauer über ihren Rücken. Sie saß mal wieder genau vor dem richtigen Gesprächspartner. Gleichzeitig ärgerte sich Lucy über ihre vorherige Aussage, schließlich war es keine vierundzwanzig Stunden her, als sie eines Besseren belehrt wurde. Um ihren kleinen Fauxpas zu revidieren, ergänzte sie Enzos Worte: »Man könnte auch sagen: Hüte dich vor deinen Gedanken, denn es könnten nicht deine eigenen sein!«

Enzo und Andrea schauten sich verblüfft an, um im Anschluss gemeinsam Lucy zu mustern. Andrea ergriff als Erste das Wort: »Du weißt wie es läuft?«

»Ja, ich denke schon, dass ich weiß, wie der Hase läuft. Viele Menschen rennen Lebenskonzepten hinterher, die wir Medienleute ihnen eingepflanzt haben, schließlich war ich viele Jahre beim ZOD tätig.«

»Oh, du warst beim Staatsfernsehen«, stellte Andrea süffisant fest, »dann weißt du ja Bescheid, wie Framing funktioniert.«

Lucy schmunzelte und sagte: »Leider ja. Ich war als Bild- und Textredakteurin sogar darauf spezialisiert. Könnt ihr euch noch an den Terroranschlag im Januar 2015 auf die Redaktion der französischen Satirezeitschrift Charlie Hebdo in Paris erinnern?

Schon damals drohte die europäische Union durch die Finanzkrise und vor allem durch die Griechenlandrettung auseinanderzufallen. Da kam uns beim ZOD der Anschlag auf Charlie Hebdo gerade recht. Nahezu alle europäischen Politiker trafen sich daher in einer Seitenstraße von Paris, nahmen sich gegenseitig an die Hand und positionierten sich so, als wären sie die breite Spitze eines Demonstrationszuges. Wir filmten das Ganze aus einer ganz bestimmten Perspektive, damit der Zuschauer nicht erkennen konnte, dass hinter der vierten, fünften Reihe von Politikern niemand mehr stand. Von vorne betrachtet wirkte es aber so, als befänden sich ganze Menschenmassen hinter Merkel und ihren ausländischen Amtskollegen. In den Tagesnachrichten berichteten wir dann von einem tatsächlich stattgefundenen Traueraufmarsch für Charlie Hebdo, zeigten aber zugleich die gestellten Aufnahmen von Merkel, Hollande und den anderen Politikern. So wirkte es für den Zuschauer, als würden unsere europäischen Staatsoberhäupter vereint und Hand in Hand die Spitze eines Aufmarschs von 1,5 Millionen Trauernden bilden. Dieses Bild wurde schon als Bild des Jahres gehandelt. Leider hat dann die britische *The Independent* sowie weitere britische und französische Medien unsere Framing-Attacke enttarnt.«

»Das war aber eine sehr präzise und intelligente PR-Leistung in Sachen Volkserziehung«, warf Andrea schmunzelnd ein.

»Ja, leider«, erzählte Lucy weiter, »das perfide am Framing ist, dass du faktisch gesehen nie die Unwahrheit sagst. Du bist nie angreifbar. Denn Merkel & Co. waren schließlich da. Die trauernden Demonstranten ebenso. Und wir hatten im Kommentar niemals davon gesprochen, dass sich alle an einem Ort befanden. Wenn wir dann damit konfrontiert wurden, dass wir Unwahrheiten verbreiten würden, konnten wir mit einem Faktencheck leicht beweisen, dass wir nie gelogen hatten. Und wenn sie uns dann unterstellt haben, wir würden dennoch einen falschen Eindruck erwecken wollen, dann konnten wir sie alle leicht als Verschwörungstheoretiker denunzieren.«

Enzo sagte daraufhin lachend: »Es freut mich irrsinnig, jemanden neben mir sitzen zu haben, der weiß, wie Massenhypnose in den Medien eingesetzt wird. Denn dagegen ist kein Kraut gewachsen. Man kann sich dem nur sehr schwer entziehen. Staatsregierungen mit eigenen Medienkanälen waren schon immer sehr gefährlich. Und wenn man diese, wie bei euch in Deutschland, auch noch mit einem fünfstelligen Milliardenbetrag mehr als großzügig finanziell ausstattet, dann kann man ziemlich viel auf die Beine stellen. Kein Fernseh- oder Radiosender der Welt verfügt über eine solche gewaltige Kapitalkraft. Da habt ihr Deutschen in Sachen Volksumerziehung mal wieder eine Spitzenposition inne. Deshalb geht ihr ja auch alle fleißig und brav arbeiten, und akzeptiert dabei auch noch die höchste Steuer- und Abgabenlast der Welt. Dass zum Beispiel eure Facharbeiter in der Industrie und sogar auch einige gelernte Krankenschwestern hinnehmen, dass sie, wenn sie nicht verheiratet sind, schon mit dem Spitzensteuersatz belastet werden, das ist weltweit einzigartig. Mit euch Deutschen konnten Machthaber schon immer machen, was sie wollten. So schwimmt der deutsche Staat in Geld, wie keine andere Nation, während die eigene Bevölkerung in den Großstädten nicht mehr weiß, wie sie ihre Lebenshaltungskosten bezahlen soll. Das nenne ich hochprofessionelle Medienarbeit.«

Lucy entgegnete: »Du würdest das Ganze also als Massenhypnose bezeichnen? Ich bin mir nicht sicher, ob *Hypnose* der treffende Ausdruck ist.«

Andrea ergriff nun das Wort: »Durchaus! Hypnose ist die Kunst, jemanden in eine alternative Wirklichkeit zu führen, die mit seiner eigenen Wirklichkeit nicht identisch ist. Ich empfehle dir das Standardwerk von Werner Meinhold *Das große Handbuch der Hypnose* zu lesen. Dort steht, dass selbst das Schauen einer Nachrichtensendung eine Form der Hypnose darstellt, vorausgesetzt, der Zuschauer unterstellt diesem Medium den

Status Wahrheit. Und bei uns haben die öffentlich-rechtlichen Rundfunkanstalten die höchsten Glaubwürdigkeitswerte von allen. Was in den Tagesnachrichten gesendet wird, erhält eins zu eins das Siegel einer unverrückbaren Wahrheit. Mit diesem Vertrauensbonus durch Staatsmedien haben schon die Nazis mit ihren Volksempfängern erfolgreich gearbeitet. Wenn du von der Bevölkerung zum Beispiel die Zustimmung haben möchtest, dass ein kriegerischer Überfall richtig ist, dann zeigst du Bilder von geschundenen Frauen oder leidenden Kinder, die es zu erlösen gilt. Willst du im gleichen Fall das Gegenteil bewirken, dann bringst du schockierende Aufnahmen vom Grauen des Krieges. Das Phänomen der Massensuggestion ist damit eine klassische Form der Hypnose. Oder nimm doch das Beispiel Smartphone: Wenn du in den Medien jeden Tag siehst und hörst, dass es normal ist, freiwillig eine Wanze am Körper zu tragen, deren Speicher-, Mikrofon- und Kamerafunktion von Fremden jederzeit aktivierbar und missbraucht werden kann, dann müsste dir dein gesunder Menschenverstand sagen: *Das finde ich nicht gut.* Wenn du jedoch in den Medien jeden Tag vor Augen geführt bekommst, dass alle um dich herum freiwillig eine Wanze an ihren Körpern tragen oder die Digitalisierung die Zukunft sein würde, dann tauscht dein Kopf eine alte Wahrheit gegen eine neue aus, gemäß dem Motto: Ich höre und sehe es jeden Tag, also muss es richtig sein. Damit endet die Massenmanipulation aber noch nicht, denn dir wird dabei auch gleich die richtige Argumentationskette mitgeliefert, wie zum Beispiel: *Ich habe ja nichts zu verbergen.* Dies ist im Übrigen auch ein typisches Indiz für einen hypnotisierten Menschen, wenn du von ihm Argumente geliefert bekommst, die du auch permanent in den Medien oder überall um dich herum hörst. Dann weißt du, dass jemand vor dir sitzt, der nicht mehr aus sich selbst heraus sprechen kann.«

Enzo meldete sich jetzt zu Wort: »Vor allem kopfgesteuerte Menschen sind besonders anfällig für Suggestionen. Denn sie verlassen sich meist ausschließlich auf ihren Intellekt, aber genau der ist es, der am leichtesten zu manipulieren ist. Einem bodenständigen Handwerker oder erfolgreichen Geschäftsmann, die gewohnt sind, auf ihren Instinkt zu hören, kannst du keine Geschichten vom Pferd erzählen. Die spüren sofort, ob etwas stimmig ist oder nicht. Leute, die noch Kontakt zu ihrem Bauchgefühl haben, brauchen keine externen Beweise, etablierte Experten oder sonstige Zweitmeinungen.«

Lucy ergänzte: »So wie das berühmte Beispiel mit der wissenschaftlichen Studie *Schokolade macht schlank*.«

Der ganze Tisch brach nun in schallendes Gelächter aus. Enzo rief euphorisch: »Oh Lucy, es ist so wunderbar, dass du informiert bist. Das ist wirklich ein tolles Beispiel, wie simpel eine sogenannte Faktenlage geschaffen werden kann, die aber bei näherer Betrachtung völliger Nonsens ist. Die beiden Journalisten Paul Onneken und Diana Löbl hatten damals im Jahr 2015 den Kopfgesteuerten eine böse Lektion erteilt.«

Nachdem alle ihren kurzen Lachanfall in den Griff bekommen hatten, ergriff Lucy wieder das Wort: »Jetzt verstehe ich auch eure Frage, ob ich wissen würde, wie es läuft. Beabsichtige ich, Menschen zu manipulieren, muss ich ihnen im ersten Schritt erst einmal gehörig Angst einjagen. Damit stimuliere ich in erster Linie das Denken der Menschen, da Ängste in letzter Konsequenz intellektuelle Erwartungshaltungen unserer Köpfe sind. Bin ich dann schließlich völlig verkopft, verliere ich den Bezug zu meinem Körper, was schließlich mit dem Verlust des gesunden Menschenverstandes einhergeht.«

Andrea antwortete: »Genauso ist es. Als Politiker musst du immer Terrorgefahr ausrufen, den möglichen Verlust von Arbeitsplätzen propagieren oder die Bedrohung durch Pandemien ankündigen, dann machen die Leute, was du willst. Zudem kannst du in Ruhe Gesetze durchbringen, die fragwürdig sind oder aber du hältst dir einfach nur die Opposition vom Leibe, um dich gemütlich um deine Karriere nach deiner politischen

Laufbahn kümmern zu können. Nur verängstigte Menschen sind leichte Beute für Seelenfänger. Dieses Prinzip wird ziemlich deutlich bei der Show-Hypnose. Die Herausforderung, die sich für den Hypnotiseur stellt, besteht nicht in seiner fachlichen Qualifikation, jemand hypnotisieren zu können, sondern allein darin, ob er in der Lage ist, die richtigen Kandidaten auszuwählen. Erfolgreiche Hypnotiseure unterscheiden sich von den weniger erfolgreichen in der Fähigkeit, zielsicher die ängstlichsten Leute im Zuschauerraum entdecken zu können.«

Lucy weihte nun die Runde in ihre Erkenntnisse des gestrigen Abends ein. Es folgte ein reger Austausch über die Themen Eigen- und Fremdbestimmung. Nach einer gewissen Zeit stellte Lucy fest: »Ich habe nun begriffen, dass meine Umwelt ein Spiegel meiner selbst ist. Diese Tatsache bedeutet für mich ein optimales Instrument, um über mich objektivere Informationen zu erhalten, als wenn ich nur über mich nachdenke oder in mich hineinfühle. Zusätzlich bin ich mir mittlerweile ziemlich sicher, allein durch Beobachtung meiner Umwelt die offenen und geschlossenen Türen eindeutig identifizieren zu können. Das heißt, meine Gegenwart ist das Ergebnis meines Denkens und Fühlens aus meiner Vergangenheit. Was ich allerdings noch nicht verstehe, wie ich schon im Vorfeld geschlossene Türen vermeiden kann. Ich möchte mit meinem Denken und Fühlen nicht immer nur würfeln müssen, um dann erst im Nachhinein festzustellen, was gut und nicht gut für mich ist. Und wenn ich mir euch so anhöre, dann wäre ein gesunder Menschenverstand der Schlüssel, um schon im Vorfeld den richtigen Weg entdecken zu können. Habe ich das so richtig verstanden?«

Enzo antwortete: »Du kannst den gesunden Menschenverstand auch als dein Bauchgefühl bezeichnen, und das wird bekanntlich durch unser Bauchgehirn erzeugt. Dabei können dir die neuesten Erkenntnisse aus der Neurogastroenterologie sehr behilflich sein.«

Lucy dachte sofort an Maras Ausführungen über das Herzgehirn. *Und jetzt soll es noch ein drittes Gehirn geben*, sagte sich Lucy innerlich. Sie unterbrach Enzo sofort: »Bauchgehirn? Ich dachte bei euch geht es um den Magen-/Darmtrakt?«

Enzo erwiderte: »Sicher Lucy, aber die Neurogastroenterologie geht da noch einen Schritt weiter. Wir beschäftigen uns in der Hauptsache mit dem *enterischen Nervensystem*, das im Englischen treffenderweise auch als *Second Brain* bezeichnet wird. Daher kommt auch der Ausdruck Bauchgehirn, weil es tatsächlich ein zweites Gehirn ist. Dieses enterische Nervensystem wurde vor vielen Jahren erstmals von dem US-amerikanischen Zellbiologen Dr. Michael D. Gershon entdeckt. Es besteht aus einem komplexen Geflecht von Nervenzellen, das sich von der Speiseröhre über den Magen und Dünndarm bis hin zum Enddarm erstreckt – sozusagen über unseren gesamten Rumpf. Es umfasst fast fünfhundert Millionen Neuronen und arbeitet autonom. Das Bauchgehirn steht zwar unter dem Einfluss des Sympathikus und Parasympathikus, jedoch werden nur zehn Prozent aller Nervenimpulse von oben nach unten gefunkt. Das heißt, neunzig Prozent aller Informationen des enterischen Nervensystems entstehen völlig selbstständig und werden dem Kopf zur weiteren Verarbeitung zur Verfügung gestellt. Dein Bauchgehirn versorgt also dein Kopfgehirn mit Informationen, und nicht umgekehrt. Das ist einer der entscheidendsten Erkenntnisse der modernen Neurogastroenterologie. Denn damit ändert sich alles!«

»Hat unser Gehirn dahingehend nur eine Empfängerfunktion inne?«, hakte Lucy erstaunt nach.

»Ja, Lucy«, sagte Enzo, »wenn es um die Bewertung von Umwelteinflüssen geht, ist das enterische Nervensystem der Chef im Ring in deinem Körper. Dein Bauch denkt für dich mit!«

Lucy spürte jetzt sehr genau, dass dieses Thema für sie sehr wichtig werden könnte. »Unser Bauch denkt? Wie kann ich mir das vorstellen?«

»Darf ich dir zunächst eine Gegenfrage stellen?«, fragte Enzo, um im gleichen Atemzug fortzufahren: »Wie konnte es geschehen, dass wir hier so schön zusammensitzen? Kannst du dich noch an die Umstände erinnern? Wie kam es dazu, dass du Andrea gefunden hast?«

Lucy schaute zu Andrea hinüber und sagte zu ihr: »Du hast mir von Weitem zu verstehen gegeben, dass der Platz noch frei sein würde, und dann habe mich zu dir gesetzt.«

»Wie hast du Andrea denn überhaupt entdecken können?«, fragte Enzo weiter nach.

»Ich stand am Pult des Platzanweisers und unsere Blicke haben sich zufällig getroffen«, antwortet Lucy, ohne zu verstehen, auf was Enzo hinauswollte.

»Lucy, ich schätze, dass in diesem Raum sicherlich zweihundert Menschen an ihren Tischen sitzen. Welche von ihnen sind dir außer Andrea noch aufgefallen?«

»Keine, ich habe einfach gedankenlos in den Raum gestarrt, und irgendwie ist es dann passiert«, stellte Lucy fest.

Enzo fragte weiter: »Sicher ist dir bewusst, dass du eine Erscheinung bist, die von anderen Menschen sofort bemerkt wird, wenn du einen Raum betrittst. Glaubst du, dass dich in diesem Moment noch andere Menschen angeschaut haben?«

»Bestimmt, das ist mir aber nicht aufgefallen«, erinnerte sich Lucy weiter, während sie sich von Enzos Kompliment geschmeichelt fühlte.

»Also liegt die eigentliche Ursache für den Kontakt zu Andrea nicht darin, dass nicht sie dich entdeckt hat, sondern du sie, denn es standen genug Menschen zur Verfügung, die dich ebenso angeschaut hatten. Und jetzt kommt die entscheidende Frage: Wer oder was war es, was nicht nur deinen Kopf, sondern auch deine Augen genau in diese richtige Richtung gelenkt hat? Dazu benötigt es unendlich viele Nervenimpulse. Zudem ist das Zusammenspiel von Muskelkontraktionen eine hochkomplexe Angelegenheit. War das ein bewusster Vorgang?«

Lucy wurde jetzt langsam klar, auf was Enzo hinauswollte: »Nein, es ist einfach passiert. Ich hatte nur ein Problem: Hunger, aber keinen Platz!«

Und welches Anliegen hattest du noch?«, fragte Enzo. »Hattest du nicht vorhin erwähnt, dass du zusätzlich noch auf der Suche nach Informationen warst, wie Gedanken und Gefühle entstehen, und du dahingehend auf dem Kongress mit deiner Recherche nicht richtig weitergekommen bist?«

»Da hast du recht«, bestätigte Lucy. »Ich habe jetzt einen Platz gefunden, meinen Hunger gestillt und zusätzlich spreche ich noch mit dem Hauptdarsteller des Kongresses, der zudem noch ein weltweit führender Neurogastroenterologe ist.«

Enzo erwiderte: »Und jetzt weißt du, wie dein Bauch funktioniert. Er hat dich wahrscheinlich oben in deinem Hotelzimmer zum richtigen Zeitpunkt geweckt, dir dann gesagt, dass du lieber im Hotel als anderswo etwas essen möchtest und dich zu einer wildfremden Frau setzen lassen. Und dann kommt noch zu allem Überfluss ein Kerl hinzu, der sein halbes Leben lang das Thema Bauchgefühl erforscht hat. Mal angenommen, du hättest das alles mit deinem Kopf bewusst planen wollen, glaubst du, dass dein Intellekt dazu in der Lage gewesen wäre?«

»Nein, das ist unmöglich.«

Enzo nickte und sagte: »Ich denke auch! Denkst du, dass es ein simpler Zufall gewesen sein könnte?«

Lucy überlegte kurz und entgegnete: »Nein, auch das ist nicht möglich, dazu wurden einfach zu viele Parameter meiner Wünsche nahezu perfekt erfüllt.«

Enzo fuhr fort: »Das, was die meisten leichtfertig als Zufälle abtun, ist in Wahrheit eine exakte Datenlage, die dein Bauchgehirn an deinen Kopf sendet. Um deine Bedürfnisse zu erfüllen, hat dich dein enterisches Nervensystem zum richtigen Zeitpunkt an den richtigen Ort zu den richtigen Menschen gebracht. Die Psychologie, aber auch die Medizin kennen dieses Phänomen. Da sie solche körperlichen Vorgänge jedoch nicht verstehen, haben sie dafür bestimmte diffuse Begriffe erfunden, wie zum Beispiel Reflexe oder Unterbewusstsein.«

Lucy saß mittlerweile vor lauter Anspannung senkrecht auf ihrem Stuhl. »Ist das vergleichbar mit dem Rückziehreflex, wenn ich aus Versehen eine heiße Platte berühre?«

Enzo freute sich augenscheinlich über Lucys Frage. »Dieses Beispiel beweist sehr anschaulich, warum es für uns sogar existenziell notwendig ist, dass unser Körper unabhängig von unserem Kopf selbstständig denken kann. Dieses Heiße-Platte-Beispiel ist zwar nicht optimal dafür geeignet, das enterische Nervensystem selbst zu erklären, aber es zeigt deutlich, dass nicht nur in deinem Kopf, sondern in deinem ganzen Körper Denkprozesse stattfinden. Lass uns einmal näher betrachten, was bei diesem Reflex in deinem Körper tatsächlich passiert: Die Nerven an deinen Fingerspitzen müssen als Erstes die Hitze der Herdplatte messen. Wenn diese Information vorliegt, dass es für deine Haut zu heiß ist, muss als nächstes dic Entscheidung zu einer Handlung gefällt werden, und zwar in Millisekunden. Denn würde der Rückziehreflex länger andauern, wäre ein dramatischer Zelluntergang an deinen Fingerspitzen die Folge. Wenn also entschieden wurde *schnell weg mit den Pfoten, weil zu heiß*, muss eine weitere Entscheidung getroffen werden. Und jetzt folgt der Beweis, warum der Begriff *Reflex* irreführend ist.

Würde deine Hand jetzt lediglich durch ein ungerichtetes Muskelzucken bewegt werden, bestände die Gefahr, noch näher an die Hitzequelle zu geraten. Dein Körper bewertet also nicht nur die räumliche Position der heißen Platte, sondern auch die deiner Finger. Dann berechnet er alle dazu notwendigen Muskelkontraktionen, damit sich deine Hand exakt in die entgegengesetzte Richtung der Gefahrenquelle bewegt. Das alles sind bei näherer Betrachtung hochkomplexe intellektuelle Prozesse, begonnen mit der Entdeckung einer Gefahr, der anschließenden Analyse der Situation und der abschließenden Berechnung der besten Handlungsstrategie. Nur haben wir da ein kleines Problem …«

Lucy vervollständigte den Satz: »… denn die Stromleitgeschwindigkeit der Nervenbahnen ist zu langsam. Sie beträgt zwischen 0,2-100 Meter pro Sekunde je nach Nervenstrang. Weil wir unterschiedliche Arten von Nervensträngen haben, geht die Neurologie von einer durchschnittlichen Geschwindigkeit von ein bis zwei Metern pro Sekunde aus. Das würde bedeuten, dass die Information *Achtung heiße Platte* schon allein eine halbe Sekunde benötigen würde, um von den Fingern die Kopfregion zu erreichen. Und nach der dortigen Verarbeitung der Datenlage müssten die Handlungsaufforderungen des Gehirns an die Finger auch noch zurückübertragen werden. In dieser Zeit wäre die Fingerkuppe längst verbrannt.« Lucy grinste Enzo jetzt stolz an, denn das mit der Nervenleitgeschwindigkeit hatte sie vormittags auf dem Kongress irgendwo aufgeschnappt.

Enzo schmunzelte amüsiert über den plötzlichen Exkurs von Lucy und sagte: »Genau das ist der entscheidende Punkt. Mit dem Heiße-Platte-Reflex haben wir zwar nur ein triviales Beispiel behandelt, aber es macht deutlich, dass unser ganzer Körper für uns mitdenkt, ohne dass dabei unser Gehirn beteiligt ist. Und rechne mal hoch, wie viel intellektuelle Prozesse in deinem Körper stattgefunden haben müssen, als sich deine Augen genau auf diejenige Person ausgerichtet haben, die gleich drei deiner Probleme auf einmal löst: Erstens Hunger, zweitens Sitzplatz und drittens Informationen für dein weiteres Leben.«

Lucy saß nun völlig perplex da. »Enzo, ich sehe gerade im Programm, dass deine Rede den Titel trägt *Alle Kopfprobleme beginnen im Bauch*. Du sprichst nachher genau über das Thema, was wir jetzt gerade hier behandeln, nicht wahr?«

Enzo nickte und erklärte: »Wir haben herausgefunden, dass die Krankheiten Alzheimer, Demenz oder Multiple Sklerose, die spezifische Schädigungen der neuronalen Netzwerke im Gehirn auslösen, zuerst im enterischen Nervensystem auftreten. Wir haben präzise beweisen können, dass dort exakt die gleichen neuronalen Schädigungen zu finden sind – und zwar bevor sie im Kopf diagnostiziert werden können. Das heißt, bestimmte neurologische Krankheiten im Kopfgehirn könnten frühzeitig vorhergesagt werden, wenn wir einen Fokus auf unseren Bauchraum legen würden. Oder etwas banal ausgedrückt: Hast du Magen- und Darmprobleme, kannst du die Uhr danach stellen, dass du ein paar Jahre später ein Kopfproblem bekommen wirst. Dies ist im Übrigen auch der wissenschaftliche Beweis, dass die nervliche Datenübertragung von Bauch in Richtung Kopf geht, und nicht umgekehrt. Das Bauchgehirn ist dem Kopfgehirn praktisch vorgeschaltet, daher treten auch bestimmte Nervenerkrankungen des Gehirns zeitlich gesehen zuerst im Bauchraum auf.«

Lucy erschien dies durchaus plausibel, denn sie hatte am eigenen Leibe die gleiche Erfahrung gemacht. »Zumindest in meinem Fall stimmt das zu hundert Prozent. Vor meinem Burnout litt ich viele Jahre zuvor permanent an Verdauungsproblemen und zahlreichen Nahrungsmittelunverträglichkeiten. Dies würde heißen, dass ich viel zu lange mein Bauchgehirn missachtet habe. Aber ist dies nicht auch gut zu verstehen? Ich stelle es mir unglaublich schwierig vor, alle inneren Gefühle richtig interpretieren zu können.«

Andrea schaltete sich nun ein: »Es ist kein Gefühl, sondern konkretes Wissen, daher ist der Begriff Bauchgefühl mehr als unglücklich gewählt. Oder hast du bei deiner Aktivitätenfolge, die dich bis hierher an unseren Tisch geführt hat, besondere Gefühle gespürt, die dich in deinem Handeln beeinflusst haben?«

»Nein, ich habe einfach nur getan: Ich bin aufgewacht, habe mich geduscht, mich angezogen, bin mit dem Fahrstuhl runtergefahren und stand schließlich am Restauranteingang. Tatsächlich! Das ging alles irgendwie automatisch vonstatten – ohne langes Grübeln und ohne großartige innere Gefühle.«

Andrea lächelte und entgegnete: »Das habe ich selbst auch erst durch meinen lieben Enzo begriffen: Dein Bauch generiert konkrete Information über deine Umwelt, und leitet diese als Handlungsempfehlung an deinen Kopf weiter. Daher ist der Begriff Intuition eine bedeutend treffendere Bezeichnung für die Aktivitäten deines Bauchgehirns. Intuition stellt kein klassisches Gefühl dar, sondern bietet einen klaren Kenntnisstand. Diese Informationen kommen sofort und eindeutig in deinem Kopf an. Ich habe dazu im Übrigen viel recherchiert, weil mich Freundinnen regelmäßig aufgefordert hatten, mich in etwas hineinzufühlen. Ich habe dadurch aber keine besseren Entscheidungen treffen können – ganz im Gegenteil: Ich habe begriffen, dass das mit dem Hineinfühlen gar kein echtes Fühlen ist, sondern lediglich wieder nur intellektuelle Prozesse meines Kopfgehirns. Insbesondere als ich mir die Testreihen des Heidelberger Psychologen Henning Plessner angeschaut habe, ist mir ein Licht aufgegangen. Er hatte in einem seiner zahlreichen Experimente Probanden Kursverläufe von Aktien intuitiv bewerten lassen. Und dabei wurden die bestnotierten Papiere zielsicher ausgesucht. Aber auch der Psychologe Gerd Gigerenzer, Direktor am Max-Planck-Institut für Bildungsforschung, konnte valide nachweisen, dass rein intuitive Entscheidungen eine höhere Trefferquote aufweisen als kopfgesteuerte. Bei allen wissenschaftlichen Recherchen zum Thema Intuition ist mir ein ganz bestimmter Punkt wiederholt aufgefallen: Die besten Trefferquoten ergaben sich immer dann, wenn spontan und ohne größeres Nachdenken gehandelt wurde. In dem Moment, als den Probanden die Möglichkeit eingeräumt wurde, im Vorfeld ihre Entscheidungen gründlich zu überdenken oder dahingehend sogar ihre Gefühle zu erforschen, stieg die Fehlerquote massiv an. Es existiert also auch in der Wissenschaft eine belastbare und evidenzbasierte Datenlage zum Thema Bauchgefühl.«

»Das ist in der Tat richtig«, bestätigte Enzo die Aussagen seiner Begleitung. »Ich selbst habe dazu eine große Studie durchgeführt. Dabei sollten Probanden die berufliche Tätigkeit von unbekannten Personen erraten. Sie hatten die Auswahl zwischen drei Berufen, die sie ankreuzen konnten. Die eine Gruppe hatte nur drei Sekunden Zeit, sich zu entscheiden, und der anderen Gruppe wurde nicht nur eine ganze Minute Zeit eingeräumt, sondern sie konnten sich auch noch mit ihren Gegenübern unterhalten. Diejenigen, die aus dem Bauch heraus nach drei Sekunden entschieden hatten, wiesen eine signifikant bessere Trefferquote auf als diejenigen, die genug Zeit hatten, alles zu besprechen und zu überdenken. Darüber hinaus haben wir herausgefunden, dass das Bedürfnis alles gründlich überdenken zu wollen steigt, je nachteiliger die Auswirkung einer falschen Entscheidung bewertet wurde. Was wiederum zu einer weiteren deutlichen Verschlechterung der Trefferquote führte.«

Lucy sprach einen Gedankenblitz aus: »... was absolut nachvollziehbar ist. Natürlich mache ich mir umso mehr Sorgen, das Falsche zu tun, je größer die Auswirkungen auf mein weiteres Leben sein könnten. Damit wären wir wieder bei unserem vorherigen Thema der Angst angekommen: Ängste torpedieren unsere Intuition, und lassen uns infolgedessen Situationen falsch bewerten. Ängste lassen mich Wahrheiten nicht mehr erkennen, und wenn ich Wahrheiten nicht mehr erkennen kann, dann befinde ich mich in einer Art hypnotisiertem Zustand!«

Andrea schaltete sich jetzt wieder ein: »Angst macht alles kaputt. Sie macht uns krank. Wir werden manipulierbar und vor allem lässt sie uns auch die falschen Entscheidungen treffen. Das deckt sich auch mit meinen Beobachtungen bei meinen Kunden: Die erfolgreichen Geschäftsleute unterscheiden sich von den eher weniger erfolgreichen immer durch eine ganz bestimmte Fähigkeit: Sie sind grundsätzlich in der Lage, sofort zu entscheiden. So funktioniert meiner Meinung nach Intuition.«

»Es geht also wieder um das berühmte Gottvertrauen«, stellte Lucy nüchtern fest. »Mein Bauch könnte mir eine sorgenfreie Zukunft bescheren, wenn ich mutig genug wäre, meiner Zukunft zu vertrauen.«

Enzo griff jetzt ein: »Lucy, ist das jetzt wirklich dein Ernst? Ich bin mir mehr als sicher, dass du mutiger bist, als alle diese Mainstream-Affen, die gerade um uns an ihren Tischen sitzen.«

Lucy kannte solche Feedbacks mittlerweile zur Genüge: »Ich weiß, Enzo – eigentlich hast du recht. Mir fällt schon seit einigen Wochen auf, dass ich mein Licht viel zu oft unter den Scheffel stelle. Aber unabhängig davon hat sich heute Vormittag vieles bestätigt, was wir hier am Tisch gerade besprechen. Die meisten meiner Interviewpartner sprachen davon, dass über 95 Prozent unserer Denkprozesse unbewusst ablaufen. Das heißt, es würde schon aus diesem Grund völliger Blödsinn sein, sich über bestimmte Entscheidungen großartig einen Kopf zu machen. Wenn ich mir über 95 Prozent der Datenlage eh nicht bewusst bin, dann kann das Grübeln über bestimmte Entscheidungsprozesse keinen echten Vorteil in Sachen Treffergenauigkeit bieten.«

»Diese Aussage ist exakt richtig, liebe Lucy«, bestätigte Enzo grinsend.

»Was soll dann dieser ganze Quatsch mit der Gehirnforschung? Dann kann ich doch gleich aufhören zu denken«, sagte Lucy sichtlich verärgert.

Enzo holte gerade Luft, um Lucy zu antworten, als sie mal wieder vom Kellner unterbrochen wurden. Lucy war bereits aufgefallen, dass er ein Auge auf Andrea geworfen hatte. Lucy hatte ihn längst als Spofi identifiziert, der jede attraktive Frau zum bloßen Objekt seiner Eroberungsstrategie degradiert. Diesmal handelte es sich um ein besonders gewieftes Exemplar. Unter einem höflichen Deckmäntelchen von Freundlichkeit, kleinen Späßchen oder einem übertrieben aufmerksamen Tischservice versuchte er die Gunst von Andrea zu gewinnen, obwohl für jedermann offensichtlich war, dass Andrea und ihr männlicher Begleiter zusammengehörten. Dem Kellner schien dies egal zu sein. Der Blickkontakt, die Körperhaltung, Gestik und Mimik waren eindeutig. Enzo war so höflich, das Ganze zu überspielen, indem er gute Miene zum bösen Spiel machte. Auch ihm war natürlich aufgefallen, dass dieser Kerl vom Service seine Anwesenheit nicht respektierte.

Für Andrea jedoch schien jetzt das Maß voll zu sein. Plötzlich ergriff sie das Wort und sprach mit sehr ruhiger und gefasster Stimme zu dem Kellner: »Junger Mann, ich habe den Eindruck, dass Sie trotz der Anwesenheit meines Mannes mit mir flirten, anstatt Ihren Job zu machen. Wenn Sie nicht sofort damit aufhören und sich Ihrer guten Kinderstube erinnern, wird etwas von diesem Tisch durch meine Hände direkt in Ihre Richtung fliegen!«

Stille breitete sich aus.

Lucy sah nun den messerscharfen Blick von Andrea in Richtung des Kellners. Ihre tiefschwarzen Augen hatten sich in eine tödliche Waffe verwandelt und waren gerade dabei, die Pupillen ihres verdutzen Gegenübers zu erdolchen.

Wow, so etwas habe ich in meinem ganzen Leben noch nie gesehen, erschauerte Lucy innerlich.

»Junger Mann, wenn Sie begriffen haben, was ich Ihnen gerade gesagt habe, dürfen Sie mit einem simplen *Ja, ich habe verstanden* antworten«, betonte Andrea noch einmal ihre zuvor gemachte Ansage mit einem sehr ruhigen, aber bestimmten Tonfall, ohne jedoch ihren furchterregenden Blick nur einen Millimeter vom Kellner abzuwenden.

Der junge Mann vom Service war wie erstarrt. Wenige Sekunden, die sich wie eine kleine Ewigkeit anfühlten, verstrichen. Plötzlich erholte sich der Kellner von seinem Schock, und es war von ihm zu hören: »Ja, ich habe verstanden.« Er drehte sich um und entfernte sich mit unsicheren Schritten vom Tisch.

Andreas Mimik verwandelte sich wieder zu dem gewohnt

liebenswerten Ausdruck. Mit einem freundlichen und weiterhin ruhigen Tonfall wandte sie sich Lucy und Enzo zu. »Entschuldigung für die Störung. Wo waren wir stehengeblieben?«, hörte man Andrea in einem fast übertrieben belanglosen Ton sagen – scheinbar unberührt von dem, was gerade passiert war.

Enzo schaute Lucy mit großen Augen an und sagte begeistert: »Weißt du jetzt, Lucy, warum ich diese Frau so liebe? Sie würde für Anstand, gute Manieren und Werte töten.« Enzo drehte sich nun zu Andrea, nahm zärtlich ihre Hand und küsste sie. »Du bist ein so wunderbarer Mensch, meine Liebste. Dankeschön, dass du mich nach all den Jahren noch immer begleitest und ich mich auf dich verlassen kann.«

Lucy fand noch immer keine Worte, weil sie tief beeindruckt war. Zugleich fiel ihr die Situation an der Hotelbar mit Maras *heiligem Arschloch* ein. Wie sehr hätte sie sich gewünscht, gestern eine solche Durchsetzungskraft an den Tag gelegt zu haben. Sie erinnerte sich noch sehr genau, wie sie nur blöd grinste, sich zu höflichen Antworten zwang und ein gewisses Unwohlsein einfach hinnahm. Und dieses Supergirl mit ihren knallroten, extrem langen Schwertfingernägeln hatte nur mit einem einzigen Satz dieses Problem aus der Welt geschafft.

Lucy dachte sich sofort: *Genau das ist es! Das ist die völlige Angstfreiheit im Alltag.* Erst jetzt verstand Lucy vollumfänglich Bellas Tanzlektionen. *Das ist es, was Bella tatsächlich meinte: Ein solch angstfreier Zustand ist der Schlüssel für alles. Und genau das hat mir gerade eine Frau vor Augen geführt, die mindestens zehn Jahre jünger ist als ich. Wow – ein Traum! Nur dasitzen und sich sicher fühlen, ohne sich mit Gedanken zu malträtieren, was andere wohl über mich denken könnten,* ging es weiter durch Lucys Kopf.

Andrea bemerkte Lucys Erstaunen und sagte zu ihr: »Lucy, was ich schätze, das schütze ich, mit allem was ich habe! Das ist mein Lebensmotto und ich bin damit immer sehr gut gefahren. Da Enzo insbesondere durch den Mainstream der Macht beraubt wurde, diesem Clown eine zu schmieren, ohne öffentlich als gewalttätiger Prolet verunglimpft zu werden, trage ich nun die Verantwortung für ihn. Wir sind stark genug, Lucy! Wir haben es in der Hand, welcher Männerschlag sich in Zukunft durchsetzen wird. Wenn wir solchen Trotteln mit ihrer perfiden Anmachtouren keinen Einhalt gebieten, dann sind wir selbst schuld, wenn Männer wie Enzo ins Hintertreffen geraten.«

Lucy traf dieser Satz direkt ins Herz, und sie wiederholte ihn noch einmal in Gedanken: *Was ich schätze, das schütze ich, mit allem was ich habe. Diesen Satz merke ich mir!* Lucy erhob ihr Glas und sagte: »Zum Wohl! Es lebe die totale Angstfreiheit.« Andrea und Enzo stießen lachend mit Lucy an, und die kleine Unterbrechung war schnell vergessen.

Enzo knüpfte jetzt an Lucys Trinkspruch an: »Ich freue mich, mit zwei so bezaubernden Damen zusammensitzen zu dürfen, die zudem über perfekt funktionstüchtige Bauchgehirne verfügen.«

Lucy sprach in die Runde: »Im Prinzip bräuchten wir überhaupt kein Gottvertrauen. Wir bräuchten lediglich ein Bauchvertrauen, denn unser privater Schutzengel ist praktisch schon ein Bestandteil unseres eigenen Körpers.«

Enzo nickte. »Richtig, und wenn man sich vor Augen führt, welche physiologische Funktion unser Bauch innehat, dann wird auch klar, für was das enterische Nervensystem in erster Linie gut ist.«

»Aufnahme und Verdauung von externen Stoffen?«, fragte Lucy.

»Exakt«, antwortete Enzo, »unser Bauch ist das Tor zu unserer Umwelt. Alle Nahrungsmittel sind ein Symbol für die äußere Welt. Wir haben das Äußere einzuschätzen, aufzunehmen, und schließlich zu verdauen. Und weil sich dort auch der Hauptsitz unseres enterischen Nervensystem befindet, ist Intuition nichts anderes als eine Bewertungsfunktion unseres Körpers für externe Umwelteinflüsse.«

Lucy stellte jetzt zusätzlich fest: »Das Ganze könnte man

mit diesem bekannten Gedankenspiel bezüglich einer Massenkarambolage auf der Autobahn umschreiben, die nur ein paar Kilometer hinter dir entfernt passiert ist. Wenn du im Auto sitzt und im Verkehrsfunk hörst, dass du nur ein paar Minuten zuvor an genau dieser Stelle der Autobahn gefahren bist, dann wird einiges klar: Wärst du im Vorfeld nur einen kurzen Moment später von der Autobahnraststätte losgefahren, hätte es dich wahrscheinlich auch erwischt.«

»Oder wenn an der Kasse der Raststätte nur zwei Menschen mehr vor dir gestanden hätten«, warf Andrea ein.

»Wunderbar«, war Enzo wieder begeistert, »das sind treffende Beispiele. Deine Intuition schützt dich, ohne dass es dir bewusst ist. Im Prinzip weißt du nie genau, wie viel Katastrophen du tagtäglich schon entgangen bist, nur weil dein Bauchgefühl dich permanent mit Ideen oder Handlungsaufforderungen versorgt und dich prophylaktisch vor falschen Entscheidungen geschützt hat.«

Lucy hakte nach: »Dann wäre doch jedes Unfallopfer nur eine Folge von einem nicht funktionierenden Bauchgehirn?«

»Ich würde es etwas anders formulieren«, antwortete Enzo. »Im Prinzip ist jeder Unfall, den du erleidest, eine Art Konzentrationsstörung, schließlich wirst du sekündlich mit Informationen deines Bauchs versorgt. Bist du mit deinem Kopf zentriert in der Gegenwart, dann kommen alle Warnhinweise beziehungsweise Handlungsaufforderungen deines Bauchs problemlos bei dir oben an. Du tust das Richtige, ohne es zu wissen. Bist du hingegen mit deinem Kopf ganz woanders, kommen zwar die Warnhinweise weiterhin bei dir an, aber du übersiehst sie, weil du schlicht geistesabwesend bist.«

»Nicht bei der Sache zu sein, könnte infolgedessen lebensgefährlich sein, nicht wahr?«, fragte Lucy daraufhin.

»Durchaus«, stimmte Enzo zu, »Tagträumer sollten lieber zu Hause bleiben, als sich ins Auto zu setzen.«

Lucy sagte: »Jetzt verstehe ich auch, warum du für deine Rede so viel Geld auf den Tisch blättern musst. Eine solche Philosophie vor der weltweiten Elite der Gehirnforscher zu vertreten ist natürlich etwas, was niemand hören möchte.«

Enzo nickte und antwortete: »Nicht nur für diese Zielgruppe. Niemand will hören, dass das Leben nur unbewusst optimal zu bewältigen ist. Im Prinzip ist es schon etwas schizophren: Auf der einen Seite tragen wir mit unserer unbewussten Intuition die größte Macht in uns, die man sich vorstellen kann, auf der anderen Seite macht uns Menschen nichts mehr Angst, als etwas nicht genau zu wissen. Sich vertrauensvoll einer Art Schicksal hinzugeben, das ist die eigentliche Herausforderung des Lebens. Nur diejenigen, die diesen Mut aufbringen können, werden den Schlüssel für ein sicheres und glückliches Leben in Händen halten.«

Andrea stimmte Enzo zu und gab jetzt etwas Bestimmtes von sich preis: »Ich selbst hatte früh in meinem Leben das Glück, mit viel Mut gesegnet zu sein. Ich war immer bereit für Abenteuer, und wurde nie enttäuscht. Ich hatte nie das Gefühl, einen Irrweg zu gehen. Mir war schon direkt nach der Pubertät klar, dass mein Lebensweg der einer Liebesdienerin sein wird. Zusätzlich spürte ich in mir eine höhere Macht. Anfänglich dachte ich, es wäre Gott selbst. Daher habe ich auch Theologie studiert und mich danach fast zwei Jahre lang in ein Kloster begeben. Erst dort erkannte ich in der Rückschau einen eindeutigen roten Faden in meinem bisherigen Leben. Ich erinnerte mich, dass ich schon als Kleinkind davon sprach, einen Schutzengel zu haben. Erst heute weiß ich: Es gab keinen übermächtigen Gott irgendwo im Himmel, es gab auch keine unsichtbaren Schutzengel, sondern das alles war ich selbst. Ich folgte einfach nur – ohne es damals zu wissen – dem Unbewussten. So musste ich in meinem Leben nie leidvolle Phasen durchleben. Ich war selten krank. Ich brauchte keine Ärzte, keine Krankenhäuser und keine Therapeuten. Allein meiner Intuition habe ich zu verdanken, dass ich mich immer zur richtigen Zeit am richtigen Ort befand. Das bedeutet, die Menschheit braucht keine Gurus, keine Religionslehren oder sonstige Glaubensgemeinschaften, denn wir haben uns selbst. Und das Schöne daran ist, dass in der Wissenschaft heute genug valide Daten vorliegen, dass Intuition funktioniert. Auch über das enterische Nervensystem herrscht in der Wissenschaft heute nahezu Einigkeit.«

Lucy konnte ihre Überraschung nicht verheimlichen: »Und wenn jemand seinem enterischen Nervensystem – trotz wissenschaftlicher Beweise – dennoch nicht vertrauen kann, was ist dann?«

Andrea antwortete: »Wenn sich jemand mit der Intuition beziehungsweise mit dem Unbewussten nicht wissenschaftlich auseinandersetzen möchte, dann ist es für ihn in der Tat gesünder, der Glaubensgemeinschaft einer klassischen Weltreligion beizutreten. Lieber an irgendeinen Gott glauben, als an überhaupt nichts. Einem sentimentalen Märchen zu folgen, macht weit erfolgreicher, ist gesünder und macht bedeutend glücklicher, als ein Opfer der Ängste seines Kopfes zu werden. Ein Leben ohne jeglichen Glauben führt meiner Ansicht nach direkt in ein fremdbestimmtes Leben, was unweigerlich ins Leid führt. Der Glaube an sich oder an einen Gott ist das Gegenmittel für die Gefahr, dass sich unser Kopf hypnotisieren lassen könnte.«

Lucy zog nun ein Resümee: »Wir sitzen also in einer Art Rollstuhl, der mit uns durch unser Leben fährt und unseren Sinnen sekündlich aufzeigt, was gut für uns ist.

Enzo sagte: »Genau, und wenn dich dein Rollstuhl vor eine riesengroße Kinoleinwand fährt, dann müsste auch deinen Sinnen klar werden: *Aha – mir fällt direkt vor meiner Nase etwas Großes auf. Vielleicht macht es Sinn etwas genauer hinzuschauen.* Für deinen Fall heißt das: Deine Intuition war es, was dich unbewusst an den Eingang dieses Restaurants gebracht hat, und dein Bewusstsein musste nur noch eine konkrete Information wahrnehmen: *Da sitzt eine Frau – ich sehe sie.* Das heißt, wie oder warum du zu Andrea gelangt bist, das kannst du nicht bewusst herbeiführen. Aber dir kann bewusst auffallen, dass dir das Schicksal gerade die Hände reicht. Natürlich ist das enterische Nervensystem auch dazu da, dich vor bestimmten Umweltbedingungen respektive Unfällen zu schützen, aber in der Hauptsache geht es um Menschen. Wenn wir über das Leben philosophieren, meinen wir in der Regel nicht das Leben per se, sondern eigentlich Menschen. Alles, was uns widerfährt, hat direkt oder zumindest indirekt mit anderen zu tun. Wenn du deine letzten Wochen einmal analysieren würdest, dann könntest du erkennen, dass dich deine Intuition immer zu denjenigen Personen geführt hat, die dich weitergebracht haben.«

Lucy erinnerte sich sofort an Sam, Bella, Hannes, Mara und einige andere. Sie sagte: »Stimmt, jetzt wo du es sagst. Wenn wir über das Leben sprechen, meinen wir eigentlich die Menschen, die darin vorkommen.«

»Schön, liebe Lucy«, antwortete Enzo, »kommen wir langsam zu einem unangenehmen Punkt unserer erfrischenden und bezaubernden Unterhaltung. Ich muss zugeben, ich habe selten in einer derart kurzen Zeit so viel Tiefsinn und Offenheit in einem Gespräch erlebt wie mit dir. Ich muss mich aber schweren Herzens nun vom Acker machen, weil meine Rede naht und ich mich noch ein wenig vorbereiten muss.«

Enzo schaute zunächst Andrea an, die ihm zu verstehen gab, noch eine bisschen sitzen bleiben zu wollen, um sich dann von Lucy mit drei Wangenküssen zu verabschieden. Während sich der kahlköpfige Gentleman mit leichten, jugendlichen Schritten in Richtung Restaurantausgang bewegte, notierte sich Lucy noch schnell etwas auf ihrem Smartphone:

HÖRE MENSCHEN ZU, DIE DEINEN WEG KREUZEN!

Lucy und Andrea wandten sich nun leichteren Gesprächsthemen zu. Sie spürten eine große Verbundenheit zueinander, und es entwickelte sich eine Unterhaltung, wie es normalerweise nur langjährige Freundinnen zu pflegen tun. Plötzlich zeigte Andrea in Richtung Restauranteingang und meinte: »Schau dir diese Frau an, Lucy. Genauso standest du vorhin da – der gleiche Gesichtsausdruck zwischen Verärgerung und Hilflosigkeit.«

Lucy drehte sich um, und traute ihren Augen nicht: Es war Mara! Sie stand direkt neben dem Platzanweiser und schaute jetzt direkt in ihre Augen. Lucy strahlte sofort über das ganze Gesicht und winkte Mara mit heftigen Handbewegungen herbei. Mara war offensichtlich ebenso erfreut, und machte sich zügig auf den Weg. Als sie am Tisch angekommen war, sprang Lucy von ihrem Platz hoch und umarmte Mara stürmisch. Die große Freude über diesen schönen Zufall war Lucy ins Gesicht geschrieben.

»Darf ich dir Mara vorstellen«, sagte Lucy zu Andrea.

»Herzlich Willkommen, Mara. Möchten Sie bei uns Platz nehmen?«, lud Andrea auch den neuen Gast ein, sich zu setzen.

»Wenn es Ihnen wirklich nichts ausmacht, sehr gerne sogar. Ich hätte nicht erwartet, dass es hier so brechend voll ist«, stöhnte Mara.

»Mensch Mara, wie schön dich zu sehen«, begrüßte Lucy Mara noch einmal euphorisch. Sie beugte sich zu ihr hinüber, umarmte sie ein zweites Mal innig und drückte ihr einen dicken

Kuss auf die Wange. »Wie ist es dir gestern Abend noch ergangen? Ist es noch gutgelaufen mit Tom Cruise?«

Mara war diese Frage unangenehm, weil eine ihr noch fremde Frau am Tisch saß. Andrea bemerkte dies, und reagierte sofort: »Ich glaube es ist besser, wenn ich euch zwei Süßen mal alleine lasse.«

Mara hingegen winkte schnell ab: »Nein, nein, bleiben Sie bitte sitzen. Das ist nicht nötig. Ich denke, wenn Lucy mit Ihnen hier zusammensitzt, dann gibt es für mich keinen Anlass, nicht offen zu sein. Aber dennoch herzlichen Dank für Ihre empathische Höflichkeit.«

»Das freut mich Mara. Du kannst Andrea vertrauen. Wir führten gerade ein tolles Gespräch über Intuition und das Bauchgehirn. Da gibt es viele neue Erkenntnisse, die ich mit dir teilen möchte«, sprach Lucy, während sie mit einem fragenden Blick Andrea anschaute.

Andrea verstand Lucys Wink, und bot deshalb auch Mara das Du an: »Ich würde mich freuen, wenn Sie mich Andrea nennen würden Ich betreibe einen Escortservice und begleite gerade einen Herrn, der hier am Kongress teilnimmt.«

Nicht nur Lucy, sondern besonders Mara war verblüfft über diese unverblümte Offenheit von Andrea. Mara fiel sofort Lucys Ratschlag vom gestrigen Abend ein, öfter mal ihre emotionale Schutzmauer einzureißen. Sie beschloss daher, gleich aufs Ganze zu gehen und fiel ebenfalls mit der Tür ins Haus: »Sehr gerne, Andrea, mein Name ist Mara, und ich habe auch gestern Nacht keinen Orgasmus gehabt!«

Lucy und Andrea brachen in lautes Gelächter aus, was natürlich böse Blicke der Nachbartische nach sich zog. Mara konnte nicht anders, als in die spontane Fröhlichkeit am Tisch miteinzustimmen, und meinte ausgelassen zu Andrea: »Das geht ja gut los. Bereits gestern bin ich mit Lucy an der Hotelbar negativ aufgefallen, weil wir miteinander mehr Spaß gehabt hatten, als es anscheinend in einem renommierten Hotel erlaubt ist.« Das

Eis war gebrochen, und Mara gab gelassen weitere Intimitäten preis.

Nachdem Andrea aufmerksam Mara zugehört hatte, fragte sie: »Warum bezeichnest du deinen Freund eigentlich als heiliges Arschloch?«

Mara und Lucy weihten nun Andrea über ihre Erkenntnisse des gestrigen Abends ein, die daraufhin sagte: »Ich kann das nur bestätigen, auch ich bekomme über mein wahres Wesen objektivere Informationen, wenn ich mir meine Umwelt anschaue, als wenn ich mir Gedanken über mich selbst mache. Das sind intelligente Schlussfolgerungen, die ihr beide da aufgestellt habt.«

Schließlich konnte Lucy ihre Neugier nicht mehr zurückhalten: »Mara, jetzt erzähl' schon, wie war es mit ihm im Bett?«

»Nachdem du nach oben gegangen bist, hat sich Thomas zu mir an die Theke gesetzt und er begann auch mich in aller Öffentlichkeit zu begrapschen. Scheinbar hatte er einige Gläser zu viel intus. Ich habe ihn dann genommen und ins Hotelzimmer gebracht. Was grundsätzlich einfach war, denn Thomas macht was man ihm sagt, wenn er getrunken hat. Oben angekommen, ging es gleich los, und da habe ich mich dann auch an deine Worte erinnert. Ich forderte ihn auf, nachdem wir schon einige Minuten zugange waren, er solle mir direkt in die Augen schauen. Das hat er auch getan. Es hat tatsächlich eine ganze Weile gebraucht, bis ich mich auf diese neue Intimität einlassen konnte. Da Thomas immer ziemlich lange braucht, wenn er zu viel Alkohol im Blut hat, hatte ich also genug Zeit. Und irgendwann ist dann tatsächlich etwas Seltsames passiert …«

»… seine Augen haben sich verändert, stimmt's!«, unterbrach Lucy Mara.

»Ja, genau. Nicht nur seine Augen, sondern auch sein ganzes Wesen. Ich sah plötzlich einen völlig anderen Mann mit einer gänzlich anderen Ausstrahlung …«

Lucy beendete wieder den Satz: »… von einem kleinen

Jungen.«

»… der seine Mama sucht!«, meldete sich nun auch Andrea zu Wort.

Mara saß jetzt erstaunt mit hochgezogenen Augenbrauen am Tisch und sagte: »Scheinbar bin ich hier in der Runde die Einzige, die von Sex keine Ahnung hat.«

Lucy stellte amüsiert fest: »Ich habe doch gestern deinen Schwarm aller Schwiegermütter live erlebt. Der Typ ist doch wie ein hyperaktives, kleines Kind von Tisch zu Tisch gehüpft und hat überall um Aufmerksamkeit gebettelt. Der kann doch keine Sekunde allein sein, ohne irgendjemanden daran erinnern zu müssen, dass er noch auf der Welt ist.«

Mara sagte: »Schwamm drüber, auf jeden Fall habe ich heute Morgen Schluss machen müssen. Ich habe diese süßen, verletzlichen Jungenaugen nicht mehr aus meinem Kopf bekommen. Ich konnte Thomas nicht mehr als Erwachsener anerkennen. Und ein weiteres Kind kommt mir nicht ins Haus, schließlich bin ich bereits zweifache Mutter.«

»Bravo! Heute wäre doch eh eine andere dran gewesen, oder?«, provozierte Lucy Mara, die in ihrer Abendgarderobe noch atemberaubender wirkte als je zuvor.

»Ja, du hast recht. Ich bin echt erleichtert, dass ich jetzt so schnell und easy aus dieser Nummer herausgekommen bin. Es war so, als hätte sich ein Schalter umgelegt.«

»Soll ich dir für heute Nacht einen Profi besorgen?«, fragte Andrea plötzlich wie aus heiterem Himmel.

Mara und Lucy verschlug es jetzt die Sprache. Am Tisch war es nun mucksmäuschenstill. Ein wenig schockiert und nach Hilfe suchend schaute Mara Lucy an.

Lucy war ebenso verblüfft, fing sich aber recht schnell wieder und begann zu grinsen. »Vielleicht ist das keine sooo schlechte Idee, liebe Mara. Mit einem völlig fremden Kerl ist es manchmal einfacher, seine andere Seite zu zeigen.«

Andrea schaltete sich ein: »Mara, wir kennen uns erst ein paar

Minuten, darf ich trotzdem direkt zu dir sein?«

Mara nickte und Andrea sprach weiter: »Hast du eigentlich bemerkt, wie die Leute ihre Gespräche unterbrochen hatten, und es hier im Restaurant ziemlich ruhig wurde, als du dich zu unserm Tisch bewegtest?«

Mara schüttelte verwundert den Kopf, und Andrea machte weiter: »Mara, ist dir wirklich nicht klar, dass wir beide neben dir plötzlich zu Luft geworden sind? Du wirst von allen hier – sowohl von den Frauen, als auch von den Männern – die ganze Zeit beobachtet. Ich habe selten eine solche körperliche und optische Perfektion erlebt, wie es bei der dir der Fall ist. Damit hast du ein ziemlich großes Problem!«

Lucys Verblüffung steigerte sich weiter. Sie fragte: »Das ist doch nicht dein Ernst, Andrea. Ich würde für die Optik von Mara zehn Jahre meines Lebens geben. Welches Problem soll sie denn haben?«

»Die Schönheitskrankheit!«

Mara und Lucy saßen jetzt mit offenem Mund da. »Die Schönheitskrankheit?«, fragte Lucy. »Was ist das denn jetzt?«

Andrea klärte die beiden auf: »Der Großteil meiner Kunden hat bildschöne und intelligente Frauen als Partnerinnen. Trotzdem rennen sie regelmäßig zu mir. Die meisten Typen sind mit ihren Hübschen zu Hause todunglücklich. Der Hund liegt darin begraben, dass besonders attraktive Frauen in der Männerwelt derart gefragt sind, dass sie praktisch niemals gezwungen sind, bestimmte Eitelkeiten ablegen zu müssen. Zudem gibt es auch keinen großartigen Handlungsdruck, bestimmte emotionale Risiken einzugehen. In der Summe wird es ihnen dadurch sehr einfach gemacht, sich schmerzhaften Prozessen der Persönlichkeitsentwicklung entziehen zu können. Während weniger gefragte Persönlichkeiten schon recht früh erkennen müssen, dass das Leben auch aus einigen Kompromissen besteht, müssen sich attraktive und gefragte Menschen dieser Einsicht weniger stellen. Wenn du dich mal bei den Münchner Therapeuten umschaust, dann würde dir auffallen, dass besonders ehemalige Schönheiten von psychischen Problemen besonders hart betroffen sind. Sie müssen im hohen Alter all das nachholen, was hässliche Entlein bereits in jungen Jahren erledigt haben. Dazu zählen zum Beispiel auch Egozentrik, falsch verstandener Stolz oder die Überwindung von Ängsten. Und da du, liebe Mara, einer der schönsten und anmutigsten Wesen bist, die ich je gesehen habe, wird dieses ganze Thema wahrscheinlich auch dich betreffen. Es ist also mehr als wahrscheinlich, dass für dich jetzt die Zeit gekommen ist, in Sachen Sex solche Schritte deiner Persönlichkeitsentwicklung nachzuholen, die du schon seit Jahren vor dir herschiebst. Das wird aber einen hohen Preis haben, und ich rede dabei nicht von Geld.«

»Und der wäre?«, antwortete Mara etwas verunsichert, nachdem sich ihr bronzeschillernder Teint zu einer nordeuropäischen Blässe verwandelt hatte.

»Du müsstest dich für einen begrenzten Zeitraum fremden Händen anvertrauen – und zwar mit Haut und Haaren. Man sagt dir, was du zu denken hast, man sagt dir, was du zu fühlen hast, und man sagt dir, was du zu tun hast. Du musst also entscheiden, ob jemand dir dein Krönchen wegnehmen darf.«

»Diese Vorstellung macht mir Angst, warum soll ich das tun?«, fragte Mara mit ängstlicher Stimme.

Andrea beugte sich nun zu Mara hinüber und flüsterte: »Weil es das Schönste sein wird, was du je erlebt hast.«

Lucy bekam eine Gänsehaut. Auch Mara lief ein Schauer über den Rücken. Sie drehte sich ängstlich zu Lucy und sah sie fragend an. Lucy reagierte mit gedämpfter Stimme: »Mach‘s, Mara! Wenn du willst, bleibe ich währenddessen bei dir. Ich vertraue Andrea, und ich denke, du kannst es auch.«

Maras hilflos wirkender Gesichtsausdruck veränderte sich jetzt. Plötzlich war eine gewisse Entschlossenheit erkennbar. Mara erhob selbstbewusst ihre Stimme und antwortete: »Weißt du Andrea, das ganze Thema belastet mich schon mein Leben lang. Schlimmer kann es nicht kommen. Ich habe nichts zu verlieren. Vielleicht ist jetzt tatsächlich die Zeit gekommen, ein schlimmes Problem von mir zu lösen. Mein Herz hat mich zu Lucy und an euren Tisch geführt, und ich spüre deutlich, dass vor mir eine weit offen stehende Tür aufgetaucht ist. Ich werde nicht den Fehler begehen, nicht hindurchzuschreiten. Schon zu viele offene Türen habe ich in meinen Leben ignoriert. Ich werde also meinen Kopf senken, und meinen Körper an mein Schicksal verschenken. Ich mach das jetzt! Egal, was ein Profi mich kosten wird.«

»Ich lade dich ein, Mara, vorausgesetzt, ich darf dich zuvor massieren. Ich glaube, ich habe einen solchen Körper, wie du ihn zu haben scheinst, noch nie berührt«, bot Andrea an.

Lucy schaltete sich sofort in das Gespräch ein, und bettelte mit lachender Stimme: »Dann will ich aber auch.«

Maras Stimmung hob sich deutlich, und sie stimmte fröhlich zu: »Na suuuper! Das ist doch ein gutes Geschäft. Was will ich mehr. Gerne lasse ich mich von euch beiden massieren, solange ich danach einen echten Mann und kein Kind abbekomme.«

Andrea kramte in ihrer auffällig knallroten Handtasche nach ihrem Smartphone, und verließ kurz den Tisch. Nach ein paar kurzen Telefonaten kehrte sie zurück: »Enzo hat uns sein Okay für seine Präsidentensuite gegeben. Solange wir alle bis Mitternacht wieder angezogen sind, können wir dort machen, was wir wollen. Und mein Kollege Sascha hat auch Zeit. Er wird in einer Stunde da sein können.«

»Zahlen!«, rief Mara sofort dem Kellner zu, obwohl sie sich nicht erklären konnte, warum der Mann vom Service einen solchen verunsicherten Eindruck machte. »Ich gebe einen aus!«, rief Mara fröhlich in die Runde. »Aber was ist denn mit diesem Kellner los? Der will überhaupt nicht richtig an unseren Tisch kommen.«

Lucy und Andrea kicherten sich gegenseitig zu, und reagierten nicht auf Maras Einwand.

»Schreiben Sie bitte alles auf meine Hotelrechnung«, wies Mara den jetzt zögerlich erschienenen Kellner an. Gleichzeitig zückte Andrea einen Zweihundert-Euro-Schein, und hielt ihn dem jungen Mann entgegen: »Vielen Dank für Ihre Einsicht«, sagte sie trocken. Wortlos und irritiert nahm der Kellner das großzügige Trinkgeld an, und Lucy, Andrea und Mara verließen beschwingten Schrittes das Restaurant.

Als sie die Zimmertür zu Enzos Suite öffneten, breitete sich ein riesiger Raum vor ihnen aus. Sprachlos und tief beeindruckt von diesem Ambiente schlichen Lucy und Mara durch alle Zimmer. Die gesamte Suite umfasste neben dem großen Hauptraum inklusiver Bar noch drei Schlafzimmer, einen Arbeitsbereich sowie zwei riesige Badezimmer. Alles war in Weiß gehalten. Zusätzlich schufen indirektes Licht, zahlreiche Skulpturen, gemütliche Sitzgarnituren und geschmackvoll ausgewählte Kunstgemälde eine ansprechende Atmosphäre.

Andrea sorgte für ein paar Gläser Champagner und chillige Hintergrundmusik, und kam gleich zur Sache: »So, meine liebe Mara. Ich schlage vor, dass du jetzt zwei Gläser auf ex trinkst, dann ziehen wir dich gemeinsam aus und bringen dich ins zweite Schlafzimmer. Das Bett dort ist durch seine vier schönen Eckpfosten optimal geeignet.«

Mara hingegen wollte gerade ihre Stimme erheben, um einige Vorbehalte zu äußern, da wurde sie von Andrea auch schon unterbrochen: »Sag mir jetzt, ob du einwilligst, dass wir mit dir machen können, was wir wollen.«

Mara wusste sehr gut, dass es jetzt um Hingabe und Vertrauen ging, und beschloss das Wagnis einzugehen: »Ja, schon gut. Es ist in Ordnung.«

Andrea ließ diese Antwort nicht gelten. »Sag es richtig, Mara!«, forderte Andrea mit strenger Stimme ein.

»Ihr könnt mit mir machen, was ihr wollt«, folgte Mara bereitwillig der Anweisung.

Andrea ließ weiter nicht locker: »Sag es bitte so, dass wir dir das glauben können. Ich möchte am Klang deiner Stimme erkennen können, dass du für dich die Entscheidung getroffen hast, dein Ego für ein paar Stunden aufzugeben.«

Mara spürte, dass sie Andrea nicht hinters Licht führen konnte. Ihr wurde plötzlich glasklar, dass es jetzt an der Zeit war, die Hosen runterzulassen – ohne Wenn und Aber. Sie war sich sicher, dass Andrea den Abend sofort abbrechen würde, wenn sie ihre Distanz und Reserviertheit nicht sofort aufgab. Gleichzeitig bemerkte sie wie tief sitzende Ängste versuchten, ihre Absicht zur Hingabe zu torpedieren. Plötzlich erinnerte sich Mara an eine blonde Frau, die ängstlich vor einem Kaltwasserbecken stand, und sich aber dennoch überwinden konnte, in die Eiseskälte hinabzusteigen. Mara schaute daraufhin Andrea und Lucy mit festem Blick an. Sie sagte jetzt in einem unmissverständlichen Tonfall: »Macht mit mir, was ihr wollt. Ich gehöre jetzt euch!«

Andrea und Lucy spürten sofort, dass jetzt eine andere Mara vor ihnen stand. Eine Frau, die nun entschlossen war, ein seelisches Problem zu lösen, was sie schon seit zig Jahren leidvoll quälte. Eine Frau, die jetzt ihren gesamten Mut aufbrachte, um tatsächlich loszulassen. Um sich auf ein Experiment einzulassen, dessen Ausgang sie nicht absehen konnte. Die einzige Sicherheit, die sie hatte, war das Vertrauen in Lucy.

Nachdem Mara zwei volle Champagnergläser auf ex getrunken hatte, wurde sie von Lucy und Andrea liebevoll und langsam ausgezogen. Anschließend führten sie Mara ins Schlafzimmer, um sich um sie zu kümmern. Mara erwies sich eine ganze Weile als harte Nuss. Aber nach einer Stunde war es soweit. Lucy und Andrea spürten, dass Mara jetzt bereit war. Andrea beugte sich über Maras Gesicht, küsste sie zärtlich auf die Stirn, und schaute ihr in die Augen. »Meine liebe Mara, willst du jetzt einen Mann haben?«

Mara nickte.

»Sag‘ es!«, forderte Andrea Mara auf. »Sag‘ mir, was er mit dir machen soll.«

»Er soll mit mir Sex machen«, kamen deutliche, aber noch etwas zögerlich wirkende Worte über Maras Lippen.

Andrea befahl Mara: »Sag‘ es lauter, was du jetzt willst!«

Mara schrie jetzt förmlich in das Schlafzimmer hinein: »Ich will jetzt endlich durchgefickt werden, verdammt noch mal!«

Andrea war zufrieden mit der Antwort. Sie stand gelassen auf, nahm Lucy an die Hand, und sie verließen das Schlafzimmer. Mittlerweile saß an der Bar ein junger Mann mit auffällig breiten Schultern und halblangen, lockigen Haaren. Er sah Andrea mit seinen großen braunen Augen fragend an. Sie nickte ihm zu und sagte zu ihm: »Der Engel ist soweit. Viel Glück, Sascha.«

Er stand wortlos auf, ging mit einem lässigen Gang an Lucy und Andrea vorbei, und verschwand im Schlafzimmer. Da Lucy Mara versprochen hatte, auf sie aufzupassen, wies sie den Profi an, die Schlafzimmertür weit offenstehen zu lassen, damit Mara spüren konnte, dass zwei Frauen in ihrer Nähe waren.

Lucy war fasziniert von dieser prickelnden Atmosphäre. Sie gab zu bedenken: »Ist der nicht ein bisschen zu jung?«

Andrea lachte. »Keine Sorge, es ist sehr einfühlsam und sehr erfahren. Er weiß was zu tun ist. Mit seinen 38 Jahren hat er sicher mehr auf dem Kasten als neunzig Prozent aller über Fünfzigjährigen. Anscheinend hast du auch eine Schwäche für die alten einsamen Wölfe.«

Lucy fühlte sich ertappt: »Ja, wenn sie mich noch zusätzlich mit ihrem Intellekt und ihrer Weisheit beeindrucken, dann werde ich schwach.«

»Also hat es dir Enzo auch angetan?«, fragte Andrea amüsiert.

Lucy war es peinlich, sich zu einem Mann hingezogen zu fühlen, dessen Begleiterin gerade vor ihr saß. Sie wich daher etwas aus: »Na ja, ich weiß nicht. Was soll ich dazu sagen?«

Andrea entgegnete: »Mach dir keinen Kopf. Das ist kein Problem für mich.«

»Das ist lieb, aber ich denke, ich kann mich ja auch mal zusammenreißen«, erklärte Lucy einsichtig, während sie aus dem nur wenige Meter entfernten Schlafzimmer eine scheinbar zufriedene Mara hörte. Die Geräuschkulisse zeugte von einer Frau, um die man sich keine Sorgen machen musste. »Ich denke, es gefällt ihr. Das hört sich ziemlich vielversprechend an. Dieser Sascha scheint doch eine gute Wahl gewesen zu sein. Gut gemacht, Andrea!«, äußerte sich Lucy zufrieden.

Andrea lauschte ebenfalls und wollte gerade antworten, als es plötzlich still wurde. Ein nackter Mann spazierte daraufhin aus dem Schlafzimmer, und grinste Lucy und Andrea freundlich an. »Keine Sorge, ich vermute, ich muss heute noch öfters unterbrechen. Aber das kriegen wir schon hin. Darf ich mir an der Bar einen Drink nehmen?«, fragte Sascha höflich nach, von dessen Körper Lucy sichtlich beeindruckt war. Nachdem Andrea nickte, schenkte er sich etwas ein und verweilte so lange an der Bar, bis er schließlich Mara rufen hörte. Er stand daraufhin auf, ging wortlos an Lucy und Andrea vorbei und verschwand wieder im Schlafzimmer.

Andrea schmunzelte: »Ich glaube, er bekommt das hin.«

Lucy war begeistert: »Wenn das klappen würde, dann verneige ich mich aber zutiefst vor deinem Kollegen. Normalerweise brauchen Frauen Jahre, um sich dahingehend kennenzulernen und sich vollständig zu öffnen.«

»Ja, ich weiß«, stimmte Andrea zu, »aber Sascha ist ein Naturtalent. Er ist auf solche Fälle spezialisiert. Er kann schnell das Vertrauen des weiblichen Unterleibs gewinnen. Ich denke, es ist keine Frage der Technik, sondern wie viel Liebe du in dir trägst.«

Lucy dachte sofort an Sam. »Ich glaube, ich weiß was du meinst. Wenn ich zum Beispiel von meinem Liebsten nur mit seinen Händen berührt werde, dann geht es bei mir unten schon los. Wenn wir uns dann innig umarmen, ist es um mich endgültig geschehen. So etwas kann man nicht erlernen. Es gibt

Männer, die haben das einfach an sich.«

»Das gilt nicht nur bei Männern«, ergänzte Andrea, »dasselbe sagen meine Kunden über mich. Ich denke, das alles hat etwas mit Gesundheit zu tun. Wenn du einen Menschen umarmst, fühlst du, ob er gesund ist.«

»Gesundheit? Das habe ich ja noch nie gehört, dass jemand in diesem Zusammenhang von Gesundheit spricht«, meinte Lucy, während sie Sascha schon wieder erblickte, wie er hinter ihr vorbei zur Theke marschierte. Es dauerte jedoch nicht lange, da hörten sie wieder Maras Stimme – diesmal jedoch mit einem deutlich ungeduldigeren Tonfall als zuvor. Andrea grinste Lucy wissend an und sagte: »Mal sehen, wie lange das so noch geht. Anscheinend will Mara ihren Kopf noch nicht vollständig aufgeben. In letzter Konsequenz geht es um das Thema, was wir unten im Restaurant besprochen hatten. Wenn du noch an der Kontrollsucht deines Kopfes leidest, wird natürlich auch deine Intuition getrübt. Du überhörst deinen Bauch, wie er versucht, dir zu sagen: *Mach dir keine Sorgen, alles ist gut, es besteht keine Gefahr*. Dieses Problem löst Sascha gerade, indem er Maras Kopf mehr als deutlich macht, dass er nichts mehr zu melden hat.«

Lucy sagte: »Verstehe! Sascha sucht noch dem Ausschaltknopf von Maras Kopf und Mara hingegen denkt, es ginge um Sex.«

Andrea nickte: »Nicht nur das. Wenn er Maras Kopf bezwungen hat, dann folgt gleich die nächste Herausforderung. Er hat darauf zu achten, dass sie nicht in irgendwelche Fantasiewelten abdriftet. Denn dann wäre der Akt nichts anderes als nur eine Masturbation mit einem lebenden Köper. Sascha muss es also auch noch hinbekommen, dass Mara sich mit ihm vereinigt, und er nicht als fleischgewordener Dildo missbraucht wird.«

Lucy nickte wissend: »Ich kenne das. Es ist ein großer Unterschied, wenn du auf einmal spürst, wie die weibliche und die männliche Energie zusammenfinden. Dann ist eins plus eins nicht mehr zwei, sondern plötzlich drei.«

Andrea nickte: »Ja, wenn die Polarität verschwindet, dann erlebst du die wahre Natur der Zusammenkunft. Aber so weit sind wir ja noch nicht. Für Mara geht es jetzt erst mal darum, ihre geistigen Vorstellungen über Sex zum Teufel zu jagen. Das ist wie im richtigen Leben. Wenn Menschen aus ihren Hypnosen erwachen, erleben sie etwas, was sie sich zuvor überhaupt nicht vorstellen konnten. Dann kommt dein wahres Naturell zum Vorschein. Der Körper kommt in seine Harmonie, und beginnt wieder so zu funktionieren, wie es von der Natur vorgesehen ist. Der Mensch erlangt seine wahre Gesundheit zurück, und beginnt wieder zu leuchten. Das fühlst du natürlich. Nicht nur bei dir, sondern auch bei anderen. So wie du es fühlst, wenn dich dein Schatz berührt. Das ist nichts anderes als die körperliche Auswirkung von Authentizität. Und ein authentischer Mensch wird immer gesünder sein als jemand, bei dem die ganze Lebensenergie krankhaft im Kopf feststeckt. Und genau das ist es, was dich dahinschmelzen lässt.«

Lucy fiel ihr biologischen Grundwissen in Sachen Evolution ein. »Je länger ich darüber nachdenke, umso sinnvoller ist es, das Ganze Gesundheit zu nennen, schließlich ist die Evolution darauf erpicht, ausschließlich Gene gesunder Menschen zu reproduzieren. Damit müsste die sexuelle Anziehungskraft tatsächlich mit der Gesundheit zusammenhängen, denn nur so könnte die Evolution sicherstellen, dass nur die Gesündesten den größten Fortpflanzungserfolg erzielen. Das heißt, lebe ich weitestgehend angstfrei, weil ich mir selbst oder Gott oder sonst wem vertraue, löse ich auch gleichzeitig alle gesundheitlichen Konflikte in meinem Körper auf. Er beginnt aufzuleben, und ich entwickle eine Ausstrahlung, die auf andere Menschen anziehend wirkt.«

Andrea antwortete: »Ja, ich denke schon. Die Überwindung von Ängsten stellt immer eine Entlastung unseres Körpers dar und führt zur Erhöhung unserer Gesundheit. Schau dir doch mal kleine Kinder an, die von der Gesellschaft oder durch Medien noch nicht hypnotisiert sind. Sie leiden unter keinen diffusen Ängsten, weil sie ihr Leben noch nicht mit Fremdkonzepten belastet haben. Kinder können stundenlang spielen und toben. Sie brauchen keinen Sinn. Sie können ewig lange quietschend oder kreischend sinnlose Dinge tun, ohne je ihren Spaß daran zu verlieren. Da steht unbegrenzte Lebensenergie zur Verfügung. Das ist Gesundheit! Oder schau dir kleine Jungs an, die in der Lage sind, einen ganzen kompletten Nachmittag ein riesiges Fußballfeld hoch und runter zu rennen, ohne irgendwelche Ermüdungserscheinungen zu zeigen. Die brauchen dazu im Vorfeld kein großartiges Training. Das ist Angstfreiheit, das ist Liebe, das ist Leben, das ist Energie, das ist das Nichtvorhandensein von Krankheit!«

Lucy wollte Andrea gerade antworten, als mal wieder Sascha hinter ihnen vorbeistolzierte, um lässig seine üblichen Runden in der Präsidentensuite zu machen. Diesmal hörten Lucy und Andrea aber eine ganz andere Mara aus dem Schlafzimmer rufen. Sie erschraken förmlich von der Lautstärke und dem Tonfall. Konsterniert hörten sie Mara schreien: »Nein, nein, geh nicht schon wieder weg, ich war kurz davor. Das gibt es doch nicht! Fick mich endlich zu Ende, du elender Scheißkerl! Ich hasse dich! Komm sofort zurück, du beschissener Blödmann! Fick mich endlich durch! Fick mich endlich bis zum Schluss, verdammt noch mal!«

Sascha schaute entspannt zu Lucy und Andrea, die jetzt völlig verdutzt dreinschauten. »Ich glaube, sie ist jetzt bereit loszulassen. Ihre andere Seite kommt langsam zum Vorschein«, sagte Sascha trocken, und verschwand nach wenigen Minuten wieder in sein vermeintliches Arbeitszimmer.

Andrea sah Lucy jetzt siegessicher an. »Es klappt, Lucy! Es klappt tatsächlich – ihre Maske fällt. Wäre das für diesen zauberhaften Engel nicht wunderbar?« Lucy war komplett aus dem

Häuschen und verstand sofort, welches Wunder der menschlichen Sexualität auf Mara wartete. Die Geräuschkulisse aus dem Schlafzimmer wurde immer eindeutiger, und sie hörten schließlich die Stimme einer völlig losgelösten Frau. Es vergingen nur wenige Minuten, als Lucy plötzlich innehielt. Sie konzentrierte sich, um schließlich nach ein paar Sekunden Andrea zuzurufen: »Das war er!«

»Ja! Ja! Das war er! Eindeutig!«, stimmte Andrea jubelnd zu, während sie auf ihrem mit weißem Wildleder bezogenen Sessel freudig hin und her rutschte.

Jetzt lag allerdings absolute Stille über der Suite. Nichts war mehr zu hören. Mucksmäuschenstill lauschten Andrea und Lucy nun der Dinge, die da kommen würden.

Lucy machte sich nach einer Weile Sorgen und sagte: »Komm Andrea, wir müssen schauen, ob alles in Ordnung ist.« Lucy nahm Andrea an die Hand und zog sie an die offenstehende Tür des Schlafzimmers. Ihnen wurde ein herzzerreißendes Bild geboten.

Mara lag weinend in den Armen von Sascha, der währenddessen ihr Haar sanft streichelte. Es schien, als hätte Mara einen Weinkrampf, der nicht mehr aufhören wollte.

»Das innere Leid der letzten Jahre kommt jetzt auf einmal hoch«, flüsterte Andrea Lucy zu, während sie noch am Türrahmen standen. »Komm Lucy, lass uns gehen. Mach dir keine Sorgen. Sascha macht das schon. Unsere Süße befindet sich in guten Händen.«

Lucy und Andrea schlossen gerade bedächtig die Schlafzimmertür, um sich auf Zehenspitzen vom Geschehen zu entfernen, als auf einmal die Tür aufging und ein fröhlicher Enzo hereinmarschierte.

Andrea schaute verwundert auf die Uhr und entdeckte, dass schon vier Stunden verstrichen waren. Enzo bemerkte den entschuldigenden Blick von Andrea, kam ihr aber zuvor und sagte ausgelassen: »Seid ihr mit eurer Aktion noch nicht fertig?

Da habt ihr aber einen schweren Fall erwischt.« Scheinbar juckte Enzo dieser zeitliche Verzug wenig, denn es machte nicht den Anschein, dass sich seine gute Laune im Geringsten reduzieren würde.

Lucy freute sich, den alten Gentleman zu sehen, und begrüßte ihn mit einem breiten Lächeln: »Guten Abend, lieber Enzo. Wie ist es denn gelaufen?«

»Einwandfrei«, erwiderte Enzo euphorisch, »alle haben meiner Rede artig zugehört, obwohl ich allen richtig eingeschenkt habe – zumindest wissenschaftlich. Im Anschluss sprachen mich sogar einige renommierte Neurologen an, und zollten mir ihre Dankbarkeit, weil sie schon lange mit ihrer These, dass nur unser Kopfgehirn den Menschen ausmacht, nicht weiterkämen. Ich konnte fundierte und hochanspruchsvolle Diskussionen mit neugierigen Spitzenwissenschaftlern führen, was mich immer sehr, sehr glücklich macht.«

»Wie man sieht«, bestätigte Andrea Enzos gute Laune. »Es könnte aber noch ein bisschen dauern, bis das Schlafzimmer frei wird«, bereitete Andrea Enzo zaghaft vor, dass zwei nackte Menschen jederzeit aus einem seiner Schlafzimmer herausspazieren könnten.

»Ach, meine Liebe, das ist doch kein Problem«, reagierte Enzo weiterhin sichtlich aufgekratzt. »Wenn die zwei ein paar schöne Stunden zusammen haben, dann ist das doch wunderbar!«

Andrea korrigierte Enzo: »Gehabt haben – Sascha und Mara haben es schon vollbracht. Bei der Frau kamen augenscheinlich aber noch einige angestauten Gefühle der letzten Jahre hoch.«

Enzo erwiderte sichtlich erfreut: »Oh, Sascha ist da und kümmert sich? Das ist ja großartig, da müssen wir uns ja wirklich keine Sorgen machen. Das gönne ich der Dame, eine so feinfühlige und kompetente Betreuung zu haben. Dann sollten wir ihnen auch so viel Zeit einräumen, wie sie benötigen. Tränen sind einer der gesündesten Heilungsprozesse, sagen manche Psychologen. Mir hat mal ein Freund gesagt: Tränen sind die Waschmaschinen unserer Augen, damit wir wieder richtig sehen können und aufhören, blind durch die Welt zu rennen. Unabhängig davon sehe ich, dass ihr mit Getränken zwar gut versorgt seid, aber ich hätte noch ein bisschen Appetit. Will jemand von euch auch noch etwas zu sich nehmen? Ich werde mal die Rezeption anrufen.« Gleichzeitig bemerkte Enzo eine gewisse Unruhe bei Lucy. Er schloss daraus, dass sie etwas zurückhielt. »Los Lucy, sprich es aus! Auf was hast du denn Lust?«

Lucy war sich ein wenig unsicher, ob es nicht unverschämt wäre, die ganze Gruppe mit ihren kulinarischen Vorlieben zu belästigen. Enzo spürte dies und forderte Lucy nochmals hartnäckig auf, nicht so schüchtern zu sein: »Auf Lucy! Was magst du gerne essen?«

»Sushi!«, antwortet Lucy kleinlaut. Enzo schaute in zustimmende Augen von Andrea, und ergriff das Hoteltelefon. Er teilte der Rezeption mit, sie sollten sich Gedanken machen, woher sie um diese Zeit noch japanisches Essen herbekommen könnten. Nachdem Enzo aufgelegt hatte, sagte er: »Ich denke, die schaffen das.«

Es verging keine Stunde bis Lucy, Andrea und Enzo vor einem Berg ausgewählter japanischer Köstlichkeiten saßen. Schließlich ging auch die Schlafzimmertür auf, und Sascha sowie Mara kamen Hand in Hand in ihren weißen Hotelbademänteln herausstolziert. Und tatsächlich, Lucy sah eine völlig veränderte Mara. Sie spürte sofort die bisher vermisste innere Schönheit. Maras neue Ausstrahlung ließ den gesamten Raum erleuchten.

»Frau Doktor Frigand? Sie hier? Das ist aber schön!«, kam es amüsiert über Enzos Lippen. »Das ist doch jetzt einmal eine tolle Überraschung. Herzlich willkommen in meiner Suite. Kommen Sie näher, setzen Sie sich zu uns und stärken Sie sich ein wenig.«

Mara war die Situation im ersten Augenblick etwas peinlich,

dennoch schien es, dass ihre neue Lebensfreude alles kompensieren konnte. Sie war sogar zum Scherzen aufgelegt: »Wer hätte das gedacht, dass ich mal in Ihrem Schlafzimmer lande, Herr Doktor Mancini.«

Die Runde begann einstimmig zu lachen, und schnell war die peinliche Situation überwunden. Mara machte folgenden Vorschlag: »Lieber Herr Doktor Mancini, da wir beide Ärzte sind, könnten wir gemeinsam vereinbaren, dass wir den heutigen Abend unter den Schutzschirm unserer medizinischen Schweigepflicht stellen. Wären Sie damit einverstanden?«

»Das ist ein sehr guter Vorschlag, liebe Frau Doktor Frigand. Einverstanden! Nichts aus diesem Raum wird je nach außen dringen. Dann würde ich mich aber auch zusätzlich freuen, wenn Sie mich Enzo nennen würden.«

Mara stimmte zu, und Enzo begrüßte jetzt auch ihren Begleiter: »Sascha, schön dich mal wiederzusehen. Hast du noch Termine?«

»Jetzt nicht mehr. Meinen Folgetermin habe ich schon verpasst«, antwortete der junge Mann in seiner typischen trockenen Art.

»Komm, dann setz dich her, und wir machen uns alle einen schönen Abend«, schlug Enzo vor.

Es vergingen keine zehn Minuten, als Mara plötzlich von ihrem Barhocker aufstand, und sich allem Anschein nach eines bestimmten Verlangens nicht erwehren konnte. Sie nahm Lucy in ihre Arme und drückte sie so fest sie konnte. Nach ein paar Sekunden wandte sich Mara Andrea zu, um sie ebenso intensiv zu drücken. Mara begann wieder zu weinen, und Andrea hörte eine leise zaghafte Stimme: »Oh Andrea, ich danke dir so sehr. Es war ein so unglaublich schönes Erlebnis, so wie du es vorhergesagt hast. Ich danke dir von Herzen. Du weißt überhaupt nicht, welcher Stein mir vom Herzen gefallen ist. Jetzt endlich weiß ich, dass ich nicht frigide bin.« Mara lag noch eine Weile weinend in Andreas Armen.

Der einfühlsamen Runde wurde sofort bewusst, dass diese wunderschöne und hochgebildete Frau doch mehr an ihrem vermeintlichen Problem gelitten hatte, als zu vermuten war. Lucy, Enzo und Sascha wollten gerade ihre Plätze verlassen, um die beiden Frauen allein zu lassen, als Mara schluchzend das Wort ergriff: »Bleibt bitte alle sitzen, ich will nicht mehr heulen. Ganz im Gegenteil – ich will jetzt feiern. Stoßt ihr mit mir an?« Ein strahlendes Lachen eroberte nun Maras Gesichtszüge und alle hoben euphorisch die Gläser. Mara sprach lauter als man es von ihr gewohnt war: »Es lebe das Wunderwerk des weiblichen Körpers!« Nachdem die Gläser klirrten, drehte sich Mara Sascha zu, um ihm liebevoll zu sagen: »Und dir, mein allerliebster Scheißkerl, danke ich natürlich ebenso – besonders für deine unendliche Geduld mit mir.« Alle stimmten in Maras neue ausgelassene Fröhlichkeit mit ein und die Theke wurde zum Mittelpunkt einer kleinen spontanen Feier.

Es verging eine ganze Weile, da wurde Mara wieder etwas nachdenklicher. Sie war noch zu sehr von ihrem heutigen Erlebnis berührt. Sie schaute Lucy an und fragte: »Jetzt weiß ich, wie sich ein Körper anfühlt, in dem Gefühle frei zirkulieren können. Ist es das, was du mit den Tanzübungen mit deiner Freundin gemeint hattest?«

Lucy nickte etwas abwesend, weil ihre ganze Konzentration auf dem Essen lag. Mit einem etwas zu großen Futomaki im Mund war von ihr jedoch zu hören: »Genau, mein Schatz. Funktionieren alle Organe deines Körpers so wie sie sollen, dann spürst du eben, wie sich Leben anfühlt. Man könnte es auch schlicht Gesundheit nennen, habe ich vor ein paar Minuten von Andrea gelernt.«

Mara sah Lucy schmunzelnd zu, wie sie jetzt genüsslich ein Nigiri in ihren Mund schob und sagte: »Auf jeden Fall spüre ich, wie ein großer Stein von meinem Herzen gefallen ist. Ich denke, mein Herzmagnetfeld ist so stark wie noch nie. Jetzt kann ich aus eigener Erfahrung beschreiben, wie sich Herzgesundheit tatsächlich anfühlt.«

Enzo fragte schließlich: »Hättest du vielleicht Lust, dir in Erinnerung zu rufen, was bisher bis zu deiner finalen Problemlösung geschah?«

Mara sah nun Lucy an, während sie Enzo antwortete: »Wenn ich mir das recht überlege, war der Anlass eine Frau, die ich vor einem Kaltwasserbecken vor der Sauna beobachtete. Ich hatte sie angesprochen. Wir haben uns kennengelernt, und durch sie bin ich auf Andrea gestoßen. Andrea wiederum hat mich mit Sascha bekanntgemacht. Und er entwickelte sich schließlich zum finalen Problemlöser.«

Mara beugte sich noch einmal zu Sascha hinüber, und gab ihm einen dicken Kuss: »Danke noch einmal, du wundervoller Mann.«

Nun schaltete sich Andrea ein: »Hättest du das alles im Vorfeld planen können?

Mara schüttelte den Kopf: »Nie und nimmer. So viele glückliche Fügungen bewusst herbeizuführen, das ist undenkbar.«

Sascha kam mit einer Zwischenfrage: »Aber was war denn diesmal anders, schließlich hast du dein Problem schon jahrelang mit dir herumgeschleppt?«

Mara wusste genau die Antwort: »Im Gegensatz zu früher bin ich diesmal volles Risiko gegangen. Ich habe nicht nur eine wildfremde Frau grundlos angesprochen, sondern zudem viel Privates von mir offenbart, was normalerweise nicht meine Art ist. Beim Zusammentreffen mit Andrea verhielt es sich ähnlich: Sie wusste bereits nach fünf Minuten, was in meinem Bett eine Nacht zuvor passiert war. Und schließlich musste ich große Ängste überwinden, als Andrea von mir einforderte, ihr mein Einverständnis zu geben, dass sie mit mir machen könne, was sie wolle. Und dann gab es natürlich noch einen unbekannten Mann, dem ich die Erlaubnis gab, das Schlafzimmer zu betreten, obwohl ich splitternackt und bewegungsunfähig wie auf dem Präsentierteller dalag.«

Sascha fragte: »Hattest du bei deinen Entscheidungen immer eine Wahl?

Mara antwortete: »Wenn ich mir das recht überlege: Ja, sicher, nicht nur Andrea und Lucy, sondern besonders auch du, haben mir regelmäßig mehr als deutlich gemacht, dass ich nur einen Mucks von mir geben müsse, dann wäre sofort mit allem Schluss.«

»Und deine Offenheit bezüglich deiner Gespräche, hattest du da das Gefühl, keine Wahl gehabt zu haben?«

Mara konzentrierte sich kurz und stellte fest: »Nein, es gab nie die Situation, in denen ich den Eindruck hatte, jemand würde mich bedrängen oder mich ausfragen.«

Sascha bohrte weiter: »Und als ich im Bett auf deine Wünsche keine Rücksicht genommen hatte, ist dir da etwas Unangenehmes aufgefallen?«

Mara lachte: »Auf jeden Fall! Das war für mich anfänglich sogar sehr unangenehm. Leider wurde ich aber gleichzeitig immer schärfer auf dich. Dadurch befand ich mich schnell in einem inneren Konflikt. Auf der einen Seite wollte ich auf keinen Fall riskieren, dass du aufhörst. Auf der anderen Seite spürte ich eine große innere Verärgerung, dass es nicht nach meinem Kopf ging.«

Lucy, die sich gerade über ein Te-Maki Sushi hermachen wollte, und offensichtlich in einem schwierigen Entscheidungsprozess steckte, welche Soße wohl dazu passen könnte, ließ plötzlich vom Essen ab und hob den Kopf. Alle anderen horchten ebenfalls auf. Die ganze Runde grinste und alle Augen waren nun auf Mara gerichtet. Mara stockte der Atem, und sie wiederholte ihren letzten Satz sehr langsam: »… w e i l e s n i c h t n a c h m e i n e m K o p f g i n g !« Sie holte tief Luft und es war von ihr nur noch zu hören: »Wow!«

Enzo beugte sich zu Mara hinüber und streichelte über ihren Arm. »Meine liebe Mara, ich kann dir eines bestätigen: Exakt seit dem Zeitpunkt, als ich diesen Irrsinn aufgegeben habe zu meinen, dass alles nach meinem Kopf zu gehen hätte, exakt ab diesem Punkt wurde ich vom Wunder des Lebens geküsst. So wie du jetzt auch.«

Mara schossen wieder die Tränen in die Augen. Sie fühlte, dass dies ein Wendepunkt in ihrem beschwerlichen Leben war. Sascha befürchtete sofort, dass ein neuer Weinkrampf bevorstehen könnte. Er stand schnell auf und nahm Mara fest in seine Arme. Sie nahm das einfühlsame Angebot an und weinte sich an Saschas Schulter aus.

Andrea wartete ab, bis sich der emotionale Zustand von Mara wieder normalisierte, hob ihr Glas empor und sprach: »Lasst uns diese intensiven und schönen Stunden nie wieder vergessen.«

Alle waren jetzt von diesem Trinkspruch angetan und sie stießen euphorisch an.

Während Enzo wieder am Telefon hing, um bei der Rezeption mehr Champagner zu ordern, stieß Mara mit Andrea ein zweites Mal an und sagte: »Ich verstehe jetzt auch, was du vorhin damit gemeint hattest, dass ich an der Schönheitskrankheit leiden würde. Ich denke, ich habe es jetzt begriffen. Du hast recht, ich hatte durch mein Aussehen, meine Bildung und meine Intelligenz mehr Möglichkeiten, meinen Kopf durchzusetzen als andere. Seit ein paar Stunden ist mir jedoch klar, dass dies mein Leben lang nie einen Vorteil gebracht hat.«

Enzo sagte: »Und jetzt weißt du, wie ein Bauchgehirn funktioniert. Deine Intuition hat dich in der Sauna Lucy ansprechen lassen, denn dein Bauch wusste sehr wohl, dass Lucy ein Problemlöser für dich ist. Du hast agiert, obwohl dein Kopf völlig ahnungslos war. Dein enterisches Nervensystem hingegen weiß immer, was gut für dich ist. Das ist die unendliche Macht und große Magie unserer Intuition.«

Lucys Aufmerksamkeit galt zwar jetzt wieder einem großen Futomaki, dennoch war von ihr zu hören: »Mara, wir hatten also gestern einen Denkfehler in unseren Überlegungen. Leider hast du vorhin noch nicht am Tisch gesessen, als wir das Ganze besprochen haben. Kannst du dich erinnern, als du gestern befürchtet hattest, dass ich respektive mein Herzmagnetfeld es war, das dich dazu verleitet hat, mich in der Sauna anzusprechen? Du hattest Sorge, dass du grundsätzlich nur eine Marionette stärkerer Herzen bist. Jetzt müsste dir klar geworden sein, dass wir falsch lagen. Nicht mein Herzmagnetfeld, sondern dein eigenes Bauchgehirn hat dich ermutigt, mit mir in Kontakt zu treten. Das enterische Nervensystem ist scheinbar unserem Herzen untergeordnet. Es dient dem Herzgehirn. Wahrscheinlich versucht unser Bauch fortwährend unsere Herzen von schweren Steinen zu befreien, damit es keine heiligen Arschlöcher mehr vor unseren Augen braucht, die unsere wahren Sehnsüchte spiegeln. Unser Bauch führt uns durch die Realität, unser Herz erschafft unsere Realität und unser Kopf bewältigt schließlich die Realität. Jetzt ist es auch nachvollziehbar, warum die Evolution so riesengroße Kopfgehirne hervorgebracht hat. Unser Kopf hat nämlich das komplette Tagesgeschäft zu bewältigen. Bei ihm läuft alles zusammen. Er muss alle Informationen sammeln, verarbeiten und umsetzen. Er hat den gesamten Alltag im Hier und Jetzt zu meistern. Und nun ist auch deine gestrige Frage geklärt, warum ich als eine offene Tür vor dir aufgetaucht bin. Dein Bauch erkannte mich schon gestern als Bestandteil deines weiteren Lebens, obwohl du noch keinen blassen Schimmer haben konntest, welch magischer Moment dich am folgenden Tag erwartet. Der Bauch erlöst unser Herz, damit dieses die magnetische Kraft zur Erschaffung von Realitäten wiedererlangen kann. Damit ist eigentlich der Bauch und nicht unser Herz unser göttlicher Helfer für all unsere zukünftigen Sehnsüchte.«

Andrea ergänzte Lucys Worte: »Im Prinzip steht die menschliche Sexualität stellvertretend für alle göttlichen Prinzipien unseres Daseins. Leben und Glück stehen in der gleichen Relation wie Sex und Orgasmus. Erst nachdem ich mich dem Leben hingegeben habe, werde ich den absoluten Glücksmoment erfahren, und nicht umgekehrt. Unsere Hingabefähigkeit und nicht die Pläne unserer Köpfe führen uns zu unserem finalen Lebenshöhepunkt. Dies zu begreifen, ist besonders für Frauen sehr schwierig. Sie sind da von der Natur einfach benachteiligt. Da haben es Männer einfacher.«

Enzo runzelte plötzlich seine Stirn. »Jetzt machst du mich aber neugierig. Warum sollten es Männer leichter als Frauen haben, sich hinzugeben?«

»Nun«, entgegnete Andrea, »weil Hingabe immer einen Kontrollverlust darstellt – also ein emotionales Risiko. Du brauchst infolgedessen eine gehörige Portion Risikobereitschaft. Die Funktion unserer Geschlechtsteile ist ein gutes Beispiel für dieses Lebensprinzip. Sie entziehen sich zu hundert Prozent unserer bewussten Einflussnahme. Der Unterleib des menschlichen Körpers ist damit ein Symbol für die Aufgabe von Kontrolle. Und genau da haben es Männer viel einfacher, das erst einmal zu verstehen. Sie erlernen schon als kleine Jungs, dass sich Risikobereitschaft lohnt. Männer haben den großen Vorteil, dass sie schon allein optisch sehen können, ob ihre Hingabefähigkeit funktioniert oder nicht. Bereits in ihrer Pubertät zeigt ihnen ihr Ding an, ob sie verkrampft sind, sich nichts zutrauen oder nicht loslassen können, wenn sie nackt vor einem Mädchen stehen. Das heißt, sie lernen schon in ihrer frühesten Jugend das Risiko einzugehen, sich in intime und ungeschützte Situation zu begeben. Sie brauchen nur an sich hinunterzusehen, um Bescheid zu wissen, ob sie ausreichend losgelassen haben oder nicht. Junge Mädchen hingegen haben diesen optischen Vorteil leider nicht. Und damit haben sie es viel schwerer, sich selbst auf die Schliche zu kommen, weil alles im Verborgenen abläuft. Jungen werden also in ihrem Leben aufgrund der deutlichen Sichtbarkeit ihres Geschlechtsteils viel früher damit konfrontiert, dass bestimmte Dinge in ihrem Leben ohne entsprechende Hingabe nicht funktionieren.

Von diesem zeitlichen Entwicklungsvorsprung profitieren sie ihr Leben lang.«

Sascha war positiv überrascht. »Das ist wirklich ein gutes Erklärungsmodell, warum Jungs in Sachen Mut-Entwicklung Vorteile gegenüber Mädchen haben. Als junger Mensch hast du noch nicht das Körpergefühl wie ein Erwachsener. Da ist es enorm hilfreich, schon allein optisch feststellen zu können, ob du die Kontrollsucht zum Teufel gejagt hast oder nicht.«

Mara klinkte sich wieder in das Gespräch ein, während sie amüsiert zusah, wie Lucy ein weiteres Nigiri in ihrem Rachen verschwinden ließ. »Mir ist auf jeden Fall klar geworden, dass ich mich jahrelang von Vorstellungen, wie sich eine intelligente und gebildete Powerfrau im Bett zu verhalten hätte, habe täuschen lassen. Fremdübernommene Ideen über Sex haben mich fast fünfzehn Jahre in tiefes Leid gestürzt. Ich habe das Gefühl, erst jetzt mit dem wirklichen Leben beginnen zu können.«

Lucy verriet: »Da gebe ich dir uneingeschränkt recht. Auch ich habe in meinem Leben noch nie so viele wunderbare Tage verbracht, wie in den letzten Wochen. Ich denke, dies ist eine Art Erwachungsprozess. Oder anders ausgedrückt: Wir wachen aus zahlreichen Hypnosen auf, die wir uns im Laufe unseres Lebens durch Medien, Umfeld und Gesellschaft zugelegt haben.«

Enzo meldete sich wieder zu Wort: »Jetzt drängt sich jedoch eine weitere Frage auf: Warum konnte sich Maras kleines Lebensproblem nicht schon früher auflösen?«

Mara kannte die Antwort: »Ich denke, weil erst jetzt die Zeit dafür reif war. Ich habe noch nie in meiner Vergangenheit so viele glückliche Fügungen erlebt.«

»Bist du dir sicher, Mara?«, kam es von Enzo. »Kannst du dich nicht mehr daran erinnern, als wir vor fünf Jahren – ebenfalls im Rahmen einer Preisverleihung – zusammengesessen haben? Damals war es dein Ehemann, der geehrt wurde. Und zwei Wochen später war ich bei euch auf einer Gartenparty eingeladen.«

Mara erinnerte sich: »Stimmt, du hast recht, das war mir tatsächlich entfallen. Du wurdest doch von so einer Supertussy begleitet, die mit ihrem heißen rückenfreien Minikleid und ihren 15er High Heels alle Männer verrückt gemacht hat.«

Enzo überhörte gentlemanlike diesen kleinen Seitenhieb und ging auf ein anderes Thema ein. »Mir wurde auf der Party schnell klar, dass nahezu alle Gäste bereits Bescheid wussten, dass eure Ehe schon seit Jahren kaputt ist, und ihr beide einige Affären am Laufen hattet. Und zu später Stunde saßen wir beide schließlich auf eurer Terrasse und haben uns unter vier Augen unterhalten.«

»Stimmt, auch daran kann ich mich jetzt wieder erinnern.«

Andrea ergriff das Wort: »Und in diesem Gespräch hattest du dich sicher nicht wohlgefühlt, denn Enzo kennt in der Regel keine Distanz und versucht grundsätzlich ein persönliches und tiefgründiges Gespräch zu initiieren. So etwas mögen viele nicht.«

Mara überlegte kurz. »Auch damit hast du recht. Ich fühlte mich ziemlich angespannt, weil ich das Gefühl hatte, dass Enzo mir zu nahekam, und sich mit mir über Themen unterhalten wollte, die ihn nichts angingen. Ich war der Meinung, dass mein Gesprächspartner gerade dabei war, übergriffig zu werden.«

Andrea blieb hartnäckig: »Bist du nicht auf die Idee gekommen, dass jemand nur versuchte, langweiligen Smalltalk zu vermeiden?«

Maras Verwunderung stieg weiter an. »Auf diese Idee bin ich nicht gekommen. Aber ich weiß, dass sich tatsächlich eine ungewöhnliche Situation ergab. Denn wir saßen plötzlich – obwohl wir uns noch nicht richtig kannten – etwas abseits alleine zusammen. Mein Gatte war nicht auffindbar und Enzos Begleiterin war anderweitig im Gespräch. Es entstand eine gewisse Intimität, aus der ich schnellstmöglich flüchten wollte.«

Lucy stimmte zu, und sagte zu Andrea und Enzo: »Ich muss

gestehen, auch ich war unten im Restaurant von eurer Offenheit und Direktheit im ersten Moment etwas erschrocken. Aber wahrscheinlich ist es genau diese Art zu kommunizieren, die euch beide ausmacht. Das Ergebnis gibt euch auf jeden Fall recht. Selten habe ich erlebt, dass eine Begegnung in so kurzer Zeit zu einer derartig geistreichen und authentischen Verbindung geführt hat.«

Enzo ergriff wieder das Wort: »Dankeschön für das schöne Kompliment, was ich gerne an dich zurückgebe. Aber im Prinzip geht es Andrea um etwas ganz anderes. Sie hatte im Übrigen an dem erwähnten Tag der Gartenparty keine Zeit. Sie besorgte mir deshalb eine Vertreterin, die mich dann auf die Feier von Mara begleitete. Auch Sascha hatte ich vor fünf Jahren bereits gekannt. Hätte Mara ihre vornehme Reserviertheit damals fallen lassen, und wir hätten uns ein bisschen offener unterhalten, dann hätte sich durchaus ergeben können, dass Mara ihr kleines Problem schon vor fünf Jahren hätte lösen können.«

Lucy spürte plötzlich wieder ihre Gänsehaut. »Unabhängig davon, dass wir wieder bei dem Thema angelangt sind, Personen zuzuhören, die scheinbar zufällig unsere Wege kreuzen, weiß ich, auf was du hinauswillst: Du sagst, dass wir tagtäglich von Umständen umgeben sind, die alle unsere Probleme lösen, Wünsche erfüllen oder Fragestellungen augenblicklich beantworten könnten. Wir müssten nur richtig hinschauen, was unsere Intuition unserem Kopf aufzeigen will.«

Enzo antwortete: »Intuition ist immer da! Unsere neuronalen Netzwerke sind in letzter Konsequenz Generatoren für Nervenimpulse. Das heißt, auch unser enterisches Nervensystem sendet permanent und unermüdlich Stromstöße ab, was zu tun oder zu unterlassen ist. Um es mit einem Beispiel zu verdeutlichen: Stell dir vor, du sitzt in einem hochmodernen selbstfahrenden Auto. Das Navigationssystem kennt die Straßenführung sowie das Ziel, und die Steuerung übernimmt den Rest. Du müsstest nur dasitzen und beobachten, wie dein Pkw fährt. Manchmal biegt dein Auto automatisiert ab, und ein anderes Mal erkennst du eine Beschleunigung oder einen Bremsvorgang. Schließlich erreichst du ausgeruht dein gewünschtes Ziel. So weit, so gut. Jetzt hast du aber einen schlechten Tag, und beginnst zu zweifeln. Du traust der Black Box deines Pkws nicht mehr, und beschließt, in das Geschehen einzugreifen. Dann trittst auf die Bremse, während der Motor Gas gibt. Du fuchtelst am Lenkrad rum, obwohl dein Auto geradeausfahren möchte und schließlich gibst du Gas, obwohl die Steuerung deines Pkws befiehlt, stehenzubleiben. Jetzt ist aber jede Technik nicht unendlich groß belastbar. Wenn du permanent auf dem Gas stehst, aber die Steuerung deines Autos gleichzeitig die Bremse betätigt, wird entweder der Motor oder die Bremse schnell ihren Geist aufgeben. Wenn du immerfort am Lenkrad herumzerrst, obwohl der Wagen geradeaus fahren möchte, wird sich früher oder später das Lenkgestänge verbiegen. Verstehst du was ich meine, Lucy?«

Sie nickte. »Ich kann nicht ewig mein Bauchgefühl missachten. Wenn ich dies zu lange tue, dann geht die Technik kaputt – das heißt mein Körper. Wenn ich infolgedessen krank werde, könnte es sein, dass ich meiner Intuition schon zu lange nicht mehr zugehört habe. Gesundheit ist mein objektiver Maßstab, ob ich noch auf meinem Lebensweg entlang fahre oder ich schon in den Leitplanken hänge.«

Mara war begeistert von dem Pkw-Beispiel. »Der Umkehrschluss würde dann aber auch gelten: Wenn ich leide, ich aber dennoch gesund bin, dann gehört dieses Leid zu meinem Weg, obwohl ich es in diesem Moment noch nicht verstehen kann, weil mein Bauch es besser weiß als mein Kopf.«

»Genau«, sprach Sascha, »dann tauchen Scheißkerle in deinem Bett auf, die du am liebsten auf den Mond schießen würdest, weil es nicht nach deinem Kopf geht und du dich vermeintlich gequält fühlst. Aber schließlich erkennst du im Nachhinein dann doch, dass alles in deinem Sinne war.«

Lucy und Mara brachen in schallendes Gelächter aus. Im Gleichklang kam über ihre Lippen: »Heilige Arschlöcher!«

Mara schaute wieder Enzo an. »Enzo, warum habe ich damals auf der Gartenterrasse den Wink mit dem Zaunpfahl nicht bemerkt?«

Enzo sagte: »Vielleicht darf ich dir zunächst ein paar persönliche Fragen stellen? Ich bin mir sicher, dass wir das schnell herausfinden werden.« Mara nickte, und Enzo begann: »Unter welchen Krankheitssymptomen leidest du gerade?«

Mara schaute etwas unsicher in die Runde, und vergewisserte sich noch einmal. Sie fragte: »Schweigepflicht?«

Alle am Tisch wiederholten gleichzeitig das Wort: »Schweigepflicht!«

»Ich habe bereits einen Bandscheibenvorfall hinter mir. Zudem leide ich unter chronischen Rückenverspannungen, zahlreichen Nahrungsmittelunverträglichkeiten und regelmäßigen Migräneanfällen.«

Enzo verzog keine Miene. Stattdessen spielte er weiterhin Detektiv: »Als du deinen Ehemann kennengelernt hast, wie war da der Sex?«

Mara stockte ein paar Sekunden. »Wir hatten nur im ersten halben Jahr Sex, danach nie mehr.«

»Liebste Mara, jetzt versuche dich zu erinnern: Hattest du damals den Eindruck, dass mit dir etwas nicht stimmt, oder dass es ein Fehler war, diesen Mann zu heiraten? Wurden euch in eurer Beziehung viele Steine in den Weg gelegt. War alles etwas holprig?«

Mara gab preis: »Ganz im Gegenteil, ich war zwar noch sehr jung, aber ich weiß noch sehr gut, dass ich von Anfang an das Gefühl hatte, dass dieser ungemein feinfühlige und hochintelligente Mensch der Mann meines Lebens ist. Jedoch hatten mich viele gute Freundinnen geradezu beschworen, mir Liebhaber zu suchen, um mich sexuell ausleben zu können. Mit einem impotenten Mann verheiratet zu sein, wäre für mich nicht gesund, sagten sie immer. Ich habe aber niemals jemanden kennengelernt, mit dem ich mich sexuell tatsächlich befreien hätte können. Mein Mann gewährte mir dennoch freie Fahrt, weil er sich wahrscheinlich selbst schwere Vorwürfe machte. So führten wir weiterhin eine Ehe, die zwar sehr harmonisch, aber auch zutiefst heuchlerisch war. Das absolut Tragische ist jedoch, dass meine zahlreichen Männerbekanntschaften mich weiter und weiter ins seelische Unglück trieben.«

Enzo erkannte, dass er darauf nicht mehr weiter eingehen brauchte. Er stellte eine andere Frage: »Wie läuft es mit deinem Institut?«

Mara bekam jetzt glasige Augen und gab zögerlich zu: »Furchtbar! Es ist mittlerweile ein einziger Kampf geworden – tagtäglich, und das schon seit Monaten.«

»Ist es nur anstrengend oder bist du mit echten Konflikten konfrontiert?«

Mara war sich dieser feinen Unterscheidung wohl bewusst. »Ich kenne den Unterschied zwischen einer gesunden Anstrengung und einer ungesunden Kampfkonstellation. Es war zu Anfang sehr anstrengend, was mir durchaus gutgetan hat, schließlich habe ich dadurch meine internationale Reputation in der Fachwelt erreicht. Ohne Kraftanstrengung erreichst du nichts im Leben. Aber mittlerweile hat sich das zum Negativen hin verändert. Ich wollte immer ohne Drittmittel oder staatliche Fördergelder arbeiten können, um in meiner Forschung unabhängig zu bleiben. Erst jetzt habe ich den Kopf gesenkt und beschlossen, mir Investoren zu suchen.«

Enzo hakte weiter nach: »Wann war das?«

Mara antwortete: »Letzte Woche.«

»Und?«, fuhr Enzo fort. »Was machen seitdem die Rückenschmerzen und die Migräne?«

»Die sind weg!«, erkannte Mara plötzlich. »Stimmt – das ist mir noch überhaupt nicht aufgefallen.« Mara wirkte nun sehr nachdenklich, und wiederholte ihre Worte noch einmal sehr langsam: »I c h h a b e m e i n e n K o p f g e s e n k t. Führt uns unser Kopf immer wieder hinter das Licht? Ist es wirklich so einfach, Enzo? Kann sich unser Schicksal in Sekunden zum Guten wenden? Und dies jederzeit, wenn wir nur ein bisschen achtsamer und mutiger wären, und uns von den Ängsten unseres Kopfes nicht regelmäßig verarschen lassen würden? Ist das Leben wirklich so einfach?«

Lucy kam Enzo zuvor. »Es kann alles blitzschnell gehen. Wenn du dich auf die offenen Türen konzentrierst und du gleichzeitig von geschlossenen konsequent ablässt, kannst du sofort ins Fließen kommen. Je länger wir darüber sprechen, umso klarer wird mir alles. Es stimmt eindeutig! Alle Lösungen und Hinweise, die wir brauchen, warten permanent darauf, von uns entdeckt zu werden. Wir müssen nur hinschauen.«

Mara erwiderte: »Das Beispiel mit Enzo auf unserer Gartenparty macht doch vieles auf tragische Weise offensichtlich. Enzo passte einfach nicht in meine Lebenskonzepte. Ich sah in ihm keine potenzielle Affäre, im wissenschaftlichen Bereich beschäftigte er sich mit etwas völlig anderem, mich zum Lachen bringen wollte er auch nicht, und seine Tussy konnte ich eh nicht leiden. Hätte ich mich stattdessen nur zwanzig Minuten wert- und urteilsfrei auf das Gespräch eingelassen, hätte ich mir wahrscheinlich fünf Jahre Leid ersparen können. Wäre ich neutral gewesen, hätte ich sicherlich anders reagiert, denn schließlich fiel mir schon damals auf, dass die Situation mit Enzo mehr als ungewöhnlich war.«

Andrea sagte daraufhin: »Und die Wahrscheinlichkeit, dass du schon seit Jahrzehnten an solchen Fügungen zielsicher vorbeiläufst, ist mehr als hoch.«

Mara wurde kurz nachdenklich. »Aber warum war ich ausgerechnet heute so clever, und habe mich wertfrei und neutral auf eine mir völlig unbekannte Situation eingelassen?«

Andrea gab die Antwort: »Weil es Lucy gab! Du hast nicht mir, nicht Sascha, und schon überhaupt nicht dir selbst vertraut. In letzter Konsequenz bist du in diesem Schlafzimmer gelandet, weil Lucy unten im Restaurant zu dir gesagt hat *Mach's Mara!*«

Als Lucy dies hörte, dachte sie sofort an Bella. Lucy fiel auf, dass es ihr ähnlich ergangen war. Nur weil sie Bella vertraute, konnte sie sich so mutig der dritten Tanzrunde hingeben. Ohne Bella hätte sie sich niemals überwinden können, bei Festbeleuchtung, weit aufgezogenen Vorhängen und einer weit offenstehenden Eingangstür nackt zu tanzen. Lucy sagte daraufhin zu Mara: »Auch ich brauchte diesen Anstoß durch eine andere Frau. Mittlerweile habe ich zwar die Erfahrung gemacht, dass es auch ohne sie geht, aber in letzter Konsequenz brauchte ich jemanden, der mich massiv anschob. Seither empfinde ich Tag für Tag mehr Sicherheit. Ich bin mir mittlerweile gewiss, dass ich mich auf meinen Schutzengel in meinem Bauch verlassen kann. Abschließend denke ich, dass dieses Gottvertrauen nichts anderes ist, als sich auf seine Intuition zu verlassen, und das wiederum ist nur eine Frage des täglichen Trainings. Hat man erst einmal den Mut gefunden, sich auf sich selbst zu verlassen, stellt man blitzschnell fest, dass dies ein gutes Geschäft ist.«

Mara entschloss sich zu einem Fazit: »Jetzt habe ich physiologisch und anatomisch den menschlichen Körper endgültig verstanden. Das Mosaiksteinchen, was mir jahrelang in meiner Forschungsarbeit über das Herzmagnetfeld gefehlt hatte, halte ich jetzt in Händen. Unser Bauchgehirn beziehungsweise unsere Intuition weiß, was unsere Herzen sich wünschen, und führt uns geradewegs in die richtige Richtung. Unsere eigentlichen Wünsche werden erfüllt, das Herz selbst wird von falschen Vorstellungen unseres Kopfes entlastet, und kann infolgedessen wieder ordnungsgemäß arbeiten. Und ab diesem Zeitpunkt entwickelt es wieder das notwendige starke Magnetfeld, um sich nicht nur vor Fremdeinflüssen schützen, sondern auch selbst eigene Realität erschaffen zu können. Ganz im Sinne der Quantenphilosophie.«

Andrea war entzückt von dieser Erkenntnis, und meinte: »Und tun wird das nicht, dann beginnt dieses ganze körperliche Wunderwerk nach und nach zusammenzubrechen. Unsere fünf Sinne erkennen die Fügungen nicht mehr, unser Herz verliert seine Kraft, und unser Bauch führt Tag für Tag einen aussichtslosen Überlebenskampf. Infolgedessen bricht auch unser Immunsystem zusammen, weil es Bestandteil unseres Bauchraums ist, und so verlieren wir nicht nur unser Wohlbefinden, sondern auch unsere Gesundheit. Der Prozess des langsamen Sterbens auf Raten beginnt.«

Enzo entschloss sich ebenso zu einem Resümee: »Im Prinzip müssen wir uns nur abgewöhnen zu urteilen. Wir laufen tagtäglich durchs Leben und lassen unseren Kopf alles und jeden beurteilen und bewerten. Permanent vergleichen wir Umstände und Personen mit unseren Lebenskonzepten. Das ist es, was uns blind macht. Würden wir das lassen und in der Lage sein, nur wenige Augenblicke wert- und urteilsfrei unsere Umwelt zu beobachten, würde uns jegliche Fügung wie ein Blitz treffen. Die urteilsfreie Achtsamkeit ist der Schlüssel zum Glück.«

Lucy war begeistert: »Das muss ich mir gleich notieren. Wenn wir die von uns selbst auferlegte Blindheit durch eine urteilsfreie Zentriertheit auf die Gegenwart ersetzen, dann bräuchten wir uns nie mehr Sorgen machen, dass wir die ausgestreckten Hände unseres Schicksals übersehen könnten.«

Andrea ergänzte: »Durch Konzentration auf das Jetzt erfahren wir Gott!«

»Oh, wie schön, Andrea. Durch Konzentration erfahren wir Gott – das ist wahrlich eine zauberhafte Weisheit«, freute sich Lucy erneut.

»Apropos Jetzt und Gott«, meldete sich plötzlich Mara mit Blickrichtung auf Sascha zu Wort. »Jetzt in diesem Augenblick höre ich den göttlichen Ruf nach einer zweiten Runde.«

Am Tisch brach allgemeines Gelächter aus, und alle schauten gespannt auf Sascha. Er machte hingegen einen zögerlichen

Eindruck. Andrea vermutete, den Hintergrund seiner Zurückhaltung zu kennen, und beschloss Mara aufzuklären: »Liebe Mara, ich denke das könnte ein Finanzierungsproblem werden.«

Mara verstand sofort und schaute zu Sascha. »Was kostest denn ein Zauberer?« Andrea kam Sascha zuvor, nahm einen Stift und schrieb Saschas Stundensatz auf das Verpackungsmaterial, das noch von dem gelieferten japanischen Essen auf der Theke herumlag. Die Runde sah nun auf eine vierstellige Summe hinab. Während Lucys Kinnlade herunterfiel und sie Schwierigkeiten hatte, ihren weit offen stehenden Mund mit Nahrung zu versorgen, stand Mara auf, ging an ihre Handtasche und holte ein Briefkuvert heraus. Sie sagte süffisant in die Runde: »Glaubt ihr, meine Lieben, ich gehe auf einen Kongress der Pharmaindustrie, ohne genügend Bargeld in neutralen Kuverts vorbereitet zu haben? Schließlich suche ich Investoren.«

Während die Runde noch staunte über den Geschäftssinn von Mara, ergriff Sascha das Wort: »Liebe Mara, Geld war nicht der Grund meines Zögerns. Wir sind uns vorhin zum Schluss ziemlich nahegekommen. Ich denke, ich bin mit dir der Jüngste hier in der Runde, aber eines habe ich in meinem jungen Leben gelernt: Wenn du einem Menschen begegnest, der deine Seele berührt, sollte man nicht an das Geschäft denken. Darüber bin ich mir eben gerade klar geworden. Ich würde also sehr gerne mit dir noch einmal ins Schlafzimmer gehen.« Sascha nahm das Kuvert, steckte es wieder in Maras Handtasche zurück, nahm sie liebevoll an der Hand, und ging mit ihr in Richtung Schlafzimmer. Auf dem Weg dorthin hörte die Runde, wie Mara Sascha etwas fragte: »Darf ich dann wieder böse Sachen sagen«?

Sascha lachte und erwiderte: »Ja, Mara, du darfst wieder böse Sachen sagen.«

Mara erwiderte: »Und du? Kannst du auch zu *mir* böse Sachen sagen?«

»Ja Mara, auch das. Aber erst wenn die Tür hinter uns zu ist«, antwortete Sascha in seiner gewohnt trockenen Manier.

Nachdem Mara und Sascha im Schlafzimmer verschwunden waren, bemerkte Andrea bei Lucy eine gewisse Unruhe. Sie suchte den Augenkontakt zu Lucy, und gab ihr zu verstehen, dass es kein Problem sein würde. Lucy schenkte Andrea einen dankbaren Blick, und gab sich einen Ruck. Mutig fragte sie: »Mein lieber Enzo, ich wäre jetzt auch gerne in einem Schlafzimmer. Und Andrea erlaubte mir vorhin, dass ich dich ansprechen dürfe.«

Enzo senkte den Blick, um ein paar Sekunden innezuhalten. Er schaute dann wieder zu Lucy hoch und sagte: »Liebe Lucy, glaube mir, ich fühle mich zutiefst geschmeichelt von einer beeindruckenden Persönlichkeit, wie du es bist, aufgefordert zu werden, dir näherkommen zu dürfen. Aber ich denke, ich würde dich enttäuschen. Meine Zeiten sind längst vorbei, und ich möchte dich mit meinem greisen Körper nicht belästigen.«

Lucy ließ nicht locker, schließlich saß ihr Fetisch vor ihr. »Trägst du eine Brille?«

»Nein, aber ich brauche eine Lesebrille.«

»Wie viel Zähne kannst du noch dein Eigen nennen?«, fragte Lucy frech weiter.

Enzo lachte amüsiert, da er solche Fragen von einer Frau noch nie gestellt bekommen hatte. »Ungefähr die Hälfte.«

»Und kannst du noch normal Wasser lassen?«

Enzo konnte seinen Spaß an den Fragen nicht verbergen: »Ja, Lucy, meine Prostata ist auch noch kerngesund!«

Lucy antwortete daraufhin: »Ich habe vorhin von Andrea gelernt, dass das, was mich bei Männern anmacht, letztendlich ihre Gesundheit ist. Ich fühle das ganz deutlich bei dir. Erlaubst du mir, dass ich meinen Händen freien Lauf lasse? Nur kurz! Bitte!«

Enzo nickte neugierig, und Lucys rechte Hand wanderte zu ihm hinüber. Nach ein paar Sekunden konnte Lucy in ein erstauntes Gesicht von Enzo sehen. Sie sagte gelassen: »Das macht doch einen ziemlich gesunden Eindruck, findest du nicht auch?«

Enzo stand sofort auf, nahm Lucy an der Hand und führte sie in eines der anderen Schlafzimmer. Dabei bekam Lucy gerade noch die Hand von Andrea zu fassen, um sie mitzuziehen. Der Wohnraum der Präsidentensuite wurde nun menschenleer. Auf der Theke war noch Lucys Smartphone zu sehen. Darauf waren ihre letzten Notizen zu lesen:

URTEILE NICHT VORSCHNELL UND ACHTE AUF OFFENE TÜREN!

Level 8 – Freiheit

Lucy lief lässig die Treppen im Hausgang hinunter. Nachdem sie entspannt ihre Wohnung erreicht und die Tür hinter sich geschlossen hatte, zog sie sich etwas an, und beschloss in Zukunft nur noch bekleidet Sams Wohnung zu verlassen. Zwei Wochen waren vergangen, seit sie diese atemberaubende Zeit mit Mara, Enzo, Andrea und Sascha verlebt hatte.

Trotz all der vielen neuen Erkenntnisse hatte sie nie ihre täglichen Selbstüberwindungsübungen vernachlässigt. Jetzt erkannte sie, dass es sinnlos geworden war, nackt die Treppen hinunterzulaufen.

Diese Mutprobe hat nun ausgedient. Es stellt keine größere Herausforderung mehr dar. Scheinbar lösen sich die meisten Ängste schneller als gedacht auf, sofern man erst einmal begonnen hat, sie zu überwinden, ging es durch Lucys Kopf. *Beim ersten Mal fühlte ich die nackte Panik, beim zweiten Mal hatte ich nur noch die üblichen Ängste, und mit jedem weiteren Mal lösten sich alle Sorgen, nackt gesehen zu werden, mehr und mehr auf. Heute habe ich zum Beispiel überhaupt kein Unwohlsein mehr empfunden. Ich bin gänzlich angstfrei splitternackt die Treppen hinabstolziert. Ich werde ab sofort meine armen Nachbarn nicht mehr mit meinen schlechten Manieren belästigen müssen. Das Prinzip der selbstauferlegten Konfrontationstherapie funktioniert scheinbar hervorragend*, dachte sich Lucy weiter. *Auch bei meiner Fähigkeit Gottvertrauen zu entwickeln, habe ich deutliche Fortschritte gemacht. Am Anfang brauchte ich noch Bella, dann habe ich es selbst versucht, und je öfter ich geübt hatte, mich auf mein Schicksal zu verlassen, umso sicherer wurde ich. Desto mehr wurde mir bewusst, dass mir mein neues Gottvertrauen ein besseres Leben als je zuvor bescheren wird.*

Lucy schritt jetzt mit einem wohlduftenden Cappuccino auf ihren Balkon, und setzte sich unter den Sonnenschirm auf ihren Lieblingsstuhl. Mit angewinkelten Knien spürte sie deutlich ihren Allerwertesten, der sie noch für ein bis zwei Tage an Sam erinnern lassen würde. Während sie die letzte Nacht in ihrem Geiste vorüberziehen ließ, wurde sie plötzlich von dem Brummen ihres Smartphones aus ihren sentimentalen Träumen gerissen. Sie beugte sich vor, und las den angezeigten Namen auf dem Display.

»Der liebe Hannes. Mensch, wer hätte das gedacht«, freute sich Lucy über den überraschenden Anruf. Sie nahm ab und hörte eine vertraute Stimme.

»Hey Lucy, schön, dass ich dich gleich erreiche. Ich bin gerade hier in Frankfurt gelandet und habe für zwei Stunden einen Zwischenaufenthalt. Hast du Zeit?«

Lucy war vom Klang ihrer eigenen Stimme überrascht, die wie von selbst von großer Euphorie zeugte: »Oh, Hannes, natürlich! Für dich doch immer. Wo bist du denn genau?«

»Sollen wir uns an der Rezeption des Airport Hotels treffen?«, hörte Lucy. Sie hatte längst ihre Sitzposition verlassen, und war schon auf dem Sprung: »Ich bin in einer halben Stunde bei dir, mein Schatz!«

»Ja, super – bis gleich«, sprach die Stimme am anderen Ende der Leitung.

Lucy tauschte schnell ihre Leggings und ihr T-Shirt gegen ein blumiges Sommerkleid aus, und raste hinunter in die Tiefgarage zu ihrem uralten Jaguar. »Jetzt spring bloß an, meine geliebte englische Katze«, versuchte Lucy ihr klappriges Gefährt zu motivieren. Nach ein paar bedrohlich wirkenden Umdrehungen des Anlassers sprang der Wagen endlich an, und dreißig Minuten später stand Lucy an der Rezeption des Flughafenhotels. Sie traf auf einen breit grinsenden Hannes, der einen riesengroßen Strauß Rosen in Händen hielt.

Lucy sprang Hannes förmlich an und fiel ihm um den Hals. Nachdem sie die innige und herzliche Begrüßung ausgekostet hatte, bekam sie fünfzig rote Rosen von Hannes überreicht. Sie hörte von ihm: »Du hast meine Ehe gerettet, liebste Lucy. Ich danke dir von Herzen. Mara hat mir alles erzählt.«

Lucy stand wie vom Blitz getroffen da. Sie nahm irritiert die Rosen entgegen, und schleppte sich sichtlich verwirrt zu einer Sitzgruppe, die nur wenige Meter von ihr entfernt war. Sie ließ sich in einen Sessel fallen und sagte: »Jetzt bin ich aber baff! Mara? Das kann ich jetzt nicht glauben. Sie ist deine Ehefrau?«

»Ja, Doktor Marianne Frigand-Phil, die bekannte Magnetokardiologin aus München«, bejahte Hannes Lucys Frage. »Ich weiß, sie verzichtet grundsätzlich darauf, den Doppelnamen zu nennen, sondern stellt sich meist nur mit Mara Frigand vor.«

Lucy war weiterhin sprachlos. Ihr fehlten noch eine ganze Weile die Worte. Schließlich entgegnete sie: »Das ist doch unglaublich. Was ist das denn für ein Zufall. Erzähl mir, was passiert ist.«

»Mara flog spontan nach San Francisco, und stand plötzlich vor der Uni. Ich ließ alles stehen und liegen, und wir gingen in ein Café. Dann erzählte sie mir die ganze Geschichte. Ich weiß alles – das mit dir, mit Andrea, mit Doktor Mancini, den ich im Übrigen schon seit Jahren persönlich kenne, und schließlich die Stunden mit diesem Sascha.«

»Wow«, holte Lucy tief Luft, »da hat sie dir ja mehr als reinen Wein eingeschenkt. Wie war das für dich? Hast du das wegstecken können? So viel Wahrheit auf einen Schlag ist schließlich nicht jedermanns Sache.«

»Wegstecken? Du bist gut. Mara hat mich am gleichen Tag noch abgeschleppt, und wir hatten nach vielen, vielen Jahren das erste Mal wieder Sex. Ich hatte eine völlig veränderte Ehefrau vor mir. Ich wusste überhaupt nicht, wie mir geschah. Und meine tief sitzenden Schuldgefühle, dass ich es meiner eigenen Frau nie richtig besorgen konnte, haben sich in Luft aufgelöst. Wir fühlten uns wie zwei frisch verliebte Teenager.«

Lucy war gerührt von dieser sentimentalen Geschichte und sagte: »Mensch Hannes, das ist sooo schön, was du da erzählst. Wie geht es mit euch beiden jetzt weiter?«

Hannes antwortete: »Nachher fliege ich zu ihr nach München. Sie hatte auf eurem Kongress einen Tag später einen großen US-amerikanischen Investor kennengelernt, der mit ihr in Los Angeles ein Institut für Psychokardiologie aus dem Boden stampfen möchte. Er suchte jemanden, der das Phänomen des Broken-Heart-Syndroms professionell weiter erforschen möchte. Wenn Mara beschließen würde, nach L.A. auszuwandern, bekäme sie sogar eine Greencard. Dann könnten wir wieder zusammenziehen. Aber lass uns doch mal über dich sprechen. Du leuchtest förmlich. Du wirkst wie ein junges Mädchen. Bestimmt hast du Gott gefunden.«

Lucy freute sich über das schöne Feedback von Hannes. Solche Komplimente hatte sie in den letzten Tagen zum wiederholten Male gehört. »Oh, Hannes, es ist alles so wunderbar. Ich glaube noch nicht einmal, dass ich Gott selbst gefunden habe, der versteckt sich schließlich ziemlich professionell. Aber ich habe seine Spielregeln, die er uns hinterlassen hat, verstanden. Seit ich mich von meinem Kopf nicht mehr hinters Licht führen lasse, habe ich das Gefühl erwacht zu sein. Ich mache mir keine Gedanken mehr über etwas, was ich nicht ändern kann. Wenn ich Fragen über mich selbst habe, schaue ich mir urteilsfrei meine Umwelt an, und meinen Kopf setze ich nur noch dafür ein, die Alltagsaufgaben zu bewältigen. Und wenn es um meine Zukunft geht, kann ich mich auf meine Intuition verlassen, die mir rechtzeitig alle offenstehenden Türen aufzeigt.«

Hannes grinste, zu sehr freute er sich über das, was er da zu hören bekam. »Ich hätte tatsächlich eine weitere offene Tür für dich. Was hältst du davon, wenn du der Welt mitteilst, was die göttlichen Spielregeln sind?«

Lucy war von dem Vorschlag nicht überrascht, denn auch darauf wurde sie schon mehrmals angesprochen. »Jetzt sag bloß, du empfiehlst mir auch, ein Buch zu veröffentlichen?«

Hannes lachte und offenbarte: »Nicht nur das, ich habe sogar einen Autorenvertrag für dich mitgebracht.« Hannes griff in seinen Aktenkoffer und präsentierte Lucy ein Schriftstück. »Nimm den Vertrag mit nach Hause und überlege es dir in Ruhe. Mein Verleger hatte mich gefragt, ob ich eine weibliche Expertin kennen würde, die einen Ratgeber über Wissenschaftsphilosophie verfassen möchte.«

Lucy gestand: »Wenn ich ehrlich bin, ist meine Stoffsammlung ziemlich komplett, und ich könnte aus dem Handgelenk eine Gliederung aus dem Hut zaubern. Aber warum einen Ratgeber? Ich habe eigentlich geplant, meine eigene Geschichte zu erzählen.«

»Das habe ich meinem Verleger auch vorgeschlagen. Er schlug nur die Hände über dem Kopf zusammen und meinte, dass derzeit zig Tausende Frauen auf die Idee kämen, ihre eigene Geschichte aufschreiben zu wollen. Er verstünde diese Massenbewegung nicht. Der Markt wäre längst übersättigt. Aber für Ratgeber oder Sachbücher gäbe es noch gute Chancen auf einen Erfolg, besonders für weibliche Autoren.«

»Warum besonders für Frauen?«

»Keine Ahnung, wahrscheinlich ist das gerade Zeitgeist. Als ich ihm vorschlug, dass ich ihm selbst diesen Ratgeber runterschreiben könne, winkte er nur ab. Er will eine Frau haben. Warum auch immer. Überlege es dir einfach. Ich habe im Übrigen den Autorenvertrag durchgelesen. Du musst dir keine Sorgen machen, die Konditionen und alles andere sind in Ordnung.«

Lucy nahm den Vertrag und steckte ihn in ihren Rucksack. »Hannes, ich hätte noch eine Bitte. Du könntest mir gleich eine Frage beantworten, wenn du schon mal vor mir sitzt. Erinnerst du dich, als wir zusammen festgestellt hatten, dass gemäß der

Quantenmechanik die Menschen ihre Realität selbst erschaffen würden? Was mir dabei noch unklar ist, sind die Schnittmengen in unserem tagtäglichen Leben. Welchen Teil der Realität habe ich selbst erschaffen, und was stammt von anderen Leuten?«

Hannes wollte gerade antworten, da kam ihm Lucy zuvor. »Hannes, lass mich zuerst eine kleine Geschichte erzählen. Es geht dabei nicht direkt um die Quantenmechanik, sondern um die Neurologie, denn dort hört man ähnliche Rückschlüsse wie in der Quantenphilosophie.«

Lucy holte tief Luft, und begann zu erzählen: »Ich habe auf dem Kongress einen der weltweit führenden Gehirnforscher interviewt. Zuvor ging es in seinem Vortrag darum, dass der Aufbau und die Funktionsweise eines jeden Gehirns so individuell sei wie es der Mensch selbst. Wie wir uns äußerlich unterscheiden, so würden wir uns auch innerlich unterscheiden. Jedes Organ sieht ein kleines bisschen anders aus, und würde eine gewisse Individualität aufweisen.

Wir standen also irgendwann an einem Stehtisch und ich habe ihn interviewt. Vor uns auf dem Tisch war ein leeres Wasserglas zu sehen. Auffällig war sein goldener Rand. Ich fragte ihn, wenn dieses Wasserglas nur eine Illusion unserer Gehirne ist, weil wir im Prinzip nur dessen elektromagnetische Strahlung sehen, und das Ganze erst in unserem Kopf zu einem Glas zusammengesetzt wird, und wir daher nicht wissen können, wie es tatsächlich aussieht, warum sehen wir aber alle das Gleiche? Denn dies könnte vor dem Hintergrund, dass alle Gehirne etwas anders funktionieren, im Prinzip nicht sein. Wenn ich aber jeden Besucher dieses Kongresses auf das Glas hinweisen würde, würden sie dennoch alle dasselbe sehen. Dann ist doch der Goldrand kein Ergebnis unserer subjektiven, sondern einer objektiven Wahrnehmung. Was in der Folge heißt, dass alle Gehirne dieser Welt synchronisiert sein müssten, zumindest wenn es um den Goldrand eines Wasserglases geht.«

Hannes war begeistert: »Und? Was hat der Gehirnforscher

geantwortet?«

Lucy sagte trocken: »Nichts! Er hat mich einfach stehen lassen, und ist wortlos fortgegangen.«

Hannes lachte laut auf, und klatschte in die Hände. »Lucy, du bist genial.« Er erinnerte sich jetzt an die gemeinsame Nacht mit Lucy, und stellte fest: »Du bist noch an dem gleichen Punkt, als wir zusammen im Whirlpool lagen und du dir den Mond durch das Fenster angeschaut hast.«

Lucy schmunzelte, weil sie sich noch gut erinnern konnte, wie sie beide danach auf den Fliesen knieten, um dem übergelaufenen Badewasser Herr zu werden.

Hannes fuhr fort: »Liebe Lucy, dir wird das Ganze etwas klarer, wenn du einmal einige Begrifflichkeiten überdenkst. Es stimmt durchaus, dass wir zumindest aus quantenmechanischer Sicht individuelle Realitäten erschaffen, die nichts anderes sind als eine subjektive Illusion – also ein Hologramm. Wie das jedoch im Alltag funktioniert wird verständlicher, wenn du zwischen den Begriffen *Beobachtung* und *Messung* eine Unterscheidung triffst. Du erinnerst dich doch an das Doppelspaltexperiment, bei dem es auf die zwei Spalten ankam, durch die die Teilchen flogen. Diese zwei Spalten sind die Messung selbst. Erst wenn etwas aus Materie oder eine bestimmte Strahlung auf die Quanten trifft, erst dann ergeben sich Reaktionen.

Was will ich damit sagen? Du kannst neben dem Versuchsaufbau stehen, und die Quanten beobachten bis du schwarz wirst, sie werden aber auf deine bewussten Sinne nicht reagieren. Du kannst also durch simples Hinschauen oder durch bloße Konzentration nichts beeinflussen. Erst wenn du in den Versuchsaufbau mithilfe einer Platte mit zwei Schlitzen oder mit Detektoren konkret eingreifst, ergibt sich dieses bekannte Paradoxon.

Du darfst also den Begriff *Beobachtung* nicht mit dem Wort *Hinschauen* verwechseln. Wenn die Physiker von Beobachtung sprechen, meinen sie eigentlich eine konkrete Messung, das heißt einen materiellen Eingriff in den Versuchsaufbau.«

Lucy verstand, was Hannes damit sagen wollte. »Das ist mir schon klar. Das habe ich im Übrigen auch mithilfe deiner Frau ziemlich gut konkretisieren können. Es ist die elektromagnetische Strahlung unseres Körpers und nicht unsere bewussten Sinne, die unsere subjektive Realität erschaffen lässt. Unsere Körper sind es infolgedessen, und nicht unsere Köpfe, die unsere Hologramme entstehen lassen. Ebenso habe ich erkannt, dass je mehr ein Umstand oder eine Person mit mir verbunden ist, umso wahrscheinlicher ist es, dass sie Produkte meiner selbst sind, und nicht die von anderen. Aber wie verhält es sich mit dem Goldrand eines Glases? Schließlich hängt ein solches Glas nicht sonderlich mit meinem Leben zusammen. Erkennen meine Sinne nur deshalb denselben Goldrand wie alle anderen, weil es mir beigebracht wurde?«

»Ich denke schon«, stimmte Hannes zu. »Mal angenommen, Babys könnten schon kurz nach der Geburt sprechen, und du würdest ihnen dieses Glas mit Goldrand vor die Augen halten, dann würden sie zwar bemerken, dass da etwas ist vor ihren Augen, jedoch könnten sie dir nicht beschreiben, wie es aussieht. Erst später bringen wir ihnen bei, wie dieses Ding, was sie vor ihren Augen sehen, weltweit definiert ist. Es ist ein Grundprinzip des gesellschaftlichen Zusammenlebens, dass wir uns auf einheitliche Bewertungssysteme geeinigt haben, sonst wären Zivilisation, Wirtschaft und Fortschritt nicht möglich.«

»Das würde heißen«, fasste Lucy zusammen, »dass auf dem Kongress nur deshalb alle das gleiche Glas sehen und identisch beschreiben können, weil alle das gleiche beigebracht bekommen haben.«

»Exakt!«, antwortete Hannes. »Kämen wir rein theoretisch mit Außerirdischen in Kontakt, in deren Welt die elektromagnetische Schwingung Gold als Blau definiert wäre, rund eckig heißt und Weiß als Schwarz erscheinen würde, dann wäre deine Befragung über das Glas mit Goldrand ein reines Desaster.

Aber unabhängig davon ahne ich, was der wahre Hintergrund deiner Frage ist: Du willst wissen, wie du mehr Sicherheit erlangen kannst, ob das, was du als deine Realität wahrnimmst, auch tatsächlich deine eigene ist und nicht die eines anderen Menschen. Du möchtest mehr Kontrolle über die Bewertung deines Hologramms haben.«

»Ja, vielleicht!«, antwortete Lucy etwas zögerlich.

Hannes neigte den Kopf und schaute direkt in Lucys strahlendblaue Augen. »Lucy, du weißt doch mittlerweile sehr genau, dass es genau darum eben nicht geht. Wir können unser Leben nicht kontrollieren. Wir werden im Vorfeld niemals absolute Sicherheit erlangen, ob unser Weg der richtige ist oder nicht. Das ist doch gerade das Abenteuer des Lebens. Das Nichtwissen ist es doch, was unser Leben so spannend macht.

Stell dir vor, du spielst *Mensch ärgere Dich nicht*, und du würdest schon im Vorfeld wissen, wie die Würfel fallen werden, wie jeder Spielzug deiner Mitspieler verlaufen wird, und wer schließlich gewinnt. Hättest du daran tatsächlich Spaß?«

Lucy verzog ihr Gesicht. »Ja, du hast ja recht. Ich denke, meine Frage war nur ein Rückfall in alte Zeiten. Es ist manchmal schwer, heilige Einsichten praktisch in das Alltagsleben zu integrieren. Ich spüre deutlich, wie mein Kopf regelmäßig versucht, mich mit seiner Kontrollsucht zu belästigen. Manchmal ist er wie ein Drache, den ich mit scharfem Schwerte regelmäßig niederstrecken muss, er aber am nächsten Tag wie ein Stehaufmännchen wieder vor mir auftaucht. Ich werde sicher noch einige Monate brauchen, um die Kontrollwut meines Kopfes endgültig besiegt zu haben. Aber jetzt bin ich wieder wach. Dankeschön Hannes, dass du mich erinnert hast. Natürlich ist meine Zukunft nicht durch und durch planbar. Und natürlich habe ich gelernt, meine Ängste zu überwinden, schließlich habe ich in den letzten Wochen am eigenen Leib erfahren habe, dass es sich rentiert. Je mutiger ich meine Angst vor dem Nichtwissen überwinde, umso schneller habe ich Gewissheit erreicht!«

Hannes war begeistert von Lucys Fazit und wiederholte ihre Worte: »Je mutiger wir unsere Angst vor dem Nichtwissen überwinden, umso schneller erreichen wir Gewissheit. Lucy, das sind sehr weise Worte. Das hast du wunderbar ausgedrückt.

So, und jetzt überlege bitte, ob dir für den Begriff Gewissheit ein anderes – vielleicht ein etwas althergebrachtes – Wort einfällt.«

Aus Lucy schoss es förmlich heraus: »Glauben!«

Hannes schaute Lucy vielsagend an: »Lucy, du hast mit deiner Suche nach Gott tatsächlich deinen *Glauben* gefunden. Ist das nicht atemberaubend? Ist dir das bewusst geworden? Du hast dir etwas in wenigen Wochen angeeignet, worüber sich alle Weltreligionen schon seit Tausenden von Jahren den Mund fusselig reden. Und das alles hast du gänzlich ohne Religionslehren geschafft! Ist das nicht wunderbar?«

Lucy saß mit offenem Mund da und war konsterniert: »Du hast tatsächlich recht, Hannes. Das ist es! Ich habe meinen Glauben gefunden. Das beweist doch, dass wir diesen ganzen verstaubten Religionsirrsinn nicht mehr brauchen. Eine fundierte Wissenschaftsphilosophie wäre doch die Zukunft. Weißt du was, Hannes? Ich schreibe dieses Buch – von mir aus auch einen Ratgeber. Das wird der Knaller!«

»Allerdings fehlt dir dazu noch ein wichtiges Thema aus der Astrophysik.«

Lucy begann zu raten: »Dunkle Energie?«

Hannes klatschte wieder in die Hände: »Lucy, du bist so klasse! Ich habe auch gleich eine tolle Idee für dich. Sagt dir der Name Doktor Simon Autenberg etwas?«

»Selbstverständlich«, antwortete Lucy begeistert, »dieser Name taucht ständig bei meinen Onlinerecherchen auf. Sag´ bloß, du kennst dieses kleine Genie persönlich?«

Hannes grinste verschmitzt. »Simon war vor vielen Jahren einer meiner Studenten. Mittlerweile wird er als der neue Superstar in der Astrophysik gefeiert. Er zählt trotz seiner jungen

Jahre schon zu den Spitzenphysikern weltweit, und es ist wohl nur eine Frage der Zeit, bis er sich seinen Nobelpreis abholen wird. Am nächsten Wochenende hält er einen Vortrag an der Uni in Heidelberg. Das ist doch nicht weit von hier, oder? Was hältst du davon, dich mit ihm zu treffen? Ich weiß, dass er abends immer Zeit hat, wenn er nicht gerade an seinem Rechner sitzt.«

Lucy zappelte schon auf ihrem Sitz hin und her, und sagte euphorisch: »Meinst du wirklich, der hätte Zeit für mich? Das wäre absolut fantastisch.«

Hannes nahm sein Smartphone zur Hand und drückte auf eine Kurzwahltaste. »Hallo Simon, hier ist Hannes. Schön, dass ich dich gleich erreiche. Sag' mal, du bist doch nächste Woche ganz in der Nähe von Frankfurt. Ich sitze hier gerade mit einer bezaubernden Journalistin zusammen, die sich brennend für die *Millennium Simulation* interessiert. Sie würde sich wahnsinnig freuen, wenn du dich mit ihr treffen könntest. Du musst dich um nichts kümmern, sie organisiert alles, sie ist sehr feinfühlig und du kannst ihr zu hundert Prozent vertrauen.«

Lucy jubelte ausgelassen, während Hannes alle weiteren Details mit dem jungen Physiker am Telefon besprach. Danach äußerte Lucy eine Vermutung: »Das ist ein ängstlicher Hochbegabter, nicht wahr? Das hast du aber gut gemacht, Hannes. Ich hätte jemandem nicht besser seine Ängste nehmen können.«

Hannes ergänzte: »Auf jeden Fall hatte er seinen ersten Doktortitel bereits mit zweiundzwanzig in der Tasche. Er mag im Übrigen keine Edelrestaurants, kein Schickimicki-Getue, hasst Autos und würde sich am liebsten ausschließlich den ganzen Tag von Pizza Salami ernähren. Daher habe ich ihm auch angeboten, dass ihr euch in einem Imbiss trefft. Das mag er – das weiß ich. Er bevorzugt ein einfaches und alternatives Umfeld. Zudem trägt er nur Jeans, T-Shirts und Sneakers. Etwas anderes besitzt er nicht.«

Lucy kamen diese Eigenheiten mehr als entgegen:

»Wunderbar! Könnte es auch Sushi sein, oder muss ich mich auf Pizza einstellen?«

»Ich weiß noch von früher, dass er sich bei seinen zahlreichen Lieferservices auch japanisches Essen bestellt hatte. Das müsste also in Ordnung gehen.«

Lucy rieb sich die Hände und meinte: »Dann kenne ich den richtigen Laden für ihn. Er ist ein kleiner Geheimtipp außerhalb des Zentrums. Dort sind meist wenige Menschen und das Essen ist frisch und lecker.

Oh, Hannes, lass dich drücken, das hast du super eingefädelt.« Lucy stand auf und umarmte Hannes etwas fester als üblich. Danach sprachen sie noch ein bisschen über Gott und die Welt – im wortwörtlichen Sinne –, und schließlich musste Hannes zu seinem Anschlussflug nach München aufbrechen.

Noch während Lucy mit ihrem riesengroßen Strauß roter Rosen in Richtung Tiefgarage schlenderte, sprach sie innerlich zu sich selbst: *Lucy, noch vor wenigen Monaten wärst du tief enttäuscht gewesen, dass es nicht du bist, die Gegenstand seiner großen Liebe ist. Jetzt hingegen fühle ich eine tiefe Freude für ihn. Es ist so wunderbar, dass es einem so wertvollen Menschen wie Hannes so gut ergangen ist. Das ist es, was Bella immer meinte. Wenn dein Körper genug Liebe produziert, brauchst du die Liebe anderer, zumindest für das eigene Überleben, nicht mehr. Du kannst ihnen alles von Herzen gönnen, ohne selbst das Gefühl zu haben, zu kurz gekommen zu sein. Nur wer sich selbst mag, wird von der Liebe anderer unabhängig, und in Freiheit leben können.*

Nachdem Lucy nur mit Mühe ihren alten Jaguar überreden konnte, sie wieder nach Hause zu fahren, rief sie während der Fahrt Bella an: »Hi, Bella, mein Schatz, wann tanzen wir mal wieder?«

Am anderen Ende der Leitung traf der Vorschlag auf große Gegenliebe, und Lucy hörte, dass Bella am frühen Abend runterkommen wolle. Der Tanztermin wurde dingfest gemacht, und zu Hause angekommen, legte sich Lucy zufrieden hin, und fiel in ihr lieb gewonnenes Mittagsschläfchen. Danach schob sie ihre üblichen Schönheits- und Pflegestunden ein, und verwöhnte ihre Haut und ihre Seele mit zahlreichen Cremes, Düften und Ölen. Die Zeit verging wie im Fluge.

Schließlich klopfte es an der Wohnungstür, und eine mit hausgemachten Snacks und einer Flasche vorgekühltem Grauburgunder bewaffnete Bella fiel freudestrahlend in Lucys Arme. Nach der herzlichen Begrüßung wurde kurz angestoßen, der Online-Streamingdienst angeworfen, und die beiden Frauen gaben sich dem Rhythmus der Musik hin. Ein ausgelassener Abend nahm seinen Anfang.

Nach einer Weile waren ihre Körper vollgepumpt mit Lebenslust. Lucy und Bella ließen sich auf die Couch fallen, um wortlos dieses Gefühl der puren Liebe auskosten zu können.

Nach einer Weile hauchte Bella etwas in Lucys Ohr: »Ich habe von Clara das Okay für einmal bekommen.« Lucy musste schmunzeln. Sie überlegte aber nicht lange und ließ Bella einfach gewähren. Nach ein paar Minuten tauchte Bellas Kopf wieder auf, und sie legten eine weitere wortlose Pause ein, um sich an ihren entspannten Körpern erfreuen zu können.

Irgendwann meinte Lucy: »Ach Bella, warum kann das Leben nicht immer so schön sein?«

Bella schaute Lucy verwundert an: »Meinst du die absolute Harmonie – auf immer und ewig in diesem zauberhaften emotionalen Zustand? Jeden Tag unendlich glücklich, und niemals Leid erfahren? Das kann nicht dein Ernst sein, mein Schatz.«

»Wieso nicht?«, wunderte sich Lucy über Bellas Antwort.

»Weil es nur Glück geben kann, wenn es auch Leid gibt. Leiden und glücklich sein ist dasselbe Lebensprinzip. Das ist wie auf einer Skala auf einem Thermometer. Minus hundert Grad sind für deinen Körper tödlich – plus hundert Grad jedoch ebenso. Irgendwo in der Mitte ist es hingegen mehr als lebensfreundlich. Was würdest du denn machen, wenn du jeden

Tag in diesem Glück, wie wir es jetzt gerade erleben, schwelgen würdest?

»Liegenbleiben«, sprach Lucy spontan aus.

»Und der umgekehrte Fall? Wenn du jeden Tag leiden würdest?«

»Mich umbringen!«, kam trocken die Antwort.

»Hat das ewige Liegenbleiben oder der Tod selbst etwas mit Lebendigkeit zu tun?«, konterte Bella.

Lucy überlegte kurz. »Du meinst wir brauchen manchmal ein bisschen Leid, damit wir beginnen, unsere Hintern mehr zu bewegen?«

Bella schaute Lucy nur mit hochgezogenen Augenbrauen an: »Na, das müsste dir doch mittlerweile klar geworden sein. Wenn du jeden einzelnen Tag mit dir, deinem Leben und der Welt unendlich zufrieden wärst, dann würdest du hier auf der Liege langsam aber sicher verfaulen. Wenn dies darüber hinaus jeder tun würde, überglücklich in absoluter Harmonie auf der Couch liegen zu bleiben, würde sich niemand mehr fortpflanzen, und spätestens nach hundert Jahren wäre die Menschheit ausgestorben. Sicher, ich gebe dir recht – es muss ja nicht gleich das tiefe Leid sein, aber die Disharmonie beziehungsweise das Ungleichgewicht ist der Motor des Lebens. Die Polarität ist der alleinige Grund, warum wir denken, tun und fühlen.«

Lucy war wieder hoch konzentriert und saß nun aufrecht vor Bella. »Stimmt, das hatte Sam ebenfalls erwähnt. Die alleinige Ursache, warum nach dem Urknall Materie entstehen konnte, war ein klitzekleiner Unterschied zwischen den Energielevels von Materie und Antimaterie. Damit hat der Urknall bereits die Polarität hervorgebracht, was man heute philosophisch durchaus mit dem weiblichen und dem männlichen Prinzip umschreiben könnte. Das Ungleichgewicht beziehungsweise die Polarität hat unsere Welt nicht nur erschaffen, sondern hält sie bis die Welt heute am Laufen.

Sam meinte, es sei ein grundlegendes Gesetz der Physik, dass alles in Bewegung ist. Nichts steht still – alles verändert sich permanent. Sekunde um Sekunde. Stunde um Stunde. Tag für Tag. Veränderung steht für das Leben – Stillstand für den Tod!«

Bella nickte. »Du kannst das Ganze auch Spannung nennen. Warum sind wohl so viele Lebensformen in männliche und weibliche Spezies getrennt? Das hält die Evolution am Laufen. Dieser Spannungsbogen erzeugt Bewegung. So funktioniert zum Beispiel auch jede Batterie. Die Sehnsucht der Elektronen nach Ausgleich zwischen den beiden Polen lässt sie in Bewegung kommen.«

Lucy ergänzte Bellas Worte: »Der Antrieb des Lebens ist zwar der Wunsch nach absoluter Harmonie, sie darf jedoch nie erreicht werden. Dein Batteriebeispiel ist daher sehr treffend von dir gewählt: Sind erst einmal alle Elektronen von einem Pol zum anderen hinübergewandert, bedeutet dies den Tod der Batterie und wir müssen sie ersetzen. Im übertragenden Sinne heißt das, dass immer eine klitzekleine unerfüllte Sehnsucht übrig bleiben muss, sonst gäbe es keinen Grund mehr zu leben …«

»… und wir würden beginnen zu sterben!«, setzte Bella den Satz fort. »Daher steigen immer neue Sehnsüchte auf, wenn wir unsere bisherigen erfüllt haben. Das hält uns lebendig und aktiv.«

Lucy erinnerte sich an ihre Vergangenheit. »Aber von dieser komfortablen Situation war ich bisher meilenweit entfernt. Gerne hätte ich in meiner Vergangenheit dieses Luxusproblem gehabt, dass alle meine Sehnsüchte erfüllt gewesen, sodass nur noch klitzekleine Restwünsche übrig geblieben wären.«

Bella antwortete: »Ich habe mir darüber auch schon meine Gedanken gemacht, ob ich nicht schon viel früher einige meiner wahren Sehnsüchte hätte realisieren können.«

Lucy kratzte sich am Kopf und überlegte. »In meinem Fall vermute ich, dass ich mich früher zu sehr selbst begrenzt habe. Ich habe mir freiwillig Fesseln angelegt, und weiß bis heute nicht, warum ich dies getan habe. So hatte ich in der Folge nie eine andere Wahl, als meine Wünsche ignorieren zu müssen.

Ich weiß aber heute, wie es dazu kam. Als damals unsere Zwillinge zur Welt kamen, waren Migel und ich der festen Überzeugung, wir würden gerade alle unsere Sehnsüchte erfüllen. Wir finanzierten uns eine Immobilie, gaben später enorme Summen für die Ausbildung von Monika und Michael aus, und wir schufteten jeden Tag für ein romantisches Bild, wie wir uns in der Zukunft sahen.

Doch das Leben wurde immer beschwerlicher. Ergaben sich irgendwelche Probleme, hing immer das Damoklesschwert unserer finanziellen Abhängigkeit über uns. Migel war noch am Anfang seiner Karriere, und wir mussten schauen, dass das Geld irgendwie hereinkam. Ich traute mich nicht beim Sender zu kündigen, weil meine Laufbahn bereits fester Bestandteil unseres Zukunftskonzeptes war. Wir wollten mit aller Gewalt eine Vorzeigefamilie sein, eine beeindruckende Karriere hinlegen und ein eigenes Haus mit Garten vorweisen. Aber auch ein Leben, das der Political Correctness entsprach, war uns sehr wichtig. Natürlich hatten wir im Laufe der Zeit erkannt, dass es für uns immer unerreichbarer wurde. Aber es war schon zu spät. Wir waren längst viel zu tief verstrickt in allem. Jeder Versuch auszubrechen und die Lebensrichtung ändern zu wollen, hätte uns ins Abseits gestellt. Selbst unsere Kinder hätten uns das niemals verziehen, schließlich hatten die Eltern ihrer Freunde die gleichen Lebenskonzepte wie wir. Wir waren im Hamsterrad gefangen, und uns blieb nichts anderes übrig als weiter zu strampeln.«

»Und welche Auswirkungen hatte es auf dein Leben?«, fragte Bella interessiert nach.

»Na, die gleichen wie bei allen anderen auch«, gab Lucy mit einem Schmunzeln zu. »Zuerst habe ich ein halbes Leben damit verbracht, meine Handlungsfreiheit abzuschaffen und mich in Ketten zu legen, um danach die gleiche Zeit damit zu verbringen, mich wieder aus allen Abhängigkeiten herauszuwurschteln – über den Zeitraum von fast fünfundzwanzig Jahren habe ich praktisch eine Ehrenrunde gedreht.«

Bella zeigte sich von Lucys ironischer Gelassenheit beeindruckt. Es war bei ihr keine Spur von Groll zu spüren. Sie sagte: »Wie du schon vermutet hast, bei mir war es ähnlich. Ich formuliere es nur etwas anders: Ich habe mein halbes Leben damit verbracht, langsam auf Raten zu sterben, um danach wieder mühsam zu erlernen zu leben. Irrsinn, oder? Wie blöd sind wir eigentlich?«

Lucy sagte, jedoch ohne ihre gute Laune zu verlieren: »Hätte mir jemand frühzeitig beigebracht, auf geschlossene und offen stehende Türen zu achten oder meinem Bauch zu vertrauen, wäre ich nie Mutter geworden. Ich hätte nie entschieden, mich künstlich befruchten zu lassen. Hätte ich schon damals die geschlossene Tür meiner Gebärmutter erkannt, wäre ich niemals schwanger geworden. Es hätte mir dieses Leid, eine Tochter an das andere Ende der Welt und einen Sohn durch Selbstmord zu verlieren, erspart. Aber alles scheint im Leben freiwillig zu sein. Wir verfügen über den freien Willen, uns selbst zu schädigen.

Schwamm drüber, ich mache mir heute keinen Kopf mehr darüber, ob ich eine andere Wahl gehabt hätte oder ob es mein unumgängliches Schicksal war. Ich kann es eh nicht mehr ändern.«

»Und bei mir war es gerade umgekehrt«, antwortete Bella amüsiert. »Ich trug von Anfang an einen Kinderwunsch in mir. Nur Sam wollte das nicht. Zudem tauchte bei mir schon kurz nach der Pubertät der Verdacht auf, eher Frauen als Männer berühren zu wollen. Ich wollte das alles damals nicht wahrhaben. Ich heiratete also einen Mann und verzichtete auf Kinder. Diese Ehrenrunde hat mich ebenfalls dreißig Jahre meines Lebens gekostet. Erst als ich meine große Liebe Clara gefunden hatte, konnte ich ein anderes Leben führen. Unsere beiden Pflegekinder, die wir vor einigen Jahren aufgenommen haben, bedeuten das wahre Glück für uns.«

Bella musste eine kurze Pause machen, weil sie gerade von dem was sie aussprach, sehr berührt war.

Nach ein paar Sekunden fuhr Bella fort: »Ich weiß es, als wäre es gestern gewesen. Mein Körper hat mir immer gesagt: *Hallo Bella, ich bin´s. Merkst Du, wie ich Dir wehtue? Das gefällt Dir doch nicht, oder? Willst Du, dass ich Dir noch mehr wehtue oder magst Du vielleicht langsam zur Besinnung kommen?* Und irgendwann war es dann so weit. Ich habe trotz umständlicher Umwege mein wahres Leben finden können.«

Lucy antwortete: »Ich habe dir doch von Enzo erzählt? Er war zum Beispiel der Auffassung, dass auch Krankheiten ähnlich wie Leid oder geschlossene Türen ein Richtungsgeber für unseren weiteren Lebensweg sein würden. Zumindest in meinem Fall stimmt diese Aussage. Ich weiß mittlerweile, woher mein Kopfweh oder mein Dünnschiss herkam. Wenn du deinen Kopf für etwas missbrauchst, für das er von der Natur her nicht vorgesehen ist, dann beginnt er irgendwann einmal wehzutun. Und wenn du Schiss hast, dann bekommst du halt auch Schiss.«

Bella lachte über Lucys derbe Worte. »Und mir ist mittlerweile auch bewusst geworden, woher meine Knieschmerzen kamen. Wenn du in deinem Leben zu viel in die Knie gehst, dann beginnen sie wegen Überlastung zu schmerzen. So einfach ist das scheinbar.«

Lucy grinste und nahm einen großen Schluck Wein. »Und ich musste erst von ukrainischen Onlinehackern erpresst werden, bis ich bereit war, neue Wege zu gehen. Wir können uns anscheinend darauf verlassen, dass der große Wink mit dem Zaunpfahl nicht lange auf sich warten lässt.«

Bella gab zu bedenken: »Ich befürchte sogar, dass wir insgeheim immer genau wissen, was gut oder schlecht für uns ist. Wir möchten es uns nur nicht eingestehen. Wir könnten uns eigentlich ersparen, immer erst auf den großen Hammer zu warten.«

»Ja Bella, du hast recht. Aber warum tun wir uns das an? Warum sind wir nicht einsichtiger?«

»Du hast es doch selbst angedeutet: Wir fressen Scheiße, weil wir denken, dass Milliarden von Fliegen sich nicht irren können. Sich dem Mainstream zu entziehen, ist wahrscheinlich einer der größten Mutproben überhaupt.«

Lucy beugte sich zu Bella hinüber und gab ihr einen dicken Kuss auf die Wange: »Bella, lass uns gegenseitig versprechen, dass wir uns in Zukunft diesen Quatsch nicht mehr antun. Wir müssen nur auf die offenstehenden Türen achten, die lediglich darauf warten, dass wir durch sie hindurchschreiten. Und vor allem sollten wir mit diesem Irrsinn aufhören, an fest verschlossenen Türen wie wild herum zu rütteln. Der Schlüssel für alles ist unsere urteilsfreie Achtsamkeit und ein bisschen Mut, den Zeichen im Außen zu folgen. Es wäre furchtbar gewesen, wenn ich nicht den Mumm gehabt hätte, Hannes anzusprechen, obwohl meine Intuition mich direkt in seine Nähe gebracht hat. Es wäre tragisch gewesen, wenn ich mich nicht getraut hätte, mich zu einer gefährlich wirkenden Andrea zu setzen, obwohl sie mir im Vorfeld eindeutig aufgefallen war. Alle Fügungen, Gewissheiten oder Bauchgefühle sind nichts wert, wenn du nicht den Mumm hast, danach zu handeln.«

»Du musst aber auch darauf achten, dass du nicht vom Regen in die Traufe kommst. Beginne nicht, dich wieder unter Druck zu setzen. Gewöhne dir an, alles etwas gelassener zu sehen. Es besteht die Gefahr, dass du jetzt beginnst, alles im Außen hoch konzentriert zu beobachten. Es reicht, wenn du wieder ins Fließen gekommen bist. Nimm dich selbst als Beispiel, wie spielerisch dir alles zugefallen ist. Sei also mehr gelassen und vertraue darauf, dass alles, was wichtig für dich ist, dir automatisch auffällt.«

Lucy antwortete: »Das stimmt allerdings. Dennoch muss es

einen Zeitpunkt geben, an dem du diese Endlosschleife unterbrichst. Entweder du hast den Mut, selbstständig aus deinem Hamsterrad auszusteigen oder du brauchst jemanden, der von außen das Rad einfach anhält. Und in meinem Fall warst du es, die mich gestoppt hat. Aller Anfang lag bei dir. Du hast mir mit deinen Tanzübungen aufgezeigt, wie sich Selbstliebe anfühlt, und dass es Mut braucht, sich dem Leben hinzugeben. Erst jetzt, nach vielen Wochen einer mutigen, urteilsfreien und achtsamen Lebensführung, habe ich keine Angst mehr, etwas falsch zu machen. Aber in einem Punkt gebe ich dir recht: Es ist nicht überlebenswichtig, alles richtig machen zu wollen. Im Prinzip ist es sogar scheißegal. Denn wenn ich tatsächlich einmal wieder falsch liegen sollte, dann fällt mir dies jetzt viel früher auf, als noch vor Jahren. Infolgedessen kommst du zeitlich nie in Handlungsdruck, und kannst in Ruhe relaxt reagieren. Das heißt, sollte ein Sturm oder eine Monsterwelle auf uns zusteuern, dann warnt uns unser Bauch rechtzeitig. Dann können wir frühzeitig elegant den Kurs wechseln und einfach dorthin weitersegeln, wo die Sonne auf uns wartet.«

Bella war entzückt von dieser Metapher. »Ja, Lucy, wir können uns nahezu gedankenlos ins pralle Leben stürzen, denn wir können uns darauf verlassen, dass wir frühzeitig Warnhinweise erhalten.«

Lucy sagte daraufhin: »Eines steht auf jeden Fall fest: Das Spiel des Lebens besteht aus Veränderung. Ich werde mich deshalb nie mehr selbst in Ketten legen. Wenn ich immer tunlichst darauf bedacht bin, mich meiner Handlungsfreiheit nicht mehr als nötig zu berauben, kann ich gelassen jeder Änderung entgegensehen. Taucht vor mir dann eine unüberwindbare Wand auf, dann biege ich einfach nach rechts ab. Funktioniert dieser Weg nicht, dann kehre ich einfach um, und gehe nach links. Und wenn überhaupt kein Weg klappen will, dann bleibe ich einfach stehen und schaue mich in Ruhe um. So einfach ist das! Und du hast völlig recht, solange wir uns nicht wieder in

Abhängigkeiten verstricken, kann uns nichts mehr passieren, und der Wink mit dem Zaunpfahl muss nicht mehr zum großen Hammer mutieren, um uns zur Besinnung zu bringen.«

Bellas Stimmung erreichte einen neuen Höhepunkt: »Ach Lucy, das Leben darf einfach und leicht sein, das habe ich auch erst in den letzten Jahren kapiert. Apropos einfach und leicht: Komm Lucy, lass uns noch ein wenig tanzen, damit unsere Herzen wieder hüpfen können. Wir sollten nicht vergessen, wie sich Liebe anfühlt.« Bella zog Lucy stürmisch von ihrer Sitzposition hoch, und eine neue Runde der Ausgelassenheit schloss sich an.

—

Erst am nächsten Morgen entdeckte Lucy nach dem Aufwachen eine Nachricht. Bella hatte sie, bevor sie gestern Nacht gegangen war, wieder auf die Scheibe der Balkontür geschrieben. Dort war in großen Lettern zu lesen:

LEGE DIR KEINE FESSELN AN UND RECHNE MIT VERÄNDERUNGEN!

Level 9 – Schicksal

Da Lucy nun endgültig fest entschlossen war, ein Buch zu verfassen, folgte eine arbeitsreiche Woche. Sie sichtete alle ihre Aufzeichnungen und Rechercheergebnisse, um irgendwann verblüfft etwas Erstaunliches festzustellen: *Das kann doch alles nicht wahr sein. Die Merksätze für die göttlichen Spielregeln, die ich mir regelmäßig gedankenlos notierte, sind bereits meine Kapitelüberschriften. Ich brauche nur noch meine Erkenntnisse, Stichpunkte, Ideen und Quellen jedem einzelnen Kapitel zuzuordnen und dann alles auszuformulieren.*

Während sich Lucy noch verwundert freute, wie vollständig ihr Buchkonzept schon war, fiel ihr etwas Weiteres auf: *Im Nachhinein betrachtet erscheint es, als ob ich von Anfang an vorgehabt hätte, ein Buch zu schreiben. Tun wir tatsächlich immer das Richtige, wenn wir uns nur darauf konzentrieren, durch offen stehende Türen hindurchzuschreiten, ohne uns bewusst zu sein, für was es letztendlich gut ist? Kann es das Leben wirklich so gut mit uns meinen?*, grübelte Lucy.

Nach einer gewissen Zeit erinnerte sich Lucy an die Worte von Andrea und Enzo, man solle niemals über Umstände und Menschen vorschnell ein Urteil fällen. Sie dachte sich: *Hätte ich solche wundervollen Wochen verleben können, wenn ich schon im Vorfeld ein Buch im Kopf gehabt hätte? Wäre ich dann offen gewesen für das eine oder andere Abenteuer? Wäre ich nicht an der Mehrzahl meiner Einsichten zielsicher vorbeigeschlittert?*

Lucy nahm sich nun innerlich ein Versprechen ab: Zerbreche dir niemals mehr deinen Kopf, ob etwas Sinn macht oder nicht. Du wirst es im Nachhinein eh immer erfahren. Du musst nur die offenen Türen erkennen – nichts weiter!

Über allem stand jedoch der nun anstehende Gesprächstermin mit Dr. Autenberg. *Vor Monaten hätte ich mir noch in die Hosen gemacht, wenn ich mich mit einem solchen prominenten Superhirn getroffen hätte*, dachte sich Lucy. *Mit einer derart großen Nummer hatte ich noch nie die Ehre. Und jetzt? Ich bin die Ruhe selbst. Wenn ich einen guten Eindruck bei diesem kleinen Wunderkind mache, dann ist es gut – wenn nicht, dann halt eben nicht.*

—

Schnell nahte das Wochenende. Schließlich wartete Lucy mit ihrem Fahrrad vor dem Hauptbahnhof, um nach ihrem berühmten Hochbegabten Ausschau zu halten. Dr. Autenberg wollte als Erkennungszeichen eine blaue Umhängetasche bei sich führen, auf dem ein Aufkleber mit dem berühmten Konterfei von Einstein, wie er gerade seine Zunge herausstreckt, zu sehen sein würde.

Es dauerte nicht lange, da sichtete Lucy einen jungen Mann, bei dem außer Frage stand, dass es sich um Dr. Autenberg handeln musste. Sie machte sich bemerkbar und dachte sich: *Ein hübscher Bengel bist du ja.* Gleichzeitig erschrak sie über sich selbst: *Upps – hör auf damit Lucy. Du wolltest dir vorschnell kein Urteil mehr bilden. Also halte dich daran!*

Nun versuchte Lucy den Prominenten wertfrei zu erfassen. Sie erkannte den typischen Hipster-Bart, eine Nerdbrille und die vereinbarte Umhängetasche, die natürlich nicht seitlich, sondern vorschriftsmäßig diagonal über seinen Oberkörper positioniert war – so wie es sich heutzutage gehört. Zudem wirkte er sehr jungenhaft.

Nachdem die üblichen Begrüßungsfloskeln ausgetauscht waren, erkannte Lucy schnell, dass der etwas magersüchtig wirkende Schweizer sehr unsicher wirkte. Zusätzlich stellte sich schnell heraus, dass der übliche Smalltalk mit ihm nicht zu machen war. Lucy beschloss daher, sachliche Fakten vorzubringen: »Hannes verriet mir, dass Sie keine Pkws mögen. Ich habe Ihnen daher ein Leihfahrrad besorgt und mir gedacht, dass wir bei diesem schönen warmen Sommerabend zu einem zwanzig Minuten entfernten japanischen Selbstbedienungsrestaurant fahren. Dort haben wir Ruhe, das Essen ist gut, und wir können auf schönen Holzbänken draußen sitzen. Wäre dies in Ihrem Sinne, Herr Doktor Autenberg?«

Lucys Vorschlag schien ihm zu gefallen. Etwas schüchtern antwortete er: »Ja, das würde mich sehr freuen.«

Lucy gab ihm zu verstehen, er solle ihr mit seinem Fahrrad einfach folgen, und fuhr los. Während der Fahrt verloren sie kein Wort. Schließlich kamen sie am Ziel an, und Lucy wurde immer bewusster, dass ihre Führungsstärke gefragt war. Sie dachte sich innerlich: *Na, dann muss ich dich wohl weiter an die Hand nehmen, du kleines Sensibelchen.*

An der Theke des Schnellrestaurants angekommen, schien es, dass Dr. Autenberg auch hier überfordert war. Das Überangebot der Auswahlmöglichkeiten an japanischen Speisen erschlug ihn förmlich. Lucy schaltete schnell und bot ihm umgehend an, für ihn die Auswahl zu übernehmen. Darüber hinaus sagte sie: »Ich kümmere mich um alles Weitere. Suchen Sie draußen in der Zwischenzeit einfach nur einen schönen Platz.«

Der junge Physiker schien auch über diese Initiative von Lucy sehr erleichtert zu sein. Es dauerte nicht lange, und Lucy saß mit ihm vor einem Berg von Essen. Der Abend konnte endlich beginnen.

»Laut Doktor Phil möchten Sie etwas über die dunkle Energie wissen. Habe ich das richtig verstanden, Frau Doktor Schmitt?«, fiel der junge Mann sofort mit der Tür ins Haus. Für einen leichten gesprächseinführenden Smalltalk schien er auch weiterhin nicht zu haben zu sein.

Lucy antwortete: »Oh ja, ich habe mich zwar schon etwas eingearbeitet, jedoch wäre ich Ihnen sehr dankbar, wenn Sie einfach mal von vorne beginnen könnten.«

»Kein Problem«, erklärte der junge Mann, der froh zu sein schien, sich auf sicherem fachlich orientiertem Terrain bewegen zu können. Er holte wie gewünscht aus, und Lucy begann gespannt zuzuhören. Jedoch sah sie sich schnell gezwungen, den Physiker zu unterbrechen. »Entschuldigung Sie bitte, Herr Doktor Autenberg, dass ich Sie unhöflicherweise unterbreche. Darf ich eine Bitte äußern?«

»Ja, gerne«, antwortet Dr. Autenberg etwas irritiert.

»Ich habe mich auf unser Gespräch zwar vorbereitet, zudem beschäftige ich mich schon eine ganze Zeit mit der Physik, jedoch befürchte ich, Ihnen fachlich dennoch nicht folgen zu können. Wäre es eventuell möglich, sich vorzustellen, ich wäre ein kleines Kind, das von nichts eine Ahnung hätte?«

Dr. Autenberg war einsichtig und gab zu: »Entschuldigen Sie bitte, Frau Doktor Schmitt. Sie haben selbstverständlich recht. Ich höre diesen Einwand nicht das erste Mal. Erst heute, während meines Vortrags in Heidelberg, kam eine ähnliche Bitte auf mich zu.«

Der gegenüber sitzende junge Mann, der noch immer etwas steif und schüchtern wirkte, holte noch einmal tief Luft, und begann von vorne: »Bereits im Jahr 1933 stellte der Schweizer Physiker und Astronom Fritz Zwicky fest, dass ein großer Galaxienhaufen – der Coma-Haufen – eine zu große Geschwindigkeit seiner Einzelgalaxien aufweist. Zwicky konnte mathematisch nachweisen, dass dieses ganze Gebilde niemals stabil sein könnte, wenn man die Gesetze der Zentrifugal- und Gravitationskraft anwendet. Er schloss daraus, dass es noch eine andere Kraft geben müsse, die diese Galaxie zusammenhält. Bis dahin galten in der Physik noch die sogenannten Newton'schen Gesetze. Sie besagen, dass die Planeten unseres Sonnensystems nur deshalb auf ihren Umlaufbahnen ihre Kreise ziehen, weil die Anziehungskraft der Sonne identisch ist mit den nach außen wirkenden Zentrifugalkräften der Planeten. Dieses Rotationsprinzip ist vergleichbar mit einem Wurfhammer, den ein Hammerwerfer in seiner Hand um sich herum beschleunigt, bevor er ihn loslässt. Das im Kreis bewegte Gewicht des Wurfhammers wirkt aufgrund der Zentrifugalkraft nach außen. Damit der Athlet nicht von dieser Kraft aus seinem Wurfkreis gerissen wird, muss er exakt mit der gleichen Kraft dagegenhalten, wie der Wurfhammer nach außen drängt. Erst wenn er loslässt, kann sich die Zentrifugalkraft frei entfalten, und der Wurfhammer schießt in die Ferne.

Wird also im Universum Materie im Kreis bewegt, was bei nahezu allen Himmelskörpern der Fall ist, muss es immer eine Gegenkraft geben, die das ganze System zusammenhält. Die Rechnung, dass diese Gegenkraft immer die Anziehungskraft eines Körpers in der Mitte einer Galaxie oder die Sonne als Zentrum eines Planetensystems ist, ist aber nie aufgegangen. Um die dazu erforderliche Gravitationskraft entstehen lassen zu können, fehlte einfach Masse. Die Materie, die im Zentrum nötig gewesen wäre, war einfach nicht vorhanden.

Nun wurde allen Wissenschaftlern schnell klar, dass es im Weltall etwas Unbekanntes geben müsse, was alles zusammenhält. Diese Erkenntnis hatte natürlich gewaltige Auswirkungen. Die bis dahin geltenden physikalischen Gesetze konnten wir praktisch auf den Müll werfen, und die dazugehörigen Lehrbücher über Physik ebenso. Es ist etwas eingetroffen, was wir Wissenschaftler überhaupt nicht schätzen. Uns wurde klar, dass etwas auf unserer Welt existiert, was das ganze Universum wie von Geisterhand fest im Griff hatte. Alles, was wir glaubten zu wissen, lag nun plötzlich im Dunkeln. Man hat sich daher entschlossen, diesen großen unerklärlichen Einfluss auf unsere Welt *dunkle Materie* und *dunkle Energie* zu nennen.

Mittlerweile ist viel Zeit verstrichen, und wir konnten in der Astrophysik große Fortschritte machen. Die Forscher der LIGO-Kollaboration – das sind zwei Observatorien in Hanford und in Livingston in den USA – hatten zum Beispiel das Ziel, die dunkle Materie wissenschaftlich nachzuweisen. Dazu wollten sie Gravitationswellen messen. Solche Wellen sind eine Auswirkung des sogenannten Gravitationslinieneffektes. Durch diesen Effekt wird das Licht von einer großen Masse abgelenkt. Beobachtet man also bestimmte Galaxien, erkennt man gekrümmte Lichtstrahlen – es entstehen sogenannte Gravitationswellen. Würde man also solche Gravitationswellen auf der Erde messen können, aber gleichzeitig feststellen, dass die dazu notwendige Masse zur Ablenkung fehlt, wäre der wissenschaftliche Beweis über unsichtbare Welt erbracht.

Und genau dies ist am 11. Februar 2016 den Forschern der LIGO-Kollaboration geglückt. Sie haben dafür im Jahr 2017 umgehend den Nobelpreis für Physik verliehen bekommen. Damit war die dunkle Materie endgültig wissenschaftlich bewiesen. Nach dem Doppelspaltexperiment war dies der zweite Meilenstein in der Geschichte der Physik.«

Lucy war begeistert von den Ausführungen. Aber auch ihr Gegenüber war anscheinend in seinem Element. Es tat ihm weiterhin sichtlich gut, über Fachliches sprechen zu dürfen. Das Eis schien gebrochen, und Lucy feuerte Dr. Autenberg an, noch mehr zu erzählen. Nach einer gewissen Zeit des Zuhörens stellte sie eine Zwischenfrage: »Wie hoch ist eigentlich der Anteil unserer Welt, von dem wir nicht wissen, was es ist?«

Dr. Autenberg erklärte: »Das Universum besteht etwa zu 73 Prozent aus dunkler Energie, und etwa zu 23 Prozent aus dunkler Materie. Leider liegen uns bis heute keine weiteren Erkenntnisse vor, aus was dieses Medium bestehen könnte. Keiner weiß, ob es Teilchen, Felder oder Wellen sind. Die Wissenschaft kann derzeit nur eines gesichert feststellen: Diese Art von unsichtbarer Welt existiert tatsächlich.«

Lucy war sprachlos. Sie legte ihre Stäbchen weg, weil sie es einfach nicht glauben konnte, was sie gerade zu hören bekam. Zum wiederholten Male offenbarte ihr ein Spitzenwissenschaftler, dass etwas nicht mit rechten Dingen zuging. Sie hakte deshalb nach: »Einer der anerkanntesten Astrophysiker weltweit hat mir eben eingestanden, dass er sowie die gesamte Elite der Astrophysik von circa 95 Prozent unserer Welt noch nicht einmal einen blassen Schimmer haben, was es sein könnte. Habe ich Sie da richtig interpretiert?«

Dr. Autenberg zeigte das erste Mal einen Hauch von Gelassenheit. »Ja, das ist leider so. Wir haben dahingehend noch nicht einmal ansatzweise eine Idee.«

Lucy entschloss sich, ihre vornehme Zurückhaltung etwas aufzugeben: »Mir hat mal ein Statistiker gesagt, dass wenn ein Ergebnis für 95 Prozent aller Fälle richtig ist, dann wäre es durchaus erlaubt zu pauschalieren. Würde ich dieser mathematischen Gepflogenheit folgen, dann dürfte ich doch die Behauptung aufstellen, dass heute wissenschaftlich bewiesen ist, dass wir absolut nichts von unserer Welt wissen.«

Das junge Schweizer Physikgenie schien jetzt sogar etwas zu lächeln, und gab zu: »Ich persönlich würde diese unpräzise Formulierung natürlich nicht verwenden. Aber da wir uns auf eine umgangssprachliche Kommunikation geeinigt haben, wäre ich bereit, Ihre Aussage zu bestätigen: Wenn wir die fünf Prozent vernachlässigen, dann wissen wir heute ziemlich genau, dass wir nichts wissen.«

Lucy war nicht überrascht von der klaren Aussage. Sie dachte sich kurz: *Dieser Gott hat überall um sich herum eine undurchdringbare Schutzmauer aufgebaut.* Lucy hörte sich jetzt laut aussprechen: »Dann wäre es doch mehr als intelligent, sich mit dem Nichtwissen als mit dem Wissen auseinanderzusetzen, nicht wahr?«

Dr. Autenberg ergänzte Lucys Worte: »Es ist ein Indiz von hoher Intelligenz, nicht zu meinen, je etwas wissen zu können.«

Lucy grinste und stimmte ihm zu: »Ja, diese schöne philosophische Formulierung gefällt mir noch besser.«

Lucys Gegenüber sagte daraufhin: »Sie fühlen sich scheinbar zur Metaphysik hingezogen. Sicher sind Sie im Rahmen dessen auf Doktor Phil gestoßen. Auch ich habe mit ihm schon viele

Stunden verbracht, um über die Physik zu philosophieren. Wobei ich zugeben muss, dass ich noch nicht einmal ansatzweise über ähnlich umfangreiche Kenntnisse in Sachen Theologie und Philosophie verfüge wie er.«

Lucy sagte: »Ja, ich war tatsächlich auf der Suche nach Gott, und ich habe im Rahmen meiner Recherchearbeit Hannes kennengelernt. Aber bevor wir zur Metaphysik übergehen, würde ich vorschlagen, dass Sie mir etwas über diese berühmten *Millennium Simulationen* erzählen. Würden Sie mir diesen Gefallen tun? Diese Experimente tauchen bei meinen Onlinerecherchen permanent auf.«

»Gerne«, erklärte sich der Physiker bereit, und begann wieder etwas auszuholen: »Die Millennium-Simulation – auch unter dem Begriff Millennium Run bekannt – ist eine Computersimulation zur Klärung der kosmologischen Frage, wie sich nach dem Urknall das Universum mit seinen vielen Sonnensystemen, Galaxien et cetera entwickeln konnte. Durchgeführt wurde sie von dem sogenannten Virgo-Konsortium, das aus einer Gruppe von führenden Kosmologen aus Deutschland, Großbritannien, Kanada, Japan und den USA besteht. Die Federführung lag in der Hand des deutschen Max-Planck-Instituts für Astrophysik in Garching. Mittlerweile gibt es zwar schon mehrere Durchläufe dieser Millennium-Simulationen, aber die allererste lief im Jahr 2005.«

Lucy stellte eine Zwischenfrage: »Man hat also am Computer versucht, die Entstehung unseres Universums von Beginn an nachzustellen?«

»Richtig«, bestätigte Dr. Autenberg, »wir sind seit wenigen Jahren technisch in der Lage, die dazu notwendige Rechnerleistung zur Verfügung zu haben – zumindest, um einen repräsentativen Ausschnitt des Universums nachrechnen zu können. Dazu hat man weltweit die leistungsfähigsten Rechenzentren untereinander vernetzt, um in der Summe einen einzigen gigantischen Supercomputer zu erhalten.«

»Warum betreibt man eigentlich einen derart irrsinnig großen Aufwand? Meinen bescheidenen Kenntnissen nach waren doch alle Naturgesetze beziehungsweise alle atomaren Grundstrukturen schon nach wenigen Minuten fix und fertig erschaffen, oder nicht?«, warf Lucy ein.

Dr. Autenberg stimmte Lucy zu: »Ja, im Prinzip schon. Besonders, nachdem wir im Juli 2012 am CERN, der Europäischen Organisation für Kernforschung, den Nachweis für das Higgs-Boson erbracht haben, verstehen wir sehr gut, was kurz nach dem Urknall passiert ist.«

Lucy fasste nach: »Das ist doch dieses Gottesteilchen? Dafür hat der britische Physiker Peter Higgs, der zuvor die Theorie des Higgs-Feld aufgestellt hatte, auch nachträglich den Nobelpreis erhalten, nicht wahr?!«

Dr. Autenberg entwickelte augenscheinlich einen gewissen Respekt vor den fundierten Grundkenntnissen seiner Gesprächspartnerin. »Das Higgs-Bosom wird umgangssprachlich tatsächlich Gottesteilchen genannt. Es ist dafür verantwortlich, dass kurz nach dem Urknall aus Strahlung Materie entstehen konnte. Bildhaft können Sie sich das vorstellen, als ob Strahlung an einem Feld reiben würde. Durch diesen Prozess entstanden die Materieteilchen. Doktor Phil würde es folgendermaßen formulieren: Aus dem Nichts entstand Materie – wie durch Gottes Hand. Daher kommt auch die Bezeichnung Gottesteilchen. Aber das ist nicht der Punkt. Die Frage aller Fragen war eine ganz andere: Wie konnten aus dieser entstandenen Materie letztendlich Großstrukturen entstehen? Warum war es möglich, dass aus dieser diffusen Materiewolke letztendlich Sterne, Planeten und Galaxien hervorgegangen sind? Vor den großen Millennium-Simulationen hatten wir natürlich auch viel gerechnet und simuliert. Es entstanden im Ergebnis jedoch nie konkrete Himmelskörper. Unsere mathematischen Modelle führten nie zu etwas, was unserem heutigen Sternenhimmel geähnelt hätte.«

»Und dann haben Sie die dunkle Materie eingerechnet …«, warf Lucy grinsend ein.

»Also ich muss Ihnen jetzt ein Kompliment machen: Sie haben sich vorbildlich vorbereitet, Frau Doktor Schmitt«, staunte Dr. Autenberg. »Und ja, erst als man begonnen hatte, die dunkle Materie beziehungsweise die dunkle Energie miteinzurechnen, ergaben sich atemberaubende Ergebnisse. Das heißt, erst dadurch konnten wir virtuell ein Universum erschaffen, das tatsächlich 1:1 der Realität entspricht.«

»Unsere Wissenschaftler konnten also am Computer unsere Welt vollkommen synthetisch nachbauen?«, fragte Lucy noch einmal nach.

»Das ist richtig, das war eine weltweite Sensation: Die Modelle bezüglich der dunklen Energie und Materie erwiesen sich wissenschaftlich als richtig. Wobei dies aber nicht die größte Überraschung bedeutete, denn die eigentliche Sensation war eine ganz andere: Die sichtbare Welt folgte der unsichtbaren Welt. Das bedeutet, die dunkle Energie und dunkle Materie erwiesen sich als unsichtbare Schablone für unser Universum.«

Lucy schockte mittlerweile nichts mehr. »Wollen Sie damit andeuten, dass ein Medium, von dem die Spitzenwissenschaft keinen blassen Schimmer hat, was es eigentlich ist, und zudem zu 95 Prozent unsere Welt ausmacht, das Gerüst für alles ist, was wir wahrnehmen können?«

Dr. Autenberg nickte zustimmend und erklärte gelassen: »Sie können sich das wie unser Skelett vorstellen, das von außen zwar nicht sichtbar ist, aber letztendlich die Struktur und die Stabilität unseres sichtbaren Körpers ausmacht.«

»Lieber Herr Doktor Autenberg«, holte Lucy jetzt ein wenig aus, »darf ich Ihnen eine etwas unwissenschaftliche Frage stellen, die sie zudem über Gebühr provozieren könnte?« Lucy sah jetzt in die Augen ihres Gegenübers, wartete seine mimische Zustimmung ab, und beschloss, in die Vollen zu gehen. »Ich habe die letzten Wochen gelernt, dass über 90 Prozent unserer

Gedanken, Handlungen und Gefühle unbewusst ablaufen, und es mehr als unwahrscheinlich ist, dass wir jemals etwas davon mitbekommen werden. Dann weiß ich als Biologin, dass unsere Persönlichkeit respektive unser Körper durch unser Erbgut bestimmt wird, das wir aber ebenso nur zu wenigen Prozenten verstehen, da über die Funktion von über 90 Prozent unseres Genoms ebenso ein großer Schleier der Unwissenheit liegt …«

Dr. Autenberg unterbrach Lucy: »Ich dachte, unsere Gene sind entschlüsselt?«

Lucy lachte süffisant: »Ach, Herr Doktor Autenberg, das ist damals doch nur Marketing gewesen. Als Biologin bin ich in dem Thema tief drin. Der Homo sapiens hat circa dreißigtausend Gene. Von nur fünf Prozent der Gene ist tatsächlich bekannt, welche Funktion sie haben könnten. Das heißt, die Wissenschaft weiß bis heute nicht genau, was es mit den restlichen 95 Prozent unseres menschlichen Genoms auf sich hat. Um dies der breiten Öffentlichkeit jedoch zu verschleiern, hat man diesen unbekannten Löwenanteil einfach als Genmaterial ohne Funktion erklärt. Die Wissenschaft hat sie zu *Fake-Genen* degradiert, als würde die Evolution in Millionen von Jahren ein Genom hervorbringen, dass zu 95 Prozent ohne Funktion wäre. Zudem weiß man heute um die sogenannte Epigenetik. Das ist eine Steuerungsfunktion, die bestimmt, ob ein einzelnes Gen von unserem Körper eingeschaltet wird oder nicht. Langer Rede, kurzer Sinn: Nur fünf Prozent des menschlichen Genoms ist von bekannter Natur, und davon weiß wiederum kein Mensch, ob und wann diese fünf Prozent aktiviert sind oder nicht.

Dr. Autenberg zeigte jetzt das erste Mal deutliche Anzeichen eines authentischen Lachens. »Das bedeutet, dass eine US-amerikanische Filmschauspielerin prophylaktisch ihre Brüste amputieren ließ, weil sie um einen Gendefekt fürchtete, obwohl das menschliche Genom noch nicht einmal ansatzweise professionell erforscht ist. Dann ist doch diese prominente Frau geistig minderbemittelt?«

Lucy grinste und nickte sehr langsam mit dem Kopf. »Und wenn diese Dame dann auf Instagram postet, wie clever und vorsorglich sie mit ihrem Körper umgeht, werden es ihr Millionen von Frauen nachmachen, und ihre Brüste ebenso prophylaktisch amputieren lassen.«

Dr. Autenberg gestattete sich jetzt sogar völlig befreit aufzulachen. Lucy war darüber mehr als überrascht. Mit einer echten emotionalen Reaktion hätte sie so schnell noch nicht gerechnet. Er sagte: »Entschuldigung Sie bitte, aber von so einem Irrsinn habe ich schon lange nicht mehr gehört. Ich wollte Sie aber nicht unterbrechen. Fahren Sie fort.«

Lucy sprach weiter: »Also, zur Wiederholung: Unsere Gehirnforscher betonen, dass sie von über 90 Prozent aller unserer Gedanken und Gefühle keine Ahnung haben, weil alles unbewusst vonstattengeht. Bei unseren Genetikern herrscht in der gleichen Größenordnung völlige Unwissenheit, und jetzt treffe ich auf Sie, und Sie legen ebenso überzeugend dar, dass wir von über 90 Prozent unserer Welt keine Ahnung haben. Aber damit ist die Spitze noch nicht erreicht. Sie zeigten zudem valide auf, dass ausgerechnet dieses unbekannte Etwas als Vorlage für unsere gesamte Welt diente?«

Dr. Autenberg fühlte sich als Vertreter der Wissenschaft offensichtlich nicht angegriffen, und reagierte verständnisvoll: »Frau Doktor Schmitt, in der Tat werde auch ich mit diesen Vorwürfen an die Wissenschaft regelmäßig konfrontiert. Jedoch können Sie sich sicher sein, dass auch ich mir regelmäßig darüber den Kopf zerbreche. Zugegeben, es sieht derzeit in nahezu allen wissenschaftlichen Fachbereichen so aus, als würden sich mehr Fragen als Antworten ergeben. Vielleicht ist dies der eigentliche Grund, warum wir uns auch in der Physik schon so lange schwertun, eine einheitliche Weltformel zu entdecken. Es gibt viele renommierte Experten, die behaupten, dass wir dies niemals schaffen werden. Vielleicht ist es auch so gewollt, dass wir nie erfahren werden, wie das Leben oder die Welt tatsächlich funktioniert. Ich teile jedoch nicht die Meinung, dass die gesamte Forschung in einer Sinnkrise steckt, denn ich bin mit Leib und Seele Wissenschaftler, und die Hoffnung stirbt bekanntlich zuletzt.«

Lucy ließ mal wieder nicht locker: »Was unterscheidet die Wissenschaft dann von Religionen?«

Dr. Autenberg traute sich jetzt das erste Mal direkt in Lucys Augen zu schauen. Zudem änderte sich plötzlich der Tonfall seiner Stimme. Sehr ernsthaft und die Worte bedeutungsvoll in die Länge gezogen sagte er: »Physiker w i s s e n, dass es einen Gott gibt. Religionsanhänger g l a u b e n, dass es einen gibt.«

Peng! Das hat gesessen, schoss es durch Lucys Kopf, während sie bei ihrem Gegenüber einen kurzen Augenblick der Traurigkeit zu erkennen glaubte. Sie beschloss schnell, sich auf dünnes Eis zu begeben. Sie sprach einen Verdacht aus: »Sie sind der Meinung, dass Gott böse ist, nicht wahr?«

Dr. Autenberg war sichtlich überrascht bezüglich dieser Frage. Es schien, als würde er innerlich gegen seine natürliche Neigung, auszuweichen zu wollen, jetzt ankämpfen. Nach einer kurzen Weile sagte er: »Ich weiß es nicht. Aus wissenschaftlicher Sicht wurde mir persönlich recht früh klar, dass es eine übergeordnete Intelligenz geben muss. Jedoch habe ich noch keinen einzigen Hinweis entdeckt, wie ich selbst von dieser Tatsache profitieren kann.«

Lucy riskierte nun einen weiteren Schritt, um die Schutzmauer des Physikers ankratzen zu können: »Vertrauen Sie mir, Herr Doktor Autenberg?«

»Ich weiß es nicht«, wiederholte sich der junge Mann. »Ich vertraue allerdings Hannes. Wenn er mir versichert, dass Sie es gut mit mir meinen, dann verlasse ich mich darauf. Ich habe in meinem Leben gelernt, dass ich Menschen grundsätzlich nicht über den Weg trauen kann. Ich habe auch akzeptiert, dass ich über keinerlei Fähigkeiten verfüge, andere richtig einschätzen zu können. Man hat mir einmal gesagt, dass ich kein Gespür für Menschen habe. Wenn die Leute mich quälen, verfolgen, hintergehen und anlügen, bemerkte ich das erst dann, wenn es schon zu spät ist. Daher fühle ich mich am wohlsten, wenn ich bei mir zu Hause oder in meinem Büro am CERN von der Außenwelt abgeschottet bin. Allein an meinem Rechner fühle ich mich sicher, und um auf Ihre Frage zurückzukommen: Ja, ich sehe in Gott etwas, das Leid auslöst. Und ja, ich glaube, dass die von ihm erschaffene Welt bösartig ist.«

Lucy kam diese tragische Sichtweise wohlbekannt vor, schließlich war es noch nicht lange her, als auch sie dem Missverständnis unterlag, dass äußere Umstände für das eigene negative Lebensgefühl verantwortlich wären. Nur zu gut wusste sie, wie furchtbar es sich angefühlt hatte, als ihr Herz noch mit zu vielen Ängsten belastet war. Sie entdeckte jetzt an sich, dass sie es nicht mehr mitanschauen konnte, wie sich Menschen selbst von der Lust am Leben abschnitten, weil sie keinen Mut fanden, sich auf ihr Bauchgehirn, ihr Schicksal oder einfach nur auf einen Gott zu verlassen. So wie Lucy eine Bella als ersten Anstoß brauchte, brauchte wohl auch Dr. Autenberg einen Menschen, der ihm half, seinen Kopf von Hypnosen zu befreien. Lucy startete ihre Hilfestellung mit der Frage: »Und jetzt? Empfinden Sie unsere Unterhaltung auch als bösartig?«

»Ganz im Gegenteil«, gab Dr. Autenberg zaghaft zu, »ein solch angenehmes Gespräch, wie ich es mit Ihnen führe, hatte ich noch nie mit einer wildfremden Frau. Sie müssen infolgedessen etwas an sich haben, das mir guttut. Darauf hatte mich Hannes schon vorbereitet. Ich fühle mich wohl, und augenscheinlich bin ich bereit, etwas von mir preiszugeben.«

»Dankeschön für die Blumen«, sprach Lucy. »Was ist es denn genau, was Ihnen die Welt als bösartig erscheinen lässt?«

»Ich bin meine komplette Jugend von Mitschülern geschlagen, ausgeraubt und gemobbt worden. Ich habe daher dreimal die Schule wechseln müssen.«

»Und Ihre Eltern?«, fragte Lucy sanft nach. »Wie haben die auf Ihre Probleme reagiert?«

»Meine Eltern waren Pazifisten. Zudem waren sie sichtlich begeistert von meiner außergewöhnlichen Hochbegabung. Sie haben mich daher gefördert, wo es nur ging. Ich war schnell in der Lage, acht Sprachen zu sprechen und vier Musikinstrumente zu spielen. Die Erwachsenenwelt wurde schnell mein sicherer Hafen, und meine Eltern haben mich vor Gleichaltrigen abgeschirmt. Allerdings hätte ich mir aus heutiger Sicht lieber einen Vater gewünscht, der mir beigebracht hätte, wie ich jemandem auf die Fresse hauen kann. Das hätte mir mehr geholfen.«

»Wirklich? Gewalt? Oje, das ist doch keine Lösung.«

Dr. Autenberg widersprach: »Wenn Sie Ihr halbes Leben lang vor Männern, egal ob als Kind, Jugendlicher oder in meinem heutigen Alter, Angst haben müssen, weil Sie sehr genau wissen, dass Sie im Notfall keine Mittel haben, um sich wehren zu können, dann wird Ihnen Ihre eigene Hilflosigkeit permanent vor Augen geführt. Sie fühlen sich der Willkür Ihrer männlichen Geschlechtsgenossen schutzlos ausgeliefert. Bis heute hat sich daran nichts geändert. Ich bewege mich zwar in intellektuellen Kreisen, in denen körperliche Gewalt verpönt ist, jedoch psychische nicht. Die Leute sind einfach gewalttätig, da ist es mir gelinde gesagt scheißegal, welche der beiden Formen von Gewalt angewendet werden.

Zivilisation heißt doch nichts anderes, als körperliche Gewalt durch psychische Gewalt zu ersetzen. Dann ist man halt mit Intrigen, hinterhältigen Fallen, Betrug, Lügen oder sprachlichen Angriffen konfrontiert. Dies ist manchmal schlimmer als eine Ohrfeige abzukriegen, seinen Schulranzen abgenommen zu bekommen oder sein Taschengeld an seine Mitschüler zu verlieren. Und meine Eltern hatten nie etwas Besseres zu tun, als meinen Intellekt zu feiern, weil sie selbst Angsthasen waren. Wer zu feige ist für den Krieg, wird immer für den Frieden sein müssen.«

Lucy hörte interessiert zu, um schließlich eine Vermutung zu äußern: »Daher mögen Sie auch keine Autos, weil im Straßenverkehr die Menschen hinter ihren Blechhüllen ihre wahre Fratze zeigen, nicht wahr?«

»Kompliment«, sprach der junge Mann aus, »da liegen Sie vollkommen richtig. Wenn Sie in die Gesichter der Menschen morgens beim Berufsverkehr schauen, auf der Autobahn deren aggressiven Fahrstil bemerken, gewalttätige Gesten sehen oder Sie mit Pöbeleien belästigt werden, wenn es nicht vorangeht, dann wissen Sie wie sie sind – diese Menschen. Ganz zu schweigen von den laut fluchenden Kampfradlern, die ihre abgrundtiefe Bösartigkeit auf der Straße unverblümt zur Schau stellen. Wenn Gott nicht selbst Bösartigkeit ist, dann hat er zumindest zugelassen, dass bösartige Lebewesen entstehen.«

Lucy war über das erschrocken, was sie zu hören bekam. Gleichzeitig fiel ihr auf, dass sie heute noch keine Mutübung absolviert hatte. Sie beschloss, dies jetzt nachzuholen. Sie war sich sicher, im ersten Schritt diesem Jüngelchen erst einmal gehörig den Kopf waschen zu müssen, auch auf die Gefahr hin, dass sie sich jetzt unbeliebt machen würde. Sie startete mit einer ersten vorbereitenden Fragestellung: »Lieber Herr Doktor Autenberg, Sie als Physiker kennen doch den Energieerhaltungssatz, nicht wahr?«

»Selbstverständlich«, antwortete er. »Die Gesamtenergie eines abgeschlossenen Systems kann sich nicht ändern. Energie kann zwischen verschiedenen Energieformen umgewandelt werden oder aus einem System heraus oder in ein System hineintransportiert werden. Es ist jedoch nicht möglich, Energie zu erzeugen oder zu vernichten. Die Energieerhaltung gilt als einer der wichtigsten Grundprinzipien der Naturwissenschaft.«

Lucy überging großzügig diesen kleinen Anflug von Klugscheißerei, und erwiderte: »Ich bin mir sicher, dass Sie mir als Laie erlauben, dieses Gesetz etwas großzügig auszulegen.

Können Sie sich vorstellen, dass, wenn Sie Energie erhalten, Sie dafür auch etwas hergeben zu müssen, um im Gleichgewicht zu bleiben? Oder anders ausgedrückt: Haben Sie sich einmal darüber Gedanken gemacht, dass alles seinen Preis hat?«

Dr. Autenberg machte jetzt einen fragenden Gesichtsausdruck.

Lucy sprach weiter: »Ich habe gestern im Netz eine Quelle entdeckt, in der Sie sogar als der neue Einstein gefeiert werden. Glauben Sie denn nicht, dass das Schicksal Sie mehr als großzügig behandelt hat? Und wenn es Gott tatsächlich geben sollte, er Ihnen eine Lebenskonstellation geschenkt hat, wonach sich Millionen, wenn nicht sogar Abermillionen von Menschen sehnen. Möchten Sie tatsächlich behaupten, dass Gott böse zu Ihnen war? Stellt es nicht eine ausgleichende Gerechtigkeit dar, dass Sie in Ihrer Jugend ein paar Jahre ein beschwerliches Dasein zu ertragen hatten, um jetzt ein Superstar zu sein? Erfüllen Sie damit nicht in einer nahezu klassischen Form das Grundprinzip des Energieerhaltungssatzes? Liegt es nicht in der Natur der Sache, dass, wenn ich etwas bekommen möchte, ich im Vorfeld etwas zu geben habe? Denken Sie tatsächlich, dass das Leben kostenlos ist und es ausreichend sein könnte, lediglich geboren zu sein, um von allen Köstlichkeiten des Lebens überschüttet zu werden?«

Lucy hatte ihren Satz noch nicht ganz zu Ende gesprochen, da schoss es plötzlich durch ihren Kopf: *Hey, das ist ein Kapitel, was in meinem Buch noch fehlt. Das muss ich mir merken, dass ich ein Opfer zu erbringen habe, wenn ich etwas bekomme möchte.*

Während Lucy noch an ihr Buch dachte, sah sie einen sprachlosen Dr. Autenberg, der plötzlich in sein altes Verhaltensmuster zurückfiel. Er war wieder in sich gekehrt. Nach einer gewissen Zeit fing er sich jedoch, und sagte einsichtig: »Sie haben recht. Ich habe nicht mehr alle Tassen im Schrank.«

Lucy war erleichtert, dass die Stimmung am Tisch nicht aus dem Ruder gelaufen war. »Nein, Herr Doktor Autenberg, ganz im Gegenteil, Sie haben sehr wohl noch alle Tassen im Schrank. Aber vielleicht sollten Sie langsam erwachsen werden? Wenn Sie sich tatsächlich gegenüber dominanten Männern unterlegen fühlen, und das wirklich ein elementares Problem für Sie darstellen sollte, dann gehen Sie halt in ein Fitnessstudio, legen sich ein paar Muskeln zu, und erlernen dazu noch eine Kampfsportart. So einfach ist das. Das Einzige, was dann noch fehlt, ist ein bisschen Mut – das kann man sich aber ebenso antrainieren. Wäre es also nicht langsam Zeit, sich daran zu erinnern, dass sie bereits volljährig sind, und Sie sich mit ihren achtunddreißig Jahren nicht mehr mit Ihrer Kindheit, und schon überhaupt nicht mit Ihrem Elternhaus rechtfertigen können?«

Der bärtige Nerd, der vor Lucy saß, wirkte nun doch etwas erschüttert. Lucy befürchtete, zu weit gegangen zu sein. Aber es ging alles gut, denn sie hörte schnell: »Sie haben recht!«

Lucy fragte weiter: »Wenn Sie sich ihr bisheriges Leben noch einmal vor Augen führen, glauben Sie, dass Ihre unbestritten beeindruckende Karriere möglich gewesen wäre, wenn Sie eine harmonische und glückliche Kindheit gehabt hätten?«

»Da muss ich nicht länger nachdenken«, antwortete der Ausnahmewissenschaftler. »Ich war meine komplette Jugend nicht nur der tiefen Überzeugung ein Außenseiter zu sein, sondern auch ein bemitleidenswerter Trottel. Erst als ich mein Studium in Rekordzeit hinter mich brachte, bemerkte ich die Beachtung durch Kommilitonen, Professoren und Großkonzerne. Zudem hatte ich immer mehr Zeit als alle anderen, um etwas auf die Beine zu stellen. Schließlich hatte ich keine Freunde oder längere Partnerschaften, die meine Zeit vergeudeten. So habe ich über Jahre hinweg allein vor meinem PC gesessen, und ein aufsehenerregendes Forschungsergebnis nach dem anderen abgeliefert. Die Anerkennung meiner wissenschaftlichen Arbeit durch die Fachwelt verschaffte mir viel Erlösung, und meine tiefen Selbstzweifel verschwanden nach und nach. Ich erfuhr viel Respekt, und auf einmal mochten mich sogar Mädchen.

Etwas, was ich zuvor noch nie in der Art erlebte hatte.«

Lucy war erstaunt, wie bereitwillig ihr Gegenüber jetzt Intimitäten preisgab. Sie antwortete: »Wissen Sie, Herr Doktor Autenberg, für mich persönlich wird jetzt einiges klar. Ich habe in meinem Leben sehr viele und sehr erfolgreiche Persönlichkeiten kennengelernt, und immer habe ich von ihnen das Gleiche gehört: Sie wurden in ihrer Kindheit beziehungsweise Jugend immer gehänselt oder sie litten unter großen Minderwertigkeitskomplexen. Und genau dieses furchtbare innere Leid hatte sie bereit sein lassen, beruflich mehr Kompromisse zu akzeptieren, als alle anderen. Würden Sie mir zustimmen, dass man bereit sein muss, viele Eitelkeiten zu überwinden, um schließlich an die Spitze zu gelangen? Dass man jeden Tag mehr arbeiten muss, als alle anderen? Dass man sich von Kunden oder Vorgesetzten mehr erniedrigen lassen muss, als alle anderen? Dass man sich mehr anpassen muss, als alle anderen? Ist es nicht ein sehr beschwerlicher Weg, die absolute Spitze zu erreichen? Und war es nicht so, dass Sie nur deshalb all diese schrecklichen Mühen tapfer ertragen haben, weil Sie von der Sehnsucht getrieben waren, Ihrem inneren Leid zu entfliehen?«

Dr. Autenberg saß da und machte einen konzentrierten Eindruck. Es war deutlich zu erkennen, dass präzise und komplexe Denkprozesse in seinem Kopf stattfanden. Nach einer kurzen Weile antwortete er: »Ich muss Ihnen wiederholt vollumfänglich zustimmen. Sie sind offensichtlich eine brillante Analytikerin. Es ist richtig, mein beruflicher Erfolg war meine emotionale Lebensrettung. Ich befürchte sogar, dass ich mich ohne meine Karriere früher oder später umgebracht hätte.«

Lucy konnte nicht aufhören zu bohren, denn Sie merkte deutlich, dass sie gerade in Begriff war, sich selbst über etwas Wichtiges klar zu werden. »Darf ich noch ein Gedankenspiel hinterherschieben, Herr Doktor Autenberg?« Lucys Gegenüber nickte, und es ging weiter: »Mal angenommen, morgen gäbe es einen politischen Umsturz, der Kommunismus käme zurück und Ihnen würde die freie Berufswahl verweigert werden. Zudem würde man Ihnen mitteilen, dass Sie ab sofort an der Kasse eines Supermarktes zu sitzen hätten. Was wäre dann? Würden Sie sich wohlfühlen? Könnte es sein, dass Sie dann wieder das gleiche ängstliche Kind wären, wie in Ihrer Schulzeit? Wäre es vorstellbar, dass Sie an sich entdecken würden, keinen Millimeter in Ihrer Persönlichkeitsentwicklung weitergekommen zu sein?«

Dr. Autenberg realisierte natürlich sofort, was Lucy andeuten wollte: »Sie denken, dass das Streben nach Erfolg nichts anderes ist, als das Bewältigen von Kindheitsproblemen? Und je größer meine Minderwertigkeitskomplexe sind, umso größer werden meine Chancen sein, erfolgreich zu sein? Das würde doch bedeuten, dass diejenigen Menschen, die sich mit beruflichem Erfolg seelisch betäuben, permanent vor sich selbst wegrennen?«

Lucy bekundete: »Wenn sich dies tatsächlich so verhalten würde, dann wäre dies aber nicht das Hauptproblem …«

Dr. Autenberg führte jetzt Lucys Satz fort: »… dann würden wir alle den falschen Vorbildern hinterherrennen!«

»Genau, Herr Doktor Autenberg, dann würden unsere Vorbilder genau diejenigen sein, die die größten Probleme mit sich selbst haben, schließlich fallen uns im digitalen Zeitalter nur die erfolgreichsten beziehungsweise prominentesten Menschen auf. Wir glauben, dass diejenigen, die es an die Spitze geschafft haben, die besseren Menschen sind. Wir eifern Ihnen nach, aber wir übersehen dabei, dass wir damit Leuten hinterherrennen, die die meisten persönlichen Probleme haben. Wenn dies alles tatsächlich der Fall wäre, brauchen wir uns nicht zu wundern, warum es in der Welt keine Liebe gibt. Weil diejenigen, die an der Spitze respektive an der Macht sind, genau diejenigen sind, die sich selbst am wenigsten mögen.«

»Darf ich etwas ergänzen?«, warf Dr. Autenberg ein. »Ich gebe durchaus zu, auch über Leichen gegangen zu sein, um dahinzukommen, wo ich jetzt stehe. Selbstverständlich gibt es auch in der Wissenschaftsszene ein Hauen und Stechen. Und selbstverständlich habe ich in der Vergangenheit die Vorzüge meines ausgeprägten Intellekts bewusst eingesetzt, um andere rhetorisch und argumentativ ins Abseits zu stellen. Allerdings würde ich bestreiten, dass ich heute unter dem gleichen Grad an Selbstzweifeln leide, wie noch in meiner Jugend. Meine Karriere war praktisch eine Art Selbsttherapie. Zudem scheint es, dass ich für diesen Weg förmlich geboren wurde. Meine früh diagnostizierte Hochbegabung ließ mir überhaupt keine andere Wahl, als den Weg zu gehen, den ich nun mal gegangen bin.«

Lucy entgegnete: »Dies würde der Idee des freien Willens widersprechen. Was wiederum bedeuten würde, dass wir nur deshalb in unserer frühesten Kindheit mit einem Problem konfrontiert werden, damit es etwas gibt, was wir in unserem weiteren Leben lösen können.«

Dr. Autenberg antwortete: »Ich kann da nur für mich persönlich eine Aussage treffen. Ich tippe bei mir eher auf das Schicksalhafte. Ohne die Qualen in meiner Jugend hätte ich sicher nicht genug inneren Antrieb für meine Karriere gehabt. Ich habe also das notwendige Opfer für meine Laufbahn bereits erbracht. Ich danke Ihnen, Frau Doktor Schmitt, für diese wichtige Erkenntnis. Wahrscheinlich hat tatsächlich alles seinen Preis. Und in meinem Fall habe ich ihn schon in meiner Kindheit gezahlt, in Form meines großen Unglücks. Ich habe mir meinen außergewöhnlichen beruflichen Erfolg mit einem mehr als zehnjährigen Dasein als jugendlicher Volltrottel hart verdient.«

Dr. Autenbergs Introvertiertheit schien sich wieder aufzulösen. Lucy konnte beobachten, wie es dem jungen Physiker guttat, nun eine schlüssige Erklärung für seine leidvolle Kindheit in Händen zu halten. Es dauerte jedoch nicht lange, bis seine Hochleistungsmaschine zwischen seinen Ohren erneut begann zu rattern. »Ich denke, dass ich mittlerweile psychisch ausreichend stabil wäre, um auf einen großen Teil meiner gesellschaftlichen oder fachlichen Reputation verzichten zu können. Allerdings gäbe es da einen großen Haken: Ich würde mir einen neuen Kriegsschauplatz zulegen …«

»… Frauen, stimmt's?«, vermutete Lucy.

Dr. Autenberg erschrak über die nicht enden wollende Treffsicherheit seiner Gesprächspartnerin, und gab zu: »Ich hatte von Anfang an Probleme mit der weiblichen Welt. Kein Mädchen wollte mit einem Deppen zusammen sein. Die tollen Hirsche waren es immer, die in der Schule, aber auch zu Beginn meines Studiums, alle hübschen Frauen abbekommen haben. Ich ging grundsätzlich leer aus. Erst als ich in der Physikszene populär wurde, ging es los. Ich musste mich immer weniger anstrengen. Irgendwann waren es sogar die Frauen selbst, die sich um mich bemühten. Mittlerweile muss ich überhaupt nichts mehr tun. Mein großer beruflicher Erfolg hat mir letztendlich die hübschesten Frauen beschert. Zumindest aus dieser Sicht würde es sich rentieren, für den Erfolg über Leichen zu gehen.«

Lucy war nicht gewillt, auf die These einzugehen, dass das Verhalten von Männern lediglich die simple Folge der Erwartungshaltung der weiblichen Welt sei.

Stattdessen sagte sie: »Wollen Sie mir jetzt etwa andeuten, dass unsere Welt nur deshalb von Arschlöchern regiert wird, weil Frauen Arschlochverhalten bevorzugen, und sie letztendlich durch ihr Auswahlverhalten diesen Schlag von Männern geradezu fördern? Wie viel tolle Liebesbeziehungen haben Sie denn kreieren können? Hat es sich denn gelohnt, auf Damen zurückzugreifen, die in den Erfolg verliebt waren anstatt in den wahren Simon Autenberg?«

Lucy erschrak jetzt über sich selbst. Ihre unverblümte Direktheit rief scheinbar eine weitere traurige Reaktion bei Ihrem Gegenüber hervor. Der Physiker gab seine zaghafte Öffnung wieder auf, und Lucy biss sich auf die Lippen. Sie hatte ein schlechtes Gewissen. Es schien, als wäre sie jetzt endgültig zu weit gegangen.

Sekunden vergingen, und plötzlich bemerkte Lucy, wie ihr Gesprächspartner sich wieder sammelte. Mutig gab er zu: »Ich sehne mich schon seit Jahren danach, eine Familie zu gründen. Ich gerate aber immer an die Falschen. Meine bisherigen Beziehungen waren grauenhaft. Wenn ich ehrlich bin, bin ich mir nicht sicher, ob ich schon jemals verliebt war.«

Lucy hatte so etwas Ähnliches bereits befürchtet. Sie forderte Dr. Autenberg daher auf – diesmal etwas sanfter als zuvor –, doch einmal zu versuchen, den Charakter derjenigen Frau zu beschreiben, mit der er seinen letzten vergeblichen Beziehungsversuch unternommen hatte. Der Physiker legte los, und Lucy folgte aufmerksam seinen Ausführungen. Irgendwann stockte ihr der Atem: Sie bekam tatsächlich eine Persönlichkeitsbeschreibung zu hören, die zu hundert Prozent auch zu dem Menschen passte, der gerade vor ihr saß. Lucy dachte sich: *Unglaublich, heute bekommst du alle Kapitelüberschriften deines Buchs bestätigt!* Sie wusste im ersten Moment nicht, was sie sagen sollte. Nach kurzer Zeit entschied sie sich, weiterhin authentisch zu bleiben. Sie konfrontierte ihren Gesprächspartner mit einer ihrer Erkenntnisse: »Sie haben gerade sich selbst beschrieben, Herr Doktor Autenberg.«

»Sie meinen, ich sei selbst derjenige, der lieblos ist, keine Nähe zulässt, mit dem man sich nicht tiefgründig unterhalten könne, krankhaft egozentrisch ist, und kein sonderliches Interesse an anderen zeigt?«

Lucy grinste ihn amüsiert an: »Na ja, ich würde sagen, da ist schon etwas Wahres dran. Nehmen Sie doch unsere Unterhaltung als Beispiel. Alles Persönliche, was wir besprochen haben, habe ich Ihnen förmlich aus der Nase gezogen. Ist Ihnen aufgefallen, dass Sie in den letzten hundertzwanzig Minuten absolut nichts über mich wissen wollten? Wie viel Interesse haben Sie Ihrer Ansicht nach an meiner Person gezeigt? Wie oft dachten Sie nur über sich selbst nach, anstatt auch über mich? Wer von uns beiden versucht denn von Anfang an, den Gesprächsfluss aufrechtzuhalten? Wer versetzt sich ständig in die Lage des jeweils anderen? Ich bin Ihnen wahrscheinlich – auch jetzt noch – so fremd, wie die Frau, die uns vorhin hinter der Theke bedient hat. Sie sehen mich überhaupt nicht. Das könnte Ihnen durchaus als höchste Form von Ignoranz ausgelegt werden. Sind Sie denn in der Lage, jemanden zu reflektieren oder sich ab und zu in den anderen hineinzuversetzen? Oder mache ich auf Sie einen unsympathischen Eindruck oder vielleicht sogar einen abstoßenden? Dann wiederum hätte ich Verständnis für Ihre Distanziertheit.«

Dr. Autenberg sah Lucy ungläubig an. »Meinen Sie dies im Sinne der Quantenphilosophie? Dass meine Umwelt nur ein Spiegelbild meiner selbst sein kann, und ich in meinen Partnerschaften nur meine eigene Unzulänglichkeit vor Augen geführt bekommen habe?«

»Exakt auf den Punkt gebracht«, bestätigte Lucy grinsend ihrem Gegenüber, »aber Sie haben meine Frage noch nicht beantwortet. Haben Sie diese nicht gehört oder ist es Ihnen jetzt peinlich, mir zu sagen, ob Sie mich schrecklich, liebenswert oder sonst wie finden?«

Scheinbar klickte es jetzt bei Dr. Autenberg: »Entschuldigung! Es fällt mir in der Tat sehr schwer auszusprechen, ob ich jemanden mag.«

»Na, dann können Sie jetzt beginnen, das Ganze zu üben«, sah Lucy Dr. Autenberg frech an, ohne ihn jedoch aus seiner Misere entlassen zu wollen. »Und?«

Dr. Autenberg gefiel Lucys Hartnäckigkeit offensichtlich nicht. Es schien ihm tatsächlich zu missfallen, dahingehend etwas äußern zu müssen. Lucy sah ihn aber ermahnend an, und wartete geduldig. Schließlich hörte Sie ein leises Murmeln: »Ja, ich mag Sie.«

»Soll ich Ihnen etwas sagen: Das Gleiche gilt für mich. Ich finde Sie trotz ihrer furchtbaren Unnahbarkeit durchaus sympathisch. Zudem finde ich, dass Sie ein äußerst attraktiver junger Mann sind. Sagt Ihnen eigentlich der Begriff Empathie etwas?«

Lucy bekam als Antwort: »Empathie bezeichnet die Fähigkeit und Bereitschaft, Empfindungen, Emotionen, Gedanken, Motive und Persönlichkeitsmerkmale einer anderen Person zu erkennen, zu verstehen und nachzuempfinden. Ein damit korrespondierender allgemeinsprachlicher Begriff ist Einfühlungsvermögen.«

Lucy war beeindruckt: »Wow, ich hege die Vermutung, dass ich jetzt wortwörtlich die Definition aus Wikipedia gehört habe. Haben Sie das alles im Kopf?«

Dr. Autenberg antwortete: »In der Regel muss ich einen Text nur einmal lesen, dann vergesse ich ihn nicht mehr.«

Lucy wollte jetzt nicht näher auf seine intellektuellen Fähigkeiten eingehen. Sie sagte daher: »Um sich in etwas einfühlen zu können, benötigt es in erster Linie eine Art Verbindung zu demjenigen, dessen Gefühle man erspüren möchte. Ohne diesen Kontakt zum Gegenüber gibt es nichts zu fühlen, sondern nur zu sehen. Das heißt, Sie können mich wahrscheinlich nur kognitiv aufnehmen, aber nicht emotional. Und soll ich Ihnen etwas sagen? Das ist wahrscheinlich auch der Grund, warum Sie sich schon in der Schule unbeliebt gemacht haben. Menschen riechen es förmlich, wenn jemand sich nicht zeigt oder an anderen nicht interessiert ist – und das gilt ganz besonders für Kinder. Wahrscheinlich haben Ihre Mitschüler Sie schnell durchschaut und erkannt, dass Sie sich von klein auf nur für sich selbst interessiert haben. Auf der anderen Seite kann ich dies aber auch verstehen, denn Sie können nicht für etwas Interesse zeigen, von dem Sie nicht wissen, dass es existiert. Denn Sie haben förmlich eine Betonmauer um sich herum hochgezogen. Das schützt Sie zwar vor der Umwelt, jedoch schneiden Sie sich auch gehörig ins eigene Fleisch: Bei Betonwänden ist es unerheblich, auf welcher Seite man steht. Durch sie kann man grundsätzlich nicht hindurchschauen. Das heißt, Sie können sich dahinter verstecken, aber dadurch sehen Sie auch nichts, was um Sie herum geschieht. Die Menschen können Sie nicht sehen, Sie aber auch nicht die Menschen.«

Lucy machte einen Stopp, um ihren Gesprächspartner zu mustern. »Soll ich weitersprechen?«, fragte sie Dr. Autenberg vorsichtig. Er nickte nur, und Lucy fuhr fort. »Ich brauche Ihnen ja nicht mitzuteilen, dass Genie und Wahnsinn eng beieinander liegen. Aber nicht deshalb, weil solche Menschen krank sind, sondern weil sie so begeistert sind von ihrem Kopf. Wollen Sie tatsächlich so enden wie dieser Stephen Hawking, der seinen Körper so lange mit Denken gequält hat, bis er sich förmlich selbst zerstört hat? Oder nehmen Sie Arthur Schopenhauer, der irgendwann nur noch verwirrte Selbstgespräche beim Spazierengehen durch den Stadtpark geführt hatte, und sein einziger Kontakt zur Gesellschaft aus seinem Pudel bestand. Oder was halten Sie von dem allseits verehrten Friedrich Nietzsche, der bekanntermaßen behauptete, Gott sei tot, aber dennoch an seinem Lebensende als geistig umnachtetes Wrack in einer Irrenanstalt landetet, und schließlich dort auch verstarb?

Zeichnet sich Intelligenz nicht auch dadurch aus, intellektuell in der Lage zu sein, sich selbst und die Welt zu verstehen und infolgedessen auch fähig zu sein, sich ein gesundes und zufriedenes Leben zu erschaffen?«

Dr. Autenberg erwiderte: »Es ist sehr erstaunlich, Frau Doktor Schmitt, dass wir jetzt in dieses Thema hineingeschlittert sind. Ich beschäftige mich zurzeit tatsächlich damit, dass viele meiner intellektuellen Vorbilder oft ein furchtbares Lebensende erlitten haben. So habe ich erst letzten Monat einen Bestseller über den Gründer von Apple verschlungen, den ich seit meiner Jugend sehr verehrt hatte. Auch er ist an Krebs erkrankt und auch früh verstorben. Erst durch seine Biografie habe ich erfahren, dass er scheinbar eine bösartige Bestie gewesen sein muss, und mehr Leid und Unglück zu verantworten hatte, als mir je bewusst war. Dies würde Ihre These von vorhin deutlich unterstützen, dass die prominentesten Menschen oft die größten Persönlichkeitsdefizite aufweisen. Ich vermute schon seit Längerem, dass es einen großen Unterschied gibt zwischen Intelligenz und Intellektualität.

Ich selbst habe mir oft den Kopf darüber zerbrochen, warum ich trotz meiner Hochbegabung und Prominenz schlicht zu dumm bin, die richtige Frau zu finden. Jetzt, nachdem ich Ihnen zugehört habe, geht mir ein Licht auf. Mein Gehirn erhält keinen ausreichenden Kenntnisstand über das Leben per se. Dass die Ursachen dafür in meiner mangelnden Empathie liegen könnte, klingt für mich sehr plausibel. Was auch erklären würde, dass ich viele Lebensumstände grundsätzlich falsch einschätze. Daher kommt ja auch mein enger Kontakt zu Hannes. Er ist mein lieb gewonnener Mentor geworden, den ich grundsätzlich frage, wenn ich wichtige Entscheidungen zu treffen habe. Auf ihn kann ich mich immer verlassen. Er lag noch nie falsch.«

»Genau«, erklärte Lucy. »Hannes ist eine hochempathische Persönlichkeit. Er weiß sein enterisches Nervensystem einzusetzen, und verfügt daher über viel Bauchgefühl. Er besitzt in seinem Körper ein offenes Tor zu seiner Außenwelt.«

In Dr. Autenbergs braunen Augen war nun etwas mehr Lebendigkeit zu erkennen. Er schien sehr interessiert zu sein. Aufgrund seiner Allgemeinbildung wusste er natürlich um das enterische Nervensystem. »Ich kenne diese These, dass unsere Bauchregion der alles entscheidende Faktor ist, um Informationen über unsere Umwelt erhalten zu können. Aber ich habe es nie verstanden, wie ich ein Bauchgefühl entwickeln könnte. Ich weiß nicht, wie Intuition funktioniert. Das alles ist mir fremd. Können Sie mir darüber mehr erzählen?«

Nun war Lucy an der Reihe, weit auszuholen. Trotzdem beschränkte sie sich auf die Kurzform und präsentierte ihre Erkenntnisse aus den letzten Wochen, und nachdem sie nach einer Weile fertig war, sah sie wieder einen Mann, dessen Kopf augenscheinlich erneut auf Hochtouren lief.

Lucy sagte sofort: »Stopp! Stopp, lieber Herr Doktor Autenberg, genauso geht es nicht. Sie können nicht mit ihrem Kopfgehirn ihr Bauchgehirn verstehen wollen. Das steht in einem krassen Widerspruch. Ihr Bauch funktioniert nur dann, wenn sie eben nicht großartig nachdenken. Das heißt, Ihr Kopf ist Ihrem Bauch nachgeschaltet, und nicht vorgeschaltet. Ihr Bauch kann über Sie nachdenken, Sie aber nicht über Ihren Bauch!«

»Und wie komme ich dann meinem Bauchgefühl etwas näher?«, fragte Dr. Autenberg verwundert.

»Na, wie ich es Ihnen vorhin ausführlich beschrieben hatte: Indem Sie zunächst trainieren, Ihre Zukunft an ihren Bauch zu verschenken und Ihren Kopf nur für die Gegenwart einsetzen. Dieser Prozess befreit Ihr Herz von schweren Steinen, und dann geht es ja erst richtig los. Der erste Schritt besteht immer aus der Mutprobe, die Kontrolle aufzugeben. Sie müssen Ihre geistigen Sphären verlassen, um zu uns auf die Erde zurückkehren zu können.«

Simon lachte und sagte: »Indem ich mich zum Beispiel überwinde, jemandem zu sagen, ob ich ihn mag oder nicht. Es sind tatsächlich Ängste, die völlig unberechtigt sind.«

»Ja, im ersten Schritt kann man lernen, über Gefühle erst einmal zu sprechen. Alles Weitere ist Übungssache. Momentan ist für Sie Ihr Bauchgefühl noch ein Buch mit sieben Siegeln. Das alles geht jedoch nicht von jetzt auf gleich, schließlich sind Sie es wahrscheinlich schon Ihr Leben lang gewohnt, alles mit dem Kopf zu regeln. Ich vermute, Sie können noch nicht einmal ein Sachbuch lesen, was nicht überquillt vor Literatur- und Quellenangaben. Sie brauchen immer externe Referenzen, um einer Information trauen zu können. So wie Sie Hannes brauchen, um bewerten zu können, ob von mir Gefahr ausgeht. Aber keine Sorge, ich möchte Sie nicht unnötig verunsichern.

Da Ihre Eltern Ihnen Mut und Überwindung offensichtlich nicht beigebracht haben, müssen Sie sich das halt jetzt selbst aneignen. Das Morgen an sein Schicksal, an einen Gott, an sich selbst oder an sonst wen zu verschenken, ist anfänglich ziemlich ungewohnt. Aber ich verspreche Ihnen, es wird sich danach etwas auftun, von dem Sie bisher nicht zu träumen wagten.«

Dr. Autenberg sagte: »Ich verstehe! Im Gegensatz zu mir lesen Sie zum Beispiel einen Text oder ein Buch, aber Sie wissen sofort, ob das, was Sie lesen, für Sie wichtig und richtig ist oder aber auch nicht. Und ich Idiot arbeite dagegen alle Quellenangaben mühsam durch, um im Anschluss enttäuscht festzustellen, dass entweder auf unseriöse Studien zurückgegriffen oder etwas aus dem Zusammenhang gerissen wurde. Meist bin ich danach so schlau wie zuvor. Auf jeden Fall wundert es mich nicht mehr, dass ich ständig falsch liege. Das Zusatzwissen meines Bauchgehirns über meine Umwelt kommt bei mir oben praktisch nicht an. Ich erinnere mich sehr gut, wie Hannes oft an mir verzweifelt ist, wenn er versuchte, mir das Thema Intuition näherzubringen. Ist es tatsächlich so einfach, im ersten Schritt etwas mutiger zu sein als gewohnt?«

Lucy war verblüfft und sagte: »Also zunächst möchte ich Ihnen ein großes Kompliment aussprechen. Ich haue Ihnen eine Unverblümtheit nach der anderen um die Ohren, und Sie haben mich noch nicht zum Teufel gejagt. Scheinbar sind Sie tatsächlich an Veränderungen interessiert.«

Lucy machte nun folgenden Vorschlag: »Ich werde jetzt meine Hand nehmen, und sie auf ihren Handrücken legen. Was meinen Sie dazu? Schaffen Sie es, das wie ein Mann zu ertragen?«

Der junge Physiker wirkte unsicher, nickte jedoch bedächtig mit seinem Kopf. Lucy schob daraufhin ihre Hand über den Tisch und ergriff zart seinen Handrücken. Dabei schaute sie ihm in die Augen und sagte: »So, und jetzt solltest du mich Lucy nennen und mir ab und zu in die Augen schauen – bitte auf

Starren verzichten. Wie fühlt sich das an? Tut das weh?«

Lucy spürte, wie ein leichtes Zucken durch Dr. Autenbergs Hand ging, als sie sie berührte. Er zog sie aber nicht zurück. Er war augenscheinlich gewillt, seine erste Mutprobe zu absolvieren. Er sagte: »Nein, es tut nicht weh. Aber es ist für mich etwas unangenehm, weil es doch sehr intim ist, wie ich finde.«

Lucy antwortete süffisant: »Diese Berührung auf deinem Handrücken empfindest du schon als sehr intim? Okay, dann weiß ich Bescheid. Aber jetzt einmal etwas ganz anderes: Ich denke, dass wir langsam aufbrechen müssen. Dein Zug fährt in einer Dreiviertelstunde. Danach fährt keiner mehr, oder?«

Simon sagte: »Ja, das ist richtig. Bezahlt ist ja schon alles. Wir können im Prinzip gleich aufbrechen, wenn Sie Ihr Glas leer getrunken haben.«

»Wenn *Sie Ihr* Glas leer getrunken haben?«, wiederholte Lucy in einem mahnenden Tonfall. Der Klang ihrer Stimme erinnerte Lucy plötzlich an Bella, als sie vor vielen Wochen mit ihrer gut gemeinten Strenge konfrontiert war.

»Entschuldigung, ich meinte, wenn *du dein* Glas leer getrunken hast«, korrigierte sich Simon artig.

»Selbst das *du* fällt dir schwer, stimmt´s?«, stellte Lucy zaghaft fest.

»Ja, ich fühle mich mit dem *Sie* meist etwas wohler«, antwortete Simon.

»… weil es eine schützende Distanz aufbaut, nicht wahr?«, unterbrach Lucy ihr Gegenüber, während sie sich dachte: *Du scheinst ja ein richtig schwerer Fall zu sein.* Schließlich sagte sie: »Weißt du was, Simon? Es ist jammerschade, dass du dich so schwertust, in die Gegenwart zu kommen. Hier ist es nicht so schlimm, wie du denkst.«

Simon machte auf seiner Sitzbank einen unruhigen Eindruck, weil er sich scheinbar von Lucys großer Nähe irritiert fühlte. Er sagte: »Vielleicht bin ich es einfach nur nicht gewohnt, jemanden zu duzen. Aber unabhängig davon, ich kenne keine

Frauen, die so offenherzig sind wie du, und ich muss gestehen, das ist nicht unangenehm. Ich kann dir zudem das Feedback geben, dass ich das erste Mal das Gefühl habe, nicht flüchten zu müssen. Üblicherweise halte ich solche persönlichen Unterhaltungen nur ein bis zwei Stunden durch.«

Lucy klatschte in die Hände und antwortete überschwänglich: »Mensch Simon, das kommt tatsächlich in deinem Kopf an? Du merkst, dass von mir keine Gefahr ausgeht? Das ist es doch, was ich die ganze Zeit versuche, dir zu näherzubringen. Vielleicht ist jetzt der Zeitpunkt gekommen, dass du das erste Mal eine innere Gewissheit spürst. Ich weiß, dass wir umgangssprachlich Bauchgefühl sagen, aber bei näherer Betrachtung ist dies kein Gefühl, sondern echtes Wissen.«

Simon war wieder hoch konzentriert. »Ja, das stimmt, es ist kein Gefühl. Ich bin mir tatsächlich gewiss, dass von dir nichts Böses ausgeht. Weiterhin hege ich die Vermutung, dass das, was gerade geschieht, für mein weiteres Leben eine wichtige Bedeutung haben könnte. Das ist Intuition? Ich habe mir das grundsätzlich anders vorgestellt.«

Lucy klärte Simon auf: »Ja, ich weiß. Die Masse hofft auf eindeutige und intensive körperliche Erscheinungen oder sogar darauf, irgendwelche Stimmen zu hören. Diese seltsamen Erscheinungen gibt es sicherlich bei Menschen, jedoch können wir uns niemals sicher sein, ob diese ungewöhnlichen Gefühle oder Gedanken auch unsere eigenen sind. Zu groß ist die Gefahr, dass wir hypnotisiert beziehungsweise fremdbestimmt sind. Intuition spielt sich vollständig unbewusst ab. Man braucht deshalb viel Mut, weil sie sich unseren Sinnen entzieht.

Deine plötzlich auftauchende Gewissheit ist entstanden, weil ich dich förmlich gezwungen habe, ein Stück deiner Betonmauer einzureißen. Das ist aber nur ein kleiner Nebeneffekt. Die Hauptarbeit deiner Intuition ist längst getan. Deine Intuition hat viel früher eingesetzt. Sie hat dazu geführt, dass du jetzt vor mir sitzt. Das heißt, deine Intuition konfrontiert dich wahrscheinlich schon seit Jahrzehnten mit den richtigen Menschen und Umständen. Der Unterschied zu früher ist wahrscheinlich, dass du jetzt nur etwas Mut gefunden hast, deine Schutzmauer einzureißen. Mehr nicht. Das hat natürlich einen riesengroßen Vorteil. Du entlastest dein Kopfgehirn, weil geistige Kapazitäten frei werden, die zuvor verbraucht wurden, um deine Anspannung respektive deine kognitive Beobachtunganstrengung aufrechtzuerhalten. So fallen deinem Kopfgehirn immer mehr Informationen auf, die dir dein enterisches Nervensystem permanent übermittelt. Das Schöne daran ist, dass sich unterm Strich nichts ändert. Du nutzt lediglich ein anderes Instrument deines Körpers. Du ersetzt den Schutzmechanismus deines Kopfes in den Schutzmechanismus deines Bauchs. Das heißt, in letzter Konsequenz bist du genauso geschützt wie zuvor auch. Du hast nur deinem Kopf die Aufgabe entzogen, dich zu schützen und hast das Ganze an deine Intuition abgegeben. Du nutzt deinen Körper wieder in der Weise, wie es ursprünglich von der Natur vorgesehen ist. Das ist nicht nur gesünder, sondern fördert auch deine Herztätigkeit. Dein Herzmagnetfeld gewinnt an Stärke, und du entwickelst noch mehr Kraft, um weitere Schritte des Mutes gehen zu können. Es beginnt sozusagen eine Aufwärtsspirale. Deine Ausstrahlung gewinnt weiter an Stärke und du wirst beginnen, auf andere offenherzig zu wirken. Kennst du nicht den Ausspruch, wenn jemand etwas beherzt angeht? Wenn jemand ein großes Herz hat? Der anatomische Sitz des Mutes beim Homo sapiens ist nicht der Kopf – dort sitzen die Ängste – sondern das Herz.«

Simon war sichtlich beeindruckt. »Ein wahrer Held wird nicht an der Größe seiner Kraft gemessen, sondern an der Kraft seines Herzens.«

»Das Zitat stammt von dem Halbgott Herkules aus der griechischen Mythologie«, antwortete Lucy trocken, die plötzlich der Meinung war, sich auch eine Klugscheißerei gönnen zu müssen.

»Stimmt«, sagte Simon, »aber ich denke, wir müssen jetzt wirklich aufbrechen – es ist höchste Zeit.«

Lucy und Simon standen auf, stiegen auf ihre Fahrräder und fuhren wortlos in Richtung Bahnhof. Lucy spürte, wie Simon wieder ins Grübeln verfiel. Er machte auf seinem Gefährt einen immer angespannteren Eindruck. Sie vermutete, dass ihr kleines Physikgenie nicht nach Hause wollte. Während sie sich weiterhin durch den dichten Verkehr drängelten, dachte sie sich: »Jetzt bin ich gespannt, ob er sich überwinden kann.«

Schließlich erreichten sie den Bahnhof, und Simon hatte den Zenit seiner inneren Anspannung erreicht. Er konnte augenscheinlich nicht die Initiative übernehmen und keine anderen Worte finden, als oberflächliche Verabschiedungsfloskeln. Lucy stimmte vordergründig in den aufgesetzt wirkenden Smalltalk ein, und wartete einfach ab. Irgendwann herrschte peinliche Stille. Simon war wie erstarrt. Scheinbar wollte er sich nicht umdrehen, um sich in Richtung Bahnhofseingang zu bewegen.

Lucy bekam Mitleid bezüglich seiner Mutlosigkeit, und entschied, ihm ein bisschen unter die Arme zu greifen. »Simon, du magst nicht gehen, nicht wahr? Warum sagst du es dann nicht? Weißt du auch warum du es nicht aussprechen kannst? Weil du Sorge hast, ich könnte ablehnen. Weil du deinen Kopf derart angestrengt hast, dass du wieder den Kontakt zu deinem Bauchgehirn verloren hast. Damit liegen dir keinerlei Informationen über meine Interessenslage vor. Dir ist es in der Folge nicht möglich wahrzunehmen, dass jegliche Sorgen unbegründet sind, denn auch ich würde gerne den Abend nicht enden lassen wollen.«

Simon war weiterhin angespannt. Er konnte sich aber zu einer persönlichen Äußerung überwinden: »Ich würde mich tatsächlich gern noch ein wenig mit dir unterhalten.«

»Wie gesagt, ich auch«, antwortete Lucy mit sanfter Stimme. »Jedoch können wir hier in dieser gefährlichen Ecke um den Bahnhof herum nicht irgendwo einkehren. Ich schlage vor, dass ich dich zu mir mitnehme. Würde dieser Vorschlag auch in deinem Sinne sein?«

Simon machte einen erleichterten Eindruck und sagte: »Ja, Lucy, das würde mich freuen. Ich werde mich auch anständig benehmen.«

Lucy lachte Simon an: »Schön, dann lass uns einfach ein bisschen laufen. Ich wohne ganz in der Nähe. Und ob ich es bevorzuge, dass du anständig bleibst oder nicht, das sagt dir dann deine Intuition, wenn dein Bauch bei dir wieder Gehör findet.« Plötzlich spürte Lucy, dass ihre saloppe Äußerung doch etwas zu viel für den Hochbegabten war. Um alles wieder etwas mehr zu entspannen, entschied sie sich für eine kleine Planänderung: »Komm Simon, lass uns dein Leihfahrrad abgeben. Danach spiele ich den Chauffeur, und ich nehme dich auf der Querstange meines Fahrrads mit.«

Kurze Zeit später fuhren Lucy und Simon wie zwei pubertierende Kids mit dem Fahrrad schwankend durch das Bahnhofsviertel. Schnell stellte sich heraus, dass diese alberne Aktion Simon sehr gutgetan hatte. Lachend und plappernd betraten sie kurz darauf Lucys Wohnung, um es sich auf dem Balkon in den Terrassenstühlen gemütlich zu machen. Sie streckten ihre Beine aus, wärmten sich jeweils mit einer Kuscheldecke und gönnten sich noch etwas Wein bei Kerzenlicht. Schließlich wollte Lucy noch etwas von Simon wissen: »Lieber Simon, kann ich dich noch einmal als Physikgenie nutzen?«

»Aber sicher doch«, antwortete Simon, sichtlich erfreut darüber, sich wieder fachlich unterhalten zu können.

Lucy kam auf ein bestimmtes Thema zurück. »Du hast doch vorhin erklärt, dass man durch die sogenannten Millennium-Simulationen des Max-Planck-Instituts festgestellt hatte, dass diese dunkle Energie beziehungsweise dunkle Materie als eine Art unsichtbare Vorlage für unsere sichtbare Welt fungieren. Könnte man daraus nicht interpretieren, dass für alles eine unsichtbare Schablone existiert, also auch zum Beispiel für diese jetzige Situation mit dir? Ist diese unsichtbare Welt, von der niemand in der Wissenschaft weiß, was sie eigentlich ist, jetzt gerade um uns herum vorhanden?«

Simon entgegnete: »Nicht nur das. Die dunkle Materie und Energie durchdringen uns gerade sogar.«

»Das heißt, ich sehe von dir nur fünf Prozent, und alles andere von dir ist unsichtbar?«, hakte Lucy nach.

»Diese Interpretation ist in der klassischen Astrophysik nicht üblich. Wenn wir das Ganze jedoch metaphysikalisch betrachten, könnte man durchaus eine solche philosophische Schlussfolgerung ziehen.«

Lucy spürte ihre innere Aufregung, und fragte neugierig weiter: »Das würde doch nichts anderes bedeuten, als dass es nicht nur für uns selbst, sondern auch für unser Leben eine unsichtbare Schablone geben könnte.«

Simon runzelte die Stirn. »Wir verlassen weiter die Astrophysik und wir sind nun endgültig bei der Philosophie angekommen. Mit dieser These hat sich wissenschaftlich noch niemand befasst. Ich vermute jedoch zu wissen, was du meinst. Du denkst, dass das universelle Bewusstsein und die dunkle Materie beziehungsweise Energie unterschiedliche Begriffe für ein und dasselbe sind.«

Lucy nickte. »Nicht nur das. Die dunkle Materie und die dunkle Energie könnten aber auch mit dem Heiligen Geist identisch sein, von dem die christliche Mythologie immer gesprochen hat.«

»Ich bevorzuge eher den Begriff des Bewusstseins. Wenn wir in diese Richtung denken, müsste die Wissenschaft zunächst einmal erforschen, was Bewusstsein überhaupt ist. Aber bereits an diesem Punkt sehe ich ziemlich schwarz. Ich kann dir dazu nur die Geschichte von einem talentierten Physikerkollegen erzählen. Er hatte sich vor einigen Jahren in den Kopf gesetzt, das Phänomen Bewusstsein wissenschaftlich zu untersuchen. Zudem wollte er erforschen, ob nicht das ganze Universum aus

Bewusstsein bestehen könnte. Und soll ich dir was sagen? Die anfänglich vielversprechende Karriere meines Bekannten war auf einen Schlag beendet. Er wurde als esoterischer Spinner denunziert, seine Mentoren distanzierten sich von ihm, und er wurde nicht mehr gefördert. Heute arbeitet er als physikalisch-mathematischer Assistent an einer unbedeutenden Universität in Norddeutschland.«

Lucy war schockiert. »Oje, das ist ja eine furchtbare Geschichte. Ich habe die letzten Wochen ähnliche Erfahrungen machen müssen. Man hat immer distanziert reagiert, wenn ich mit meiner Suche nach Gott gekommen bin. Ich beobachtete regelmäßig, wie Wissenschaftler förmlich Angst bekamen, mit bestimmten Themen in Verbindung gebracht zu werden. Es war immer zu hören: *Liebe Frau Schmitt, es ist so und so, aber das muss unter uns bleiben. Zitieren Sie mich bitte nicht.*«

Simon verriet nun: »Ja, das ist leider in der Tat so. Die Meinungsfreiheit ist derzeit in Gefahr. Man muss heutzutage sehr genau aufpassen, was man sagt. Wenn man Karriere machen will, sollte man tunlichst vermeiden, zum Beispiel mit spirituellen Themen in Verbindung gebracht zu werden. Denn der Bezug zur Esoterik ist dann nicht mehr weit. Nichtsdestotrotz haftet deiner philosophischen These, dass für alles eine unsichtbare Schablone existiert, eine gewisse Eleganz an. Die dunkle Materie beziehungsweise die dunkle Energie könnten damit das Schicksalhafte erklären.«

»Nicht nur das, es könnte auf einen Schlag viele Verständnisprobleme in der Biologie, der Medizin und Psychologie lösen«, fand Lucy ergänzende Worte. »Wenn diese geheimnisvolle unsichtbare Welt tatsächlich als Vorlage dienen würde, könnte dies die Erklärung dafür sein, dass bei einigen Menschen bestimmte Lebenswege funktionieren, aber bei anderen eben nicht. Die Idee, dass ein bestimmtes Schicksal vorgegeben sein könnte, würde die Frage beantworten, warum es nicht möglich ist, dass sich alle Menschen das Gleiche wünschen können. Für jeden gäbe es infolgedessen unterschiedliche vorherbestimmte Sehnsüchte, die sozusagen für sein Schicksal vorgesehen wären. Alle Menschen würden damit andere Herzenswünsche in sich tragen. In der Summe würde ein Gesamtkunstwerk des Lebens entstehen, in dem jeder seinen individuellen und im Vorfeld festgelegten Platz einnehmen könnte.

Zudem würde es auch erklären, woher unser enterisches System die Informationen erhält, was für uns gut ist und was nicht. Intution wäre damit nichts anderes als der Zugriff unseres Körpers auf die dunkle Energie beziehungsweise auf die dunkle Materie.«

Lucy holte jetzt erst einmal Luft und sie sah kurz in den Sternenhimmel, um sich dann wieder Simon zuzuwenden.

»Auch viele Ungereimtheiten bei der Entstehung des Lebens würden verständlicher werden. Wie du weißt, erwächst jedes Menschenleben nur aus einer einzigen befruchteten Eizelle. Danach teilt sie sich weiter respektive reproduziert sich in der Gebärmutter einer Schwangeren solange mit sich selbst, bis schließlich alle Körperteile und Organe entstanden sind. Man geht davon aus, dass jede einzelne Zelle den Bauplan des gesamten Organismus enthält. Bei jedem Zellteilungsprozess weiß jede Zelle von selbst, was sie einmal werden soll. Die einen Zellen werden zu einer Nase, die anderen zu Herzzellen, und andere wiederum werden zu Zellen der Fußnägel oder des Gehirns. Aber was bis heute kein Wissenschaftler erklären kann, ist der räumliche Aspekt der Zellteilung. Woher wissen die Zellen während des Zellteilungsprozesses um ihre geometrische Anordnung innerhalb des Körpers eines Embryos? Woher wissen die Zellen, wo sie gerade sind, und an welche Stelle sie an andere Zellen andocken müssen, damit die Nase in der Mitte des Gesichts wächst und nicht am Hintern? Genau dieser bis heute existierende Erklärungsnotstand in der Evolutionsmedizin wäre gelöst, wenn man annimmt, dass vor dem Wachstumsbeginn, also kurz nach der Befruchtung, schon eine unsichtbare Schablone existieren würde, an der sich die einzelnen Zellen räumlich orientieren könnten. Was wäre, wenn diese nicht sichtbare Struktur exakt dasjenige wäre, was ihr Astrophysiker bereits wissenschaftlich entdeckt und bewiesen habt? Das wäre doch eine Sensation.«

Simon war fasziniert von Lucys unorthodoxer Denkweise. Er gab jedoch zu bedenken: »Noch einmal – wenn dies so wäre, dann wäre das das Ende des freien Willens.«

»Nicht unbedingt«, konterte Lucy. »Es wäre durchaus vorstellbar, dass diese unsichtbare Welt kein felsenfestes Schicksal vorgibt, sondern lediglich eine großzügige Bandbreite bereithält, in deren Grenzen wiederum der freie Wille möglich sein könnte. Wenn ich als Geländewagen geboren werde, kann ich mir jeden Hügel auf der Welt vornehmen. Bin ich ein Formel-1-Rennwagen, fühle ich mich auf jeder Rennstrecke wohl. Komme ich als Taxi auf die Welt, kann ich in jeder Stadt Personen befördern. Wenn ich hingegen als Geländewagen auf die Idee komme, Formel-1-Rennen gewinnen zu wollen, werde ich schnell auf die Verliererstraße geraten. Und wenn ich als Taxi in die Wüste fahre, wo es keine Menschen gibt, werde ich nicht nur pleitegehen, sondern auch im Sand stecken bleiben. Oder wenn ich als Formel-1-Rennwagen direkt ins Meer fahre, weil ich denke, ich bin ein Segelboot, dann werde ich wohl untergehen. Wichtig ist nur eines: Wenn dieses dunkle Medium tatsächlich die Schablone für unser Leben wäre, müsste ich nur herausfinden, ob ich ein Segelboot, ein Geländewagen, ein Taxi, ein Flugzeug oder sonst was bin. Dann weiß ich nicht nur, wo meine natürlichen Grenzen gesteckt sind, sondern auch wo ich freie Fahrt habe. Bewege ich mich innerhalb meiner Bestimmung, werde ich glücklich und erfolgreich sein, denke ich allerdings jemand anderes sein zu wollen, ertrinke ich, stürze ich ab, überschlage mich oder bleibe schlicht stecken.«

Simon war begeistert. Er fand große Freude an der anspruchsvollen Unterhaltung mit Lucy. Sie philosophierten noch eine ganze Weile über die unterschiedlichsten Lebensthemen. Jedoch kam nach einer gewissen Zeit das Gespräch ins Stocken. Simon war augenscheinlich mit seinen Gedanken woanders. Er sagte schließlich: »Lucy, darf ich einmal mit einem ganzen anderen Thema kommen? Du hast mir doch vorhin vorgeworfen, dass ich zu feige wäre, Nähe zuzulassen oder über meine Gefühle zu sprechen.«

Lucy schaute ihn ruhig an, denn sie wusste bereits, was jetzt kommt. »Ja klar, heraus mit der Sprache, Simon.«

Simon ließ einen kurzen Moment verstreichen, um folgende Worte über seine Lippen bringen zu können: »Lucy, ich glaube, ich habe mich gerade in dich verliebt.«

Lucy stand sofort auf, beugte sich zu Simon hinüber, und nahm seinen Kopf zärtlich in ihre beiden Hände. Sie küsste ihn auf die Stirn und flüsterte ihm zu: »Simon, ich genieße diese Stunden mit dir sehr. Ich habe allergrößten Respekt, dass du so viel Mumm hast, um diese Worte auszusprechen. Ich danke dir von Herzen für dieses Kompliment.« Lucy sah nun liebevoll in die Augen von Simon. »Simon, ich will dich nicht verletzen, aber es ist jetzt sehr, sehr wichtig, dass du mir die Erlaubnis erteilst, dir reinen Wein einzuschenken.«

Simon war die Enttäuschung schnell ins Gesicht geschrieben. Er schaute ganz bewusst in die Augen von Lucy, und meinte: »Ja, dann sag halt schon.«

»Simon«, sprach Lucy, die mittlerweile auf Simons Oberschenkel Platz genommen hatte, »du kannst dich nicht in mich verliebt haben. Das ist leider nicht möglich für dich. Denn um lieben zu können, musst du zuerst dich selbst lieben. Das, was du gerade fühlst, hat nichts mit Liebe zu tun. Du spürst nur ein plötzliches Verschwinden deines eigenen inneren Leids. Das, was du mit verliebt sein meinst, ist lediglich eine geistige Vorstellung, dich mithilfe eines anderen Menschen in Zukunft besser fühlen zu können. Dein Herz ist noch mit zu vielen Steinen belastet, als dass es in der Lage sein könnte, Liebe zu produzieren. Es sind nur Streicheleinheiten für dein Ego, was du gerade für mich empfindest. Kannst du nachvollziehen, was ich meine, Simon?«

Lucy war unendlich froh, als sie sah, wie in Simons Antlitz ein Lächeln auftauchte. Es war kein verkrampftes oder aufgesetztes Lächeln, sondern ein authentisches. Er gab zu: »Lucy, das weiß ich doch! Du hast recht. Ich missbrauche Frauen, indem ich ihre Liebe konsumiere, um mich selbst besser fühlen zu können. Und irgendwann bin ich dann beleidigt, wenn sie sich abwenden, weil sie mir auf die Schliche gekommen sind. Dann falle ich in ein tiefes Loch, weil ich dann nur noch mich habe, um mich glücklicher fühlen zu können. Dann entdecke ich, dass ich allein dazu nicht fähig bin. Ich bin wahrscheinlich ein hoffnungsloser Fall eines Lieberäubers.«

Lucy war gerührt von dieser Offenheit. Sie beschloss ebenso die Hosen runter zu lassen: »Simon, was glaubst du, was ich gerade hier mache? Ich liefere hier doch ebenso ein egozentrisches Schauspiel ab. Ich mache mir gerade nicht nur einen schönen Abend mit einem Prominenten, sondern kombiniere dies auch noch damit, mehr Infos für mein Buch zu generieren. Ich genieße auf deine Kosten den Abend in vollen Zügen, obwohl ich mir durchaus bewusst bin, dir vielleicht falsche Hoffnungen zu machen. Ist dies nicht auch eine Form der Bösartigkeit, mit Hoffnungen und Sehnsüchten anderer zu spielen? Verfolgen wir nicht alle nur unsere ureigenen Interessen? Aber ich habe eine gute Idee: Was hältst du davon, wenn wir uns dieser Tatsache klar werden und uns ab sofort ganz bewusst gegenseitig ausnutzen? Wir machen uns weiterhin eine schöne Nacht, aber im Gegenzug versprechen wir uns, dass wir wissen, dass es nicht um Liebe geht, sondern um den Spaß am Leben. Wir produzieren eine sogenannte Win-Win-Situation. Wäre das ein guter Vorschlag?«

Simon musste erkennen, dass ihm diese sachliche Art und Weise, wie Lucy ein solches schwieriges Thema vom Eis brachte, durchaus gefiel. Er entdeckte seine Freude an der Wahrhaftigkeit, auch wenn sie ihm zunächst als sehr gewöhnungsbedürftig erschien. Nach und nach spürte er Erleichterung in sich aufsteigen und fragte: »Du meinst das Ding mit der Unanständigkeit. Habe ich recht?«

Lucy grinste etwas verwegen. »Ich hätte einen Vorschlag: Was hältst du davon, dass ich dir eine erste kleine Mutübung zeige, damit du langsam beginnst, dein Herz zu befreien. Im Gegenzug übernehme ich gerne die Verantwortung, dass es sich für dich lohnen wird.«

Simon machte jetzt einen verunsicherten Eindruck, da er mit dem Wort *Mut* weiterhin auf Kriegsfuß stand. Dennoch vertraute er Lucy. Er entwickelte eine innere Gewissheit, dass schon alles irgendwie gut gehen würde. Er nickte und forderte Lucy auf, etwas vorzuschlagen.

Lucy hauchte jetzt in Simons Ohr: »Wir setzen uns jetzt hin, du zeigst mir deinen und ich zeige dir meine.«

Simon wirkte erschrocken. Schnell fielen ihm aber Lucys Worte ein, dass alles mit Überwindung beginnt, und er stimmte Lucys Vorschlag zögerlich zu.

Es dauerte nur wenige Sekunden, bis sie sich nackt mit jeweils geöffneten Beinen gegenübersaßen. Sie musterten sich gegenseitig, und Lucy fiel auf, dass sie noch etwas Wichtiges vermisste. Sie sah deutlich, dass sich Simon in dieser ungeschützten Situation noch nicht wohlfühlte. Sie musste sich etwas einfallen lassen. Schnell wurde ihr bewusst, dass sie einen Vertreter der Internetgeneration vor sich sitzen hatte. Lucy machte ihm daher einen weiteren Vorschlag: »Simon, was meinst du? Hättest du Lust, ein bisschen Voyeur zu spielen?«

Simon machte daraufhin einen fragenden Gesichtsausdruck. »Du lehnst dich jetzt gemütlich in deinem Stuhl zurück, schenkst dir noch etwas Wein nach und stellst dir gedanklich vor, ich würde auf deinem Bildschirm bei Dir zu Hause erscheinen und ich wäre weit weg von dir. Du schaust nur gemütlich zu, was ich mit mir mache.«

Lucy war plötzlich über sich selbst erschrocken, welche mutige Initiative sie an den Tag legte. Sie dachte sich jedoch: *Ich habe das jetzt ausgesprochen, jetzt mache ich das einfach – scheißegal!* Zudem war sich Lucy durchaus der Tatsache bewusst, dass sie gerade ihren Männerstereotyp durchbrach. Sie betrat gerade ein neues Terrain. Sie war in Begriff, sich einem Mann hinzugeben, der nicht nur viele Jahre jünger war als sie selbst, sondern auch in keiner Weise als Streicheleinheit für ihr Ego taugte. Dies brauchte sie auch nicht mehr.

Sie wartete also gelassen ab, bis es sich Simon gemütlich gemacht hatte und gelassen sein Glas Wein in Händen hielt. Dann begann Lucy, mehr von sich zu zeigen. Nach wenigen Minuten hatte sie das Ergebnis, das sie sich im Vorfeld gewünscht hatte. Sie war positiv überrascht und schaute Simon schmunzelnd an. »Wow, Simon! Geht's dir gut? Bist du dir sicher, dass sich noch genug Blut in deinem übrigen Körper befindet?«

Simon lachte befreit auf, weil ihm Lucys Kompliment sichtlich gefiel. Lucy wollte jedoch auf Nummer sicher gehen. Sie zog deshalb Simon vom Stuhl hoch, stellte sich auf ihre Zehenspitzen und sagte ihm leise etwas ins Ohr. Simons Körper reagierte augenblicklich auf Lucys Worte, und die Situation seines Unterleibs schien sich deutlich zu stabilisieren. Jetzt traute er sich, Lucy entschlossen an die Hand zu nehmen, um ihr Schlafzimmer anzusteuern.

Bevor Lucy jedoch vom Balkon geführt wurde, erinnerte sie sich noch kurz, was sie sich als Kapitel für ihr Buch merken wollte. Sie tippte noch schnell etwas in ihr Smartphone, bevor sie sich mit einem jungen und gutgebauten Mann eine schöne Nacht machte:

SEI FÜR OPFER BEREIT, WENN DU ETWAS BEKOMMEN MÖCHTEST!

Level 10 – Leben

Lucy saß nun täglich an ihrem Schreibtisch und arbeitete an ihrem Buch. Zusätzlich holte sie sich regelmäßig Rat bei Bella, die selbst eine Bestsellerautorin war. Nach circa einer Woche war es schließlich soweit: Sie hatte alle Hauptkapitel und Unterkapitel endgültig konkretisiert und dachte sich: *Jetzt ist es soweit. Ich kann beginnen auszuformulieren. In vier Wochen ist das Buch fertig, schließlich ist Schreiben mein Geschäft.*

Der Tipp von Bella, erst dann mit dem eigentlichen Verfassen des Buchinhalts zu beginnen, wenn alle Inhalte feststanden, hatte sich gelohnt. Es gab keine Wiederholungen, das eine baute auf das andere auf, und die Botschaft an die Leser zog sich wie ein roter Faden durch das gesamte Manuskript.

»Das muss ich jetzt Sam zeigen«, sagte sich Lucy. »Noch eine weitere Meinung einzuholen, wäre vielleicht von Vorteil.« Sie rief ihn sofort an, um sich zu erkundigen, wann er Zeit hätte. Sie hörte am anderen Ende der Leitung: »Hey Lucy, mein Schatz, gerade eben habe ich an dich gedacht. Magst du heute Abend hochkommen? Vielleicht mal ohne die Japaner? Ich koche uns etwas. Vielleicht Pasta mit Garnelen?« Lucy stimmte erfreut zu.

Nachdem sie ihr Mittagsschläfchen hinter sich gebracht und sich frisch gemacht hatte, stand sie schließlich mit ihrem Kuschelbademantel vor Sams Wohnung. Die Tür öffnete sich, Lucy wurde liebevoll in den Arm genommen, und eine Etage höher getragen. Nach circa einer Stunde ging es für Lucy wieder eine Etage tiefer, um mit einem gut durchbluteten Körper die Ergebnisse von Sams Kochkünsten begutachten zu können.

Währenddessen zeigte sie ihm das Konzept ihres Buchs.

»Kompliment, Lucy, das ist wirklich brillant«, war Sam begeistert. »Du bist ja eine richtige Allroundwissenschaftlerin geworden. Das war sicher nicht einfach, sich da überall hinein zu fuchsen. Es scheint, als hättest du die Spielregeln Gottes gefunden. Wenn ich mir dich so ansehe, dann hat auch dein Leuchten weiter zu genommen. Du wirkst wie ein strahlender Engel, der nur aus purer Lebenslust besteht. So eine beeindruckende Ausstrahlung habe ich bei dir noch nie gesehen. Du bist dir mittlerweile in allem gewiss. Oder täusche ich mich da?«

Lucy packte sich zunächst eine zweite große Portion Pasta auf den Teller, um schließlich ein Resümee zu ziehen: »Oh ja, Sam. Ich bin mir jetzt sicher, den Sinn des Lebens entdeckt zu haben. Es geht um nichts anderes, als Gewissheit zu erlangen und Ängste zu überwinden.

Nur wer angstfrei ist, kann beginnen zu leben. Mut heißt Leben. Angst heißt Sterben. Wer lebt ist so vollgepumpt mit Liebe, dass es nicht mehr braucht, als das Leben selbst. Wir leben also hier auf der Erde, um zu erlernen, wie Leben geht. Oder anders ausgedrückt: Der Sinn des Lebens ist zu leben – nichts anderes.

Ich erachte den Begriff *Gewissheit* auch als deutlich treffender als das Wort *Glauben.* Ich hätte nie gedacht, dass es ein inneres Wissen gibt, was wir nicht verbalisieren können. Es ist eine Art unbewusste Sicherheit oder eine innere Überzeugung. Ich habe verstanden, dass ich nie verstehen und ich weiß, dass ich nie wissen werde. Erst als ich diesen Frieden mit dem Nichtwissen und dem Nichtverstehen geschlossen hatte, tauchte vor meinen Augen das Wunder des Lebens auf. Ich bin mir tatsächlich sicher, dass ich göttliche Spielregeln entdeckt habe, die genau das zum Ziel haben. Man könnte sie auch als Naturgesetze bezeichnen, die Gott erschaffen hat, während er mit dem Urknall Raum und Zeit einschaltete. Vielleicht haben die Religionen vergangener Zeiten nichts anderes versucht, als genau diese Naturgesetze den Leuten zu erklären, damit sie ihre Ängste überwinden und mit ihren Körpern Liebe produzieren können.«

Sam fügte hinzu: »Ich denke auch, dass die großen Weltreligionen lediglich vorgehabt hatten, mithilfe der damals üblichen Sprache, Begriffe und Bilder bestehende physikalische Gesetzmäßigkeiten Menschen näherzubringen.«

Lucy antwortete: »Sicher haben zum Beispiel die Christen bis heute ehrenwerte Absichten verfolgt, nur eben leider verpasst, ihre Philosophie in eine zeitgemäße Sprache zu übertragen. Dadurch stellen sie sich selbst ins Abseits. Dennoch wünsche ich jedem aus tiefem Herzen, dass er seine innere Gewissheit beziehungsweise Glauben finden möge. Denn ohne das geht es nicht, sonst wären wir alle hilflos dem Bombardement von nicht passenden Lebenskonzepten ausgesetzt. Ohne innere Gewissheit wäre die Gefahr zu groß, sich heillos zu verlieren, hypnotisiert durchs Leben zu rennen, und niemals das Wunder eines befreiten Herzens spüren zu können.«

Sam ergänzte: »Jetzt verstehst du auch mein großes Interesse an der Physik.«

»Oooh ja, Sam, das sind mir die Liebsten. Keine Wissenschaftler sind so gnadenlos ehrlich zu sich selbst wie die Physiker. Die kommen erst überhaupt nicht auf die Idee so zu tun, als würden sie alles wissen. Sie geben offen zu, dass es eine höhere Intelligenz gibt, die die Welt eingeschaltet hat. Sie machen auch kein Hehl daraus, dass 95 Prozent unseres Universums von etwas beeinflusst und zusammengehalten wird, was wir wahrscheinlich niemals verstehen werden. Zudem sprechen sie unverblümt aus, dass wir niemals erfahren werden, was die objektive Wahrheit ist. Je näher wir Gott wissenschaftlich kommen, umso höher türmen sich vor uns unüberwindbare Sichtbarrieren auf. Es ist offensichtlich, dass dahinter System steckt.«

Sam fragte: »Meinst du die Unschärferelation von Heisenberg?«

»Genau, sie erklärt ja auch das Paradoxon des Doppelspaltexperiments, das eindeutig zeigt, dass wir alle in einem Hologramm leben. Die Quantenphysiker haben wissenschaftlich bewiesen, dass wir in einer subjektiven Scheinwelt existieren. Eine Art Bühne, auf der wir unser persönliches Theaterstück *Leben* zu spielen haben. Uns ist es augenscheinlich nicht erlaubt herauszufinden, was sich außerhalb der Bühne befindet. Es geht ausschließlich um das Spielen des Theaterstücks selbst. Wenn wir uns alle wie verrückt nach der objektiven Wahrheit hinter allem sehnen, ist dies nicht nur nicht möglich, sondern nur das Resultat mangelnder Liebe in unseren Herzen. Denn ohne die haben wir Angst. Dann versuchen wir das Leben zu kontrollieren, wollen alles wissen und bemerken nicht, dass wir uns nur noch weiter von unserem eigentlichen Lebensziel entfernen.«

»Das Theaterstück *Leben* ist also eine Art Reise, auf der wir zu erlernen haben, wie sich angstfreies Leben anfühlt«, stellte Sam fest.

»Oh ja. Das ist ein brillanter Vergleich. Ich stelle mir vor, ich bin in Rom geboren worden und möchte reisen. Aber nicht deshalb, um irgendwo anzukommen, sondern des Reisens willen. Und irgendwann komme ich auf die Idee, ich könnte mir ja mal Hamburg anschauen. Ich nehme also meinen Pkw und fahre einfach los. Dazwischen gibt es zahlreiche Varianten, auf welcher Route, wie schnell und auf welche Art und Weise ich reisen möchte. Also nimmst du die Verkehrswege, die sich gerade anbieten, und wenn du versehentlich einmal falsch abgebogen bist, dann taucht wie von Geisterhand ein Stau auf oder die Straße ist gesperrt. Dann musst du halt zurücksetzen und eine andere Abzweigung nutzen. Wenn du dazu nicht bereit bist, und besonders hartnäckig die falsche Richtung beibehalten möchtest, dann donnerst du halt wie zufällig in die Leitplanken.«

»In die Planken des Leids?«, fragte Sam.

Lucy lachte, während sie die dritte große Portion Pasta

wegputzte. »Ja, das ist ein sehr treffendes Wortspiel. Wenn du nicht wahrhaben möchtest, dass du schon längst von einem Schlagloch ins das nächste fährst oder du dich mittlerweile in hässliche Gefilde verirrt hast, dann schreitet dein Bauchgehirn ein und lässt deine Hände am Lenkrad einen heftigen Schlenker machen. Dann knallst du tatsächlich in die *Leid-Planken*, und dein Körper hat deinem Kopf erst einmal gezeigt, wer der Chef im Ring ist.«

Sam fragte: »Dein Bauchgefühl ist dein Navigationssystem für die freien Straßen. Siehst du das ähnlich?«

»Absolut richtig«, sprach Lucy weiter, »dein Bauchgefühl produziert diese innere Gewissheit, von der wir vorhin sprachen. Dann erkennst du schon drei Meilen gegen den Wind, dass es da vorne einen Stau geben oder der Sturm immer stärker werden könnte.

Aber im Prinzip benötigst du diese innere Gewissheit überhaupt nicht. Das ist das Atemberaubende daran. Du musst nur ein bisschen die Augen offenhalten. Denn du musst nur schauen, ob du freie Fahrt hast, ob die Straßen noch in Ordnung sind und ob dir die Aussicht gefällt. Du erkennst schon im Außen, ob du dich auf dem richtigen Weg befindest oder nicht. Damit entfällt auch diese furchtbare Herausforderung, ständig seine Gefühle und Gedanken richtig einordnen zu müssen. Ich kann sorgenfrei denken und fühlen, was ich will, ich darf lediglich nicht vergessen, ab und zu aus dem Fenster zu schauen, ob noch alles in Ordnung ist.«

»Das ist die klassische Philosophie der Quantenmechanik, dass meine Umwelt der Spiegel meiner selbst ist«, warf Sam kurz ein.

Lucy nickte mit vollem Mund und fuhr fort: »Um noch einmal auf das Reisebeispiel Rom Hamburg zurückzukommen: So fährst du also von Rom los, und indem du immer nur die Straßen wählst, die sich dir förmlich aufdrängen, kommst du automatisch immer näher in Richtung Hamburg, ohne im

Vorfeld den genauen Weg zu kennen. Das Einzige, was du zu tun hast, ist die gute Aussicht zu genießen, dich an anderen Verkehrsteilnehmern zu erfreuen oder bei interessanten Sehenswürdigkeiten kurz Pause zu machen. Ein anderes Mal führt dich dein Weg über verträumte Landstraßen, dann machst du einfach etwas langsamer. Manchmal nimmst du einen Tramper mit, schließt dich einer Reisegruppe an oder du setzt die Reise zu zweit fort. Schließlich kommen natürlich auch Steigungen auf dich zu, da du irgendwann einmal die Alpen überwinden musst, wenn du von Rom nach Hamburg willst. Das ist aber kein Problem. Dann wird es eben etwas anstrengender, und du musst nur etwas mehr Gas geben. Solange die Straße frei bleibt, kannst du dir sicher sein, dass du in der richtigen Richtung unterwegs bist.«

»Und schließlich bemerkst du, dass du niemals nach Hamburg wolltest«, warf Sam ein.

Lucy streckte ihr Glas in die Höhe und sagte: »Super, auf diese überlebenswichtige Erkenntnis müssen wir anstoßen, Sam. Du bist großartig! Denn du wolltest wahrscheinlich nur deshalb nach Hamburg, weil dir im Vorfeld irgendjemand weisgemacht hat, dass du da hinwillst. Denn wohin du tatsächlich willst, weißt du bewusst überhaupt nicht, aber dein Herz weiß es. Dein Kopf wird dabei zwar nicht eingeweiht, aber er arbeitet – ohne dass wir dies bewusst mitbekommen – Hand in Hand mit deinem Herzen und dem enterischen Nervensystem deines Bauchs zusammen. Diese Art Unbewusstheit ist durchaus zu verstehen, denn wenn du im Vorfeld schon alles wissen würdest, wäre es ja keine spannende Reise mehr. Jetzt gibt es zum Beispiel zwei Möglichkeiten: Die eine davon ist, dass du bei deiner Strategie bleibst, einfach nur die gut passierbaren Straßen zu nutzen, dann kommst du plötzlich in Paris an, und stellst fest: Hey, da wollte ich ja schon immer hin. Du bist glücklich über diese schöne Überraschung, und dein Herz natürlich auch, weil du deinem hypnotisierten Kopf nicht blind und leichtgläubig gefolgt bist.

Die zweite Variante wäre, wenn du in deinen Kopf förmlich verliebt bist und der dir immerzu einredet: Ich will aber unbedingt nur nach Hamburg. Das habe ich mir jetzt vorgenommen, und dabei bleibe ich jetzt auch. Dann wird der Körper deinem Kopf ebenso helfen aufzuwachen, aber nicht wie du denkst, sondern er wird dich solange durch Staus, Umleitungen und Sackgassen irren lassen, bis dir nichts mehr anderes übrig bleibt, als auf den Weg in Richtung Paris abzubiegen.

Also auch in dieser zweiten Variante kommst du bei deinem Herzenswunsch an – nur eben umständlich, mit viel Ärger, mit gesundheitlichen Problemen und natürlich einer exorbitanten Zeitverschwendung. Menschen, die sich diesen Wahnsinn des langjährigen Fahrens von Umwegen zugemutet haben, kennst du im Übrigen persönlich. Das war nicht nur deine Ehefrau, sondern auch ich.«

Sam lachte und sagte: »Na lieber zu spät als überhaupt nicht. Verstehst du jetzt, warum ich dir prophezeit habe, dass auch du begreifen wirst, dass dein Schicksal immer auf deiner Seite stehen wird?«

Lucy stand sofort auf, gab Sam einen dicken schmatzenden Kuss und sagte: »Oh, Sam, wie recht du hattest! Egal in welche Irrwege dich dein hypnotisierter Kopf zwingt, am Ende findest du aus diesem Chaos heraus, stehst plötzlich in einem wunderbaren Leben, und bist völlig erschüttert, warum du nicht schon früher draufgekommen bist, nicht nach Hamburg, sondern nach Paris zu fahren.«

Sam freute sich für Lucy. »Hättest du noch vor einigen Wochen gedacht, das Fünffache zu verdienen als zuvor? Wäre es innerhalb deiner Vorstellungswelt gewesen, in wenigen Wochen ein brillantes Buchkonzept inklusive Autorenvertrag in der Tasche zu haben? Hättest du dir nach dem Tod von Luna und deinem ukrainischen Onlineangriff zu träumen gewagt, eine solche Liebe und Lebensfreude in dir tragen zu können?«

Lucy schüttelte den Kopf. »Nein, in der Tat. Das alles wäre für mich vor Monaten undenkbar gewesen.«

Sam gab noch einen Hinweis: »Verstehst du jetzt, warum so viele Menschen leiden, und die Welt und das Leben förmlich hassen?«

»Auf jeden Fall«, erklärte Lucy, »das sind diejenigen, die ihr Leben lang von Hamburg träumen, aber noch nicht einmal bereit sind loszufahren. Dadurch entgeht ihnen das spielerische Abenteuer, die richtigen Straßen zu finden. Das ist aber noch nicht die hauptsächliche Tragik. Sie schneiden sich schon im Vorfeld von der Erkenntnis ab, dass sie niemals nach Hamburg wollten. Am Ende sind sie dann tief enttäuscht, weil sie ein Ziel nicht erreicht haben, was sie nie hatten. Das ist nicht nur besonders tragisch, sondern auch ziemlich absurd, nicht wahr?«

»Das ist das Paradoxon des Lebens«, antwortete Sam. »So wie du es vorhin schon treffend festgestellt hast: Es geht nicht um Lebensziele, sondern um das Leben selbst.«

»Da wären wir wieder bei dem althergebrachten Spruch: Der Weg ist das Ziel«, sagte Lucy. »Jeder Mensch erschafft mit seinem Herzen seine eigene subjektive Realität. Das Ganze wird dann vermischt, überlagert und vernetzt mit den vielen Einzelrealitäten aller anderen Menschen, und schließlich entsteht ein riesengroßes Labyrinth. Das Einzige, was ich zu tun habe, ist, durch den Eingang zu laufen, und mich von meinem Bauch unbekümmert und fröhlich an den Ausgang führen zu lassen. Und währenddessen erlebe ich viele Abenteurer, die mir meinen Weg zum Ausgang abwechslungsreich versüßen.«

»Und wie fühlst du dich währenddessen?«, hakte Sam nach.

»Na, so wie jetzt. Ich fühle Liebe und Lebensfreude.«

»Ist es in dem Moment wichtig, wo sich letztendlich der Ausgang befindet, oder ob du ihn jemals erreichen wirst?«

Lucy sagte: »Ganz und gar nicht! Das ist ja das Wunderbare daran, solange du immer schön die passierbaren Wege gehst, ist alles andere völlig unerheblich.«

»Und deshalb ist dein Skript auch so brillant«, sprach Sam begeistert aus. »Du hast neun Spielregeln definiert, um immer schön auf dem Weg zu bleiben. Das sind neun göttliche Gesetze. Hast du die noch im Kopf?«

Lucy antwortete gelassen: »Hier sind sie, mein Lieber:

1. Versuche nicht, die Welt zu verstehen!
2. Überwinde dich, und übe dich in Mut!
3. Akzeptiere, was du nicht ändern kannst!
4. Misstraue deinen Lebenskonzepten!
5. Erkenne deine Umwelt als einen Spiegel deiner selbst!
6. Höre Menschen zu, die deinen Weg kreuzen!
7. Urteile nicht vorschnell und achte auf offene Türen
8. Lege dir keine Fesseln an und rechne mit Veränderungen
9. Sei für Opfer bereit, wenn du etwas bekommen möchtest!«

»Könntest du die Punkte auf dein treffendes Beispiel mit der Reise mit dem Auto übertragen?«

Lucy schoss sofort los: »Na klar:

1. Versuche nicht, deine Reise und dich selbst zu verstehen.
2. Setze dich endlich selbst ans Steuer und gib Gas.
3. Vergiss deine bisherigen Umwege, Sackgassen und Autopannen.
4. Rechne damit, dass es auch woanders hingehen könnte.
5. Achte regelmäßig auf die Straßen, ob sie noch in Ordnung und frei passierbar sind.
6. Sprich mit den Menschen, die dir am Straßenrand begegnen.
7. Sei offen für neue Verkehrswege oder andere Verkehrsmittel.
8. Achte darauf, immer reisefertig und fahrbereit zu sein.
9. Akzeptiere, dass die Straßenmaut und ein voller Tank dich etwas kosten werden.«

Sam war jetzt völlig aus dem Häuschen: »Lucy, das ist ein Meisterwerk – ich bin begeistert.«

Während Lucy mittlerweile mit dem Nachtisch beschäftigt war, ergänzte sie ihre Worte mit einer ihrer wichtigsten Erkenntnisse: »Und für das alles brauchst du im Prinzip keinen Gott. Er ist nur der Erfinder eines Körpers, der dich selbstständig durch das Leben führen kann: Dein Herz erschafft die Realität, dein Bauch führt dich durch die Realität und dein Kopf bewältigt die Realität.«

Sam wollte gerade seiner Begeisterung weiter freien Lauf lassen, da verschluckte sich Lucy plötzlich, weil sie sich eine etwas zu große Portion Tiramisu zugemutet hatte. Sam lachte, klopfte ihr sanft auf den Rücken und empfahl in einem übertriebenen väterlichen Tonfall: »Du musst mehr auf dein Bauchgefühl hören, mein Schatz. Wahrscheinlich erachtet dein Körper riesige Mengen von Tiramisu als keinen Bestandteil deines Lebenswegs, mmmh?«

»Ja, ja«, wiegelte Lucy noch immer hustend ab. »Aber dieses Teufelszeug ist so dermaßen lecker. Da hast du gut reden.«

»Keine Angst, es ist noch genug da. Das gilt auch für die Pasta, schließlich hattest du ja nur drei große Portionen«, flunkerte Sam ironisch, während er mit einem breiten Grinsen am Tisch saß. »Wenn ich solche Berge an Nahrungsmitteln verschlingen würde, könntest du mich nach wenigen Wochen rollen. Wo isst du das nur hin, schließlich hast du kein Kilo zu viel – oder geht das alles in deine Oberweite?«

Lucy grinste Sam herausfordernd an und meinte: »Apropos Oberweite. Könntest du dir vorstellen, dich noch einmal um meine beiden Werke Gottes zu kümmern?«

Sam zog seine Augenbrauen hoch und erwiderte freundlich: »Ach, meine Liebe, ich mach doch alles für dich.«

Lucy ließ den Dessertlöffel sofort fallen, stand auf, entledigte sich spontan ihres Bademantels, warf ihn in hohem Bogen in die Ecke, und rief euphorisch: »Na, dann mach´s noch einmal, Sam!«

Sam war hochamüsiert über Lucys humorvollen Ausflug

nach Hollywood. Er stand auf, nahm zwei Gläser und die Weinflasche in die Hand, und sagte schmunzelnd: »Dann folgen Sie mir bitte unauffällig, gnädige Frau. Ich schau mal, was ich für Sie tun kann.«

Fröhlich und beschwingt hüpften Sam und Lucy die Stufen hoch in die zweite Etage. Oben angekommen, stellte sich Lucy auf die Zehenspitzen und flüsterte einige ihrer bizarren Wünsche in Sams Ohr. Sam tat, was ihm aufgetragen wurde.

Nachdem Lucys Wünsche mehr als erfüllt waren, lag sie schließlich zufrieden und mit Sam eng umschlungen auf dem Bett. Sie genossen den Augenblick danach und lauschten entspannt der Hintergrundmusik, die von unten leise zu hören war.

Nach einer gewissen Zeit hob Lucy ihren Kopf und sprach mit sanfter Stimme zu Sam: »Darf ich dir etwas Wichtiges sagen?« Sam blickte in Lucys verträumt wirkende Augen und gab ihr zu verstehen loszuschießen. Lucys Stimme kam jetzt etwas ins Stocken, weil ein paar Glückstränen ihre Wangen herunterrannen. Sie sagte mit gedämpfter Stimme: »Sam, mein Liebster, ich liebe dich so sehr, das kannst du dir überhaupt nicht vorstellen. Ich bin so unendlich dankbar, dass es dich gibt.«

Ihr nackter Körper schmiegte sich jetzt noch enger an Sam, und sie legte ihren Kopf auf seine Schultern. Sie spürte, dass auch Sam den Tränen nahe war.

Nach einem kurzen Moment der Stille sagte er: »Lucy, ich hege die gleichen tiefen Gefühle für dich: Ich liebe dich, wie ich noch nie geliebt habe.«

Lucy presste sich noch mehr an Sams Körper und sagte in einem liebevollen Tonfall: »Ich habe auch keine Angst mehr, dass es morgen mit dir oder mit der Schönheit des Lebens vorbei sein könnte. Ich habe auch meine fixen Ideen aufgegeben, was Partnerschaft bedeuten könnte oder welche Kriterien erfüllt sein müssten. Ich bin mir gewiss, dass uns die Liebe keine Wahl lässt. Liebe ist nicht freiwillig. Sie zwingt uns zusammen zu sein, ob wir es wollen oder nicht. Das ist die Natur. Das sind wir. So wie es jetzt ist, ist es gut. Ich verspreche dir, ich werde meinem Kopf nie mehr gestatten, dich mit blödsinnigen Lebenskonzepten zu quälen, die ich nie hatte. Ich habe die Spielregeln, die uns Gott hinterlassen hat, begriffen. Schade, dass er sich uns nie zeigt. So gerne hätte ich ihn mal interviewt, warum er sich vor den Menschen versteckt. So gerne hätte ich ihn mal persönlich kennengelernt!«

Sam grinste wissend. »Aber du hast Gott doch längst kennengelernt. Frage ihn doch einfach.«

Lucy spürte jetzt wie noch mehr friedvolle Ruhe in ihren Körper einkehrte. Mit leiser Stimme antwortete sie: »Ich habe nie eine göttliche Erscheinung erlebt. Ich habe nie Stimmen gehört. Ich hatte nie ein außergewöhnliches spirituelles Erlebnis, wie es in den großen Religionsbüchern immer beschrieben wurde. Wie soll ich Gott fragen, wenn er sich mir nicht persönlich zeigt?«

Sam erklärte: »Gott sei Dank hast du solche Erlebnisse nie gehabt. Du hast mir doch von deiner Magnetokardiologin erzählt. Sie hat dir doch berichtet, was solche Erscheinungen tatsächlich bedeuten. Alles Ungewöhnliche, was in deinem Kopf auftaucht und zudem einen übersinnlichen oder göttlichen Eindruck bei dir hinterlässt, beruht auf extrem starken Magnetfeldern, die von außen auf dich einwirken. Solche externen Einflüsse gehören nicht zum menschlichen Leben.«

Lucy fragte gelassen nach: »Na, da wären ja unsere Jungs wie Jesus oder Mohammed nichts anderes als nur paranoide Schizophrene gewesen, mmmh?«

Sam erklärte: »Die aktuelle Wissenschaft geht auf jeden Fall davon aus! Du brauchst doch nur bestimmte halluzinogene Dogen zu dir zu nehmen, dann hast in Sekunden deinen vermeintlichen Gott oder erlebst sonstige spirituelle Erscheinungen. Wenn du dir Befragungen von Drogenabhängigen durchliest, dann erkennst du keine großen Unterschiede zu den Berichten aus der religiösen Historie. Schon die großen Rockstars aus den 1960er-Jahren hatten LSD unterstellt, man könne damit Gott entdecken. Mit was sie dabei tatsächlich Kontakt hatten, möchte ich mir lieber nicht ausmalen.«

Lucys Gedankengänge wurden immer friedlicher. Eine für sie ungewohnte Art der Ruhe übernahm die Herrschaft über ihren Körper. Dennoch hakte sie nach: »Aber wie kann ich Gott etwas fragen? Ich brauche ihn zwar nicht mehr, weil mir die von mir entdeckten Spielregeln völlig ausreichen, um ein zauberhaftes Leben zu führen, aber es würde mich dennoch interessieren, wie du auf die Idee kommst, ich hätte Gott schon persönlich kennengelernt.«

»So, liebe Lucy«, versuchte Sam Lucy zu motivieren, noch ein bisschen wach zu bleiben, »jetzt erinnere dich kurz an deine physikalischen Grundkenntnisse, die ja mittlerweile ein erstaunlich hohes Level erreicht haben. Wenn wir etwas beobachten, dann ist dies doch immer eine Art Messung. Richtig? Mit welchem Versuchsaufbau kann ich denn zum Beispiel eine Strecke von einem Meter ausmessen?«

»Na, indem ich ein Metermaß anlege«, antwortete Lucy sichtlich bemüht einen klaren Gedanken zu fassen.

Sam sprach leise weiter: »Dazu brauche ich doch irgendwo im Raum einen Anfangspunkt, um mit der Messung beginnen zu können. Ich muss infolgedessen wissen, wo die Strecke beginnt, die ich abmessen möchte. Erst dann kann ich mein Metermaß anlegen. Wo muss ich mich also aufhalten, damit ich etwas messen und beobachten kann?«

Lucy drehte sich jetzt auf die Seite und zog ihre Knie an. Sam folgte ihr und schmiegte sich an ihren Rücken, um sie liebevoll in seine Arme zu nehmen. Die Löffelstellung genießend antwortete Lucy: »Ich muss außerhalb der Strecke sein, um sie überhaupt sehen beziehungsweise entscheiden zu können, ab welchem Punkt ich beginnen möchte zu messen.«

Sam strich über Lucys Haare, machte jedoch weiter mit seiner Herleitung: »So, das heißt doch, wenn Messung nichts anderes ist als eine Art Beobachtung, dann kann ich doch nur etwas beobachten, wenn ich mich außerhalb des zu beobachtenden Objekts befinde?«

»Natürlich«, stimmte Lucy gelassen zu.

»Und?«, fragte Sam. »Wie ist es bei dir? Kannst du dich selbst beobachten?«

Lucy spürte plötzlich ein belebendes warmes Gefühl in ihrem Inneren.

»Ich sehe mich im Spiegel. Ich kann mich beobachten. Ich weiß, dass ich auf der Welt bin. Ich kann wahrnehmen, was ich gerade denke. Manchmal bin ich sogar in der Lage, meine Gedanken zu steuern oder ganz zum Schweigen zu bringen.«

Sam freute sich, dass Lucy noch ausreichend wach war, um solche Schlüsse ziehen zu können. »Und?«, fragte er schließlich.

Lucy verschlug es den Atem. Augenscheinlich dämmerte es ihr. Die Hintergrundmusik war längst verstummt, und es herrschte absolute Stille. Nur noch das flackernde Licht der zahlreichen Kerzen rund um das Bett bestimmten die Atmosphäre des Raums.

Lucy wusste sofort, trotz ihrer Müdigkeit, dass dies ein heiliger Augenblick in ihrem Leben war. Wie von selbst kam über ihre Lippen: »Wenn ich weiß, dass ich da bin. Wenn ich mir sogar meiner eigenen Gedanken bewusst bin, dann kann ich nicht mein Körper oder mein Gehirn selbst sein. Denn wenn ich in der Lage bin, mich selbst zu beobachten, muss ich mich irgendwo außerhalb befinden.« Lucy drehte sich um, um Sam tief in die Augen zu schauen.

Es herrschte absolute Stille.

Nach ein paar Sekunden flüsterte Lucy: »Oooh Sam, ich verstehe. Ich weiß jetzt, wo Gott ist!«

Sam erwiderte den engelreinen Blick von Lucy. Instinktiv spürte er, dass Lucy nun angekommen war. Sie hatte endlich gefunden, wonach sie so sehnlichst gesucht hatte. Während das Innere von Lucy plötzlich mit Licht und Wärme förmlich durchflutet wurde, sprach sie mit leisen Worten: »Wir sind nicht hier, nicht wahr, Sam? Wir nutzen nur unsere Körper, um am Wunder des Lebens teilnehmen zu können.«

Lucy verstummte wieder ein paar Sekunden, um diesen heiligen Moment bewusst wahrnehmen zu können. Schließlich sprach Lucy die finale Erkenntnis ihrer Suche nach Gott aus. Damit hätte sie im Vorfeld niemals gerechnet. Doch jetzt war alles klar:

»Wir sind es selbst!«

Sam nickte zaghaft, während sich Lucy in seinen Körper förmlich eingrub, um in seinen Armen friedlich einschlafen zu können. Nach und nach wurde Lucys Atmung immer flacher, und ein letzter Gedanke tauchte in ihrem Geist auf, bevor ihr Herz für immer aufhörte zu schlagen:

SUCHE NICHT NACH EINEM GOTT, DENN DU BIST ES SELBST!

—

Epilog

Nachdem sich Lucilla gemütlich durch den gleißenden Lichtbogen bewegt hatte, wurde sie förmlich geblendet von roten, grünen und blauen Blinklichtern. Zuerst wusste sie nicht, was dies zu bedeuten hatte, aber dann machte es bei ihr klick.

Sie war wieder zurückgekehrt. Sie hatte es tatsächlich geschafft: Das Level 10 war geknackt!

Sie hörte nun in ihrer nächsten Umgebung viele Stimmen und klatschende Hände. Erst jetzt wurde ihr gänzlich bewusst, wo sie war. Sie riss etwas benommen ihre Cyberbrille vom Kopf, und sah in eine kleine Gruppe von Leuten, die sie alle freudig anschauten und begeistert klatschten. Lucilla war umringt von Patienten, Betreuern und Programmierern. Sie stand auf und streckte siegreich ihre Arme in die Höhe. Ihr war jetzt endgültig klar, was sie erreicht hatte. Das Klatschen wollte daher kein Ende nehmen, und sie genoss den Beifall.

Nach einer Weile kamen zwei lächelnde Betreuer auf Lucilla zu und sagten: »Gratuliere Lucilla, das war eine Spitzenleistung. So schnell hat hier noch niemand sein Therapieziel erreicht.«

Sie nahmen Lucilla in ihre Mitte, stützten sie ein wenig und begleiteten sie in den Erholungsraum. Dort schwebte in der Mitte des Raumes eine gemütlich Liege. Lucilla spürte, dass sie noch etwas benommen war. Dennoch fühlte sie ein wunderbares Gefühl der Glückseligkeit. Eine ganze Gruppe von Experten kümmerte sich nun um Lucilla.

Sie legte sich zunächst hin, um den Gesundheitscheck über sich ergehen zu lassen. Dazu scannte ein Roboterarm ihren gesamten Körper. Schnell erschien am Monitor das Ergebnis, dass sie sich bester Gesundheit erfreute. Lucilla bekam einen gehaltvollen Vitamindrink gereicht, um im Anschluss mit reichlich Nahrung und Flüssigkeit versorgt zu werden. Nachdem sie ihren ersten Hunger gestillt und einige weitere Checks über sich ergehen gelassen hatte, fielen ihr sofort die Augen zu, und sie legte einen Erholungsschlaf ein.

Nach wenigen Stunden wachte sie auf. Ihre Benommenheit war vollständig verschwunden, und sie fühlte sich so energiegeladen wie nie zuvor. Ein freundlich dreinschauender Herr im weißen Kittel stand an ihrem Schwebebett, und sagte freundlich: »Liebe Frau Suzuki, das war es wohl gewesen. Ich habe ihre Entlassungspapiere bereits fertigmachen lassen. Falls Sie mit der Chefin noch sprechen möchten, sie hätte jetzt gerade für Sie Zeit.«

Lucilla sprang sofort auf und sagte: »Hey, das freut mich. Dann gehe ich schnell zu ihr rüber.« Fröhlich und beschwingt schritt Lucilla in das besagte Büro. Sie musste nicht weit laufen, da es sich schräg gegenüber der Erholungsräume befand. Die Tür stand offen, und Lucilla trat ungefragt ein.

Die Geschäftsführerin des galaktischen Instituts für Persönlichkeitsentwicklung stand sofort von ihrem Bürostuhl auf, nahm einen auf ihrem Schreibtisch liegenden Blumenstrauß in die Hände, und kam Lucilla freudestrahlend entgegen. Sie nahm sie herzlich in die Arme und sagte: »Frau Suzuki, das haben Sie toll gemacht. Wir alle am Institut sind völlig aus dem Häuschen. Sie sind die Erste, die in nur vier Zeiteinheiten 47 Erdenjahre durchgespielt und noch dazu das maximale Level 10 erreicht hat. Das hat vor Ihnen noch niemand geschafft. Das war brillant. Ich möchte Ihnen daher einen interessanten Vorschlag machen. Können wir ein bisschen reden?«

Die in Weiß gekleidete Dame strich ihre schneeweißen Haare aus dem Gesicht, zeigte auf eine kleine gemütliche Sitzgruppe am anderen Ende ihres geräumigen Büros, und bot Lucilla an, Platz zu nehmen. »Wie haben Sie selbst Ihre Cyper-Therapie erlebt? Waren Sie zufrieden mit Ihren zuvor gewählten Rahmenbedingungen?«

Lucilla sagte: »Manchmal erschien es mir schon ziemlich hart, was ich mir da ausgesucht hatte. Aber ich denke, im Nachhinein betrachtet war der Grad der Beschwerlichkeiten optimal gewählt, um meine Kontrollsucht heilen zu können. Und zum Schluss konnte ich auf der Erde einen Grad an Lebensfreude und Liebesfähigkeit entwickeln, wie ich es im Vorfeld nicht erwartet hätte.«

Die Geschäftsführerin entgegnete: »Ich muss zugeben, dass wir uns anfänglich um Sie gesorgt hatten, ob Sie sich nicht zu viel zugemutet haben. Aber in der Rückschau betrachtet war Ihre Auswahl sicherlich perfekt. Sie haben Ihr Therapieziel sogar übererfüllt. Wie Sie wissen, hätte auch das Erreichen des Levels 8 durchaus gereicht, um die Auflagen des Obersten galaktischen Gerichtshofs für Charakterbildung zu erfüllen.«

Lucilla strahlte über das ganze Gesicht. »Ja, zum Schluss konnte ich einfach nicht mehr aufhören, ich habe das Erdenleben weitergespielt, aber leider kamen dann die Blinklichter. Da war mir aber auch klar, dass ich mein persönliches Therapieziel übererfüllt hatte.«

»Als Erstes möchte ich mich im Namen des Instituts bei Ihnen entschuldigen. Wie Sie wissen, ist es nicht üblich, dass wir uns entschließen, das Simulationsprogramm vorzeitig abzubrechen. Glauben Sie uns, wir hätten Ihnen von Herzen noch viele, viele Erdenjahre als erfolgreiche Bestsellerautorin gegönnt. Aber es gab einen sehr triftigen Grund dafür, und ich denke, er wird Ihnen gefallen, wenn Sie hören, was ich Ihnen anzubieten habe.«

Lucilla rutschte neugierig auf ihrem Platz hin und her.

»Schießen Sie los! Sagen Sie bloß, Sie haben einen Job für mich?«

Die Geschäftsführerin lächelte und erklärte: »Ich habe erfahren, dass unser Upgrade 8.0 endlich fertig ist. Es wird einen ganz neuen Schwerpunkt haben. Es wird das Erdenspiel ziemlich auf den Kopf stellen. Damit aber alles reibungslos klappt, haben wir uns entschlossen, dafür ein eigenes Institut ins Leben zu rufen. Und jetzt meine Frage an Sie: Möchten Sie die Institutsleiterin für die Einführung des Cyberspiels Erde Version 8.0 werden?«

Lucilla war sprachlos. Damit hatte sie nicht gerechnet. Sie rang erst einmal um Luft, weil es ihr die Sprache verschlug. Schließlich war von ihr zu hören: »Oh, das wäre wunderbar. Das ist der absolute Traumjob. Trauen Sie mir das wirklich zu?«

»Aber Frau Suzuki, was sagen Sie da?«, antwortete die Geschäftsführerin in einem freundlichen und verständnisvollen Tonfall.

Lucilla lachte. »Aber ja, verzeihen Sie bitte. Ich weiß – offen stehende Tür erkennen und mutig hindurchschreiten. Wie konnte ich das nur vergessen!«

»Ich habe vollstes Vertrauen zu Ihnen, Frau Suzuki. Mit dem Erreichen des Levels 10 haben Sie ausreichend bewiesen, dass Sie zumindest die aktuelle Software Version 7.9 optimal beherrschen. Sie erscheinen mir derzeit als die kompetenteste Besetzung, um die Verantwortung für das Hochladen des Upgrades 8.0 zu übernehmen. Mir blieb daher nichts anderes übrig, als frühzeitig Ihre Cybertherapie anzuhalten. Ich will Sie also haben!«

Lucilla sagte: »Vielen Dank für das schöne Kompliment. Wie kann ich mir diese neu geschaffene Position vorstellen?«

»Wie Sie wissen, dürfen wir niemandem, der vom Obersten galaktischen Gerichtshof für Charakterbildung zu einer Therapie zur Persönlichkeitsentwicklung verurteilt wurde, Vorgaben machen, wie er sein charakterliches Defizit überwinden möchte. Wir überwachen lediglich gemäß dem Urteilsspruch, dass die Patienten ihre Ziele erreichen.

Sie zum Beispiel haben sich für die Cybervariante entschieden, um Ihre Kontrollsucht überwinden zu können. Dann haben Sie in Eigenregie programmiert, welche Rahmenbedingungen Sie vorfinden beziehungsweise mit welchen Personen Sie sich konfrontiert sehen möchten. Wir hatten uns zwar gewundert, dass Sie sich als schwarzhaarige Asiatin eine blonde Nordeuropäerin als Avatar programmiert hatten, aber scheinbar ist die Rechnung aufgegangen. Aber auch, dass Sie sich einige Todesfälle lieb gewordener Menschen in Ihrem Erdenleben zugemutet haben, scheint in der Rückschau ein intelligenter Schachzug gewesen zu sein. 90 Prozent unserer Patienten erreichen gerade einmal Level 6, und dies meist nur dann, wenn sie mehrmals das Therapieprogramm durchlaufen haben. Schwamm drüber, darum geht es jetzt nicht. Wir beabsichtigen mit der neuen Software 8.0 neben neuen Möglichkeiten, wie Virus-Pandemien, Umweltkatastrophen und schwere Klimaveränderungen programmieren zu können, auch mehr Sicherheit in die Software zu bringen. In der Vergangenheit hatten wir zu viele Patienten, die Computerviren eingeschleppt hatten. Manche Verurteilte luden sogar Schadsoftware hoch, um schneller ihre Therapieziele erreichen zu können, aber haben dabei gleichzeitig hingenommen, dass andere Spieler dadurch geschädigt werden. Wir konnten dies nie verhindern, weil es uns gesetzlich untersagt ist, jemanden zu beaufsichtigen, anzuweisen oder sonst wie in seiner Freiheit einzuschränken.

Und jetzt kommen Sie ins Spiel: Ihre erste Aufgabe wäre ein Team von Betreuern und Technikern zusammenzustellen, um Therapieteilnehmer nicht nur zu motivieren, freiwillig auf Software-Tricks zu verzichten, sondern ihnen auch beizubringen, nicht auf Schadsoftware anderer Verurteilter hereinzufallen. Sie sind dafür nahezu perfekt geeignet, da Sie hier als das neue Vorbild gelten. Zudem zeigte sich Ihr Avatar immer resistent gegen Computerviren oder schädliche Programme. Damit haben Sie bewiesen, dass sich Ihre Programmierkenntnisse auf höchstem Niveau befinden.«

Lucilla war völlig aus dem Häuschen. »Oh wie schön, das mache ich gerne. Ich würde mich sehr freuen, den Verurteilten näherzubringen, wie sie erfolgreich und mit legalen Mitteln ihr Erdenleben programmieren können, damit sie die Auflagen des Obersten galaktischen Gerichtshofs erfüllen können. Ich gebe Ihnen hiermit meine uneingeschränkte Zusage. Diese Position würde ich gerne ausfüllen.«

»Das freut mich. Derzeit haben wir Ihre Software nur angehalten, das heißt bis jetzt sind nur fünf Sekunden Erdenzeit nach ihrem Herzstillstand verstrichen. Momentan liegen Sie gerade ohne ein Lebenszeichen neben Ihrem Partner im Bett. Ihr Zustand wurde von anderen Mitspielern noch nicht entdeckt. Wir könnten Sie jederzeit wieder in Ihr Erdenleben zurückbringen, falls Sie sich umentscheiden sollten.«

Lucilla erschrak. »Nein, nein, bitte nicht. Sie können das Simulationsprogramm endgültig abbrechen. Ich bleibe hier. Das Erdenleben war zwar spannend und sehr aufschlussreich, aber ich lebe doch lieber in einer Welt, in der das Leid ausgestorben ist, ausschließlich von der Liebe regiert wird, und vor allem wo Leben nicht gezwungen wird, sich gegenseitig aufzufressen. Also, wann geht es los?«

»Jetzt machen Sie erst einmal zwanzig Zeiteinheiten Urlaub mit Ihrem Mann, liebe Frau Suzuki. Ihr Körper braucht für seine Umstellung noch ein bisschen Ruhe. Das Institut möchte Sie daher zu einem Aufenthalt auf der Raumstation *Wellness & Beauty VII* einladen. Es ist alles schon vorbereitet. Sie müssen sich um nichts kümmern. Ihr Mann weiß Bescheid. Sein Raumgleiter aus Sokyo ist bereits gelandet, und er müsste jeden Moment hier auftauchen.«

Lucy sprang sofort von ihrem Sitz hoch, klatschte übermütig in die Hände und gab der Geschäftsführerin mit ihren schneeweißen Haaren einen dicken Kuss auf die Wange.

Sie rief euphorisch: »Die *Wellness-Beauty VII* mit Blick auf den Andromeda-Nebel? Wow, das kann ich fast nicht glauben. Das war schon immer ein großer Traum von mir.«

Lucy war mit ihrem Satz noch nicht richtig am Ende, da spürte sie schon eine wohlvertraute Umarmung. Sie drehte sich um, und ihre ausgelassene Freude erreichte ihren Höhepunkt. Sie schmiegte ihren Körper eng an ihren Gatten, und sie küsste ihn innig.

»Oh Samuel, wie schön, dass du so schnell kommen konntest. Wir zwei machen Urlaub in der 7. Dimension. Ist das nicht wunderbar?«

— —

1. Versuche nicht, die Welt zu verstehen

2. Überwinde Dich und übe Dich in Mut

3. Akzeptiere, was Du nicht ändern kannst

4. Misstraue Deinen Lebenskonzepten

5. Erkenne Deine Umwelt als einen Spiegel Deiner selbst

6. Höre Menschen zu, die Deinen Weg kreuzen

7. Urteile nicht vorschnell und achte auf offene Türen

8. Lege Dir keine Fesseln an und rechne mit Veränderungen

9. Sei für Opfer bereit, wenn Du etwas bekommen möchtest

10. Suche nicht nach einem Gott, denn Du bist es selbst

DR. HERMANN RÜHLE

Was bin ich? Wie bin ich? Wozu bin ich?

Wie ich erkenne, wer ich wirklich bin

ISBN 978-3-9819383-4-0

DENISE SCHÄRICKE

Insidertipps - Onlinedating

Wie Sie Ihre Chancen, die große Liebe im Internet zu finden, deutlich erhöhen können

ISBN 978-3-9819383-0-2

DANIELA GALITZDÖRFER

Denk Dich schlank

Warum eine perfekte Figur eine Frage der Geisteshaltung ist

ISBN 978-3-9822120-1-2

DR. ANDREA RIEMER

Botschaften vom Leben

Marie, das Leben, die Liebe und der Tod

ISBN 978-3-9818928-6-4

dielus

dielus edition

Bücher für ein besseres Leben

MONIKA RICHRATH

Die Geheimnisse des gesunden Schlafs

Ursachen für Schlafstörungen entdecken und auflösen

ISBN 978-3-9819383-8-8

LEILA CHRISTIANE JÄGER
ANETTE KOESTNER

Sprich mit deinem ungeborenen Kind

Mit Meditationstechniken erfahren, wie es dem Baby geht und was es möchte

ISBN 978-3-9817975-2-7

UMA ULRIKE REICHELT

Schnell & sicher ins Burnout

5 Glücksgesetze, die Sie missachten müssen, um schnell alt, krank und unglücklich zu werden

ISBN 978-3-9818928-4-0